Sam Thomas

DIE HEBAMME UND DIE HEXENJÄGER

Historischer Roman

Aus dem amerikanischen Englisch von
Britta Evert

BASTEI LÜBBE
TASCHENBUCH

BASTEI LÜBBE TASCHENBUCH
Band 17344

Dieser Titel ist auch als E-Book erschienen

MIX
Papier aus verantwortungsvollen Quellen
FSC® C014496

Vollständige Taschenbuchausgabe

Deutsche Erstausgabe

Titel der amerikanischen Originalausgabe: »The Witch Hunter's Tale«
Originalverlag: Minotaur Books

Textredaktion: Wolfgang Neuhaus, Oberhausen
Titelillustration: © Trevillion Images/Sandra Cunningham
Umschlaggestaltung: Tanja Østlyngen
Satz: Urban SatzKonzept, Düsseldorf
Gesetzt aus der Garamond
Druck und Verarbeitung: GGP Media GmbH, Pößneck
Printed in Germany
ISBN 978-3-404-17344-0

5 4 3 2 1

Für Laura Jofre,
zwei Bücher zu spät

1.

Der Pöbel forderte lautstark das Blut der Hexe, und der Scharfrichter gehorchte. Hester Jackson war so alt und gebrechlich, dass ihr Henker sie wie einen Sack Getreide die Leiter hinaufhieven musste. Er winkte der Menge zu, legte der Frau die Schlinge um den Hals und stieß sie hinunter. Viele Zuschauer johlten vor Begeisterung, als Hester hilflos an dem Strick zerrte, der ihr langsam den Atem abschnürte, und applaudierten, als ihre Hände hinabsanken und ihr Körper zu zucken begann. Einer der Gaffer ahmte ihre Qualen mit abgehackt hüpfenden Schritten nach und verwandelte so ihren Todeskampf in einen makabren Totentanz. Die Neugierigen um ihn her brachen in schallendes Gelächter aus, ich jedoch wandte mich ab. Trotz Kälte und Wind lehnten sich viele Bürger und Bürgerinnen der Stadt aus den Fenstern ihrer Häuser, um Hester sterben zu sehen, und auch von Weitem stimmten sie in das Lachen und Lärmen ein.

Ich schaute zu Martha, meiner Zofe und Gehilfin. Genau wie ich hatte sie vor einem knappen halben Jahr die Auswirkungen anderer Hinrichtungen erlebt, und so etwas vergisst man nicht so leicht. Auf einen Fremden hätte Marthas Gesicht in diesem Moment ausdruckslos gewirkt und den Eindruck erweckt, Hesters Tod durch den Strang wäre ihr gleichgültig. Aber ich kannte sie gut genug, um das Entsetzen in ihren Augen zu erkennen. Martha war nur ungern gekommen, aber Hester Jackson hatte uns darum gebeten, und eine solche Bitte konnte man nicht abschlagen.

Hesters Beine zuckten immer noch, und einen Moment lang befürchtete ich, sie könnte noch am Leben sein. Hätte sie in der Stadt Angehörige gehabt, hätte einer von ihnen den Henker bestochen, um ihr zu einem schnellen Tod zu verhelfen, aber sie war alt, arm und allein.

Endlich rührte Hesters Körper sich nicht mehr.

»Gehen wir«, raunte ich Martha zu.

Sie nickte, und wir traten in den eisigen Winterwind, der wie das Rasiermesser des Teufels durch unsere Kleidung schnitt.

Der vergangene Sommer, der jetzt schon als die »große Hitze von '45« bezeichnet wurde, war glühend heiß gewesen, und vor allem die Bauern hatten dem Herrn gedankt, als endlich Regen fiel. Doch als die Regenfälle Wochen anhielten, wurden aus den Dankgebeten flehentliche Bitten um Gnade. Schon bald stand fest, dass ein Großteil der Ernte auf den Feldern verrotten würde, und im Herbst steckten die Bauern in einem Schlamm, so dick und zäh, dass es jeder Beschreibung spottete. Kurz darauf kam die Kälte, und Anfang November ließ der Herr uns wissen, dass Er in Seiner unendlichen Weisheit die Absicht hatte, dem mörderisch heißen Sommer einen erbarmungslos kalten Winter folgen zu lassen.

Als Martha und ich an den Läden vorbeigingen, fiel mir auf, wie leer die Regale und Körbe waren und wie sehr die Preise in den Jahren, seit König und Parlament gegeneinander Krieg führten, angezogen hatten. Ich konnte mich noch gut an die Zeit erinnern, als Yorks Märkte von den Erzeugnissen des Landes überquollen und die Bürger alles bekamen, was ihr Herz begehrte: Früchte aus den Obstgärten der Stadt, Getreide vom Land, Fische aus dem Meer und den Flüssen, Stoffe aus Frankreich oder Holland, sogar Gewürze aus Indien. Nicht einmal in London hätten die Märkte mehr zu bieten, hieß es damals. Aber das war lange her.

Obwohl sich die Krieg führenden Heere aus Yorkshire zurückgezogen hatten, waren etliche Waren – von kostbarer Seide bis hin zu gewöhnlichem Getreide – kaum noch aufzutreiben, und die Armen mussten Hunger leiden. Tatsächlich schienen die Gesichter in der Menge der Gaffer hagerer als früher, die Körper eher Haut und Knochen als Fleisch und Muskeln. Viele, denen man das schlichte Landvolk ansah, waren in die Stadt gekommen, um ihre dürftigen Waren zu verkaufen. Aber ich entdeckte auch vertraute Gesichter, unter anderem Frauen, denen ich bei der Entbindung beigestanden hatte, mit ihren Ehemännern. Vielleicht hatten sie der Hinrichtung nur beigewohnt, um einen Menschen zu sehen, den das Schicksal noch härter bestrafte als sie selbst.

Auch in diesen Zeiten des Mangels und der Not fanden die Straßenhändler immer noch Dinge, die sie feilbieten konnten, und viele nutzten die Hinrichtung einer Hexe weidlich zu ihrem eigenen Vorteil aus. Kaufleute verhökerten Essen und Trinken an jene, die nicht daran gedacht hatten, selbst etwas mitzubringen; fliegende Händler verscherbelten für einen Penny das Stück Pamphlete, in denen die Verfasser Hesters Verbrechen genüsslich bis ins Kleinste beschrieben, während die Wundertaten und Vorzeichen gepriesen wurden, die Gott der Herr England in den vergangenen Monaten hatte zuteilwerden lassen.

»Frau in Surrey bringt ein Monster zur Welt!«, schrie einer der Händler. »Lest von dem Ungeheuer der Meere, das bei Whitby an Land gespült wurde!« Er stand an der Ecke einer der Straßen, die auf den Marktplatz führten, und konnte von dort aus seine Ware den Leuten anpreisen, die kamen und gingen. Der Mann musste lange vor Morgengrauen eingetroffen sein, um sich einen so günstigen Standort zu sichern, und ich bezweifelte nicht, dass seine Mühe sich bezahlt machte. Die

Titelseiten seiner Schriften waren auf ein Holzbrett geheftet, das hinter ihm stand, und die Texte schienen auf das Publikum und den Anlass zugeschnitten zu sein; die meisten Titel enthielten die Worte *blutig, abnorm, schrecklich* und *grauenhaft*.

Ich versuchte ihm auszuweichen, aber ein Junge drückte mir ein Blatt Papier in die Hand. *Teuflisches Ungeheuer geboren* lautete der reißerische Titel, und ich richtete den Blick unwillkürlich auf das abstoßende Bild darunter. Es zeigte ein kopfloses Kind mit einem viel zu großen, grausig verzerrten Gesicht mitten auf der Brust und Ohren an den Schultern. Die Hände wuchsen aus den Hüften heraus, und die Fratze starrte mich herausfordernd an, als wollte sie mir zurufen: »Wehe, du wagst es, an meiner Existenz zu zweifeln!« Auf dem Bild drängte sich eine Gruppe von Frauen um die Missgeburt, offenbar Hexen und Papistinnen, denn eine von ihnen säugte eine Ratte an ihrer Brust und schien dabei eine Verwünschung auszusprechen, während andere Weiber Rosenkränze und Kruzifixe in den Händen hielten. Welche der beiden Gruppen das monströse Kind zum Leben erweckt hatte, war nicht zu ersehen, aber vielleicht kam es gar nicht darauf an. Die Welt war aus den Fugen geraten – wen kümmerte es da schon, ob Hexen oder Katholiken schuld daran waren?

Dem Hausierer musste mein angewiderter Gesichtsausdruck aufgefallen sein, denn er trat vor mich hin, riss mir das Flugblatt aus der Hand und zog gleichzeitig seine Kappe. »Nicht das, was Ihr sucht, Mylady?«, fragte er. »Keine Angst, ich habe noch mehr zu bieten.«

Für einen Mann, der praktisch wie ein Vagabund lebte und ständig von Stadt zu Stadt wanderte, wirkte er beinahe respektabel. Er hielt sich und seine Kleidung reinlich, erkannte eine Edelfrau, wenn er eine vor sich sah, und hatte sich an diesem

Morgen erkennbar frisch rasiert. Jetzt zog er einen Stapel Pamphlete hervor und breitete sie mit großer Geste fächerförmig vor mir aus. Hier kündeten die Titel nicht von Schauergeschichten über Monstrositäten und Hexerei, sondern von den jüngsten blutigen Auseinandersetzungen zwischen König und Parlament, einschließlich der Schlacht, die an einem Ort namens Marston Moor, unweit von York, stattgefunden hatte. Ich wollte gerade alles beiseiteschieben, als mir eine Zeile ins Auge stach: *Gottes furchtbares Rachegericht in York*.

Martha sah es ebenfalls. »Oh Gott!«, stieß sie hervor.

Der Hausierer deutete ihre Reaktion fälschlich als Ausruf des Erstaunens, nicht als Betroffenheit.

»Was denn, noch nie von den Morden gehört?«, fragte er. »Dann seid ihr wohl fremd hier.« Seine Stimme schraubte sich vor Aufregung in die Höhe, und seine Worte sprudelten hervor wie Wasser durch einen geborstenen Damm. Nicht lange, und eine kleine Menschenmenge hatte sich um ihn geschart, um noch einmal die Geschichte zu hören, die sie alle schon kannten.

»Es war in der Tat ein Sommer des Grauens!«, rief der Händler. »Der Tod selbst heftete sich an die Fersen der Huren von York, ein Mord folgte auf den anderen, und einer nach dem anderen wurde gehängt.« Zu meinem Erstaunen stimmte er ein Lied an, in dem er die Geschichte von Betty MacDonald zum Besten gab, einem Mädchen, das auf der Suche nach Arbeit nach York gekommen war, stattdessen aber zur Hure wurde und in dem Zimmer, in dem sie ihrem Gewerbe nachging, ein furchtbares Ende fand. Es kam der Wahrheit so nahe, dass ich keinen Grund hatte, Kritik zu üben.

»Schändlich daran ist«, fuhr er fort, »wie viele Unschuldige ihr Leben lassen mussten und wie viele Mörder ungeschoren davonkamen. Und hier ist die ganze Geschichte – mitsamt dem Lied, das ich gerade gesungen habe.« Er hielt ein Pamphlet hoch. »Und für nur einen Penny zu haben!«

Es war eine meisterhafte Vorstellung. Ein halbes Dutzend Leute drängten sich vor, um das Pamphlet zu kaufen. Wie es schien, war ihnen Hester Jacksons Tod noch nicht blutrünstig genug gewesen.

Bevor Martha und ich entwischen konnten, stellte der Hausierer sich uns in den Weg und hielt Martha das Heft hin.

»Ihr kauft mir doch sicher eins ab«, sagte er mit einem Lächeln.

»Wir wissen von den Morden«, erwiderte Martha. »Wir haben die Leichen gesehen.« Sogar über das Lärmen der Menge hinweg hörte der Mann den stählernen Unterton in Marthas Stimme. Er stutzte, musterte uns einen Moment und erkannte dann, wer wir waren.

»Ihr seid die Hebamme«, sagte er zu mir und verbeugte sich. »Ihr seid Lady Hodgson.«

Ich nickte.

»Und Ihr müsst ihre Gehilfin sein«, sagte er zu Martha. »Ihr beide habt herausgefunden, wer diese Frauen ermordet hat. Ihr seid berühmt, sogar in London!«

Ich hatte nicht geahnt, dass sich die Nachricht von den Morden so weit verbreitet hatte, aber es schien einleuchtend, dass ein Mann, der Bücher auf dem Buckel trug, als Erster davon hörte. Er war offenbar entzückt, uns in Fleisch und Blut vor sich zu sehen, und ich fragte mich unwillkürlich, welche Mischung aus Wahrheit und Dichtung wohl den Weg in seine blutrünstigen Werke gefunden hatte.

»Mylady«, raunte er mir zu. »Ich hätte da einen Vorschlag für Euch ...«

Wider besseres Wissen beugte ich mich zu ihm vor und spitzte die Ohren.

»Habt Ihr Euch je im Schreiben versucht?«, fragte er.

Ich wollte etwas erwidern, aber der Mann hob eine Hand; er war noch nicht fertig.

»Ich habe Freunde in der Welt des gedruckten Wortes. Sie würden Euch für einen Bericht über die Morde ein nettes Sümmchen zahlen. Und ist es nicht besser, die Wahrheit zu sagen, als die Lügen nichtsnutziger Schreiberlinge zu veröffentlichen?« Er blickte Martha erwartungsvoll an. »Eine so hübsche junge Frau wie Ihr kann sicher ein paar Schillinge für ihre Aussteuer brauchen. Ihr müsst nur Eure Geschichte erzählen. Wir könnten in ein Gasthaus gehen. Ich würde sogar den Wein bezahlen. Übrigens, mein Name ist Peter Newcome.« Er schenkte uns ein, wie er wohl hoffte, gewinnendes Lächeln.

Ich bewunderte seine Unverfrorenheit, hatte aber kein Verlangen, meine Erinnerungen an die Morde aufzufrischen. »Ein großzügiges Angebot, Mr. Newcome«, sagte ich. »Aber wir müssen es leider ausschlagen.«

Newcome nahm meine Ablehnung mit Anstand hin und verbeugte sich noch einmal. »Ich hoffe, Ihr sucht mich auf, falls Ihr Eure Meinung ändert, Mylady.«

»Das wird wohl kaum der Fall sein«, antwortete Martha für uns beide. »Wir haben lange genug unter diesem Sommer gelitten.«

»Na schön. Aber wenn Ihr mir Eure Geschichte schon nicht verkaufen wollt, nehmt wenigstens die eines anderen.« Er beugte sich vor und senkte die Stimme. »Habt Ihr von den Hexenverfolgungen in Suffolk gehört?«

Ohne es zu wollen, schüttelte ich den Kopf.

»Alles hier drin!«, verkündete er und hielt ein Buch mit dem Titel *Hexenjagd* hoch. Der Verfasser hieß Matthew Hopkins und gab sich selbst den etwas eigenartigen Titel »Hexenjäger«.

»Ein Hexenjäger? Was soll das sein?«, fragte Martha verwundert.

Ich schüttelte den Kopf. Natürlich wussten wir von den Prozessen und Hinrichtungen – wer in England hätte nicht davon gehört? –, aber dass es einen derartigen Beruf gab, war mir neu.

»Wenn Ihr das wissen wollt, dann kauft das Buch«, meinte Newcome mit einem durchtriebenen Grinsen. »Aber eins kann ich Euch verraten: Angeblich ruft dieser Hopkins in den Herzen der Hexen eine solche Furcht hervor, dass sie zum nächsten Friedensrichter laufen und freiwillig gestehen, sobald Hopkins in eine Stadt kommt. Es sind schon Hunderte hingerichtet worden, erzählt man sich. Sollte mich nicht wundern, wenn hier dasselbe geschieht.«

»Hier in York?«, fragte Martha. »Seid Ihr sicher?«

»Sicher?« Newcome ließ sich das Wort auf der Zunge zergehen, als wäre es neu und fremdartig. »Wer kann in unruhigen Zeiten wie diesen schon sicher sein? Wie gesagt, ich schnappe hier und da allerhand auf. Und wenn es mit den Hinrichtungen erst einmal losgeht …« Er ließ den Satz unvollendet.

Ich warf einen Blick auf den Galgen. Hesters Leiche drehte sich leicht im Wind. Plötzlich spürte ich eine Kälte, die nichts mit dem Winterwetter zu tun hatte.

Ich spähte zu Martha und stellte fest, dass der sorgenvolle Ausdruck auf ihrem Gesicht meine Gefühle widerspiegelte. Als wir uns zum Gehen wandten, konnte ich hören, wie Newcome weiterhin seine Druckschriften anpries, um einer blutrünstigen Meute noch mehr Blut und Schrecken zu verkaufen.

Als wir in die Stonegate bogen, die Straße, die uns nach Hause führen würde, schlug uns der kalte Nordwind so heftig entgegen, als wollte er uns die Kleider vom Leib reißen. Ich schlang meinen Umhang enger um mich, aber es half nichts. Als wir endlich in meine kleine Gasse einbogen und damit dem Wind entkamen, sprach ich ein Dankgebet. Obwohl ich seit nahezu zehn Jahren hier lebte, staunte ich bisweilen noch heute darüber, wie viel sich in dieser Zeit verändert hatte.

Als junge Witwe – war ich tatsächlich erst dreiundzwanzig Jahre alt gewesen? – hatte ich die lange Reise von Hereford nach York angetreten, um Phineas Hodgson zu heiraten, einen Mann, dem ich nie begegnet war. Phineas entpuppte sich als einer der unfähigsten Kaufleute von England. Vom Beginn unseres Ehelebens bis zu Phineas' Todestag im Jahre 1642 verbrachte ich den größten Teil meiner Zeit damit, meinen Besitz vor seinen aberwitzigen Ideen zu bewahren. Birdy und Michael, meine beiden wunderschönen Kinder, waren das einzig Gute, was dieser Verbindung entsprang. Wie es schien, wollte Gott auf diese Weise für ausgleichende Gerechtigkeit sorgen.

Aber Michael starb kurz nach seiner Geburt, und in den darauffolgenden Monaten suchte der Tod mein Zuhause mit erschreckender Häufigkeit heim. Nach Michael nahm er mir Phineas. Wenige Monate später starb auch Birdy. Nach einem knappen Jahr blieben meine Magd Hannah und ich als einzige Überlebende unserer kleinen Familie zurück.

Es war mein Amt als Hebamme, was mich über Wasser hielt, als Wogen der Melancholie über mir zusammenschlugen, während ich mich mit dem Rest an Kraft, der mir geblieben war, in die Arbeit stürzte. Wenn eine Mutter in den Wehen lag, bewahrte dies mich davor, an meine eigenen verstorbenen Kinder zu denken, und die Freundschaften, die ich schloss, belebten meinen Verstand.

Irgendwann in dieser Zeit klopfte Martha an meine Tür und

fragte um eine Stelle als Dienstmagd nach. Ich nahm sie auf und wies sie in die Geheimnisse der Geburtshilfe ein. Wenige Wochen später begegneten wir einem Waisenjungen namens Tree, der eine Art Sohn für mich wurde. Obwohl er nach wie vor bei einem der Gefängniswärter auf der Burg wohnte, ließ er sich regelmäßig bei uns blicken, um eine anständige Mahlzeit zu bekommen und die Nacht unter einem Federbett zu verbringen. Martha und Tree, neu gefundene Schwester und Sohn, hatten geholfen, meine verwundete Seele zu heilen, ohne dass sie es wussten.

Als wir die Eingangstür aufmachten, kam das jüngste Mitglied meines Haushalts mit wallendem rotem Haar aus der Küche gesaust und warf sich in meine Arme. »Ma!«, rief Elizabeth. »Hannah hat Kuchen gebacken. Sie sind fast fertig!«

Elizabeths Mutter war eine der Dirnen gewesen, die im vergangenen Sommer ermordet worden waren, und das Kind war bei mir eingezogen. Anfangs war Elizabeth unsicher gewesen, wie sie mich anreden sollte. »Lady Bridget« erschien zu förmlich für ein so kleines Mädchen und war eher Freunden und Bekannten vorbehalten. Ihre eigene Mutter hatte Elizabeth »Mum« genannt, aber bei mir wollte sie diesen Begriff nicht verwenden. Ich hatte ihr gesagt, sie könne mich nennen, wie sie wolle, und irgendwann hatte sie sich für »Ma« entschieden. Nichts hätte mir mehr Freude bereiten können.

In den ersten Monaten unter meinem Dach trauerte Elizabeth noch um ihre Mutter und ihr früheres Leben und hielt Abstand, allmählich aber heilten ihre Wunden. Zwar fiel mir hin und wieder auf, dass sie geweint hatte, aber das kam immer seltener vor.

Elizabeth fasste Martha und mich an den Händen und zog uns in die Küche, wo Hannah tatsächlich dabei war, Kuchen aus dem Backofen zu holen.

»Ich dachte, nach einem Tag wie heute könntet Ihr etwas Süßes vertragen«, sagte sie. Hannah war seit über zwanzig Jahren bei mir und kannte mich gut. Dankbar nahm ich einen Kuchen.

»Darf ich Sugar etwas abgeben?«, bat Elizabeth. Ein kleines Kätzchen schmiegte sich an den Knöchel des Mädchens und maunzte kläglich. Ohne eine Antwort abzuwarten, brach Elizabeth ein Stück von ihrem Kuchen ab und hielt es der Katze hin. Sugar schnupperte an dem Krümel, entschied, dass er nicht nach ihrem Geschmack war, und stolzierte davon, gefolgt von Elizabeth, die das Tierchen überreden wollte, wenigstens von dem Leckerbissen zu kosten.

Sowie Elizabeth draußen war, schaute Hannah mich fragend an.

»Man hat sie gehängt«, antwortete ich auf ihre unausgesprochene Frage. »Wie wir alle von vornherein wussten.«

Hannah nickte und wandte den Blick ab. Nicht etwa, dass ich oder irgendeine von uns etwas dagegen hatte, wenn eine Hexe gehangt wurde, aber nachdem ich Hester im Gefängnis kennengelernt hatte, konnte ich mir einfach nicht mehr einreden, dass sie tatsächlich dieser üblen Zunft angehörte. Es ist eine Sache, an Hexerei zu glauben, doch eine ganz andere, eine Nachbarin für dieses Verbrechen hängen zu sehen.

»Wir haben gehört, dass in der Stadt vielleicht bald eine Hexenjagd stattfindet«, erzählte Martha.

»Eine Hexenjagd?«, wiederholte Hannah, deren Gesicht auf einmal blass und eingefallen aussah. Sie hatte die Berichte über die Prozesse und Hinrichtungen gelesen. »In York?«

»Du solltest klüger sein, als auf solches Geschwätz zu hören«, sagte ich ein wenig schärfer, als nötig gewesen wäre. »Es wird ohnehin schon viel zu viel getratscht.«

Hannah nickte, aber ich wusste, dass das Gerücht sich auch

ohne ihre Hilfe bald wie ein Lauffeuer in der Stadt verbreiten würde. Sowie ein Hausierer etwas wusste, konnte man es genauso gut gleich von den Kirchenkanzeln herab verkünden.

»Ist Will nach Hause gekommen?«, erkundigte ich mich, weil ich über etwas anderes reden wollte als über Hexerei und Hinrichtungen.

»Noch nicht«, antwortete Hannah. »Er ist bei Mr. Breary und will vielleicht dort übernachten.«

Will Hodgson war das letzte Mitglied meines Haushalts. Er war unter Begleitumständen zu mir gekommen, die denen in Elizabeths Fall auf seltsame Weise ähnelten. Wills Vater hatte wenige Tage nach Elizabeths Mutter ein blutiges Ende gefunden, und diese Gemeinsamkeit brachte die beiden einander näher.

Wir vier setzten uns zum Abendessen. Im Licht der vielen Kerzen und der Wärme des Kaminfeuers konnten wir wenigstens eine Zeit lang die bittere Kälte vergessen und die Erinnerungen an Hesters Tod verbannen. Doch als ich Elizabeths Haar im Schein des Feuers leuchten sah, musste ich an die verzweifelte Notlage denken, aus der ich sie gerettet hatte, und betete darum, sie gut beschützen zu können.

Nach dem Essen ging ich mit Elizabeth nach oben in ihr Zimmer und brachte sie zu Bett. Wir beteten für die Stadt, den König und das Ende des Krieges. Sie fügte noch ein Gebet für ihre Mutter an, in dem sie Gott bat, sie vor der Kälte zu schützen. Ich blieb neben ihr liegen, bis sie einschlief, und wartete dann noch eine Weile. In manchen Nächten wurde sie noch immer von schlimmen Träumen gequält – meistens ging es um den Mann, der ihre Mutter getötet hatte –, aus denen sie schreiend erwachte. Ich hatte festgestellt, dass ich diese Albträume zurückdrängen konnte, wenn ich noch kurz bei ihr blieb, nachdem sie eingeschlafen war.

Später zog ich mich in mein Schlafgemach zurück, schrieb einen Brief an meine Cousine in Hereford und einen weiteren an den Verwalter eines meiner Güter dort im Süden. Dann ging ich zu Bett. Ich konnte hören, wie draußen vor meinem Fenster der Wind heulte, und ich dankte Gott für die Wärme und Sicherheit, die er mir hatte zukommen lassen.

Aber nicht lange, nachdem ich eingeschlafen war, suchte mich ein Albtraum heim, in dem meine überhitzte Fantasie das Heulen des Windes in die Todesschreie eines verhexten Kindes und seiner Mutter verwandelte. Mit einem Schrei schrak ich auf und taumelte zur Waschschüssel, um in der verzweifelten Hoffnung, die grauenhaften Traumbilder zu verscheuchen, mein Gesicht mit kaltem Wasser zu bespritzten. Wenn ich sie nicht vertrieb, würde der Schlaf ausbleiben und die Träume wiederkehren, das wusste ich. Während ich mich tagsüber bemüht hatte, nicht an Hesters Verbrechen zu denken, schloss ich jetzt die Augen und rief sie mir in Erinnerung, so gut ich konnte. In dieser Nacht würde ich nur auf diese Weise ein bisschen Frieden finden.

2.

Hester Jacksons langer und leidvoller Weg zum Schafott hatte im vergangenen September mit dem Fieber eines Kindes begonnen. Wir befanden uns mitten in den frohen Wochen nach dem Ende der Hitzewelle, aber noch vor dem verfrühten Wintereinbruch, der uns unmissverständlich deutlich machte, dass wir bloß ein Übel gegen ein anderes getauscht hatten. Im Nachhinein hätten wir es besser wissen müssen und uns nicht vor der Zeit freuen dürfen.

Eines frühen Morgens stand Sarah Asquith blass und angegriffen vor meiner Tür. Ich hatte sie ein paar Monate zuvor von einem Sohn entbunden; als ich nun ihr Gesicht sah, wusste ich gleich, dass etwas nicht in Ordnung war. Ich bat sie in meinen Salon und schickte Hannah um Gerstenwasser.

»Es ist Peter.« Die nächsten Worte sprudelten hervor, als hätte Sarah sie tagelang zurückgehalten, und so war es vermutlich auch. »Er hat Fieber, und ich habe alles versucht, was mir nur einfällt ... Rosenöl, eine Salbe aus Pappelknospen ... nichts hat geholfen.«

Ich fand an ihrer Behandlung nichts auszusetzen; dieselben Mittel hätte auch ich vorgeschlagen.

»Bekommt er noch die Brust?«, fragte ich.

Sarah nickte. »Ich habe kühlende Nahrung zu mir genommen, aber auch das hat nichts gebracht. Wir haben sogar einen Arzt kommen lassen. Er hat mir aufgetragen, in der Apotheke Wermutkraut und Blaubinse zu holen, aber ...« Sie schüttelte den Kopf. Keines der Heilmittel hatte angeschlagen.

»Soll ich mir den Jungen einmal anschauen, Sarah?«, fragte ich.

»Würdet Ihr das tun?« Hoffnungsvoll ergriff sie meine Hände. »Ich wäre Euch sehr dankbar.«

»Natürlich«, erwiderte ich, und wir machten uns zu zweit auf den Weg zu ihrem Haus im Kirchspiel St. Crux.

Unterwegs fiel mir auf, wie sehr sich York durch den Bürgerkrieg verändert hatte. Da viele Männer, getrieben von Glaubenseifer oder zwangsweise rekrutiert, in den Kampf gezogen waren, schien York eine Stadt der Frauen und Greise geworden zu sein. Ehefrauen führten die Geschäfte ihrer Männer, Töchter betätigten sich als Handwerker, und unverheiratete Fräulein hielten vergeblich nach einer passenden Partie Ausschau, ehe sie es aufgaben und sich mit dem Dasein einer alten Jungfer abfanden. Jeden Sonntag wurde in den Kirchen dafür gebetet, dass unsere Männer wohlbehalten heimkehrten, aber wir wussten, dass viele von ihnen nie wieder nach Hause kommen würden, und nur wenige von uns machten sich Illusionen darüber, dass es nach dem Krieg anders sein würde als zuvor. Obwohl ich meine Witwenschaft nicht bedauerte – die Ehe mit Phineas hätte aus jeder Frau eine lustige Witwe gemacht –, war mir bewusst, dass nur wenige meiner Geschlechtsgenossinnen über den Wohlstand und die Herkunft verfügten, die mein Leben so angenehm machten. Alleinstehende Damen, ob unverheiratet oder verwitwet, fristeten im Allgemeinen ein kümmerliches Dasein voller Armut und Entbehrungen.

Die Pfarrgemeinde St. Crux befand sich im Herzen von York, nicht weit von der Fossgate Bridge. Nach einem Jahrzehnt in der Stadt kannte ich die verwinkelten Gassen so gut wie die Falten in meinem Gesicht, aber als ich damals aus Hereford hierhergekommen war, erschien mir die Stadt wie ein Irrgarten, den ein Geisteskranker angelegt hatte. London sollte angeblich noch schlimmer sein, aber das konnte ich mir kaum vorstellen.

Wir gingen durch den Laden der Asquiths und stiegen die Treppe zu den oberen Räumlichkeiten hinauf. William Asquith, Sarahs Ehemann, unterstützte die Parlamentstruppen und hatte seit Kriegsbeginn gut von seiner Anhängerschaft profitiert. Als wegen des sehr trockenen Sommers die Preise für Nahrungsmittel erneut sprunghaft stiegen, machte William zusätzliche Gewinne. Die Eheleute hatten ihr Heim mit kostbaren Möbeln ausgestattet; schwere Gobelins zierten die Wände. Doch wenngleich Reichtum, wie ich aus eigener Erfahrung wusste, die Illusion von Sicherheit gibt, lässt sich der Tod nicht davon abschrecken. Hatten meine Besitztümer etwa Michael und Birdy schützen können?

Sarah führte mich geradewegs in die Kammer auf der Rückseite des Hauses, wo die Bettstatt ihres Sohnes stand. Mir stockte der Atem, als ich das Kind sah, und Sarah stieß einen Schrei aus. Die Magd, die am Bett saß und die Hand des Jungen hielt, hob den Blick und brach in Tränen aus. Der Kleine war kreidebleich und vollkommen still. Ich wusste sofort, dass wir zu spät kamen.

Ich trat ans Bett und berührte Wangen und Brust des Jungen, spürte aber weder Wärme noch Atem. Langsam drehte ich mich zu Sarah um. Sie vergrub das Gesicht an meinem Hals. Ich spürte, wie sich ein Klageschrei in ihrer Brust aufstaute, bis er aus ihr herausbrach – so laut und gellend, dass die Dachsparren bebten.

Nach ein paar Augenblicken löste sie sich von mir und legte sich neben ihren toten Sohn aufs Bett, barg seinen Kopf in den Händen, küsste sein Haar und sagte ihm, wie sehr sie ihn geliebt habe. Tiefe Trauer erfasste mich. Ich biss die Zähne zusammen, um zu verhindern, dass auch ich in Tränen ausbrach, aber es war vergeblich. Wie eine Flut, die alles wegspülte, was ihr im Weg stand, flossen meine Tränen. Ich trauerte um den Tod von Sarahs Sohn, den Tod meiner eigenen Kinder und den Tod so vieler anderer junger Lebewesen, die Gott zu sich gerufen hatte.

Ich weiß nicht, wie lange ich bei Sarah blieb. Sie schickte ihre Magd los, William zu suchen, der unterwegs war, um einen weiteren Arzt zu holen. Während wir warteten, hielten Sarah und ich den kleinen Leichnam in den Armen und klammerten uns aneinander. Sarah weinte. Ich betete für sie und fragte mich, wie Gott ihr den einzigen Sohn hatte nehmen können.

Am nächsten Tag beerdigten wir das Kind; danach überließ ich William und Sarah ihrer Trauer. An jenem Abend betete ich, Sarah möge bald zu mir kommen und mir voller Freude, Hoffnung und Bangen anvertrauen, sie sei erneut schwanger. Ich würde sie nicht mit dem falschen Versprechen abspeisen, ihr Kind würde diesmal überleben – mein eigenes Beispiel würde diese Behauptung Lügen strafen –, aber ich würde mein Bestes tun, um ihre Ängste zu beschwichtigen. Ich würde ihr in Erinnerung rufen, was sie essen und was sie meiden sollte. Ich würde zu ihr gehen, wenn ihre Niederkunft näher rückte, und sie damit trösten, dass es beim zweiten Mal nicht so problematisch sein würde wie bei der ersten Entbindung. Ich würde ihr versichern, dass wir beide unser Bestes für ihr Kind gegeben hätten und dass sie eine wundervolle Mutter sein würde. Aber ich sollte nie Gelegenheit haben, Sarah dies alles zu sagen.

Zwei Wochen später war sie tot.

*

Wenn ich auf die Ereignisse zurückblicke, die folgen sollten, frage ich mich, was womöglich alles nicht passiert wäre, hätte Sarahs Mann mich eher an ihr Krankenlager geholt. Hester Jackson wäre vielleicht nie gehängt worden, und die furchtbaren Folgen hätten vermieden werden können.

Aber was nutzen derartige Überlegungen? Vielleicht war es Gottes Wille.

Wie Sarahs Freundinnen berichteten, saßen die Asquiths ein paar Tage, nachdem sie ihren Sohn beerdigt hatten, beim Abendessen, als Sarah von einem stechenden Schmerz in der Seite gepackt wurde. Sie legte sich ins Bett, und eine Weile sah es so aus, als würde sie sich erholen. Dann aber kehrte der Schmerz zurück, diesmal in Begleitung von Erbrechen und einem Fieber ähnlich dem, das ihren Sohn dahingerafft hatte. Sarah verlangte nach Wasser, doch wie viel sie auch trank, ihr Durst ließ sich nicht stillen.

Als ihr Bauch sich aufblähte, ließ William einen Arzt kommen, aber er konnte so wenig für Sarah tun, wie er Klein Peter hatte helfen können. Der Arzt erklärte, Sarahs Leiden wäre anders als alle Krankheiten, die er je gesehen habe; es habe seiner Meinung nach keine natürliche Ursache.

Dieser Arzt also war es, der andeutete – vielleicht, weil er kein Heilmittel wusste –, Sarah könne verhext worden sein.

Nachdem dieser Samen in Sarahs und Williams Köpfe gepflanzt war, dauerte es nicht lange, bis die Saat aufging. In dem verzweifelten Versuch, den Fluch aufzuheben, suchten sie Hilfe, wo immer sie sich finden ließ. William ritt aus der Stadt und nahm die Dienste eines Geistheilers in Anspruch, der versuchte, den Fluch, mit dem Sarah belegt worden war, durch Segenssprüche umzukehren. Er tat sein Bestes, hatte aber nicht mehr Erfolg als der Arzt. Wenn die Hexe, die seine Frau verwünscht hatte, nicht gefunden wurde, ließ er William wissen, würde Sarah unweigerlich sterben.

Sarahs Zustand verschlechterte sich, und der Tod schien immer näher zu rücken. William wurde mit jedem verstreichenden Augenblick ängstlicher und ratloser und zerbrach sich verzweifelt den Kopf nach dem Namen einer Person – irgendeiner Person –, die seine Frau verhext haben könnte.

Schließlich fand er die Antwort: Hester Jackson.

Einen Monat zuvor, wenige Tage vor Peters Erkrankung, war Hester in Williams Laden gekommen und hatte ihn um einen Bissen Brot gebeten. Sie sei alt und arm, sagte sie, und habe nichts zu essen, weil Brot so teuer geworden war. Als William sie abwies, murmelte Hester halblaut vor sich hin. Im ersten Moment dachte er sich nichts dabei, aber nach allem, was sich inzwischen ereignet hatte, war er überzeugt, dass Hester sich an ihm gerächt hatte, indem sie Peter und Sarah mit einem Fluch belegte. Wäre das alles in einem kleinen Dorf auf dem Lande geschehen, hätte William den Fluch aufheben können, indem er ein Stück Stroh von Hesters Dach verbrannte, aber das Haus, in dem Hester wohnte, hatte ein Ziegeldach, wie viele Gebäude in einer Stadt, in der Feuer eine ständige Gefahr darstellte. Von solch kleinen Dingen kann das Leben eines Menschen abhängen …

In seiner Verzweiflung wandte William sich an die Behörden und klagte Hester der Hexerei an, da es hieß, der Fluch einer Hexe würde aufgehoben, wenn sie vor Gericht gestellt wurde. Ich weiß nicht, ob William darauf seine Hoffnung setzte, aber falls es so war, wurde er enttäuscht. Hester bestritt vehement, eine Hexe zu sein, und erklärte, sie könne keine Verwünschung aufheben, die sie nicht ausgesprochen habe. Da William mit seiner Anklage allein dastand, lehnten die Behörden es ab, eine Verhaftung vorzunehmen. Krank vor

Sorge und Kummer eilte William nach Hause, wo er feststellte, dass Sarah während seiner Abwesenheit gestorben war.

Nun, da Frau und Kind tot waren, blieb William allein mit seinem Schmerz und seinem Zorn. Obwohl er es nie aussprach, glaube ich, dass er sich selbst die Schuld am Tod seiner Familie gab. Hätte er Hester Jackson gegenüber Barmherzigkeit im Wert nur eines Pennys bewiesen, hätte sie Peter und Sarah nicht mit einem Fluch belegt. Aber niemand kann derartige Schuldgefühle über einen längeren Zeitraum hinweg ertragen, und schon bald widmete William sich der Aufgabe, die Vernichtung seiner Familie zu rächen. Er fand Verbündete in seinen Nachbarn, die behaupteten, Hester sei schon immer eine seltsame Person gewesen, die sie bereits geraume Zeit verdächtigten, Hexerei zu betreiben. Angeblich hatte sie das Butterfass einer Frau verhext, damit diese keine Butter mehr rühren konnte, und einer anderen die Kuh, sodass sie keine Milch mehr gab. Man erinnerte sich daran, dass schon Hesters Mutter als Hexe gegolten hatte und ihre Tante (oder war es eine andere Verwandte gewesen?) vor zwanzig Jahren in Lancashire (oder war es Cheshire gewesen?) wegen Hexerei gehängt worden war.

Nach Hesters Verhaftung blühten Klatsch und Tratsch. Eine Zeit lang hatte es den Anschein, als gäbe es in York kein anderes Gesprächsthema. Obwohl man sich in der Stadt wegen der Einzelheiten uneins war und besonders abwegige Behauptungen infrage stellte, zweifelte doch niemand an Hesters Schuld.

»Ich habe gehört, der Teufel war bei ihr, in Gestalt eines hübschen jungen Mannes«, vertraute Hannah eines Abends Martha und mir an. »Er hat einen Dämon bei ihr gelassen, eine Maus namens Mausieur, die ihr bei ihren bösen Taten helfen soll.«

Martha versuchte nicht einmal, ihr verächtliches Schnauben zu unterdrücken. »Ist der Teufel jetzt Franzose? Oder heuert er bloß französische Mäuse als Helfer an? Wenn die Leute hier in der Stadt erst einmal anfangen, ihre Zungen zu wetzen, kennt ihre Dummheit wahrhaft keine Grenzen.«

Hannah war beleidigt. »Wer sind wir, Satans Handlungen zu begreifen?«, giftete sie. »Angeblich war eine Schar von Teufeln im Gefolge der Königin von Frankreich, als sie nach England kam, um Seine Majestät zu heiraten.«

»Und die Teufel haben ihre eigenen teuflischen Mäuse mitgebracht?« Martha schüttelte ungläubig den Kopf und rauschte aus dem Zimmer.

Martha mochte sich über die Vorstellung mokieren, Teufel hätten mitsamt ihren Mäusen auf einem Schiff den Ärmelkanal überquert, aber mir war klar, dass ich mit dem Besuch eines Friedensrichters rechnen durfte, wenn erst einmal derartiges Geschwätz über Teufel und Dämonen im Umlauf war.

Wie erwartet, erreichte mich zwei Tage später die Aufforderung, auf der Burg zu erscheinen, um Hester Jackson nach Hexenmalen abzusuchen. Obwohl mich diese Nachricht nicht überraschte, war ich alles andere als glücklich darüber.

»Werdet Ihr es tun?«, wollte Martha wissen.

»Mir bleibt kaum etwas anderes übrig«, antwortete ich. »Wenn Hester einen Dämon beherbergt, muss sie eine Zitze haben, an der er saugen kann. Und wer könnte so etwas besser finden als eine Hebamme?«

»Meint Ihr wirklich?«, fragte Martha.

Ich hörte die Unsicherheit in ihrer Stimme. Sie war meine Gehilfin geworden, um das Handwerk der Hebamme zu erlernen, nicht um alte Frauen nach Anzeichen für Hexenkräfte zu untersuchen.

»Oh ja«, erwiderte ich. »Auch das gehört zum Beruf der

Hebamme. Aber die Untersuchung einer Hexe ist eine heikle Angelegenheit, und wir müssen behutsam vorgehen. Viele Bürger Yorks sind überzeugt, dass Hester eine Hexe ist …« Ich brach ab, um nach den richtigen Worten zu suchen.

»Sodass ihr Zorn sich gegen uns richten wird, wenn wir das Hexenmal nicht finden?«, beendete Martha den Satz.

Ich nickte. »Da Hester bereits zur Hexe erklärt worden ist, würden sich die Leute wundern, wenn wir das Mal nicht finden. Irgendwo muss es schließlich sein.«

»Man würde uns aber nicht beschuldigen, oder?«, fragte Martha.

»Nein, niemals.« Ich lachte. »Hebammen würde man am allerwenigsten als Hexen bezeichnen. Wer genießt mehr Vertrauen bei den Nachbarn als sie? Nein, Martha. Manchmal mögen wir Frauen an den Galgen bringen, aber wir hängen nicht selbst.«

»Eine solche Arbeit gefällt mir nicht«, sagte Martha.

»Mir auch nicht. Aber sie muss getan werden.«

»Und wenn Ihr das Mal findet, schickt Ihr Hester in den Tod?«

Ich antwortete nicht sofort. Noch vor wenigen Jahren hätte ich nicht gezögert, diese Pflicht zu erfüllen. Aber seit Martha in mein Haus gekommen war, hatte ich mehr Todesfälle zu verantworten, als mir lieb war. Auch wenn es sich dabei natürlich nicht um Mord handelte, war mein Appetit auf Blut, auch das Blut von Schuldigen, seit Langem gestillt.

»Wenn es sein muss«, sagte ich, wobei ich die Zweifel in meiner eigenen Stimme hörte.

Ich beschloss, bis zum nächsten Morgen zu warten, ehe ich das Schreiben beantwortete, und betete am Abend zu Gott um die Gnade, diesen Kelch an mir vorübergehen zu lassen.

Zu meinem Erstaunen erhörte Gott meine Gebete. Am

nächsten Morgen klopfte es lange vor Morgengrauen an meiner Haustür. Hannah öffnete. Als sie Augenblicke später die Treppe heraufstieg, war ich schon dabei, mich anzukleiden. Wenn jemand zu so früher Stunde zu mir kam, konnte es nur einen Grund geben.

»Jane Morris liegt in den Wehen«, verkündete Hannah, während sie mir behilflich war. »Martha sucht bereits die erforderlichen Kräuter zusammen und packt Eure Tasche.«

»Danke, Hannah«, sagte ich. »Gib auf der Burg Bescheid, dass ich Hester Jackson leider nicht untersuchen kann. Sie müssen jemand anders finden.« Ich hielt einen Moment inne, um Gott dafür zu danken.

Hätte ich gewusst, welch schlimmen Folgen diese vermeintliche Gnade haben würde, wäre mein Dankgebet weniger inbrünstig ausgefallen.

Martha und mir blieb auf dem Weg zum Kirchspiel St. Wilfred, wo Jane wohnte, nur wenig Zeit zum Reden.

»Ich habe Jane schon bei zwei Entbindungen beigestanden, bevor du nach York gekommen bist«, sagte ich. »Und da die Geburt überfällig ist, könnte das Kind ziemlich kräftig sein.«

»Gab es bei den vorherigen Geburten irgendwelche Schwierigkeiten?«, erkundigte Martha sich.

»Keine«, antwortete ich. »Möchtest du heute vielleicht das Kommando übernehmen?«

Ein Lächeln erhellte Marthas Gesicht und machte es noch anziehender, als es ohnehin schon war.

»Ich hatte gehofft, dass Ihr mich fragt«, gestand sie.

Wie vorhergesehen, verlief die Geburt von Janes Kind schnell und problemlos, und Martha schlug sich glänzend.

Alles war gut.

Am nächsten Nachmittag jedoch stellte sich heraus, dass meine Ablehnung, Hester Jackson zu untersuchen, einen Sturm heraufbeschworen hatte. Obwohl die erste zarte Brise völlig harmlos schien, folgten ihr stürmische Winde, die heftig genug waren, um Recht und Ordnung umzustoßen und das Leben vieler Menschen, auch mein eigenes, aus der Bahn zu werfen.

*

Ich war gerade im Esszimmer, um Elizabeth bei ihren Schreibübungen zu helfen, als ich hörte, wie die Haustür geöffnet wurde und gleich darauf der typische Gang meines Neffen Will Hodgson erklang. Elizabeth, die seine Schritte ebenfalls erkannte, ließ ihren Gänsekiel fallen und eilte ihm entgegen.

»Elizabeth, deine Hände sind voller Tinte!«, rief ich, als ich das Tintenfass aufstellte, das sie in ihrer Hast umgeworfen hatte.

Will stieß einen übertriebenen Schreckensruf aus, als Elizabeth sich auf ihn stürzte, und gleich darauf entbrannte wildes Gerangel. Will hielt sie an den Handgelenken fest, während Elizabeth lachend verkündete, sie wolle ihm einen Schnurrbart ins Gesicht malen. Seit sie unter meinem Dach lebte, hatte sie meinen Neffen Will besonders ins Herz geschlossen – vielleicht, weil sie beide innerhalb weniger Tage zu Waisen geworden waren. Obwohl sie Jahre voneinander trennten, waren sie durch den Tod verbunden.

Nachdem ich Elizabeth mit der Aufforderung weggescheucht hatte, sich die Hände zu waschen, hob Will seinen Stock auf, den er hatte fallen lassen, und trat zu mir, um mich zu umarmen. Er war mit einem Klumpfuß zur Welt gekommen und kämpfte schon sein Leben lang darum, diese Deformierung wettzumachen. Andere Kinder hatten ihn gnadenlos gehänselt, und Will hatte gelernt, sich mit den Fäusten zu verteidigen. Als ihm dann bewusst geworden war, dass sein eigener Vater ihn wegen seiner Behinderung ablehnte, schien für ihn der Weg zu einem Leben voller Gewalt und Alkohol vorgezeichnet. Doch meine Bemühungen, mehr noch aber Wills Liebe zu Martha, hatten ihn zurück auf den rechten Weg geführt. Die beiden hatten sich mir zwar noch nicht anvertraut, aber ich hatte genug gesehen und gehört, um zu wissen, dass sie heiraten wollten, sobald Will eine Grundlage für sein künftiges Leben geschaffen hatte.

Eine Zeit lang hatten die Aussichten für diese Verbindung eher schlecht gestanden, da Wills Vater, Phineas' Bruder Edward, keinem seiner Söhne erlaubt hätte, ein Dienstmädchen zu heiraten, nicht einmal dem Krüppel. Aber das schreckliche Blutvergießen, zu dem es im vergangenen Sommer in York gekommen war, hatte Will von solchen Zwängen befreit. Der erste Schritt auf diesem eigenartigen Weg war die Rückkehr von Wills älterem Bruder gewesen. Joseph, der im Bürgerkrieg gekämpft hatte, erwies sich nicht nur als fanatischer Verfechter der puritanischen Sache, sondern auch als extrem machthungrig. Seine Heimkehr führte zum Tod von einem halben Dutzend Männer und Frauen, einschließlich seines Vaters Edward. In weiterer Folge vertrieb Joseph seinen Bruder Will aus ihrem Elternhaus und riss das Vermögen ihres Vaters an sich. Obwohl einige Leute an Wills Schuld zweifelten, war keiner von ihnen bereit, seine Ansicht in der Öffentlichkeit laut auszusprechen; Josephs Macht und Skrupellosigkeit waren zu groß und die Konsequenzen, wenn man ihm in die Quere kam, zu schwerwiegend. Natürlich trauerte Will um seinen Vater, erkannte aber irgendwann, dass er seinen Wohlstand verloren hatte; dafür stand es ihm frei zu heiraten, wen er wollte.

Wills Geschick wendete sich unerwartet zum Besseren, als nach Edwards Tod sein Patenonkel Interesse an ihm zeigte. George Breary war Edwards Freund und Rivale, seit sie beide junge Burschen gewesen waren, und hatte mit ihm erst um die Gunst von Yorks Frauen, dann um Erfolg im Geschäftsleben und in der Politik gewetteifert. Als der Krieg ausbrach, unterstützte Edward das Parlament, während George treu zum König hielt. Dennoch blieben sie Freunde. Zu meiner großen Freude erkannte George die prekäre Situation, in der sich Will nach Edwards Tod befand, und nahm ihn in seine Dienste. In den vergangenen Monaten hatte George seinem Patensohn immer mehr Verantwortung übertragen, hatte ihn sogar nach London geschickt, um Seidenstoffe für den Handel mit Schottland zu erwerben. Sollte Wills Lage sich weiterhin bessern, konnte er darauf hoffen, seinem Bruder eines Tages an Geld und Einfluss ebenbürtig zu sein *und* Martha zu heiraten. Das war es jedenfalls, worum ich Gott in meinen Gebeten bat.

Will und ich hatten es uns gerade im Salon bequem gemacht, als Martha mit drei Gläsern Wein kam und sich zu uns setzte. Ein Außenstehender hätte uns für eine eigenartige kleine Familie gehalten – eine Edelfrau, ihre Magd und Gehilfin und ihr klumpfüßiger Neffe –, aber die Zuneigung, die wir füreinander empfanden, überwand alle Schranken.

»Na los, erzähl uns schon den neuesten Klatsch, Will«, forderte Martha ihn auf. Ein leises Lachen schwang in ihrer Stimme mit, das meinem Neffen, der gelegentlich an Anwandlungen von Humorlosigkeit litt, allerdings völlig entging.

»Das ist kein Klatsch«, widersprach er. »Es sind Neuigkeiten.«

Martha und ich brachen in Gelächter aus. Will stimmte mit ein, als er merkte, dass Martha sich einen Scherz mit ihm erlaubt hatte. Wir unterhielten uns eine Weile über die Dinge, die sich in der Stadt zugetragen hatten, und hatten gerade unsere Gläser geleert, als Will eine ernste Angelegenheit zur Sprache brachte.

»Habt ihr schon das Neueste von Hester Jackson gehört?«, fragte er. »Joseph leitet die Ermittlungen. Die Frau, die Hester an deiner Stelle untersucht hat, entdeckte etwas, das sie eine ›höchst unnatürliche und teuflische Zitze‹ nannte.«

»Arme Frau«, sagte ich, denn damit war Hesters Schicksal so gut wie besiegelt.

»Das ist noch nicht alles«, fuhr Will fort. »Die Frau, die Hester untersucht hat, war Rebecca Hooke.«

Mein Magen zog sich zusammen. Ich wusste sofort, dass diese Stadt für mich und die Meinen nun ein viel gefährlicherer Ort geworden war.

3.

Rebecca Hooke?«, rief ich. »Wie kann das sein?«

Ich fühlte mich hin und her gerissen zwischen dem Zorn der Skylla und der Verzweiflung der Charybdis. Es war über ein Jahr her, seit ich zum letzten Mal mit Rebecca gesprochen hatte, aber sie und das Böse, das sie getan hatte, geisterten immer noch durch meine Träume.

Vor meiner Ankunft in York war Rebecca Hooke die bekannteste Hebamme in der Stadt gewesen, die ihren Eid jedoch mit schöner Regelmäßigkeit brach. Den Armen half sie nur, wenn es ihr passte und sofern sie sich einen Vorteil für sich selbst davon versprach. Im Entbindungszimmer war sie eine Katastrophe: Sie schikanierte die Freundinnen der Gebärenden und drohte den werdenden Müttern, sie würden sterben, wenn sie nicht jeden ihrer Befehle befolgten.

Nach einer Entbindung war sie um nichts besser, da sie die Geheimnisse, die sie herausbekommen hatte, dazu nutzte, um Frauen wie Männer einzuschüchtern und unter Druck zu setzen. Als Henry Perkins den Ehemann Rebeccas wegen einer geschäftlichen Angelegenheit verklagte, verkündete sie, er sei ein Hurenbock und habe seine Frau mit Syphilis angesteckt – sie müsse es wissen, denn sie habe die wunden Stellen mit eigenen Augen gesehen. Und als Elizabeth Stoppard ihr eine Kränkung zufügte – ich weiß bis zum heutigen Tag nicht, worum es ging –, erzählte Rebecca überall herum, Elizabeths tot geborenes Kind sei pechschwarz und nach Kot riechend zur Welt gekommen.

Natürlich machte sie das zu einer wenig wünschenswerten

Geburtshelferin, aber die Frauen in York begriffen schnell, dass Rebecca sich irgendwann an jeder von ihnen rächen würde, die schlecht über sie sprach oder eine andere Hebamme aufsuchte. So hatte Rebecca schon bald einen beachtlichen Kundenstamm.

Erst nachdem ich einige meiner Nachbarinnen davon überzeugen konnte, dass mein Reichtum und mein Name sie vor Rebecca beschützen würden, kamen sie lieber zu mir als zu ihr, und bald folgten andere diesem Beispiel. Rebeccas Zorn war grenzenlos, und sie schwor, mir mein Amt zu nehmen. Mir blieb nichts anderes übrig, als ihr die Lizenz entziehen zu lassen. Diese Schmach verzieh sie mir nie. Und auch der letzte Rest Mitgefühl, den ich für sie empfand – es ließ sich nicht leugnen, dass sie es im Leben sehr schwer gehabt hatte –, erlosch, als ich feststellte, dass sie das abscheulichste aller Verbrechen begangen hatte. Jetzt tat es mir nur noch leid, dass ich sie nicht am Galgen hatte enden sehen.

»Wie kann das sein?«, wollte Martha wissen. Sie sah so schockiert aus, wie ich mich fühlte. »Wer in der Stadt würde ihr so viel Macht geben?«

»Mein Bruder Joseph«, antwortete Will. »Er steckt dahinter.«

»Aber warum?«, beharrte Martha. »Rebecca ist durch und durch schlecht! Wie soll dabei etwas Gutes herauskommen?«

»Joseph interessiert sich für Macht, nicht für Schuld oder Unschuld«, entgegnete ich. »Er braucht eine Sucherin, die Hexen findet, wo sie welche finden soll, ohne Rücksicht auf Verluste.«

»Eine wie Rebecca«, stellte Martha fest.

»Sie würde jede Gelegenheit, Frauen der Hexerei zu beschuldigen, mit beiden Händen ergreifen«, bestätigte ich. »Sie hat es geliebt, die Autorität einer Hebamme zu besitzen. Als

Sucherin hätte sie noch größere Macht. Dann kann sie mit dem Tod selbst drohen.«

»Glaubt Ihr, sie hat bei Hester Jackson ein Mal gefunden?«, fragte Martha.

»Wenn es für sie von Vorteil wäre, würde sie ein solches Mal auch auf einem unbeschriebenen Blatt Papier finden«, gab ich zurück. »Joseph hat ihr diese Aufgabe nicht übertragen, damit sie Hesters Unschuld feststellt.«

»Aber warum macht er überhaupt Jagd auf Hexen?« Martha schüttelte den Kopf. »Was hat er davon?«

Martha und ich hatten längst erkannt, dass sich bei Joseph die Liebe zu Gott und die Liebe zur Macht die Waage hielten, wie bei vielen Puritanern. Wenn es seinen eigenen Interessen nützte, Gottes Wille zu tun, sah Joseph darin ein weiteres Beispiel für die Güte des Herrn.

»Er will der Stadt zeigen, was für ein guter und frommer Herrscher er wäre, wenn man ihm nur ein bisschen mehr Befehlsgewalt gäbe«, erwiderte ich. »Und mit einer skrupellosen Frau an seiner Seite könnte er einiges erreichen. Wir müssen sehr vorsichtig sein, bis wir wissen, worauf sie es abgesehen haben.«

Gemeinsam brachten Joseph und Rebecca den Tod. Bei Hester hatten sie es bereits geschafft, daran bestand kein Zweifel. Aber wenn ich geahnt hätte, wie viele Leute Hester ins Grab folgen würden oder dass die Menschen, die ich liebte, Josephs und Rebeccas Weg kreuzen sollten, hätte ich mitsamt meiner Familie fluchtartig die Stadt verlassen.

*

Nachdem Rebecca Hooke bei Hester ein Hexenmal entdeckt hatte, musste der Stadtrat entscheiden, wie weiter mit ihr zu verfahren sei. Vor dem Krieg hätten wir auf die Assisen gewartet, das vierteljährliche königliche Schwurgericht, vor dem alle Kapitalverbrechen verhandelt wurden. Aber da der König schwerlich Richter in eine vom Parlament gehaltene Stadt schicken konnte, musste sich die Stadt selbst um derartige Angelegenheiten kümmern. So hatten im vergangenen Jahr Yorks Räte über Schwerverbrecher zu Gericht gesessen – mit katastrophalen Ergebnissen. Inzwischen waren sie vorsichtiger geworden. Und jetzt versuchte der Stadtrat, unter der Bezeichnung »Außerordentliche Assisen« ein förmliches Gericht mit ehemaligen Richtern auf die Beine zu stellen.

So kam es, dass Hester wochenlang im Kerker der Burg schmachten musste, bevor ihr Prozess stattfand. Der Gedanke, wie sehr sie in dem Verlies leiden musste, schmerzte mich, denn ich kannte die tief in den Kellern gelegenen Gewölbe, wo die Stadt ihre schlimmsten Verbrecher unterbrachte. Diese armen Seelen vegetierten in tiefer Dunkelheit und unvorstellbarem Schmutz dahin, und so mancher Gefangene begrüßte wegen der wenigen Augenblicke Tageslicht und frischer Luft, die seinem Tod vorausgingen, seine Hinrichtung.

Als die Richter eintrafen, wurden sie von der Stadt mit großem Pomp empfangen. Musikanten und ein Trupp Soldaten der Stadtwache empfingen den Earl von Lancashire, als er am Micklegate Bar eintraf, dem südlichen Stadttor, und von dort zur Burg ritt, gefolgt von seinen Richtern. Nach wenigen Tagen der Vorbereitungen begannen die Verhandlungen mit ihrem üblichen Zeremoniell und dem langsam dahintrottenden Zug von Gefangenen. Manche marschierten vom Gerichtshof in die Freiheit, andere zum Pranger, wieder andere zum Galgen.

Da es für mich keinen Grund gab, einem der Prozesse beizuwohnen, versuchte ich das Ganze nach Möglichkeit zu umgehen. In meiner Jugend hätte ich mich von der Feierlichkeit des Anlasses mitreißen lassen und die Entscheidungen des Gerichts ohne Vorbehalte akzeptiert, im Vertrauen auf Gerechtigkeit. Aber in den letzten Jahren hatte ich zu oft erlebt, wie Recht und Gesetz auf Abwege gerieten, als dass ich mir den Glauben an die Justiz hätte erhalten können. In meinen Augen schien das Gesetz eine Waffe zu sein, die von den Mächtigen eingesetzt wurde, um Arme auszubeuten oder Feinde zu vernichten. Vielleicht war es vor dem Krieg anders gewesen. Oder ich hatte zu erkennen gelernt, dass es schon immer Bestechlichkeit gegeben hatte.

Die Außerordentlichen Assisen tagten noch, als ich von George Breary eine Einladung zum Essen erhielt. Seit Will in Georges Diensten stand, waren solche Einladungen keine Seltenheit, und als ich mich umkleidete, ging ich davon aus, dass es sich wohl um einen reinen Höflichkeitsbesuch unter Bekannten handelte. Will begleitete mich, und gemeinsam eilten wir durch die Stadt, die Köpfe vor dem Regen geduckt, den der Wind uns ins Gesicht peitschte. Ich dankte Gott, dass George nicht weit von mir in einem der nördlichen Stadtteile wohnte und nicht auf der anderen Seite des Flusses in Micklegate.

Will und ich hüpften auf den gepflasterten Straßen hin und her, um den Pfützen auszuweichen, von denen die meisten mit einer dünnen Eisschicht überzogen waren. Ein einziger falscher Schritt hätte zu einem kalten, unerfreulichen Abend führen können.

Als wir in Georges stattlichem Haus eintrafen, fanden wir ihn bei der Arbeit vor, aber er legte seine Papiere sofort beiseite und setzte sich mit uns in den Salon. Er war vielleicht fünfzehn Jahre älter als ich, also ungefähr fünfzig, und hatte das Auftreten eines Mannes, der mit seiner Stellung in der Welt und der Autorität, die Gott ihm verliehen hatte, zufrieden war. Seine Kleidung war aus feinem Tuch, und wie viele Männer, die zum König gehalten hatten, fiel ihm sein Haar bis auf den Kragen. Ich fragte mich manchmal, was passiert wäre, hätte ich einen Mann wie George geheiratet, keinen Schwächling wie Phineas. Aber welchen Sinn hatten solche Gedankenspielereien?

Als ich mich setzte, fiel mir die erlesene Qualität der Polsterbezüge auf. Die Armen darbten, aber George schien es recht gut zu gehen. Wir unterhielten uns eine Weile über dies und das, vor allem über den Regen und die Kälte, die der Herbst gebracht hatte, bis George das Gespräch in eine ernstere Richtung lenkte.

»Lady Bridget, ich muss mit Euch über Euren Neffen Joseph sprechen«, sagte er.

»Worum geht es?«, erkundigte ich mich. »Ich habe ihn seit Edwards Tod nicht mehr gesehen.« Ich warf Will einen verstohlenen Blick zu, weil ich mir nicht sicher war, wie viel er George von unseren Vermutungen anvertraut hatte, was Josephs wahre Natur betraf. Im vergangenen Sommer war ein Gefangener in der Burg gestorben, und obwohl wir es nicht beweisen konnten, hatten wir guten Grund zu der Annahme, dass Joseph den Tod dieses Mannes verschuldet hatte.

»Ich glaube, Joseph will wieder mal versuchen, alle erdenklichen Sünden und Sünder aus der Stadt zu vertreiben. Im letzten Sommer waren es Trunksucht und Fleischeslust, jetzt ist es Hexerei. Alles aus einem Guss.«

»Will und ich haben schon darüber gesprochen«, entgegnete ich. »Wir müssen tatsächlich gut aufpassen.«

»Nach Hester Jacksons Verhaftung hat Joseph den Stadtrat aufgefordert, Rebecca Hooke als Sucherin einzustellen«, fuhr George fort, als hätte ich nichts gesagt.

Ich stieß einen ungeduldigen Seufzer aus. »Ja, ja«, sagte ich, »das wissen wir bereits.«

»Das ist noch nicht alles«, erklärte George. »Ich hatte gehofft, auch Ihr würdet als Teil unserer Verteidigung gegen Josephs Pläne bei der Hexenjagd eine Rolle übernehmen.«

»Was meint Ihr damit?«, fragte ich. Es gefiel mir nicht, in welche Richtung sich Georges Gedanken bewegten.

»Als Joseph vorgeschlagen hat, Rebecca Hookes Dienste in Anspruch zu nehmen, habe ich eingegriffen. Ich sagte dem Rat, Ihr hättet Euch bereit erklärt, in dieser Sache – wie auch in allen anderen Fällen, die auftreten könnten – als unsere Sucherin tätig zu werden.«

»Wie bitte?«, rief ich empört. »Ohne mich vorher zu fragen?«

Mein Zorn schien George zu überraschen.

»Ich hatte keine andere Wahl«, sagte er gereizt. »Ich konnte nicht untätig mit ansehen, wie Joseph Hodgson und Rebecca Hooke so viel Macht an sich reißen. Wenn Hester Jackson schuldig ist, mag sie hängen. Aber Joseph und Rebecca liegt nichts an Schuld oder Unschuld, nur daran, sich diese Stadt zu erobern. Nun, ich fand meinen Plan sehr gelungen, bis ich erfuhr, dass Ihr Euch lieber um eine Frau in den Wehen kümmern wolltet, als Hester Jackson zu untersuchen.«

Ich hörte einen leisen Vorwurf in seiner Stimme, als hätte ich ihn verraten, indem ich meiner Arbeit nachging. Das konnte ich mir nicht bieten lassen.

»Ihr habt mich vor Eurer Entscheidung nicht konsultiert, und Ihr wisst, dass ich meine Patientinnen nicht im Stich lassen kann.« Ich ließ meinem Ärger freien Lauf, denn George hatte seine Grenzen deutlich überschritten. »Ich war oft genug in Angelegenheiten der Stadt verwickelt, um zu wissen, wie gern die meisten Männer eine Frau übergehen, aber von Euch hätte ich Besseres erwartet. Diese Überheblichkeit macht mich rasend!«

George ließ einen Moment den Kopf hängen, als wäre er reuig oder zerknirscht, sprach dann aber weiter, als hätte ich gar nichts gesagt. »Ich fürchte, die beiden haben ehrgeizigere Pläne als die Hinrichtung einer alten Frau. Ich glaube, sie wollen sich gegen mich und andere verschwören – gegen alle, die das Parlament nicht eifrig genug unterstützen.«

Ich nickte. »Auch das ist nichts Neues. Joseph will sich York zu eigen machen, wie er es schon immer wollte. Er wird das Gesetz benutzen, um die Stadt von ihren Sündern zu befreien, ob Huren oder Hexen, und wenn er damit fertig ist, wird er es gegen seine Feinde einsetzen. Wenn dabei ein paar alte Frauen zu Tode kommen – was soll's? Ihr habt recht, wenn Ihr Euch fürchtet.«

»Die Gefahr steht unmittelbar bevor. Wir können es uns nicht leisten, lange zu zögern«, sagte George. »In Suffolk hat man angeblich Hunderte Hexen gehängt. Wenn Joseph sich selbst zum Hexenjäger erklärt ...«

Bei dieser Vorstellung verstummten wir alle.

»Gebt mir die schriftliche Erlaubnis, Hester Jackson zu befragen«, sagte ich schließlich.

»Warum?«, fragte George. »Was soll das bewirken? Sie wird gehängt, das steht fest.«

»Wenn Rebecca und Joseph so sehr daran gelegen ist, Hester hängen zu sehen, muss es einen Grund dafür geben, und Hester kennt ihn vielleicht. Möglicherweise erfahre ich mehr über ihre nächsten Schritte, wenn ich mit Hester rede.« In Wahrheit war ich keineswegs überzeugt. Joseph und Rebecca waren viel zu vorsichtig, um sich gegenüber einer Frau wie Hester zu verraten, aber schaden konnte es auf keinen Fall.

George nickte. »Die Hinrichtung ist auf Freitag angesetzt.

Ihr müsst also morgen zu ihr. Ich gebe dem Burgvogt schriftlich Bescheid, dass Ihr zu Hester dürft. Wird Eure Gehilfin Euch begleiten?«

»Wenn ich schon als Spionin auftrete, gibt es niemanden, den ich lieber an meiner Seite hätte«, antwortete ich.

George wusste nichts von Marthas Vergangenheit als Taschendiebin und Einbrecherin, aber wenn uns unsere Tätigkeit über die Grenze zwischen Gesetzestreuen und Verbrechern hinausführte, war eigentlich ich *ihre* Gehilfin.

Dann lenkte ich das Gespräch auf Themen, die erfreulicher waren als Hexenkunst und Hinrichtungen, und wir verbrachten einen angenehmen Abend. Wieder daheim, setzte ich Martha über die Aufgabe, die vor uns lag, ins Bild. Wie nicht anders zu erwarten, schreckte sie nicht vor der Herausforderung zurück, aber ihr war klar, dass wir uns nicht ins Getümmel stürzen konnten, ohne uns selbst in Gefahr zu begeben.

»Mr. Hodgson und Mrs. Hooke werden erfahren, dass wir Hester besucht haben«, sagte sie, »und es wird ihnen nicht gefallen.«

Ich nickte. Rebecca war so gerissen wie boshaft, und wenn sie eine Chance sah, mich zu vernichten, würde sie diese Gelegenheit ergreifen, erst recht, wenn sie mich bei ihren Plänen, ihre Macht in der Stadt wieder an sich zu reißen, als Hindernis betrachtete.

»Wenn die Schlacht erst eröffnet ist, müssen wir schnell handeln«, erklärte ich. »Denn wir gehen ein großes Risiko ein.«

*

Am nächsten Morgen standen Martha und ich früh auf und machten uns auf den Weg zur Burg. Dicke Wolken hingen tief am Himmel, und immer noch zerrte der Wind an unserer Kleidung, aber es hatte aufgehört zu regnen, und dafür war ich dankbar. Die Außerordentlichen Assisen würden noch zwei Tage dauern, daher bewegte sich ein stetiger Strom von Menschen in dieselbe Richtung wie wir.

Als ich zum Thursday Market schaute, sah ich, wie Arbeiter das Gerüst für den Galgen aufstellten. Morgen sollte mit den Hinrichtungen begonnen werden. Hester würde vermutlich als eine der Ersten sterben.

Als wir uns dem Stadtrand näherten, tauchte Clifford's Tower vor uns auf, der mächtige Turm, der nun schon seit Jahrhunderten über die Stadt wachte. Wir gingen an dem Turm vorbei und überquerten die Brücke. Wie viele andere Besucher war auch Martha enttäuscht gewesen, als sie die Burg zum ersten Mal gesehen hatte, da sie dieser Bezeichnung kaum würdig war. Die Anlage bestand aus wenig mehr als einem mit Türmen bestückten Festungswall, der sich um den Burghof zog; kein Edelmann hätte sich dazu herabgelassen, hier seinen Wohnsitz aufzuschlagen. Während der Belagerung von 1644 war die Burg das Herz der königlichen Verteidigungsanlagen gewesen, heute diente sie nur noch als Gefängnis.

Es ging schleppend voran, als die Menge durch das schmale Tor in den Hof drängte. »Gehen wir zuerst Samuel besuchen«, schlug ich vor.

Martha nickte. Wir gingen zu dem kleinen Turm, in dem Samuel Short als einer der Gefängniswärter lebte und arbeitete. Ich klopfte an die Tür. Ein kleines Fenster öffnete sich, und Trees Gesicht erschien. Der Junge grinste, als er uns sah, und machte uns auf.

»Lady Bridget!«, rief er, als wir eintraten, während Samuel uns aufforderte, Platz zu nehmen. Ich hatte ihn kennengelernt, als eine Freundin von mir wegen Mordes verhaftet und in diesem Turm eingesperrt worden war. Der Burgvogt achtete darauf, dass fast alle Frauen, die hierherkamen, bei Samuel landeten. Offenbar ging der Vogt davon aus, dass bei dem zwergwüchsigen Samuel kaum damit zu rechnen war, dass er die Notlage der Frauen ausnützte. Ich wusste nicht, ob er damit richtiglag, hatte aber nie Gegenteiliges gehört. Leider war Hester zu arm und ihr Verbrechen zu schändlich für eine solche Sonderbehandlung; man hatte sie bestimmt in einen der tiefsten Kerker gesteckt. Falls die Wärter sie misshandelten, wen kümmerte es? Sie hatte sich gegen Gott versündigt und ihr Schicksal verdient.

»Willkommen, Lady Bridget«, begrüßte Samuel mich, als wir uns zu ihm an den groben Holztisch setzten. Samuel und Tree bewohnten zwei Kammern im Erdgeschoss des Turmes; über ihnen befanden sich die Gefangenen, die mehr Glück – oder Geld – hatten; unter ihnen hausten diejenigen, die Pech gehabt hatten oder mittellos waren. »Hab schon gehört, dass Ihr heute zu uns kommt. Die anderen Wärter fragen sich, wie Ihr den Aufruhr überbieten wollt, den es bei Eurem letzten Besuch gegeben hat.«

»Das kann ich mir vorstellen«, erwiderte ich mit einem knappen Lächeln. Der Aufruhr, wie Samuel es nannte, hatte mit vier Toten geendet.

Samuel schien zu merken, dass er zu weit gegangen war, denn er fuhr hastig fort: »Und was führt Euch auf die Burg?«

»Was könnt Ihr mir über Hester Jackson sagen?«

»Ach ja, die Hexe.« Samuel nickte. »Nicht besonders viel, fürchte ich. Der Burgvogt hat sie in eins der untersten Verliese gesteckt. Ihr Wärter staunt, dass sie noch nicht an Typhus verreckt ist. Da unten hält keiner lange durch. Sie kann von Glück sagen, dass sie ihren Prozess noch erlebt hat.«

»Glück?«, stieß Martha hervor. »Sie wird morgen gehängt!«

»Besser ein schneller Tod durch den Strang, als langsam an Typhus zu krepieren«, gab Samuel unbewegt zurück. »Glaub mir, ich weiß, wovon ich rede.«

»Wisst Ihr etwas über ihr Verhör?«, fragte ich.

»Aha, deshalb seid Ihr hier! Alles, was Joseph Hodgson und Rebecca Hooke zusammenführt, muss Euch Albträume bescheren.«

»Es ist keine Verbindung, die ich mir gewünscht hätte«, gab ich zu. »Und ich muss herausfinden, was sie planen. Habt Ihr etwas aufgeschnappt?«

»Nichts, was für Euch von Interesse wäre, glaube ich«, antwortete Samuel. »Mr. Hodgson und ein paar andere Richter haben Hester verhört, und sie hat gestanden. Nachdem Mrs. Hooke die Zitze gefunden hatte, blieb nur noch eins: auf den Richter und den Henker zu warten.« Er schien mir meine Enttäuschung anzusehen. »Falls mir was Ungewöhnliches zu Ohren kommt, gebe ich Euch Bescheid«, fügte er hinzu.

»Ich glaube nicht«, sagte ich, »dass die beiden so tollkühn sind, ihre Absichten laut auszusprechen, aber hoffen kann man immer. Wo hat man Hester untergebracht?«

»In dem Turm, der dem Fluss am nächsten ist«, sagte Samuel. »Ich bringe Euch hin.«

Wir drei machten uns auf den Weg.

Obwohl keiner der anderen Gefängniswärter es an absonderlichem Aussehen mit Samuel aufnehmen konnte, war auch der Mann, der Hester beaufsichtigte, eine ziemlich groteske Erscheinung. Er hätte alles zwischen vierzig und siebzig sein können; über sein zerfurchtes Gesicht zog sich eine Narbe, die mitten durch die leere Höhle verlief, in der sich früher sein linkes Auge befunden hatte.

»Guten Morgen, Mylady«, begrüßte er mich mit einer übertriebenen Verbeugung. »Ich habe Euer Eintreffen mit derselben freudigen Erregung erwartet, wie ich die Rückkehr von unserem Herrn Jesus Christus höchstselbst erwarte.« Ich wusste nicht, ob alle Wärter so dreist auftraten, aber der Mann lebte ja schon in einem Gefängnis, in dem die schlimmsten Verbrecher untergebracht waren. Was also hätte ich ihm noch antun können? »Mein Name ist Benjamin Hunter. Willkommen in meinem Turm!«

Der Schatten eines Lächelns huschte über Marthas Gesicht.

»Danke«, antwortete ich. »Wir sind hier, um Hester Jackson zu sprechen.«

»Ja, ja«, gab er zurück. »Der Burgvogt hat Euren Besuch angekündigt. Ihr kommt keinen Augenblick zu früh, würde ich meinen, denn morgen kommt nur ein einziger Besucher, nämlich der Henker, und danach ist die Frau für keinen mehr von Nutzen außer für die Anatomen.« Er starrte mich an, machte aber keine Anstalten, die Tür aufzusperren, die zu den Zellen führte. Sein Verhalten verwirrte mich, und ich wechselte einen Blick mit Martha.

»Ihr könnt Euch ja denken, wie viele Leute hier waren, um sich eine echte Hexe anzugucken«, fuhr Hunter schließlich fort. »Hunderte haben gutes Geld dafür gezahlt.«

Das also ist es, dachte ich. *Er will bloß sein Schmiergeld.*

Nachdem ich Hunter ein paar Münzen zugesteckt hatte, führte er uns die schmale Wendeltreppe hinunter zum tiefsten Verlies im Turm. Als wir vor der letzten Zelle standen, reichte er mir eine Laterne und sperrte Hesters Tür auf.

»Da wären wir, Mylady«, sagte er. »Ich darf Euch Hester Jackson vorstellen, Witwe und Hexe.«

4.

Als ich Hesters Zelle betrat, wurde mein Mund trocken, und mein Herz fing an zu rasen. Angeblich verlor eine Hexe ihre Zauberkräfte, wenn sie eingesperrt wurde, aber warum sollten Gefängnismauern eine Frau aufhalten, die mit Worten töten konnte? In der Hoffnung, dass Martha mir ein bisschen Mut machte, spähte ich zu ihr hinüber, aber auch in ihren Augen spiegelte sich Furcht.

Hester Jackson hockte auf der Kante der derben Holzpritsche, die ihr als Bett diente, und starrte auf den Boden. Als sie den Blick hob, war es, als würden wir in das Antlitz des Todes selbst blicken. Hesters Wangen waren nur noch Haut und Knochen, als hätten Zeit und Verwesung nicht auf ihren Tod warten wollen, bis sie Fleisch und Muskeln von ihrem Schädel fraßen. Sie starrte uns aus leeren Augenhöhlen an, und einen Moment fragte ich mich, ob man ihr die Augen genommen hatte. Spärliche Haarsträhnen hingen zu beiden Seiten ihres Gesichts herab und vertieften die Schatten ihrer eingefallenen Wangen. Ich hatte Hester nicht besonders gut gekannt, aber in diesem Moment hätte ich schwören können, dass sie eine Hexe war, und ich wünschte mir nichts sehnlicher, als so schnell wie möglich aus der Zelle zu entrinnen.

Dann versuchte Hester aufzustehen, und das Trugbild fiel in sich zusammen. Sie hatte sich noch nicht einmal zur Hälfte aufgerichtet, als ihr die Luft ausging und sie von einem heftigen Hustenanfall geschüttelt wurde. Die alte Frau ließ sich auf die Pritsche zurückfallen und zog die Knie an die Brust.

Endlich ließ der Husten nach. Als es ihr schließlich gelang, sich aufzusetzen, fielen mir die Ketten auf, die um ihre Hände und Füße geschlungen waren.

»Ihr habt sie in doppeltes Eisen gelegt?«, fragte ich Hunter ungläubig. »Zu welchem Zweck?«

»Zu dem Zweck, meine Arbeit zu behalten«, antwortete der Wärter. »Der Burgvogt sagt mir, was ich zu tun habe, und ich tu's. Nach all dem Wirbel im letzten Sommer wär's schön blöd von mir, ein Wagnis einzugehen. Das muss ich Euch wohl kaum sagen, oder?«

Ich dachte an den vergangenen Sommer zurück, als es einem Gefangenen gelungen war, sich von seinen Ketten zu befreien und sich zu erhängen. Wie viele Tode hatte seine Tat nach sich gezogen? Zwei? Drei? Irgendwann hatte ich aufgehört zu zählen, und vielleicht war es noch immer nicht vorbei.

»Seid Ihr hier, um meinen Kübel zu holen?«, fragte Hester den Gefängniswärter und deutete auf einen kleinen Holzeimer in der Ecke. Der Geruch, der von diesem Eimer ausging, verriet nur zu deutlich, welchem Zweck er diente.

»Den hol ich wie immer am Abend«, knurrte Hunter. »Frag noch mal, und du kannst ihn selbst schleppen.« Um seine Worte zu unterstreichen, stieß er mit dem Fuß nach dem Eimer, sodass der Inhalt auf die verfaulten Binsen zu schwappen drohte, die den Boden bedeckten.

»Nehmt den Kübel mit«, befahl ich. »Ich will ihn nicht hier drinnen haben, wenn ich mit ihr spreche.«

Hunter starrte mich offenen Mundes an. »Sehr wohl, Mylady«, sagte er schließlich.

»Und jetzt lasst uns allein«, wies ich ihn an. »Ich lasse Bescheid geben, wenn wir hier fertig sind.«

Hunter nickte, hob den Eimer auf und schlurfte zur Treppe zurück.

»Hester, ich bin Lady Bridget Hodgson«, wandte ich mich an die Gefangene. »Weißt du, wer ich bin?«

»So viel Verstand habe ich noch beisammen«, gab die alte Frau zurück. »Ich kenne Euch. Und wer ist die da?« Sie wies mit dem Kinn in Marthas Richtung.

»Meine Gehilfin.«

Hester nickte und wandte sich wieder mir zu. »Was wollt Ihr von mir?« Anscheinend hatte sie angesichts ihrer bevorstehenden Hinrichtung die allgemeinen Gebote der Höflichkeit über Bord geworfen.

»Ich muss mit dir über deinen Fall reden.«

»Wieso? Ich bin überführt und verurteilt, und morgen werde ich hängen, oder?«

»Ja. Daran kann ich nichts ändern, nicht einmal, wenn ich es wollte.« Ich sah Hester in die Augen und versuchte, darin einen Hinweis auf eine Frau zu entdecken, die imstande war, wegen eines Kantens Brot ein Kind zu töten. Schließlich gab ich es auf, denn Hester unterschied sich in keiner Weise von Hunderten anderen alten Jungfern und Witwen.

»Na schön«, sagte sie. »Worum geht's?«

»Ich würde gern etwas über dein Verhör durch Mr. Hodgson und Mrs. Hooke hören.«

Hester machte ein verdutztes Gesicht. »Wozu? Da gibt's nicht viel zu erzählen. Sie haben mich gefragt, was ich getan habe, und ich habe es ihnen gesagt.«

»Du hast ihnen erzählt, dass du die Asquiths verhext hast?«, platzte Martha heraus. »Wie konntest du?«

Hester lächelte und entblößte dabei ihren zahnlosen Mund.

»Willst du lernen, wie du *deine* Nachbarn verhexen kannst?«, fragte sie mit einem bitteren Lachen. »Wirst schon sehen, wohin das führt.« Hesters Ketten rasselten, als sie die Hände hob.

»Das habe ich nicht gemeint«, murmelte Martha.

»Ich weiß, was du gemeint hast«, sagte Hester. »Du fragst dich, wie eine alte Frau zu einer Hexe werden konnte und wieso ich eine junge Mutter und ihren unschuldigen Säugling getötet habe.«

Martha nickte.

»Gott ist mein Zeuge, ich habe keine Ahnung, wie es dazu gekommen ist.« Hester schüttelte ratlos den Kopf. »Ich war bei Mr. Asquith und habe ihn um Brot angebettelt. Als er nein sagte, schimpfte ich, dass es ihm noch leidtun würde, mir christliche Nächstenliebe vorzuenthalten. Am nächsten Tag wurde sein Junge krank, dann seine Frau.«

»Du hast sie tatsächlich verhext?«, fragte ich.

Hester schüttelte den Kopf. »Falls ich das getan habe, dann aus Versehen. Ich habe ganz sicher keinen Fluch gegen den Jungen oder seine Mutter ausgesprochen, nicht mit Absicht. Sie waren unschuldig. Sie hatten mit Mr. Asquiths Sünde nichts zu tun. Ich wollte, dass *er* leidet. Aber nicht durch sie, nicht auf diese Art. Wenn Satan meine Worte gehört und sie deshalb getötet hat, dann ... dann ... Ich habe das nicht gewollt. Es tut mir leid.«

Eine Träne glänzte im Licht der Laterne, und ich kämpfte gegen das Mitleid an, das sich in mir regte. Ich wusste nicht, was ich von Hesters Geständnis halten sollte. Hatte sie die Asquiths wirklich verhext? Oder entsprang ihr Schuldbewusstsein irgendwelchen wirren Fantastereien? Könnte Satan ihre Worte verdreht haben, wie sie behauptete? Könnte er ohne ihr Wissen oder ihre Einwilligung gehandelt haben? Wir würden die Wahrheit nie erfahren. Nicht einmal Hester selbst schien sie zu kennen.

An diesem Tag aber hatte die Wahrheit kaum Gewicht, und es war nicht der richtige Zeitpunkt, melancholischen Gedanken über den Tod von Mutter und Kind oder gar über die Frau nachzuhängen, die wegen dieses Verbrechens sterben sollte. Was ich auch tat, Hester Jackson würde morgen gehängt. Rebecca und Joseph aber würden weiterhin eine Bedrohung für mich darstellen.

»Und der Dämon?«, fragte ich. »Hast du ihnen von dem Dämon erzählt?« Ich hatte noch nie eine geständige Hexe verhört und wollte so viel wie möglich erfahren. Gott allein wusste, wie viele Hexen Rebecca vielleicht noch entdeckte, wenn sie sich erst einmal in diese Idee verrannt hatte.

»Diese französische Maus, über die sie dauernd geredet haben?«, fragte Hester. »Wie heißt sie noch gleich? Mausieur?«

Ich nickte.

»Die Maus ist ihren Wirrköpfen entsprungen«, stieß sie hervor. »Satan mag die Asquiths getötet haben, aber einen Dämon habe ich nie gesehen, ob Maus, Katze oder Maulwurf.«

»Hast du das Mr. Hodgson gesagt?«, fragte ich.

Hester nickte. »Aber nachdem ich ihm von dem Fluch erzählt hatte, war alles andere egal.« Sie machte eine Pause und sah mich an. In ihren Augen war immer noch ein Funken Leben zu entdecken, nicht viel, aber deutlich zu erkennen. »Lady Hodgson, ich wollte nicht, dass die beiden sterben, aber ich habe die Worte ausgesprochen, die sie umgebracht haben, und das bereue ich.«

Ich nickte. Ich hatte das unbestimmte Gefühl, dass sie sich eine Art Absolution für ihr Vergehen erhoffte, aber die konnte ich ihr nicht erteilen.

»Hat Mr. Hodgson noch etwas gesagt?«, bohrte ich nach. »Hat er nach anderen Hexen gefragt?«

Hester schüttelte den Kopf. »Nein, kein einziges Mal. Nachdem ich ihm erzählt hatte, was ich getan habe, ließ er die Sucherin kommen.«

»Mrs. Hooke?«, fragte ich.

»Genau die. Die war vielleicht grob, als sie da unten bei mir rumgestochert hat! Ein Glück, dass sie morgen nicht das Hängen übernimmt.«

»Aber wenn du keinen Dämon hast, wie konnte sie dann eine Zitze finden?«, wollte Martha wissen.

Hester zuckte die Achseln. »Keine Ahnung. Eigentlich ist es mir auch egal. Vielleicht habe ich einen Dämon, der nachts bei mir saugt, ohne dass ich es merke. Wer weiß schon, was Satan alles treibt?«

»Hat *sie* dich nach anderen Hexen gefragt?«

»Oh ja, und es hat sie gar nicht gefreut, dass ich keine kenne. Sie hat mir mit der Wasserprobe gedroht, wenn ich nicht die Wahrheit sage, aber weil ich wusste, dass sie das nicht machen konnte, nicht allein, habe ich den Mund gehalten.«

Martha und ich verabschiedeten uns von Hester, und ich hämmerte an die Zellentür, um den Wärter zu rufen.

»Lady Hodgson?« Zum ersten Mal klang Hesters Stimme unsicher. »Werdet Ihr morgen dabei sein?«

Ich drehte mich zu ihr um. Ihre Augen schimmerten im Licht der Laterne, und mir wurde klar, dass sie mich zu ihrer Hinrichtung einlud.

Einen Moment lang fragte ich mich, warum sie mich um diesen Gefallen bat. Welchen Trost konnte ich einem derart gequälten Geschöpf schon bieten?

Und dann wusste ich es.

Solange sie denken konnte, war Hester innerhalb ihrer Kirchengemeinde eine Randfigur gewesen. Sie hatte keinen Mann, keine Kinder, keine Familie. Niemand in der Stadt liebte sie oder kümmerte sich um sie. In guten Zeiten betrachteten ihre Nachbarn sie als Schmarotzerin, die ihren Kindern das Brot von den Lippen stahl. Nun aber, da in ganz England

Krieg herrschte, waren die Zeiten alles andere als gut. Als William Asquith sie der Hexerei und des zweifachen Mordes beschuldigte, hatten sich mit Sicherheit alle Freunde, die Hester jemals gehabt haben mochte, von ihr abgewandt. Wahrscheinlich waren sie sogar noch grausamer gewesen als alle anderen, und sei es nur, um sich von einer Frau abzugrenzen, die der Hexerei angeklagt war. Hester Jackson hatte keine Menschenseele.

Ich nickte, und sie dankte mir.

Sowie Benjamin Hunter kam, um uns aus der Zelle zu lassen, sah ich, dass die mürrische Stimmung, in die ich ihn versetzt hatte, verflogen war. Als Martha und ich das Ende der Treppe erreichten, entdeckten wir den Grund dafür. Ein Dutzend Leute oder mehr stauten sich draußen vor der Tür und warteten begierig darauf, die Hexe zu sehen, bevor sie am Galgen baumelte. Jeder von ihnen war bereit, für dieses Privileg zu zahlen.

Als wir die Burg verließen, betete ich, Hester möge nicht von Hunter und den Schaulustigen misshandelt oder erniedrigt werden. Andererseits, welche Demütigung konnte man einem Menschen, der nur noch einen Tag zu leben hatte, noch zufügen?

Martha und ich mussten feststellen, dass die Straße zur Stadt wesentlich voller war als auf dem Hinweg. Wir hatten Mühe, uns durch die Massen zu kämpfen, die über die Zugbrücke in die Burg drängten. Innerhalb der Stadtmauern lichtete die Menge sich merklich; wir konnten uns unterhalten, ohne zu schreien, um das Getöse um uns her zu übertönen. Mittlerweile hatten die Krämer ihre Buden aufgestellt, und Lehrburschen in dicken Wintersachen priesen die Waren an, während der Nordwind die bunten Markisen flattern ließ.

»Das war nicht, was ich erwartet hatte«, sagte Martha.

»Was meinst du?«

»Ich hatte nicht erwartet, dass Hester zugibt, die Asquiths getötet zu haben.«

»Sind die Schuldigen erst einmal verurteilt, verspüren sie häufig den Wunsch, die Wahrheit zu sagen«, erwiderte ich. »Das haben wir selbst vor nicht allzu langer Zeit erlebt.«

»Ja«, gab Martha mir recht. Aber ich sah ihr an, dass ihr irgendetwas zu schaffen machte. Sie versuchte es noch einmal. »Ich hätte nicht gedacht, dass sie zugibt, die beiden verhext zu haben. Wie soll sie das angestellt haben?«

Jetzt ging mir ein Licht auf. »Du glaubst nicht, dass es so etwas wie Hexenkunst wirklich gibt!«, rief ich. Ich wusste, dass manche Menschen die Existenz von Hexen und Hexerei leugneten, und ich hatte von Reginald Scots berüchtigtem Buch gehört, aber nie wäre ich auf den Gedanken gekommen, auch Martha könnte zu den Skeptikern im Lande gehören.

Martha zuckte die Achseln. »Ich weiß nicht, was ich glauben soll. Aber eines ist mir aufgefallen: Die meisten Frauen, die der Hexerei beschuldigt werden, sind wie Hester alt und arm und ohne Familie, die ihnen helfen könnte.«

»Solche Frauen lassen sich vom Satan umso leichter in Versuchung führen«, gab ich zu bedenken.

Martha lachte bitter auf. »Ja, ja, die alte Leier kenne ich. Hexen unterscheiden sich nicht von anderen Frauen. Wir sind so schwach im Geiste und so willig im Fleisch, dass Satan uns mühelos auf Abwege führen kann. Kein Wunder, dass die Männer uns an der kurzen Leine halten müssen.«

»Es geht nicht nur darum«, entgegnete ich. »Der Teufel bietet Frauen wie Hester alles, was ihnen fehlt, alles, wovon sie nur träumen können ... Geld, Schutz vor der Welt, die Macht, sich an ihren Feinden zu rächen. Für manche Frauen, vor allem für solche, die zu Bösartigkeit neigen, ist es schwer, der

Versuchung zu widerstehen. Hester behauptet, sie habe den Asquiths nichts tun wollen, aber sie ist der schwarzen Magie verfallen. Du hast selbst gehört, wie sie es zugegeben hat.«

»Mag ja sein«, gab Martha zu. »Aber ich glaube erst dann an Hexerei, wenn Recht und Gesetz damit anfangen, auch Männer für dieses Verbrechen zu hängen.«

»Und jetzt glaubst du nicht daran?«, fragte ich.

Marthas Zweifel an Gott und dem Übernatürlichen waren mir selbstverständlich nicht neu. Das Mädchen hatte erst wenige Wochen in meinen Diensten gestanden, als wir bereits darüber stritten, welchen Platz Gott in der Welt einnahm. Schon vor langer Zeit hatte Martha jeden Glauben an Seine Güte oder die Sinnhaftigkeit von Gebeten aufgegeben. In ihren Augen war Gott, falls er überhaupt existierte, ein Elternteil, der Seine Geschöpfe vernachlässigte und ihnen erlaubte, alle erdenklichen Grausamkeiten zu begehen. Eine Zeit lang bemühte ich mich, sie eines Besseren zu belehren, aber in Wirklichkeit war es eher ihr gelungen, meine Meinung zu ändern als umgekehrt. Vielleicht aber führte sie auch nur zu Ende, was mit dem Tod von Michael und Birdy begonnen hatte. Ich würde lügen, wenn ich behaupten wollte, dass ich Gottes Güte nicht infrage stellte, als ich eine Hand voll Erde auf den Leichnam meines letzten Kindes warf.

»Was haltet Ihr von Hester?«, fragte Martha.

»Sie ist eine geständige Hexe und wird hängen«, antwortete ich. »Aber ich kann mir nicht vorstellen, dass Joseph und Rebecca sich zusammengetan haben, um nur eine einzige Frau an den Galgen zu bringen.«

Martha nickte. »Es muss mehr dahinterstecken.«

»Und bevor wir nicht wissen, worum es geht, müssen wir die beiden scharf im Auge behalten.«

Als wir zu Hause waren, schrieb ich einen Brief an George

Breary, in dem ich ihm unseren Besuch bei Hester schilderte und ihm riet, auf der Hut zu sein.

Ich weiß nicht, welches Spiel Mr. Hodgson und Mrs. Hooke treiben, schloss ich, *aber ich bin sicher, es ist noch lange nicht vorbei.*

*

An diesem Abend nahm ich mir viel Zeit, als ich Elizabeth zu Bett brachte. Zu ihrem Entzücken zog ich jeden Augenblick in die Länge, als ich mich vergewisserte, ob das Wasser für ihr Gesicht und ihre Hände weder zu heiß noch zu kalt war, und ihr mit besonderer Sorgfalt die Zähne putzte. Wir legten uns in ihr Bett und lasen ein Buch, mit dem schon Birdy das Abc gelernt hatte. Elizabeths Mutter hatte sicher nicht lesen und schreiben können, vermutete ich – welche Hure konnte das schon? Deshalb fand ich es nicht weiter verwunderlich, dass Elizabeth nur einige wenige Buchstaben des Alphabets kannte, als sie zu mir kam. Als ich ihr vorschlug, lesen zu lernen, strahlte sie vor Freude, als hätte ich sie gefragt, ob sie fliegen lernen wolle. In den Monaten, die sie bei mir im Haus wohnte, erwies sie sich als aufgeweckte Schülerin. Ständig bettelte sie mich, Martha und vor allem Will an, ihr etwas vorzulesen.

»Ma?«, fragte Elizabeth nun unvermittelt. Erst jetzt fiel mir auf, dass meine Gedanken abgeschweift waren.

»Ja, meine Kleine?«

»Ich habe gehört, dass morgen eine Hexe gehängt wird.« Sie schaute mich aus furchtsamen blauen Augen an.

»Das stimmt«, sagte ich.

»Hat sie wirklich einen kleinen Jungen verhext?«

»Ja, das hat sie.«

»Und ist er gestorben?«

»Leider ja. Und nun ist er bei Gott.«

»Warum hat sie ihn verhext?«, fragte Elizabeth. »War er böse?«

»Nein, er hat nichts getan«, sagte ich. »Sie war böse auf den Vater des Jungen und hat ihn verflucht. Aber nicht der Vater, sondern der Junge ist gestorben.«

Elizabeth nickte ernst. »Kennst du die Hexe?«

Obwohl sie noch nicht lange bei mir lebte, war Elizabeth nicht entgangen, dass ich in York eine Bekanntheit war, und da ich im Lauf der Jahre Hunderte von Frauen in Gegenwart von noch mehr Freundinnen entbunden hatte, war ihre Frage nicht abwegig.

»Ich habe sie heute gesehen«, antwortete ich. »Warum willst du das wissen?«

»Ich hab überlegt, ob sie einem wohl Angst macht«, entgegnete Elizabeth. »Wird sie noch mehr Kinder verhexen?«

Ich dachte an meinen Besuch im Kerker und schüttelte den Kopf. »Nein, sie macht einem keine Angst«, sagte ich. »Jetzt nicht mehr. Sie ist alt, traurig und verängstigt.«

»Dann kann sie keinem Kind mehr etwas tun?«

»Nein«, erwiderte ich. »Das liegt hinter ihr.«

»Und morgen wird sie gehängt«, schloss Elizabeth, sichtlich zufrieden über das schlimme Ende der Hexe.

»Morgen wird sie gehängt«, bestätigte ich und löschte das Licht.

Elizabeth kuschelte sich an mich. Wir beteten für unser Haus, unsere Stadt und den König. Ich fügte ein stummes Gebet hinzu, Gott möge sich als gütiger und gerechter Richter erweisen, wenn Hester vor Ihm stand, und sprach dann noch ein Dankgebet für Elizabeth.

Aber noch während ich betete, befiel mich Angst vor der

Zukunft. Elizabeth liebte es, von den Elfen und Kobolden zu sprechen, die in den Obstgärten der Stadt lebten, wie sie fest glaubte, und manchmal die Gestalt von Mäusen oder Maulwürfen annahmen. Wenn sie sah, wie unsere Katze Sugar das eine oder andere Tierchen in unserem Garten belauerte, rief sie: »Pass auf, pass auf, es könnte ein Kobold sein! Kommst du ihm zu nahe, verwandelt er deine Schnurrhaare in Gänseblümchen!«

Bis zu Hesters Verhaftung hatte ich mich über Elizabeths blühende Fantasie gefreut, aber jetzt gefror mir bei dem Gedanken an magische Tiere das Blut in den Adern. Von Elizabeths Kobolden zu Hesters satanischem Dämon war es nur ein kleiner Schritt.

Ich konnte mir nicht vorstellen, dass jemand Elizabeth der Hexerei beschuldigen würde.

Aber was, wenn ich mich irrte?

5.

Am Morgen nach Hesters Hinrichtung brachte der Dezemberwind fast einen Fuß Schnee. Obwohl ich schon verschneite Winter erlebt hatte, konnten sich nicht einmal die ältesten Einwohner von York an einen derartigen Schneesturm erinnern, und viele sahen darin ein schlechtes Omen. Die Puritaner der Stadt, allen voran Joseph, verkündeten lauthals, Gottes Zorn über das sündhafte Treiben in England sei noch immer nicht verraucht. Sie drängten Wachtmeister und Büttel, sich mehr denn je ins Zeug zu legen und ihre Bemühungen, die Sünde auszumerzen, zu verdoppeln; daher fanden sich, als der Sturm abflaute, Dutzende Huren und Trunkenbolde im Gefängnis wieder. Es erstaunte mich, dass der Stadtrat Josephs Feldzug gegen die Sünder duldete – genau dasselbe hatten er und seine Anhänger im Sommer versucht, und es hatte in einem Blutbad geendet. Hatten sie denn nichts dazugelernt?

Elizabeth hatte natürlich noch nie so viel Schnee gesehen und bestürmte mich derart, mit ihr nach draußen zu gehen, dass ich kein Nein über die Lippen brachte. Ich befürchtete, die Kälte könnte sie ermüden, aber sie tollte fröhlich herum, ohne die eisigen Temperaturen zu beachten. Als wir den Thursday Market erreichten, stellte ich erleichtert fest, dass die Galgen verschwunden waren. Ich wollte nicht, dass Elizabeth an Hesters Schicksal erinnert wurde.

»Guten Morgen, Mylady!«, rief jemand. Als ich mich umdrehte, entdeckte ich Peter Newcome, den fliegenden Händler, der immer noch seine Druckschriften anpries. Elizabeth flitzte zu seiner Holztafel und starrte wie gebannt auf die reißerischen Bilder, die er darangeheftet hatte. »Habt Ihr Euch mein Angebot noch einmal durch den Kopf gehen lassen?«, fragte er. »Ein kleines Büchlein über die Morde im vergangenen Sommer würde sich gut verkaufen, aber Eure Geschichte wird nicht ewig Neuigkeitswert haben.«

»Weil neue Gräueltaten folgen werden?«, gab ich schroff zurück.

Newcome zuckte die Achseln. »Ich schreibe niemandem vor, was er zu lesen hat. Ich verkaufe lediglich, was die Leute haben wollen.«

Ich betrachtete seine Tafel mit ihrer Parade von Mordfällen, Monstern, Missgeburten und Hexen, die dort feilgeboten wurde. Einer der Titel stach mir ins Auge: *Wundersame Entdeckung von Hexerei in Bolton, Lancashire*. Das Bild auf der Titelseite zeigte vier Frauen, die vor einer riesigen Menschenmenge gehängt wurden. Darunter stand: *Du sollst keine Hexe am Leben lassen*. Anscheinend war die Hexenjagd mittlerweile bis in den Norden vorgedrungen. Dann bemerkte ich den kleinen Aufdruck unten auf der Seite. Mir blieb der Mund offen stehen, als ich las: *Gedruckt auf Anweisung des Lord Mayor und der Ratsherren von York*.

»Das wurde hier in der Stadt gedruckt?«, fragte ich Newcome.

»Ja, in der Tat«, antwortete er. »Ich habe die Heftchen heute für einen Halfpenny das Stück gekauft. Nach den gestrigen Hinrichtungen werde ich sie im Handumdrehen unter die Leute bringen, und ich streiche dabei einen netten kleinen Gewinn ein.«

»Ihr kennt den Drucker?«

»Gewiss«, erwiderte er lächelnd. »Und falls Ihr meint, dass

wir drei mit Eurer Geschichte ein gutes Geschäft machen können, seht Ihr das vollkommen richtig.«

Ich konnte ein Lächeln nicht unterdrücken. »Meine Geschichte bleibt mein Eigentum«, erklärte ich. »Aber ich kaufe Euch dieses Buch ab. Und wenn Ihr mich zu dem Drucker bringt, lege ich noch einen Penny drauf.«

Newcome nickte und rief nach seinem Gehilfen. Ein Junge, der in Elizabeths Alter sein mochte und über seinem Mantel eine Schürze voller Pamphlete trug, lief über die Straße und schaute Newcome fragend an.

»Bring Lady Hodgson zu Mr. Williams«, trug Newcome dem Jungen auf. »Sie gibt dir dafür Twopence und dazu noch einen Penny für das Buch.«

Ich wollte Einwände gegen den Preis erheben, aber noch bevor die Worte über meine Lippen kamen, flitzte der Junge in Richtung Münster los. Ich warf Newcome einen erzürnten Blick zu, den er mit einem unverschämten Grinsen erwiderte, nahm Elizabeth an die Hand und eilte dem Jungen nach. Er führte uns zu einem kleinen Platz auf der Nordseite der Kathedrale. Dort blieb er stehen.

»Welche Tür?«, fragte ich.

Er schenkte mir ein Lächeln, das dem seines Herrn sehr ähnelte.

»Ach so, deine Twopence«, murmelte ich.

»Und der Penny für das Buch.« Bei der Aussicht auf die Bezahlung wurde sein Lächeln noch breiter.

Ich gab ihm die Münzen, und er zeigte auf eine schmale Gasse.

»Da ist es. Über der Tür hängt ein Schild.« Er nickte Elizabeth zu und lief denselben Weg zurück, den wir gekommen waren.

Elizabeth und ich betraten die Gasse. Wie der Junge gesagt

hatte, hing über der Tür des Druckers ein unbeholfen gemaltes Schild. Ich klopfte an, und ein junger Mann in tintenfleckigem Kittel machte uns auf.

Er musterte uns beide einen Augenblick, bevor er den Mund aufmachte. »Das hier ist eine Druckerwerkstatt«, sagte er unsicher.

»Und ich bin hier, um den Drucker zu sprechen«, entgegnete ich. »Ist er da?«

Der Junge fasste sich und machte eine Verbeugung. »Entschuldigt bitte, Mylady. Es kommt nicht oft vor, dass Edelfrauen oder Kinder herkommen. Ich dachte, Ihr hättet Euch verlaufen.«

»Ist der Meister hier?«, fragte ich noch einmal.

»Ich bin der Drucker«, antwortete er. »Mein Meister ist mit den Männern des Königs geflohen. Seither bin ich hier allein.«

Ich schaute in die Werkstatt und entdeckte eine große hölzerne Druckpresse, Schachteln mit Drucklettern und Stöße von Papier, die darauf warteten, zu Büchern zu werden.

»Ihr arbeitet allein?«, fragte ich.

»Ich habe einen Jungen, der die Lettern setzt, aber ich kann mich nicht darauf verlassen, dass er den Text Korrektur liest. Das muss ich selbst machen. Die Abzüge drucken wir zusammen. Wie kann ich Euch helfen, Mylady?«

»Ich bin wegen eines Buches hier, das Ihr vor Kurzem gedruckt habt. Es handelt von den Hexen in Lancashire.«

Der junge Bursche nickte. »Tja, das war ein echter Eilauftrag. Der Junge und ich waren die halbe Nacht auf, aber ich bin gut bezahlt worden, kann mich also nicht beklagen ...«

Er brach ab und musterte mich unruhig.

»Gibt es Schwierigkeiten?«, fragte er dann. »Ich habe ein vom Lord Mayor unterzeichnetes Erlaubnisschreiben.«

»Darum geht es nicht«, sagte ich. »Ich möchte wissen, von wem Ihr das Pamphlet habt.«

»Dem Himmel sei Dank.« Er war sichtlich erleichtert. »In Zeiten wie diesen weiß man nie, wer an welchen Büchern Anstoß nimmt. Und wenn sich kein Verfasser findet, geben die Leute dem Drucker die Schuld. Aber ich kann Euch leider nicht helfen.«

Mir sank der Mut. »Was soll das heißen?«

»Der Mann, von dem ich das Pamphlet bekommen habe, hat seinen Namen nicht genannt. Er gab mir den Text und das Geld und ging seiner Wege. Er wollte nicht einmal Exemplare für sich selbst, nur mein Versprechen, sie alle zu verkaufen. Als ob ich sie selbst behalten würde!« Er schüttelte verwundert den Kopf.

»Wie hat er ausgesehen?«, wollte ich wissen.

Der junge Mann furchte nachdenklich die Stirn. »Er war Soldat, vermute ich. Er hatte dieses herrische Auftreten. Und an einer Hand hatte er nur drei Finger.«

Mein Herz schlug schneller, und ich spürte, wie mir das Blut ins Gesicht stieg. »Drei Finger?«, wiederholte ich. »Welche drei?«

»Die ersten beiden und den Daumen. Der kleine Finger und der Ringfinger fehlten. Und ein kleines Stück von der Hand war auch weg.«

Mein Gesicht schien meine Betroffenheit widerzuspiegeln.

»Was ist, Mylady?«, fragte der junge Mann. »Kennt Ihr ihn?«

»Oh ja«, antwortete ich. »Nur zu gut.«

Ich bedankte mich bei dem Drucker, nahm Elizabeth an die Hand und machte mich eilends auf den Heimweg.

»Was ist denn, Ma?«, fragte Elizabeth, als wir das östliche Ende des Münsters umrundeten. »Hast du den Mann gefunden, den du gesucht hast?«

»Ja, Liebes«, erwiderte ich. Als die Stonegate in Sicht kam, blieb ich stehen und nahm Elizabeths Hände in meine. »Du musst jetzt direkt nach Hause gehen«, sagte ich zu ihr. »Ich komme bald nach, aber erst muss ich noch zu Mr. Breary.«

Das Mädchen nickte feierlich und warf beide Arme um meinen Hals. »Du bist heute Abend zurück?«

»Ja«, sagte ich. »Versprochen.«

Ich schaute Elizabeth nach, als sie mit wehenden roten Haaren über die High Petergate lief und dann in die Stonegate bog. Dabei verspürte ich ein Ziehen in der Brust. Ich wusste, was es war: Zum ersten Mal seit Birdys Tod empfand ich wieder diese Mischung aus Hoffnung und Furcht, die in dieser zerrissenen Welt Teil der Elternschaft ist. Wir mögen unsere Kinder von ganzem Herzen lieben, aber all unsere Liebe kann sie nicht vor einem Gott beschützen, der sie uns so oft und ohne Vorwarnung in zarter Jugend nimmt.

Ich holte tief Luft und schlug den Weg zu George Brearys Haus ein.

Als ich dort eintraf, führte mich der Diener umgehend in Georges Arbeitszimmer. Er und Will saßen an einem ausladenden Tisch, auf dem sich Papiere mit Zahlenkolonnen sowie Stöße von Briefen türmten. George trug dem Diener auf, mir ein Glas Glühwein zu bringen, um mich aufzuwärmen, und ich reichte ihm das Pamphlet, das er und Will lasen, während ich meinen Wein trank. Wohlige Wärme breitete sich in meinem Innern aus, und ich seufzte vor Wonne und Zufriedenheit.

Nach einigen Minuten betrachtete Will noch einmal die Titelseite des Heftchens und bemerkte den Aufdruck. »Gedruckt auf Anweisung des Lord Mayor und der Ratsherren?«, murmelte er.

»Ich *bin* Ratsherr und weiß nichts davon«, sagte George

und beantwortete damit die Frage, die mich am meisten beschäftigte. »Was hat das zu bedeuten?«

»Es ist Teil von Josephs Plan«, erklärte ich. »Ich habe den Drucker gefragt. Er sagte mir, ein Mann mit nur drei Fingern an einer Hand hätte ihm den Auftrag zum Drucken erteilt.«

»Mark Preston«, sagten Will und George gleichzeitig.

Ich nickte. Preston hatte an Josephs Seite im Krieg gekämpft und war ihm nach York gefolgt, nachdem beide verwundet worden waren. Vor Edwards Tod hatte Preston ein paar Monate in seinen Diensten gestanden, aber jetzt war er Josephs Wachhund, und noch dazu ein bissiger. Gott allein wusste, wie viele Menschen Preston auf Josephs Geheiß getötet hatte, ob im Krieg oder danach.

Nachdenklich legte George die Stirn in Falten. »Dann steckt also Joseph hinter diesem Pamphlet. Aber was bezweckt er damit?«

»Er will auch in York eine Hexenjagd inszenieren«, antwortete ich. »Aber er ist so vorsichtig wie früher, als er in Cromwells Reitertruppe gedient hat. Er weiß, dass man zuerst das Gelände sondieren muss, bevor man angreift, und genau das hat er mit dieser Stadt gemacht. Hester Jackson war ein Probelauf, denn ihr Schicksal hat Joseph gezeigt, dass die Bürger von York bereit sind, eine mürrische alte Frau als Hexe hängen zu lassen. Als sich Hesters Nachbarn gegen sie wandten, hatte er seine Antwort.«

»Und das Pamphlet?«, fragte George.

»Der erste Kanonenschuss in der Schlacht. Joseph will sichergehen, dass das Blut der Bürger kocht, wenn die Hatz beginnt. Nichts wird dem Zufall überlassen. Er ist abgefeimt wie der Teufel selbst.«

»Hört sich plausibel an«, meinte George. »Joseph hat für heute Abend eine Sondersitzung des Rats einberufen. Er hat nicht gesagt, worum es geht, nur dass es dringlich und geheim ist.«

»Er wird zu einer Hexenjagd aufrufen«, sagte ich.

George nickte. »Der Kampf hat begonnen.«

»Ich würde gern an der Sitzung teilnehmen«, erklärte ich.

George blickte mich erstaunt an. »Warum?«

»Falls Joseph es darauf anlegt, in York Jagd auf Hexen zu machen, geht es auch mich etwas an. Das Geschick der Frauen in dieser Stadt ist meine Angelegenheit – ist es schon immer gewesen.«

George setzte zu einer Erwiderung an, aber ich hob eine Hand, und er schwieg.

»Das ist noch nicht alles«, fuhr ich fort. »Rebecca Hooke spielt in Josephs Plänen eine Rolle, und sie versucht schon seit Jahren, mich zu vernichten. Ich bin in größerer Gefahr als jede andere Frau.«

George nickte. »Die Sitzung beginnt heute Abend um sieben. Wartet um sechs vor dem Rathaus auf mich, dann suchen wir ein Versteck für Euch. Es könnte unbequem werden, aber Ihr sollt alles hören können, was gesprochen wird.«

Ich dankte George für seine Hilfe und machte mich auf den Heimweg. Obwohl ich es nicht für möglich gehalten hätte, schien der Wind noch kälter geworden zu sein. Er drang durch meine Kleidung, als wäre sie aus zarter Seide und nicht aus dicker Yorkshire-Wolle. Als ich an den Behausungen der ärmlicheren Einwohner Yorks vorbeikam, bedrückte mich der Gedanke, was die Menschen, die hier lebten, auszustehen hatten. Mit ihren schlecht eingefügten Türen und dem bröckelnden Verputz boten die Häuser genauso wenig Schutz vor der Kälte wie mein Umhang. Diese Überlegungen lenkten meine Gedanken auf das Leben, das Elizabeth geführt hatte, bevor sie zu mir gekommen war, denn in genau so einem Haus hatten ihre Mutter und sie gewohnt. Ich fragte mich, wie viel von ihrer Kindheit in ihrem Gedächtnis haften blieb und ob sie sich als Erwachsene noch an das baufällige Häuschen erinnern würde, in dem sie gewohnt hatte, oder an das gesetzwidrige Gewerbe ihrer Mutter. Oder würde sie die Vergangenheit hinter sich lassen und das Leben als Tochter einer Edelfrau führen?

Ehrlich gesagt wusste ich nicht, was besser wäre. Ich wollte nicht, dass Elizabeth ihre Vergangenheit völlig vergaß, aber was davon sollte sie in Erinnerung behalten, wenn das meiste so schrecklich war? Natürlich sollte sie sich an die Liebe ihrer Mutter erinnern und auch an die Not der Armen, denn wie sonst könnte sie die Menschen so lieben, wie Gott es von ihr erwartete? Wenn schon nichts anderes, so zeigte mir meine Arbeit als Hebamme, wie die Armen unter uns lebten; ich hatte das Gefühl, allein durch dieses Wissen eine bessere Christin zu sein.

Als ich endlich daheim war, taten mir von der Kälte sämtliche Knochen weh, und ich flüchtete mich in die Wärme der Küche, wo Hannah und Martha der begeisterten Elizabeth beibrachten, Brot zu backen. Ich machte mit, und bald waren wir mit so viel Mehl bedeckt, dass es für einen weiteren Laib gereicht hätte. Als Hannah die Ofenklappe öffnete, fiel der Schein des Feuers auf Elizabeths rotgoldenes Haar, und einen Moment erstrahlte es wie die Sonne.

Während wir uns nach Kräften bemühten, das Mehl aus unseren Kleidern zu klopfen, zog Martha eine Augenbraue hoch und sah mich fragend an. »Wo seid Ihr gewesen?«, wollte sie wissen.

Ich deutete mit einer Kopfbewegung zum Esszimmer, und wir zogen uns aus der Küche zurück.

»Elizabeth hat dir von dem Drucker und dem Mann mit den drei Fingern erzählt?«, fragte ich.

Martha nickte. »Ja. Was hat dieser Schweinehund Preston mit einem Pamphlet zu schaffen?«

Ich berichtete, was ich von dem Drucker erfahren hatte.

»Und Ihr glaubt, dass Joseph den Boden für weitere Hinrichtungen von Hexen vorbereitet«, sagte sie.

»Ja.« Ich trat ans Fenster und blickte an meinem Spiegelbild in der Scheibe vorbei nach draußen. Es waren nur noch wenige Tage bis zur Wintersonnenwende, und bereits zu dieser frühen Stunde lag die Straße in tiefen Schatten. »Der Boden dürfte bestens vorbereitet sein. Die Frage ist nur, wann Rebecca und Joseph mit der Hexenjagd anfangen.«

Martha zeigte selten Anzeichen von Furcht, aber ich konnte sehen, wie sehr dieser Gedanke sie beunruhigte.

»Warum in Gottes Namen tut er das?«, rief sie. »Was verspricht er sich davon?«

Wir kannten beide die Antwort. Josephs Brutalität wurde nur von seiner Selbstgerechtigkeit übertroffen. Während manche Männer die Macht um der Macht willen wollten – oder des Reichtums wegen, den sie mit sich brachte –, gierte Joseph nach der Macht, um Gottes Werk zu vollbringen. Im letzten Sommer (wie lange schien es zurückzuliegen!) war Joseph Wachtmeister geworden und hatte sein Amt benutzt, um jede erdenkliche Form von Sünde auszumerzen. Sein Ziel – das Ziel aller Puritaner der Stadt – war es, aus York »eine Stadt auf dem Hügel zu machen«, ein leuchtendes Vorbild. Er war der festen Überzeugung, dass Geistliche, Ratsherren und Richter zusammenarbeiten sollten, um die Bürger von York von ihrem sündhaften Treiben abzubringen.

»Es ist eine Hetzjagd auf die Dirnen der Stadt«, sagte ich. »Joseph glaubt, Gottes Willen zu erfüllen, wenn er York von den Mägden des Teufels befreit. Dass er dadurch Macht an sich reißt, ist gewissermaßen eine Begleiterscheinung.«

»Ein gefährliches Unterfangen, diese Hexenverfolgungen«, bemerkte Martha. »Wird Joseph den Lauf der Dinge noch beeinflussen können, wenn es mit dem Hängen erst einmal losgeht?«

»Er führt Krieg gegen den Teufel, und ohne Risiko kann es keinen Sieg geben«, sagte ich. »Natürlich braucht er auch Rebecca Hooke. Solange sie als Sucherin auftritt und tut, was er verlangt, kann Joseph entscheiden, wer an den Galgen kommt und wer nicht.«

Martha stieß einen Fluch aus. »Deshalb werden sie nur unter ihren Feinden Hexen finden. Und Ihr seid Rebeccas und Josephs erbittertster Feind!«

»Oh ja«, sagte ich. »Deshalb müssen wir auf der Hut sein. Joseph und Rebecca haben einen Brandsatz in diese Stadt geworfen, und niemand kann wissen, in welche Richtung der Wind das Feuer weht, wenn es erst einmal ausgebrochen ist.«

*

Nach dem Abendessen wagten Martha und ich uns in die Dunkelheit hinaus. Wir eilten nach Süden zur Brücke und zum Rathaus, wo die Versammlung stattfinden sollte. Der Vollmond schien auf uns herab und übergoss Yorks Straßen mit einem silbrigen Schimmer. Wäre es nicht so schneidend kalt gewesen, hätten wir vielleicht innegehalten, um den Anblick zu bewundern; stattdessen schlangen wir unsere Umhänge fest um unsere Körper, zogen die Köpfe ein und hasteten weiter. Binnen weniger Minuten zitterte ich vor Kälte, und ich konnte hören, wie Martha mit den Zähnen klapperte.

Als wir uns der Brücke näherten, erhaschten wir einen Blick auf die Ouse und blieben erschrocken stehen.

»Der Fluss ist zugefroren«, sagte Martha schließlich. Etwas Derartiges hatten wir beide noch nie gesehen – oder auch nur erwartet! Um York mit Lebensmitteln und anderen Waren zu beliefern, brauchte die Stadt den Fluss; wenn Handel und Wandel zum Erliegen kamen, würden wir alle darunter leiden.

»Vielleicht taut es morgen«, sagte ich, aber daran glaubte keine von uns. Bisher hatte Gott sich nicht als gnädig erwiesen, und ich sah keinen Grund, warum Er jetzt damit anfangen sollte.

Vor dem Rathaus warteten zwei Männer. Will (zumindest nahm ich an, dass er es war, denn unter seinen Jacken und dem dicken Wollschal war er kaum zu erkennen) hielt eine Laterne in der Hand und winkte uns zu, als er uns sah. Der andere Mann – George Breary, vermutete ich – sperrte die Tür auf und bat uns hinein.

Die Versammlung sollte erst in einer Stunde beginnen, und wir hatten den Saal für uns. Bei Tageslicht wirkte er mit der hohen Gewölbedecke und den schweren, geschnitzten Eichenmöbeln fast genauso eindrucksvoll wie die Merchant Adventurers' Hall, aber nachts und ohne brennende Fackeln schien er eher bedrohlich als Ehrfurcht gebietend.

George eilte zu dem gewaltigen offenen Kamin, legte Holzscheite nach und pumpte mit dem Blasebalg Luft in die Glut, bis sie in hellen Flammen aufloderte. Dann erst schälte er sich aus seinen Sachen. »Ich habe den Hausmeister heimgeschickt«, sagte er. »Je weniger Leute wissen, dass Ihr hier seid, desto kleiner die Gefahr, dass Joseph davon erfährt.«

Ich dankte ihm mit einem Nicken. Will nahm eine Fackel von der Wand und entzündete sie. Während Martha und ich uns am Feuer wärmten, ging er umher und entfachte die übrigen Fackeln. Bald erstrahlte der untere Bereich des Saales in einem warmen, freundlichen Licht.

»Kommt mit«, sagte George, als Will fertig war. »Ich weiß einen Ort, an dem Ihr Euch während der Sitzung verstecken könnt.« Er führte uns ein paar Stufen zu einer Galerie hinauf, von der aus man den ganzen Saal überblickte. Abgesehen von ein paar Stühlen und anderen ausgemusterten Möbelstücken, die hier oben gelagert wurden, war der Raum leer. Als ich über die Brüstung spähte, schaute ich genau auf den langen Tisch, an dem die Ratsherren sitzen würden.

»Kannst du uns sehen, Will?«, rief ich hinunter.

Will blickte von seinem Sitzplatz am Tisch auf. »Tretet einen Schritt zurück!«, rief er. Wir gehorchten, und er nickte. »Wenn ihr euch ruhig verhaltet, wird niemand euch entdecken«, sagte er.

Bevor ich etwas erwidern konnte, war das Knarren der Eingangstür zu hören. Ich nickte George zu, und er huschte die Treppe hinunter, um den Ankömmling zu begrüßen. Einer nach dem anderen trudelten die Mitglieder der Ratskammer und ihre Begleiter ein, und bald wehten Gesprächsfetzen zu uns herauf. Ich konnte spüren, wie mir die Kälte in die Knochen kroch, und beneidete die Männer um ihre Nähe zum Kamin.

Als ich die anwachsende Schar betrachtete, erhaschte ich immer wieder einen Blick auf Freunde und entfernte Verwandte. Durch meine Ehe mit einem Hodgson hatte ich halb York geheiratet.

Nach einer Zeit, die uns wie eine Ewigkeit erschien, erklärte der Zeremonienmeister die Sitzung für eröffnet, und wir konnten das Scharren von Stühlen hören, als die Ratsherren ihre Plätze einnahmen. Ein Pastor sprach ein kurzes Gebet, dann erhob sich der Lord Mayor.

Matthew Greenbury war vor ein paar Monaten in dieses Amt gewählt worden; er hatte es jetzt schon zum vierten Mal inne. Zufällig war es auch sein viertes Jahrzehnt im Stadtrat, und jedes einzelne Jahr war in sein altes, zerfurchtes Gesicht eingegraben. Trotz seines vorgerückten Alters erfreute sich Greenbury bester Gesundheit und derselben Autorität, die er schon als junger Mann gehabt haben musste. Noch bevor es zum Krieg zwischen König und Parlament kam, hatte Greenbury es abgelehnt, einer der beiden Parteien den Vorzug zu geben; stattdessen hatte er das Wort »Neutralität« zu seinem Motto erhoben. Obwohl er sich damit bei keiner Seite beliebt machte, schien er am besten geeignet, die Geschicke der Stadt zu lenken, als die Kampfhandlungen begannen.

»Wie die meisten Anwesenden wissen, sind wir auf Ersuchen von Mr. Joseph Hodgson hier zusammengekommen«, verkündete Greenbury. »Aus diesem Grunde werde ich ihm unverzüglich das Wort erteilen.«

Als Joseph zu sprechen begann, beugte ich mich vor, da ich ihn sehen wollte. Im selben Moment fiel mein Blick auf Mark Prestons vertrautes und gänzlich unwillkommenes Gesicht, und mir stockte der Atem. Er lehnte unten im Saal an der gegenüberliegenden Wand. Mir lief ein Schauer über den Rücken, als ich auf seine verstümmelte Hand hinunterblickte. Obwohl Joseph und Rebecca die Architekten des Plans waren, die Stadt York von sämtlichen Hexen zu befreien, wäre es ein Fehler gewesen, einen so gefährlichen Mann wie Preston zu übersehen. Ich gelobte mir, ihn scharf im Auge zu behalten.

Joseph saß mit dem Rücken zu uns, aber ich sah seine harten Gesichtszüge und die kalten, klaren Augen deutlich vor mir. Als er damals aufgebrochen war, um in den Krieg zu ziehen und an Cromwells Seite zu kämpfen, war er ein netter junger Mann gewesen, ein bisschen überheblich vielleicht, aber keineswegs ein schlechter Kerl. Er kehrte blutgetränkt und versiert in all jener Skrupellosigkeit zurück, die erforderlich ist, um in der Politik zu überleben. Als Edward starb, trat Joseph, ohne zu zögern, an seine Stelle und machte es zu seinem Anliegen, die Stadt von Sünden zu reinigen – und von seinen Feinden.

Josephs Stuhl scharrte über den Boden, als er aufstand. »Es ist kein Geheimnis, dass York durch Gottes Hand gelitten hat und noch immer leidet«, begann er. »Die glühende Hitze des Sommers ist zur eisigen Kälte des Winters geworden, und viele Bewohner der Stadt wissen nicht, an wen sie sich in ihrer Not wenden sollen. Die Antwort lautet natürlich: an den Herrn, aber zu viele haben diese schlichte Wahrheit nicht erkannt und fallen bis zum heutigen Tag der Sünde anheim.« In dieser Tonart ging es eine ganze Weile weiter. Hätte ich nicht gewusst, wer da sprach, wäre ich zu der Überzeugung gelangt, dass ein frommer Geistlicher eine Predigt hielt.

Joseph senkte die Stimme zu einem Flüstern, um das Interesse seiner Zuhörer zu fesseln, um im nächsten Augenblick lauthals Gottes Gesetz und Gottes Ruhm zu preisen. Er überwältigte den Rat allein mit der Kraft seiner Stimme und seines Willens.

»Gute und erfahrene Geistliche haben uns darauf hingewiesen, dass das Ende aller Tage bevorsteht«, fuhr Joseph fort. »Schon sehr bald wird der auferstandene Christus gegen den gefallenen Antichrist kämpfen, und alle Männer werden zwischen Gott und dem Teufel wählen müssen. Schon jetzt hat der Kampf begonnen, wie die Hinrichtung der Hexe Hester Jackson bewiesen hat.«

Martha und ich spitzten die Ohren. Aus diesem Grund waren wir hier.

»In früheren Zeiten haben kluge Männer hinlänglich bewiesen, dass Hexen – diese Mägde des Satans persönlich – niemals allein arbeiten. In dieser Hinsicht sind Hexen wie die Ratten, die sie so oft an ihren abscheulichen Zitzen nähren. Wo eine Ratte auftaucht, lauern noch viel mehr. Und wenn eine Hexe in der Stadt ist, muss es innerhalb der Stadtmauern noch viel mehr von ihnen geben.«

Ich konnte hören, wie die Ratsherren ein zustimmendes Gemurmel von sich gaben.

»Obwohl es ungewöhnlich ist, möchte ich dem Rat jetzt eine Expertin für Hexen und deren sündiges Treiben vorstellen.« Martha und ich wechselten einen bestürzten Blick. »Ich bin sicher, jeder hier kennt Rebecca Hooke«, fuhr Joseph fort. »Sie wurde hier in York geboren und aufgezogen und hat viele Jahre lang als Hebamme gearbeitet. Etliche Ehefrauen, darunter die Frauen zahlloser Ratsherren, haben von ihrer Betreuung profitiert. Mrs. Hooke hat Hester Jackson untersucht und das Hexenmal an ihrem Körper entdeckt. Und sie weiß wesentlich mehr über Hexen und schwarze Magie als irgendeiner von uns.«

Da keiner der Ratsherren Einwände erhob, rief der Sekretär Rebecca Hooke auf. Das laute Klappern ihrer Absätze auf den Holzbohlen schien von Selbstbewusstsein und Grausamkeit zu künden. Ich konnte nicht widerstehen, über den Rand der Brüstung zu spähen, um Rebeccas Auftritt zu beobachten. Sie stand am Kopfende des Tisches und blickte von einem zum anderen. Sowie sie sich vergewissert hatte, dass sie die ungeteilte Aufmerksamkeit der Ratsherren besaß, begann sie zu sprechen.

6.

Gentlemen«, begann Rebecca, »kein guter Christ kann leugnen, dass Satan in dieser Welt sein Unwesen treibt – heutzutage mehr als zu jeder anderen Zeit, seit Jesus Christus auf Erden wandelte. Täglich hört man von Hexen, die im Namen des Königs versuchen, den wahren christlichen Glauben zu zerstören und die Menschen auf den Weg in die Verdammnis zu führen.«

Derart fromme Sprüche aus dem Mund einer solchen Furie zu hören war absurd. Als noch der König in York die Stellung hielt, war Rebecca eine eifrige Royalistin gewesen, aber sowie das Parlament an die Macht kam, hatte sie das Mäntelchen der Puritanerin übergeworfen und sich zur Reformierten erklärt. Ich hegte keinen Zweifel, dass ihre Liebe zur Monarchie schnell wieder erwachen würde, sollte der König zurückkehren.

Soweit ich es einschätzen konnte, war Rebecca ein bisschen älter als ich und näherte sich ihrem vierzigsten Lebensjahr. Obwohl man mir immer noch Komplimente zu meinem Aussehen machte, übertraf sie mich an Schönheit bei Weitem. Ihre hohen Wangenknochen und die eisblauen Augen schienen perfekt auf die Kälte des Winters abgestimmt.

Die Ratsherren ließen sie nicht aus den Augen, als sie fortfuhr: »Als Hester Jackson der Hexerei bezichtigt wurde, hat Mr. Hodgson mich beauftragt, an ihrem Körper nach unnatürlichen Zitzen zu suchen.« Rebeccas Stimme hallte durch den Saal. »Eben diese Zitzen habe ich im Bereich ihres Gesäßes gefunden. Sie hat vor mir, Mr. Hodgson und dem Außerordentlichen Gericht ein Geständnis abgelegt. Weder an ihrer Schuld noch an der Richtigkeit ihrer Verurteilung kann der geringste Zweifel bestehen. Aber das ist Euch bereits bekannt.«

Die Ratsherren nickten zustimmend.

So sehr ich Rebecca hasste, konnte ich nicht umhin, sie für die Stärke und Zielstrebigkeit zu bewundern, durch die sie es im Leben weit gebracht hatte. Während ich den Vorzug eines alten, angesehenen Namens und beträchtlicher Güter genoss, hatte Rebecca mit nichts begonnen. Einige Leute behaupteten, sie wäre die uneheliche Tochter einer Magd, während andere ihr unterstellten, absichtlich schwanger geworden zu sein, um den Mann ihrer Wahl zur Heirat zu zwingen. Heutzutage wagte niemand mehr, so etwas laut auszusprechen, denn Rebecca übte furchtbare Vergeltung an denen, die solche Geschichten herumerzählten. Ihre bevorzugte Waffe war der Klatsch; sie brachte Gerüchte in Umlauf, die so bösartig waren, dass sie ganze Familien aus der Stadt vertrieben.

Nach der Heirat mit Richard Hooke wurde ihr Streben nach Macht und Reichtum zu einer wahren Besessenheit, und sie trieb ihren armen Mann unermüdlich an, immer mehr Geld zu verdienen und noch dazu einen Sitz im Stadtrat zu erringen. Wäre er nicht genauso schwach gewesen wie mein Phineas, hätte Richard Hooke ihren schlechten Charakter vielleicht im Zaum halten können, doch so unterwarf er sich völlig ihrem Willen.

»Aber es gibt Dinge, von denen Ihr noch nichts wisst«, fuhr Rebecca fort. »Dinge, die Mr. Hodgson und ich aus Angst, in der Stadt einen Aufruhr auszulösen, streng vertraulich behandelt haben.«

Da die Ratsherren Unruhen mehr als alles andere fürchteten, beugten sie sich vor und lauschten gespannt.

»Wie Mr. Hodgson gesagt hat, entspricht es nicht dem Wesen einer Hexe, allein im Weingarten Satans zu arbeiten. Und vor ihrem Tod hat Hester uns geschworen, dass sie nicht die einzige Hexe in der Stadt ist. Es gibt noch mehr von ihrer Sorte – viel mehr!«

Die Ratsherren wechselten beunruhigte Blicke und tuschelten miteinander. Ich schaute Martha an und bemerkte ihren überraschten Gesichtsausdruck. Schließlich hatte Hester jegliche Kenntnis von anderen Hexen in der Stadt geleugnet. Natürlich überraschte es mich nicht, dass Rebecca dem Rat eine Lüge auftischte, dennoch staunte ich über ihre Unverfrorenheit. Andererseits war ihre Behauptung ein geschickter Zug, denn Hester lebte nicht mehr. Wer also sollte Rebeccas Worte anzweifeln?

»Mrs. Hooke«, sagte der Bürgermeister, »hat Hester Jackson Euch anvertraut, wer die anderen Hexen sind?«

»Nein, Lord Mayor«, antwortete Rebecca. »Ich fürchte, so weit wollte sie nicht gehen. Wie es scheint, haben sogar die Mägde des Teufels einen gewissen Ehrenkodex.«

»Nun, Mr. Hodgson, was können wir da machen?«, wandte sich der Bürgermeister an Joseph. »Ihr habt uns sicher nicht nur hergebeten, um uns über die Gefahr zu informieren.«

»Lord Mayor«, begann Joseph, wobei er sich wieder erhob. »Ich habe diese Sitzung einberufen, weil ich eine Lösung weiß.«

Das Gemurmel verstummte, und alle Blicke richteten sich auf Joseph. Er und Rebecca hätten den Verlauf der Versammlung nicht besser inszenieren können.

Ich beobachtete Will, um zu sehen, wie er auf die Worte seines Bruders reagierte, aber seine Miene blieb unbewegt.

»Viele der Anwesenden haben von den Hexenverfolgungen in anderen Teilen Englands gehört«, fuhr Joseph fort. »Die meisten Hinrichtungen haben im Süden stattgefunden, aber heute hat uns die Kunde erreicht, dass man in Lancashire Hexen entdeckt hat.« Er verteilte Exemplare des Buches, das ich von Newcome gekauft hatte. Das Buch, für dessen Druck Joseph persönlich bezahlt hatte.

»Es ist kein Geheimnis, dass Hexen in unruhigen Zeiten wie diesen vermehrt auftreten. Und es ist allgemein bekannt, dass Satan seine Dämonen ausgesandt hat, um die Partei des Königs zu unterstützen. Anscheinend hat der Teufel jetzt auch noch seine Hexen geschickt – in der Hoffnung, ebendiesen Rat zu stürzen. Warum tut er das? Warum gerade York? Weil Satan unsere Bestrebungen, die Sünde auszumerzen und aus York eine leuchtende Stadt auf dem Hügel zu machen, nicht dulden kann! Geehrte Anwesende, Satan bietet uns die Stirn, und wenn wir seine Herausforderung missachten, werden wir vernichtet. Wenn wir diese Hexen, die Handlanger des Teufels, nicht aus unserer Stadt vertreiben, wird Gott uns so wenig Gnade erweisen wie Sodom. Wenn wir nicht handeln, wird Gott dem Satan freie Hand lassen! Dann werden wir vernichtet – und das mit Fug und Recht!«

»Und wie, stellt Ihr Euch vor, sollen wir für die Unkosten aufkommen, Mr. Hodgson?« George Breary erhob sich. »Wir müssten zusätzliche Gefängniswärter einstellen, außerdem Sucherinnen und Anwälte bezahlen. Die Ausgaben, die auf die Stadt zukämen, wären beträchtlich.« Einige der Ratsherren waren berüchtigt für ihre Knickrigkeit, und ich glaube, George wollte sie ein wenig ernüchtern. Falls dem so war, wurde er enttäuscht, denn Joseph war auf dieses Gegenargument vorbereitet.

»Welchen Preis seid Ihr denn zu zahlen bereit, um die Stadt

vor den Angriffen Satans zu schützen, Mr. Breary?« Joseph hob die Stimme, um allen Anwesenden eindringlich zu demonstrieren, wie empört er über Georges Einwand war. »Würden wir denn nicht die Stadtmauern verstärken, wenn die Nachricht käme, dass die königlichen Truppen anrücken? Würden wir unsere Vorräte an Kanonenkugeln und Schießpulver nicht aufstocken? Selbstverständlich würden wir das tun! Die schreckliche Wahrheit allerdings ist, dass der Feind nicht näher kommt, oh nein! Er ist bereits hier, innerhalb unserer Stadtmauern. Schon jetzt sind eine Mutter und ihr Kind durch Hexerei gestorben. Ihr, Mr. Breary, habt keine Frau und keine kleinen Kinder, Ihr könnt vielleicht ruhig schlafen. Aber andere von uns haben Familie. Und ich frage Euch, wie viele unserer Frauen und Kinder müssen sterben, bevor Ihr sagt: Ich wünschte, wir hätten die paar Schillinge zur Verteidigung der Stadt ausgegeben?«

George wollte etwas erwidern, aber Rebecca ließ ihn nicht zu Wort kommen: »Mitglieder des Rates!« Ihre Stimme war klar und volltönend wie die eines Mannes. »Wie Ihr wisst, genoss Richard, mein geliebter verstorbener Gatte, das Privileg, dieser ehrwürdigen Kammer anzugehören.«

Ich musste mir ein Lachen verkneifen. Solange Rebeccas Ehemann am Leben war, war er von niemandem geliebt worden, am wenigsten von ihr, und seine Verdienste für York bestanden darin, dass er sämtliche Sitzungen verschlafen und so abgestimmt hatte, wie seine Frau es von ihm verlangte.

Rebecca fuhr mit derselben Autorität wie Joseph fort: »Ich würde seinem Andenken großes Unrecht tun, würde ich nicht in seinem Sinne handeln und seine Stadt, unsere Stadt, vor den Anschlägen des Teufels schützen. Hexen sind nicht nur Mörderinnen, sie sind Kreaturen, die gegen Gott selbst aufbegehren. Im Exodus spricht der Herr: *Eine Hexe sollst du nicht am*

Leben lassen. Sollen wir jetzt, obwohl Gott uns Seinen Hass auf Englands sündiges Treiben deutlich zeigt, Seinen Geboten den Rücken kehren? Als Seine Vertreter auf Erden werdet Ihr Euch dereinst verantworten müssen, wenn Ihr es versäumt, Eure Pflicht zu tun. Ihr müsst diese Stadt ebenso vor Hexen schützen, wie Ihr sie vor den irischen Horden verteidigen würdet. Zumal die Gefahr, die uns durch Hexen droht, viel größer ist, denn sie sind bereits innerhalb unserer Mauern und verrichten das Werk des Satans.«

Sie hielt inne und ließ den Blick über die Versammlung schweifen, um sich zu vergewissern, dass sie Gehör fand. Sie hätte sich keine Sorgen machen müssen – die Ratsherren hingen förmlich an ihren Lippen.

»Ich maße mir nicht an, Euch zu sagen, wie Ihr in dieser Angelegenheit vorzugehen habt. Aber ich habe gesehen, was Hexen dem Körper eines Kindes antun können, und ich habe gesehen, was der Verkehr mit dem Teufel bei Hester Jackson angerichtet hat. Deshalb kenne ich die Abgründe der teuflischen Verkommenheit nur zu gut. Aber noch ist nicht alles verloren, denn ich weiß, dass Ihr Gottes Willen erfüllen und das Richtige für York tun werdet.«

Während die Ratsherren sie noch ehrfürchtig anstarrten, drehte Rebecca sich um und rauschte mit wallendem Umhang aus dem Saal.

Nach einer solchen Vorstellung war die Abstimmung reine Formalität. Sogar George stimmte dafür, die Jagd auf Hexen zu eröffnen, weil er sonst als Einziger dagegen gewesen wäre. Martha und ich blieben in unserem Versteck, bis nur noch George und Will im Saal waren. Als wir die Stufen hinuntereilten, hob George den Kopf und blickte uns resigniert an.

»Ihr hättet kaum mehr tun können«, beruhigte ich ihn.

»Rebecca und Joseph haben diesen Auftritt bis ins Letzte geplant.«

George nickte. »Mag sein. Aber ich hätte nicht so unvorbereitet kommen dürfen. Sie wollen den Antichrist bekämpfen, und ich zähle Groschen? Natürlich hat der Rat Josephs Antrag angenommen.«

George und ich verabschiedeten uns voneinander, dann machten Will, Martha und ich uns auf den Heimweg. Ich blieb ein Stückchen zurück, damit Will und Martha eine Zeit lang für sich sein konnten. Hin und wieder wehten Gesprächsfetzen und das leise Lachen von Frischverliebten zu mir herüber. Ich erinnerte mich an die Sehnsüchte meiner eigenen Jugend und lächelte.

Der Nordwind war abgeflaut, und eine beklemmende Stille lag über der Stadt, deren Bewohner sich in ihre Häuser verkrochen hatten und sich nach Kräften bemühten, die mörderische Kälte abzuwehren. Das Geräusch unserer Absätze, die auf den gepflasterten Straßen klapperten, erinnerte mich an Schüsse, die von den umliegenden Gebäuden abprallten. Den Rest des Heimwegs legten wir schweigend zurück.

Hannah erwartete uns in der Tür und empfing uns mit vorwurfsvoll schnalzenden Lauten wie eine Henne ihre Küken. Sie scheuchte uns in den Salon, schürte das Feuer und lief in die Küche, um Glühwein zu holen. Nachdem wir uns aufgewärmt hatten, wandte sich das Gespräch den Ereignissen des Abends zu.

»Wie es scheint, haben wir uns nicht getäuscht, was Josephs Absichten angeht«, sagte ich. »Jetzt bleibt nur noch die Frage, wie wir uns am besten schützen können.«

Will nickte. »Es ist immer dasselbe mit Joseph. Er sieht sich selbst als frommen Diener Gottes und lässt sich nicht davon abbringen. Wenn wir uns ihm in den Weg stellen, wird er uns als Feinde Gottes *und* der Stadt hinstellen. Niemand darf sich gegen Gottes Gebot auflehnen, wird er sagen. Und nach seiner heutigen Darbietung zweifle ich nicht daran, dass er den Rat gegen uns aufhetzen könnte.«

»Das heißt, wir müssen sehr vorsichtig sein«, meinte Martha. »Niemand kann voraussagen, in welche Richtung der Wind weht, wenn die Jagd erst einmal begonnen hat.«

»Mit Joseph als Ratsmitglied und Rebecca als Sucherin wird er auf jeden Fall zu ihren Gunsten wehen, zumindest am Anfang, so viel steht fest«, bemerkte ich. Mich schauderte bei der Vorstellung, welches Unheil ein derart bösartiges Pärchen anrichten könnte.

Wir drei unterhielten uns noch eine Stunde oder länger, bis das Feuer nur noch schwach glomm und die Kälte allmählich durch die Mauern drang. Antworten auf unser Dilemma fanden wir nicht. Obwohl es uns alle ärgerte, würden wir Josephs und Rebeccas Angriff abwarten und uns so gut wie möglich verteidigen müssen.

*

Obwohl der Stadtrat seine Absicht, York von Hexen zu befreien, nicht öffentlich bekanntgab, summte die Stadt am nächsten Tag vor unterdrückter Aufregung. Schon bald war es unmöglich, auf den Markt zu gehen, ohne das Wort »Hexe« zu hören oder ein Pamphlet über Hinrichtungen in irgendeinem Teil Englands zu sehen. Einige waren in London oder Hull gedruckt worden, aber ich war überzeugt, dass etliche Schriften Josephs Feder entsprungen waren, um die Stadt auf seinen blutigen Kreuzzug einzustimmen.

Am Samstag nach der Ratsversammlung kamen Martha und ich an Peter Newcome vorbei, der vor dem Münster lauthals seine Waren anpries. Obwohl an seiner Tafel immer noch eine Vielzahl von marktschreierischen Titeln hing, posaunte er am lautesten über Hexerei. Er hob seine Hand zum Gruß, als er uns sah, und verbeugte sich.

»Wie geht es Euch heute, Mylady?«, rief er mir zu.

Bevor ich antworten konnte, drängte sich eine ältliche Frau zwischen uns und begutachtete sein Angebot. »Habt Ihr noch eins davon?«, fragte sie. »Das über die Hexen?« Sie zeigte auf ein Pamphlet mit dem Titel *Sieben Frauen bekennen – oder: Die Enthüllung der sieben weißen Teufel.*

»Gewiss, gewiss«, sagte Newcome und nickte seinem Jungen zu, der das Pamphlet aus einem Stapel zog. Die Frau gab dem Jungen zwei Pennys und eilte davon, den Blick bereits unverwandt auf das Büchlein geheftet.

Newcome lächelte mich an. »Ich bitte um Entschuldigung, Mylady, aber wenn Kundschaft kommt, muss ich mich darum kümmern.«

»Das verstehe ich«, erwiderte ich. »Würde mich eine werdende Mutter brauchen, würde ich Euch sofort verlassen.«

Newcome lachte über den Vergleich. »So geht es nun schon seit Tagen«, sagte er und schüttelte verwundert den Kopf. »Ich habe stapelweise Bücher über Mord und Totschlag, die ich nicht an den Mann bringe, aber alles über Hexerei verkauft sich im Handumdrehen. Der Drucker hat einen zweiten Gehilfen eingestellt, aber auch so kommt er mit dem Drucken kaum nach. Nicht auszudenken, wie es wird, wenn erst einmal die Hinrichtungen anfangen.«

Mir fiel sofort auf, dass er nicht gesagt hatte: *falls* die Hinrichtungen anfangen.

Ein Windstoß, der vom Bootham Bar herüberwehte, raschelte in den Blättern an Newcomes Tafel. Eines der Pamphlete löste sich aus dem Stapel und flatterte davon, und Newcomes

Junge flitzte hinterher. Ich schlang meinen Umhang fester um mich, sagte Newcome Lebewohl und machte mich auf den Heimweg.

*

Dunkel und kalt brach der Sonntagmorgen an. Ich blieb im Bett, solange ich konnte. Zwar fröstelte ich unter den Decken, aber ich wusste, dass es schlimmer würde, wenn ich aus den Federn stieg. Als die fahle Wintersonne allmählich die Schatten aus meiner Schlafkammer vertrieb, schlüpfte Elizabeth zu mir unter die Decke und kuschelte sich an mich.

»Müssen wir zur Kirche?«, fragte sie.

Elizabeths Mutter war keine regelmäßige Kirchgängerin gewesen, und wie viele Kinder fand auch Elizabeth das Zeremoniell und die Predigten bestenfalls langweilig und schlimmstenfalls nervtötend.

»So will es das Gesetz«, erklärte ich. »Und es ist gut, zum Herrn zu beten. Er wird sich freuen, dich zu sehen.«

»Aber es ist so kalt!«, protestierte sie. »Hannah sagt, dass Gott an allen möglichen Orten ist. Wenn das stimmt, kann Er mich auch sehen, wenn ich in der Stube vorm Feuer sitze.«

Ich musste mir ein Lachen verbeißen.

»Uns wird nicht kälter sein als allen anderen«, sagte ich. »Und wenn wir gemeinsam frieren, wird allen ein bisschen wärmer, Arm wie Reich.«

Will hatte bei Mr. Breary übernachtet und uns die Nachricht überbringen lassen, dass er mit ihm zur Kirche gehen würde. Infolgedessen hatten Martha, Hannah, Elizabeth und ich meine Kirchenbank für uns allein. Vor ein paar Monaten hatten wir den alten Mr. Wilson, der jahrzehntelang als Gemeindepfarrer tätig gewesen war, zu Grabe getragen, und seither waren die unterschiedlichsten Geistlichen bei uns gewesen. Diejenigen, die aus benachbarten Pfarren kamen, waren nicht so schlimm, aber die meisten waren von Cambridge aus nach Norden gereist und brachten ihren fanatischen Glaubenseifer mit. Zu ihnen gehörte auch der Pfarrer, der heute den Gottesdienst hielt. Dem Aussehen nach war er noch ein junger Bursche, aber was ihm an Jahren fehlte, machte er durch Enthusiasmus und Lautstärke wett. Vom ersten Wort an brüllte und tobte er, stöhnte und heulte und zeterte. Elizabeth verfolgte mit weit aufgerissenen Augen seinen Auftritt und klammerte sich ängstlich an meine Hand. Ich spähte von Zeit zu Zeit zu Martha und sah ihr ihren wachsenden Unmut über den Pfarrer an, insbesondere, als er die zweite Stunde seiner Predigt beendete, ohne ein Anzeichen von Ermattung zu zeigen. Es ging noch eine halbe Stunde so weiter, bis er uns endlich entließ.

»Meine Güte, ich dachte, der hört nie auf«, raunte Martha mir zu, als wir endlich auf dem Weg nach Hause waren. Elizabeth fand diese Blasphemie natürlich sehr komisch, und auch ich musste ein Lachen unterdrücken, als die beiden anfingen, das theatralische Gestikulieren des Predigers nachzuahmen, wobei jede versuchte, die andere zu überbieten.

Als wir zur Vesper zurückkehrten und feststellten, dass derselbe Geistliche die Predigt hielt, verging den beiden das Lachen. Martha stöhnte, als der Pfarrer den Mittelgang hinauf zum Altar schritt, und wisperte mir zu: »Hoffentlich sind wir zu Hause, bevor es dunkel wird!« Und obwohl im Gegensatz zu Martha niemand in der Gemeinde seinen Gefühlen Ausdruck verlieh, konnte ich in den Mienen meiner Nachbarn einen deutlichen Mangel an Begeisterung erkennen.

Zunächst schien sich die Predigt kaum von der zu unterscheiden, die er am Morgen gehalten hatte: Es ging vor allem um Höllenfeuer und Sünden, war aber für diejenigen, die noch nicht zu den Puritanern zählten, kaum von Interesse. Ich lehnte mich auf meiner Bank zurück und stellte im Geiste eine Liste von Heilmitteln zusammen, die ich in der Apotheke besorgen wollte.

»Wir alle wissen, dass Gott sich dem Menschen durch seine Propheten, Patriarchen und Apostel zu erkennen gegeben hat«, dröhnte der Pfarrer. »Heute zeigt er sich durch die Prediger des Evangeliums. Und weil er in jeder Hinsicht Gottes Gegenstück ist, hat Satan seine eigenen Wahrsager, Seher und Hexen, so wie Gott Seine Prediger und Propheten hat. Doch während die Prediger des Evangeliums den Schwachen helfen und die Erschöpften stützen, bieten Hexen nur Arglist, Verdammnis und Tod.«

Als das Wort »Hexen« fiel, setzte ich mich auf und schaute zu Martha. Sie hatte es genauso gehört wie ich und starrte den Prediger gebannt an. Zu meiner Erleichterung schenkte Elizabeth ihm auch jetzt nicht mehr Beachtung als am Morgen, sondern spielte mit den Bändern an ihrem Kleid.

»Falls jemand glaubt, es wäre nur ein wundersames Missgeschick, dass derart böse Kreaturen in eine so fromme Stadt wie diese kommen, befindet er sich im Irrtum. Heimsuchungen dieser Art sind niemals bloßer Zufall. Eher müssen wir sie als Zeichen von Gott selbst deuten. Indem Er die teuflische Sünde der Hexenkunst duldet, will Er die Frommen aus ihrem Schlummer wecken. Er will uns mitteilen, dass unsere Arbeit noch nicht getan ist, dass der Mensch sich nach wie vor im Schmutz seines sündigen Wesens suhlt. Gott hat uns eine Frage vorgelegt. Werden wir an Ihm und Seinem Wort festhalten, oder werden wir Trost bei Satan und seinen bösen Geistern suchen? Im Exodus sagt uns der Herr: ›Eine Hexe sollst du nicht am Leben lassen.‹ Werden wir auf Ihn hören?

Oder werden wir uns als Rebellen übelster Sorte erweisen?«

Als der Pfarrer eine Pause machte, um seine Worte auf die Gemeinde einwirken zu lassen, erkannte ich, dass Joseph genauso hinter dieser Predigt stand wie hinter den Pamphleten, die York überschwemmten. Zusammen würden Schmähschriften und Predigten die ganze Stadt in Unruhe versetzen, und wenn die allgemeine Furcht ihren Höhepunkt erreicht hatte, würde Joseph mit seiner Hexenjagd beginnen und den Menschen ein Feuer anbieten, das die Stadt von aller Schlechtigkeit reinigen sollte.

Während ich den Blick über die Leute wandern ließ, die in meiner Nähe saßen, betete ich, dass meine Freunde und Nachbarn sich von diesem faulen Zauber nicht verrückt machen ließen. Aber der Ausdruck auf ihren erhitzten Gesichtern und das zornige Funkeln in ihren Augen verrieten mir, dass die Worte des Predigers Wirkung zeitigten. Die Bürger von York würden tun, was der Geistliche forderte. Die Frage war nur: Was würde er von ihnen verlangen?

»Ein Blick auf Euch, Ihr guten Leute, zeigt mir, dass Ihr die Gefahr erkennt, die innerhalb der Stadtmauern lauert, und das stimmt mich froh. Aber jetzt müsst Ihr Euch überlegen, wie man diese Hexen erkennen kann – Frauen von größter Arglist und Verschlagenheit, die sich mit Satans Hilfe in der Stadt verbergen.«

Einige Zuhörer nickten.

»Ich muss gestehen, dass es nicht leicht ist, eine Hexe zu durchschauen«, fuhr der Prediger fort. »Und man darf niemanden leichtfertig beschuldigen. Auch ist es nicht Sache des Bürgers, Hexen zu bestrafen. Wer eine dieser Furien entdeckt, muss sich zurückhalten.«

Der Prediger machte erneut eine Pause, und ich sah die Verwirrung in den Gesichtern seiner Zuhörer. Wenn sie nicht handeln durften, was sollten sie *dann* tun?

»Auch wenn Ihr die Hexen nicht selbst bestrafen dürft, ist es Eure Aufgabe, ja mehr noch, Eure heilige Pflicht, sie zu enttarnen und ihre Namen den Gerichten mitzuteilen. Und wenn Ihr Eure Rolle gespielt habt, könnt Ihr gewiss sein, dass die Richter dieser Stadt das Ihre tun werden. Sobald Ihr Satans Sirenen, seine Verführerinnen, seine Mörderinnen entdeckt habt, wird die Justiz dafür sorgen, dass sie vor Gericht gestellt und bestraft werden. So will es der Herr!«

Vereinzelte *Amen! Amen!* hallten vom Deckengewölbe wider, aber in meinen Ohren kündeten die Stimmen der Gläubigen nicht vom Ruhm Gottes, sondern vielmehr vom schändlichen Ehrgeiz sündiger Menschen.

»Was die Strafe angeht, kann kein Zweifel bestehen.« Die Stimme des Pfarrers senkte sich zu einem Wispern, und alle Kirchgänger beugten sich vor, um sich nur ja kein Wort entgehen zu lassen. »Der Herr verlangt für jede rechtmäßig verurteilte Hexe die Todesstrafe.«

Die Leute nickten grimmig entschlossen. Sie würden die Anweisungen des Pfarrers wortgetreu befolgen.

Als der Gottesdienst endlich zu Ende war, eilten wir vier die Stonegate hinauf, wobei wir bei jedem Schritt gegen den Wind ankämpfen mussten. Elizabeth hüpfte vor uns her, dicht gefolgt von Hannah, während Martha und ich ein Stück zurückfielen, damit wir uns ungestört unterhalten konnten.

»Wie es scheint, errichtet Joseph ein solides Fundament für seine Hexenjagd«, stellte Martha fest.

»Ich kann mir nicht vorstellen, dass unsere Pfarre die einzige ist, die er mit einer derartigen Predigt beglückt hat«, erwiderte ich. »Wenn Joseph erst einmal fertig ist, wird er die gesamte Einwohnerschaft zu seinen Helfershelfern gemacht haben. Die Leute werden Hexen finden, und er wird sie hängen.«

»Er macht die Menschen zu seinen Verbündeten«, stimmte Martha zu. »Und wenn sie ihn erst einmal bei der Jagd und der Hinrichtung von Hexen unterstützt haben, was werden sie ihm dann noch verweigern?«

Ich antwortete nicht. Vielmehr beschäftigte mich die Frage, wie wir dem drohenden Sturm entkommen sollten.

7.

Am nächsten Morgen wurden Martha und ich zu Lucy Pierce gerufen, bei der die Wehen eingesetzt hatten. Dadurch hatten wir das Glück, uns nicht mit Tod und Hexerei beschäftigen zu müssen, sondern mit Geburt und neuem Leben. Lucy wohnte ein kleines Stück außerhalb der Stadt in Upper Poppleton, wo ihr Mann ein paar Morgen Land besaß und weiteres Land verpachtete. Alles in allem war er durchaus in der Lage, gut für seine junge Frau zu sorgen.

Die Pierces wohnten in einem kleinen, aber stabilen Haus nördlich der Stadtmauern. In Lucys Kammer hingen schwere Vorhänge vor den Fenstern, um den Wind abzuhalten, und im Kamin prasselte ein Feuer, das den Raum mehr als warm hielt. Als Martha und ich eintraten, begrüßten uns die Frauen fröhlich und verstummten erst, als ich Lucy untersuchte. Nachdem ich festgestellt hatte, dass die Wehen noch nicht sehr stark waren, setzten die Frauen, die sich im Zimmer der werdenden Mutter eingefunden hatten, ihr Geplauder fort.

Als das Gespräch sich Hexen, Hexenjagden und den Predigten vom Vortag zuwandte, bestätigte sich mein Verdacht: Offenbar hatte Joseph tatsächlich dafür bezahlt, dass überall in der Stadt von den Kanzeln gegen Hexen gewettert wurde: Obwohl die Frauen aus verschiedenen Pfarren stammten, hatten alle dieselbe Predigt gehört. Nicht weniger bestürzend war, dass Josephs Plan aufzugehen schien. Während sich einige Frauen skeptisch zeigten, schien die Mehrheit ganz versessen auf eine Hexenjagd zu sein.

»Mr. Hodgson und Mrs. Hooke werden uns von der Geißel der Hexen befreien, ganz bestimmt«, sagte Sarah Crompton.

»Genau«, pflichtete eine andere ihr bei. »Und wenn eine Frau das Teufelsmal finden kann, dann Rebecca Hooke.«

Ich staunte, wie schnell die Frauen Rebeccas Grausamkeit bei Entbindungen vergessen hatten, aber nach kurzem Überlegen musste ich zugeben, dass sie die Situation besser einschätzten als ich. Wenn es Joseph gelingen sollte, Yorks Hexen mit Stumpf und Stiel auszurotten, durfte seine Sucherin kein Erbarmen kennen. Rebecca Hooke war die perfekte Wahl.

»Wenn Mrs. Hooke fertig ist, kann Mutter Lee uns nichts mehr anhaben«, erklärte Grace Hewitt.

»Ihr wollt Mrs. Lee der Hexerei beschuldigen?«, erkundigte ich mich beiläufig.

Mehrere Frauen nickten, und Sarah Crompton sprach für sie alle. »Sie plagt uns schon seit Jahren. Jedes Mal, wenn wir eine ihrer Bitten um ein paar Brocken Kohle oder ein Stück Käse ablehnen, lässt sie es uns büßen. Sie hat mein Butterfass verhext, zwei von Grace' Ferkeln getötet und das Ale von Hebamme Butler verderben lassen.«

»Ein Glück, dass sie uns nichts Schlimmeres angetan hat«, warf Grace Hewitt ein. »Aber darauf wollen wir es nicht ankommen lassen. Wenn wir gemeinsam gegen sie vorgehen, wird Mr. Hodgson sie hängen lassen.«

Mir wurde klar, dass Josephs Taktik, die Stadt in die Hände zu bekommen, erfolgreich war, zumindest bei diesen Frauen. Was könnten sie ihm abschlagen, wenn er ihre Nachbarschaft von einer Hexe befreite? Er konnte verlangen, was er wollte – Geld, Macht, was immer ihm einfiel –, und die Leute würden sich überschlagen, es ihm zu geben. Noch schlimmer war, dass Rebecca an Josephs Seite sein würde, wenn er an die Macht kam, und damit in der perfekten Position, um sich für alles zu rächen, was ich ihr angetan hatte.

»Und wenn sie nicht hängt?«, fragte Lucy Pierce. Ein Hauch von Furcht stahl sich in ihre Stimme. »Wenn sie freigesprochen wird? Was wird sie uns dann antun?«

Die Frauen wechselten beunruhigte Blicke.

»Darüber brauchen wir uns nicht den Kopf zu zerbrechen«, meinte Grace Hewitt unsicher.

»Große Worte von einer Frau, deren Kinder erwachsen sind«, gab Lucy zurück. »Wenn wir Mrs. Lee der Hexerei bezichtigen und sie nicht gehängt wird, rächt sie sich doch an uns allen, oder? Ich will nicht, dass sie mein Kind verhext.«

Beklommenes Schweigen senkte sich über den Raum. Zwar hielt niemand eine Hexe für eine gute Nachbarin, aber bisher hatte sich Mrs. Lee höchstens als lästige Plage erwiesen; niemand starb daran, wenn Butter sich nicht schlagen ließ oder Bier sauer wurde. Aber wenn sie Mrs. Lee nun beschuldigten und sie *nicht* am Galgen endete? Das käme einer Kriegserklärung an Satan persönlich gleich, und Gott allein wusste, was Mutter Lee ihren Anklägern antun würde.

»Wenn wir zusammenhalten, können wir nicht scheitern«, wiederholte Grace Hewitt. »Wir haben die Bücher gelesen und die Predigten gehört. Mr. Hodgson wird nicht zulassen, dass die Alte ihrer gerechten Strafe entkommt.«

Einige Frauen nickten und redeten weiter, während andere sich offensichtlich wegen eines Scheiterns sorgten.

»Und wenn sie nun mein Kind verhext?«, beharrte Lucy.

Die Frauen verstummten.

Ich kannte Mrs. Lee nicht gut genug, um beurteilen zu können, ob sie eine Hexe war, aber ich beneidete die Frauen nicht um die schreckliche Entscheidung, die sie treffen mussten.

Tapp, tapp, tapp.

Ein lautes Klopfen ans Fenster beendete die lastende Stille.

Grace schnappte nach Luft, und wir alle starrten auf den Vorhang.

Tapp, tapp.

Ein Schrei kam über Lucys Lippen, und ihr furchtsamer Blick huschte durchs Zimmer. Ich spürte, wie mein Herz in der Brust hämmerte, als ich zum Fenster ging und den Vorhang zurückzog: Eine zerbrochene Scheibe, mehr war nicht zu sehen. Ich spähte durch das beschlagene Glas nach draußen, konnte aber weder Mensch noch Tier entdecken.

»Das war nur der Wind«, sagte ich, obwohl ich mir selbst nicht erklären konnte, wie der Wind an die Scheibe klopfen oder das Glas bersten lassen konnte. Zweifellos hörten die Frauen die Unsicherheit in meiner Stimme, aber keine von ihnen widersprach, weil auch sie glauben wollten, dass es der Wind gewesen war.

Ich zog den Vorhang wieder zu und versuchte, das Gespräch auf ein erfreulicheres Thema als Hexen zu lenken, hatte aber wenig Erfolg. Eine düstere Stimmung senkte sich über die Anwesenden, als die Frauen sich erneut mit der Frage beschäftigten, was wegen Mutter Lee unternommen werden sollte. Ich wünschte, Lucys Kind würde kommen, und sei es nur, damit dieser Tag endlich zu Ende ging.

Kurz vor Mitternacht setzten bei Lucy die Geburtswehen ein, und wir scharten uns um sie. Lucy nippte zwischen den einzelnen Wehen an ihrem Caudle, einem kräftig gewürzten Glühwein, und alles schien in Ordnung zu sein, bis das Kind begann, seinen Weg in diese Welt zu suchen. Als der Kopf erschien, sah ich, dass er grau und unbehaart war, und die Haut schälte sich bei der leichtesten Berührung. Lucy, die auf dem Geburtshocker kauerte, konnte zwar das Kind nicht sehen, sehr wohl aber die Gesichter ihrer Freundinnen.

»Was ist?«, rief sie und sah mich Hilfe suchend an.

»Einstweilen noch gar nichts«, beruhigte ich sie und warf einen wütenden Blick auf die Frauen, die sich hinter mir drängten. Sie sollten eine Hilfe sein, keine Erschwernis. »Wir holen jetzt das Kind.«

Ich arbeitete, so schnell ich konnte, aber schon wenige Augenblicke später wehte mich der Geruch von Tod und Verwesung an. Ich konnte nicht sagen, warum oder wann das Kind in Lucys Leib gestorben war. Tiefer Kummer erfüllte mich, als ich zu Lucy aufblickte. Kaum etwas fürchtete ich mehr, als einer Mutter sagen zu müssen, dass ihr Kind nicht am Leben war.

Auf Lucys Gesicht zeichnete sich die schreckliche Mischung aus Hoffnung und Verzweiflung ab, die ich schon viel zu oft gesehen hatte. Lucy wusste, was passiert war, betete aber darum, dass ich ihr sagen würde, alles sei gut und ihr Kind sei am Leben.

»Es tut mir leid, Lucy«, sagte ich. »Das Kind ist gestorben. Wir können nichts tun.«

Ihr Gesicht verzerrte sich vor Schmerz, und sie stöhnte dumpf. »O Gott!«, schrie sie dann, als erneut eine Geburtswehe einsetzte. Auch im Tod forderte das Kind, geboren zu werden. Lucys Freundinnen hielten sie fest und weinten mit ihr, als ich das Kind in eine Welt brachte, die es nie kennenlernen würde.

»Soll ich ihn taufen?«, fragte ich. Die meisten Kleriker hätten bei der Frage einen Tobsuchtsanfall bekommen, aber in Augenblicken wie diesem lag mir weniger an den Gesetzen der Kirche als an den Frauen in meiner Obhut. Ich wusste nicht, ob die Taufe wichtig war für das Seelenheil des Kindes, aber ich wusste, was es für seine Mutter bedeutete. Lucy nickte, und ich tröpfelte ein wenig Wasser auf den Kopf des Kleinen und sprach dazu ein leises Gebet. Dann tunkte ich meine Finger in Öl und schlug das Kreuzzeichen. Es war getan.

Später wickelte ich den winzigen, verschrumpelten Körper in Tücher, genau wie ich es bei einem lebenden Kind getan hätte, und reichte ihn seiner Mutter. Danach schlüpfte ich aus dem Zimmer und ließ Martha bei den Frauen zurück. Es war meine traurige Pflicht, Lucys Mann mitzuteilen, was geschehen war.

Henry Pierce nahm die Neuigkeit mit all der Fassung auf, die ein Ehemann und Vater aufbringen kann, und wischte sich eine Träne aus dem Auge. Ein Freund, der gekommen war, um ihm an diesem Abend Gesellschaft zu leisten, legte eine Hand auf Henrys Schulter, und die beiden Männer umarmten sich. Dann wandte Henry sich zu mir um. »Wie geht es meiner Lucy?«, fragte er und atmete erleichtert auf, als ich ihm versicherte, dass seine Frau bei guter Gesundheit sei.

»Ihr könnt zu ihr gehen, wenn Martha sie verbunden hat«, fügte ich hinzu. »Es sollte nicht lange dauern.«

In dem Moment, als ich Lucys Kammer betrat, wusste ich, dass die Trauer der Frauen in Zorn umgeschlagen war, und ich brauchte nicht lange zu fragen, worauf ihre Wut sich richtete.

»Das war Mutter Lee!«, zischte Sarah Crompton. »Sie hat das Kind mit ihrer Hexenkunst getötet, und das Klopfen am Fenster war sie auch! Sie wollte, dass wir wissen, was sie getan hat.«

Die anderen Frauen nickten.

Ich selbst allerdings staunte eher über die schwarze Magie, die ihre Liebe zu Lucy innerhalb weniger Minuten in Hass auf Mutter Lee verwandelt hatte.

»Wir müssen für Gerechtigkeit sorgen«, verkündete Sarah. »Sie muss für ihre Untat hängen!«

*

Martha und ich blieben über Nacht bei Lucy, bis am Morgen der Pfarrer kam. Er war ein gütiger Mann, und ich wusste, dass er sich um die Pierces kümmern würde, so gut er konnte. Viel mehr beunruhigte mich, was die Wut der Frauen auf Mutter Lee anrichten würde. Der Tod von Lucys Baby hatte vermutlich selbst die zaghafteste ihrer Nachbarinnen davon überzeugt, dass etwas unternommen werden musste. Und da ich das Kind entbunden hatte, würde ich bestimmt eine Aussage zu seinem Zustand und der Todesursache machen müssen.

Als Martha und ich nach Hause gingen, hing unser Atem in der stillen Morgenluft. Der Eindruck der gestrigen Ereignisse schien uns wie eine dunkle Wolke zu folgen, auch wenn die Sonne kalt und fern am morgendlichen Himmel stand. War das wirklich derselbe Stern, der noch vor wenigen Monaten gedroht hatte, unsere Stadt in Brand zu stecken und in Schutt und Asche zu legen?

»Wie lange war das Kind schon tot?«, wollte Martha wissen, als wir durch Bootham Bar, eines der großen Tore, die Stadt betraten.

»Schwer zu sagen«, antwortete ich. »Die Fingernägel waren schon da, es muss also bis vor ein paar Tagen noch gelebt haben. Ich würde sagen, es ist vor ungefähr einer Woche gestorben, aber mit Sicherheit weiß ich es natürlich nicht.«

»Dann war das Klopfen am Fenster also nicht Mutter Lee.«

»Nein, zu dem Zeitpunkt war das Kind längst tot«, sagte ich. »Aber solche Überlegungen werden bei den Damen kaum ins Gewicht fallen.«

»Glaubt Ihr, Mutter Lee hat Lucy verhext?«

Ich dachte eine Weile über die Frage nach, bevor ich antwortete. »Ich weiß es nicht«, sagte ich schließlich. »Ich kenne derartige Todesfälle von früher. Sie sind selten und bedauerlich, aber nicht unbedingt widernatürlich. Vielleicht *war* es das

Werk einer Hexe oder des Teufels, aber vielleicht ist das Kind auch einfach nur gestorben. Das kommt leider vor.«

Schweigend gingen wir die High Petergate hinunter, bis wir in die Stonegate einbogen.

»Als ich ein kleines Mädchen war«, sagte Martha schließlich, »gab es bei uns im Dorf eine Frau, die wir Mutter Hawthorne nannten. Sie war sehr arm und kam oft in der Hoffnung auf ein Stückchen Brot oder ein paar Pennys an unsere Tür. Aber sie war auch schlau. Wenn einer unserer Nachbarn seine Börse verlor, schaute Mutter Hawthorne in ein Glas, um herauszufinden, wer sie genommen hatte. Junge Mädchen baten sie, in einen Topf Wasser zu schauen, um zu sehen, wen sie heiraten würden, und später, Knochen zu werfen, um vorherzusagen, ob ihr Kind ein Junge oder ein Mädchen wird.«

»So eine Frau gibt es in jedem Dorf«, meinte ich.

»Als ich ungefähr in Elizabeths Alter war, wurde mein Bruder verhext«, fuhr Martha fort, als hätte ich gar nichts gesagt. Dass sie ihren Bruder erwähnte, überraschte mich. Seit er vor mehr als einem Jahr gestorben war, hatte sie nicht mehr über ihn geredet.

»Eines Morgens wachte er auf und konnte sein Bein nicht mehr beugen«, erzählte Martha weiter. »Wir wussten nicht, wer es getan hatte, aber niemand zweifelte daran, dass es Hexerei war. Er schleppte sich durchs Dorf und rief, er würde sich bitter rächen. Noch nie hatte ich ihn so verängstigt gesehen. Mutter Hawthorne ließ ihn in ihr Haus, wo er sich auf den Tisch legen musste, und sprach über seinem Knie einen Segensspruch. Am nächsten Tag war er kerngesund. Er war der gemeinste Junge im Dorf, trotzdem hat sie ihn geheilt. Und wisst Ihr, was am seltsamsten war?«

Ich schüttelte den Kopf.

»Obwohl sie ihren Nachbarn immer wieder half, verlangte

sie nie einen Penny dafür. Wenn jemand so nett war, ihr Geld anzubieten, nahm sie es an, aber sie legte nie einen Preis fest oder forderte im Nachhinein eine Bezahlung. Sie hat immer nur versucht, eine hilfsbereite Nachbarin zu sein, so gut es ihr möglich war.«

Wir setzten unseren Weg schweigend fort. Ich hatte das Gefühl, dass Martha noch nicht fertig war.

»Natürlich glaube ich nicht, dass Magie im Spiel war«, fuhr sie schließlich fort. »Mutter Hawthorne kannte sich im Dorf gut genug aus, um sich vieles zusammenzureimen. Als mein Vater zwei Schilling verlor und John Parker plötzlich ein neues Hemd trug, wusste sie, wer der Schuldige war. Und als Sairy Smith wissen wollte, wer sie heiraten würde, lag die Antwort auf der Hand, denn jeder im Dorf wusste, dass Nehemiah Shaw nur Augen für Sairy hatte. Es war keine Magie, und es war auch nicht der Teufel. Mutter Hawthorne wusste einfach manche Dinge. Vor allem wusste sie, was die Leute hören wollten.«

Mittlerweile waren wir daheim und setzten uns in den Salon. Ich hörte Schritte über uns und wusste, dass Elizabeth sich bald zu uns gesellen würde.

»Und das Bein deines Bruders?«, fragte ich.

Martha lachte. »Ihn zu heilen könnte tatsächlich Teufelswerk gewesen sein. Mit einem schlimmen Bein hätte er nicht so viel anstellen können, nicht wahr?« Sie machte eine Pause. »Ich weiß nicht, wie sie sein Bein geheilt hat, und genauso wenig weiß ich, was mit Lucys Sohn passiert ist. Aber manche Dinge, die für Magie gehalten werden, sind bloß gesunder Menschenverstand oder purer Zufall. Und das scheint ein sehr dünnes Seil zu sein, um eine Frau daran aufzuhängen.«

»In einem Dorf in der Nähe unseres Gutes lebte eine Frau, über die gern getuschelt wurde«, sagte ich. »Witwe Rugge.

Aber sie gab lieber Saures als Süßes. Meine Eltern wiesen unsere Dienstboten an, ihr nichts zu verweigern, falls sie vor unserer Tür steht und um ein Stück Brot oder Feuerholz bittet.«

»Haben sie die Frau für eine Hexe gehalten?«, fragte Martha.

»Ausgesprochen haben sie es nie«, antwortete ich. »Ich denke, sie hielten es für besser, ihr ein paar Pennys zu geben, statt ein Schwein oder eine Kuh zu verlieren.«

»Oder Schlimmeres«, meinte Martha. »Sie hätten Euch verlieren können.«

»Das ist wohl wahr.« Der Gedanke, dass Witwe Rugge mich als Druckmittel benutzt hatte, um meine Eltern zu Mildtätigkeit zu nötigen, behagte mir gar nicht.

»Was ist aus ihr geworden?«, wollte Martha wissen.

»Sie starb im Schlaf, kurz bevor ich Luke geheiratet habe.«

Ein Ausdruck des Erstaunens huschte über Marthas Gesicht. So wie sie kaum jemals ihren Bruder Tom erwähnte, sprach ich so gut wie nie über meinen ersten Ehemann.

»Ich glaube nicht, dass Mutter Lee auch ein so friedlicher Tod beschert sein wird«, sagte Martha.

»Nein«, erwiderte ich. »Wohl kaum.«

*

Den Rest der Woche wartete York mit angehaltenem Atem auf den Beginn der Hexenjagd. In der Stadt brodelte es vor Aufregung und Furcht wie vor einem Gewitter. Wir wussten alle, dass ein Blutvergießen bevorstand, und einige Menschen würden furchtbar leiden. Aber Hoffnung gab der Gedanke, die Verfolgung und Vernichtung von Yorks Hexen würde Gott besänftigen und sein Groll auf die Stadt – ein Groll, der sich in dem gefrorenen Fluss und dem heulenden Winterwind äußerte – würde abklingen.

Eine der angenehmen Begleiterscheinungen der Kälte war, dass sie Tree aus der Burg vertrieb, sodass er ganze Tage bei uns blieb, was mir Gelegenheit verschaffte, ihn und Elizabeth gleichzeitig zu bemuttern. Elizabeth freute sich über Trees Kommen genauso wie ich, und schon bald ließen sich die beiden von der Aufregung über die bevorstehende Hexenjagd anstecken. Eines Tages ertappte ich sie dabei, wie sie aus dem Fenster spähten und zu erraten versuchten, welche der vorbeigehenden Frauen eine Hexe sein könnte. Jedes Mal, wenn jemand in ihre Richtung schaute, quiekten sie vor Entsetzen und versteckten sich hinter den Vorhängen, bis die Gefahr vorüber war. Martha und ich amüsierten uns über die beiden, aber ich hörte, wie Hannah sie schalt.

»Was glaubt ihr, was eine Hexe mit euch anstellt, wenn sie meint, ihr macht euch über sie lustig?«, fragte sie. Elizabeth und Tree waren klug genug, nicht darauf zu antworten. »Sie könnte euch mit einem Blick oder einem Wort verhexen, und dann könnte keiner mehr was für euch tun!«

Ich fand, dass sie den Kindern unnötig Angst einjagte, und schritt ein.

»Das reicht, Hannah. Es gibt keinen Grund, sie so zu erschrecken.«

Falls Hannah mich gehört hatte, ließ sie es sich nicht anmerken.

»Wenn jemand euch etwas zu essen geben oder euch in die Wange kneifen will, müsst ihr auf der Stelle fliehen, hört ihr? Denn auf diese Weise kann man Kinder verhexen«, fuhr sie fort. »Der Tag der Vergeltung naht, und das Böse wird sich nicht so leicht aus unserer Stadt vertreiben lassen.« Sie schaute zu mir. »Wenn die Stadt den Hexen zusetzt, werden die Hexen der Stadt zusetzen. Kampflos werden sie sich nicht zum Galgen führen lassen. Wir müssen gut vorbereitet sein.«

Ich scheuchte die Kinder nach oben, wo sie ihr Spiel wahrscheinlich fortsetzen würden. Solange sie außer Sichtweite waren, würde Hannah sie in Ruhe lassen. Dann dachte ich über Hannahs Behauptung nach, die Hexen von York könnten aus Angst vor ihrer Vernichtung dazu getrieben werden, weitere Untaten zu begehen. Es war eine Sache, eine gebrechliche alte Frau wie Hester Jackson zu hängen, die unabsichtlich der Hexerei verfallen war. Was würde aber geschehen, wenn die Richter eine wirklich mächtige Hexe verurteilten? Welche Rache würde sie an der Stadt nehmen? Schlimmer noch, was stand zu befürchten, wenn tatsächlich eine ganze Kompanie von Hexen in York lauerte und sie sich zusammenschlossen? Ich betete zu Gott, Erbarmen mit uns zu haben, und verdrängte diese beängstigenden Gedanken.

Später an diesem Tag, als wir uns gerade zum Mittagessen setzten, hörte ich, wie die Haustür geöffnet wurde. Kurz darauf kam Will ins Speisezimmer.

»Wir haben dich nicht erwartet«, sagte ich. »Warum bist du nicht bei Mr. Breary in der Ratskammer?« Mir war zu Ohren gekommen, dass die Ratsherren eine weitere Versammlung einberufen hatten, um die Hexenjagd zu erörtern.

»Die Sitzung ist fast vorbei«, erwiderte Will. »Und ich wollte euch die letzten Neuigkeiten mitteilen. Die ersten Hexen sollen in Kürze ergriffen werden.«

»Wird man auch Mutter Lee festnehmen?« Ich hatte Will von Lucy Pierce' Entbindung erzählt und ihn gebeten, besonders auf Neuigkeiten aus Upper Poppleton zu achten.

»Wahrscheinlich morgen früh«, sagte Will. »Joseph hat die Namen von Hexen aufgelistet und wird heute Nachmittag die Wachtmeister anweisen, wie sie vorgehen sollen.«

Es überraschte mich, wie schnell Joseph zur Tat schritt. Aber wahrscheinlich durfte man keine Zeit verschwenden, wenn der Kampf gegen Satan entbrannt war.

»Und dann?«, wollte Martha wissen.

»Sie werden auf die Burg gebracht und dort von Joseph verhört.«

»Ist Mr. Breary noch in der Versammlung?«, fragte ich.

Will nickte. »Er wollte noch ein wenig länger bleiben, lässt dich aber fragen, ob du uns heute beim Abendessen Gesellschaft leistest. Er möchte mit dir nicht nur über die Hexenjagd sprechen, sondern auch noch über ... etwas anderes. Ich habe ihm vorgeschlagen, Martha mitzubringen, und er hatte nichts dagegen.«

»Danke, Will«, sagte ich. »Gehst du jetzt zu Mr. Breary zurück?« Er hatte seinen Mantel nicht ausgezogen und schien es eilig zu haben, uns wieder zu verlassen.

»Ja. Wir sehen uns heute Abend.« Er trat vor, als wollte er Martha einen Kuss geben, besann sich aber rechtzeitig, wo er war. Seine Ohren waren rosa verfärbt, als er zur Tür ging.

»Abendessen mit einem Ratsherren!«, zog Hannah Martha auf. »Bald wirst du beim Lord Mayor zu Gast sein!«

Martha errötete, und ich musste lachen. »So sieht das Leben einer Hebamme aus«, sagte ich. »Kostbare Seidenstoffe, erlesene Weine und üppige Mahlzeiten.«

»Und schwere Geburten, Blut und Tod«, fügte Martha hinzu. Im nächsten Augenblick schien sie ihre Bemerkung zu bereuen, aber es war zu spät. Die Worte waren gesprochen und überschatteten unser Mahl.

Ich nickte. »Das auch. Und bald schon Hexen und Hinrichtungen.«

8.

Eigentlich brauchte die Stadt keine Nachtwache, erkannte ich wieder einmal, als Martha und ich an diesem Nachmittag von der High Petergate in die Straße bogen, in der George Breary wohnte. Nur Dummköpfe wie wir beide wagten sich in die Kälte hinaus. Falls irgendwo ein Verbrecher auf der Lauer lag, würde er erfrieren, noch bevor er ein Opfer entdeckt hatte. Obwohl Georges Haus nur wenige Minuten zu Fuß von meinem Zuhause entfernt war, zitterten Martha und ich, als wir dort eintrafen.

»Gott sei Dank«, seufzte Martha, als wir in Georges Salon traten, unsere Umhänge ablegten und uns von der Wärme des Kaminfeuers umfangen ließen.

George und Will standen auf, und George eilte zu mir und umarmte mich. Über seine Schulter hinweg konnte ich sehen, wie Will und Martha einander in die Augen schauten und Händchen hielten. George ließ Glühwein bringen, und schon bald war die Kälte aus unseren Knochen gewichen.

Eine Zeit lang plauderten wir über weniger aufregende Neuigkeiten aus Stadt und Land und mieden das Gespräch über die unheilvollen Entwicklungen der letzten Zeit. Natürlich war auch der strenge Winter, der uns allen Sorgen machte, ein Thema.

»Heute Nachmittag hat ein Junge zu Fuß die Ouse überquert«, berichtete Will. »Vom Kai bei King's Staith bis auf die andere Seite. Er sagt, einmal hat das Eis geknackt, aber es hat gehalten.«

George nickte. »Ich habe gehört, dass auch die Themse zugefroren ist. Man sollte meinen, derartige Vorkommnisse würden die Abgeordneten erkennen lassen, dass sie Gott keineswegs auf ihrer Seite haben. Je näher sie dran sind, Seine Majestät zu stürzen, desto schrecklicher wird Gottes Zorn sein.«

Ich sah Martha an der Nase an, dass sie widersprechen wollte, und schüttelte kaum merklich den Kopf. Derartige Ansichten fanden sich bei beiden Krieg führenden Parteien, da die Anhänger des Königs ebenso wie die Parlamentarier davon überzeugt waren, dass Gott unmittelbar in irdische Angelegenheiten eingriff. Wer in einer Schlacht die Oberhand behielt, hielt den Sieg für den Beweis, Gott auf seiner Seite zu haben. Seltsamerweise deuteten die Verlierer ihre Niederlagen nie als Zeichen, dass Gott ihre Sache ablehnte, sondern behaupteten einfach, der Herr wollte sie prüfen, so wie Er das Volk Israel geprüft hatte.

Natürlich lehnte Martha diese Argumentation entschieden ab; ich konnte sehen, dass sie nur zu gern mit George diskutiert hätte. Aber es war weder der richtige Zeitpunkt, noch war es ihrer Stellung angemessen, mit einem Gentleman theologische Haarspalterei zu betreiben. Ich mochte solche Wortgefechte dulden – oder sogar schätzen –, aber das war von einem seriösen Mann wie George kaum zu erwarten.

Als wir das Speisezimmer betraten, betrachtete ich staunend den Reichtum, der hier zur Schau gestellt wurde. Die Polster der Stühle und das Tischtuch waren aus schwerer roter Seide, und in dem goldenen Kerzenhalter steckten ein Dutzend oder mehr Wachskerzen, die den Raum mit hellem Licht überfluteten. Die Diener füllten unsere Gläser mit Rotwein und trugen ein köstliches Mahl auf, bestehend aus geröstetem Hühnchen, Rind und anderen gewürzten Fleischsorten. Während wir aßen, fragte ich George, wie die Versammlung verlaufen sei.

Ein listiges Lächeln spielte um seine Lippen, und er nickte triumphierend. »Ich wollte mir die beste Neuigkeit zum Nachtisch aufheben, aber Ihr kommt mir zuvor. Ich glaube, wir haben gesiegt. Ich habe Wills Bruder und diese fürchterliche Rebecca Hooke überlistet. Von denen haben wir nichts mehr zu befürchten.«

Wir drei starrten George verwundert an.

»Wie ist das möglich?«, brachte ich schließlich heraus. »Das ist ja großartig! Wie habt Ihr das geschafft?«

George, der sich über unsere Reaktion sichtlich freute und seinen großen Augenblick genoss, lehnte sich im Sessel zurück. »Nun ja, es hat mich mehr Geld und mehr Gefälligkeiten gekostet, als ich je zu erwidern hoffen kann, aber ich konnte die Mehrheit der Ratsherren überreden, Josephs Eifer ein wenig zu dämpfen.«

»Was soll das heißen?« Will schien nicht weniger schockiert als ich. Hatten sich unsere Probleme dank einiger gut verteilter Bestechungsgelder verflüchtigt?

»Ich habe lediglich eine neue Vorgehensweise vorgeschlagen. Ich gab zu, dass der Stadt tatsächlich Gefahr durch Hexen droht, habe aber darauf hingewiesen, dass weder Joseph noch Rebecca jemals eine Hexe befragt hatten, bevor Hester Jackson dingfest gemacht wurde.« George strahlte uns an.

»Und?«, bohrte ich nach.

»Ich habe vorgeschlagen, jemanden von außerhalb zu nehmen, der mehr Erfahrung in der Hexenverfolgung hat. Daraufhin hat der Rat beschlossen, einen Mann namens Matthew Hopkins kommen zu lassen. Er hat die Hexenjagden im Süden geleitet und war sehr erfolgreich.«

»Joseph wird nicht das Kommando führen?«, fragte ich.

»Und Rebecca ist keine Sucherin mehr?« Mein Herz frohlockte angesichts dieser Neuigkeit.

»Richtig«, bestätigte George. »Und das ist noch nicht alles. Ich habe Euch zur hauptamtlichen Sucherin der Stadt ernennen lassen. Wenn Mr. Hopkins eintrifft, werdet Ihr ihm zur Hand gehen und die Frauen der Stadt auf Hexenmale untersuchen.«

Schweigen senkte sich über den Tisch, während George uns anstrahlte und offensichtlich weitere Lobeshymnen erwartete. Martha und Will schauten zu mir und warteten meine Reaktion ab. Irgendwann verblasste Georges Lächeln, und sein Hochgefühl wich Verwirrung.

»Was ist?«, fragte er. »Ich dachte, Ihr würdet diese Änderung begrüßen.«

»Ihr habt mich zur hauptamtlichen Sucherin der Stadt ernannt – was immer das sein soll –, ohne mich vorher zu fragen, was ich davon halte?« In meinem Innern brodelte Zorn.

»Äh ... ja«, gab er zu. »Aber ...«

»Kein Aber! Ich wollte dieses Amt vorher nicht, und ich will es auch jetzt nicht. Mehr noch, ich wünsche nicht, dass Ihr in meinem Namen handelt, ohne mich in Kenntnis zu setzen, was Ihr vorhabt.«

»Ich hätte nicht erwartet, dass Ihr Einwände erhebt.«

»Sieht ganz so aus«, stieß ich zwischen zusammengebissenen Zähnen hervor. »Anscheinend habt Ihr meine Wünsche gar nicht in Betracht gezogen. Warum aber sollte ich den Wunsch haben, in ein derart blutiges Unterfangen verwickelt zu werden? Ich bin Hebamme, George. Meine Aufgabe ist es, Menschenkinder zur Welt zu bringen. Ich habe mir die Kunst und die Geheimnisse meines Gewerbes nicht angeeignet, um ein paar alte Frauen an den Galgen zu bringen.«

»Aber das habt Ihr doch schon getan«, wandte George ein.

»Nein, habe ich nicht!«, rief ich. »Ich habe Hester Jackson befragt, *nachdem* sie verurteilt worden war. Und es liegen Welten zwischen dem Gespräch mit einer einzelnen Hexe und dem Blutbad, das Joseph vorschwebt. Glaubt Ihr wirklich, dass es in York von Hexen wimmelt? Oder dass der Herr uns wieder in Gnaden aufnimmt, wenn wir ein paar alte Frauen hängen?«

George starrte mich entgeistert an. »Aber Ihr habt Euch doch wegen Joseph und Rebecca Sorgen gemacht«, sagte er. »Und ich habe sie beide mit einem Streich aus dem Sattel gehoben. Ich dachte, Ihr würdet mir dankbar sein.« Die letzten Worte sprach er schmollend wie ein Kind, das noch nie getadelt worden ist.

»Dankbar für das grauenhafte Amt, das Ihr mir übertragen habt, George?«, fragte ich. Ich spürte, wie sich mein Zorn in Verbitterung verwandelte. »Habe ich mir meinen Platz in dieser Stadt nicht durch die ehrliche Arbeit als Hebamme verdient? Habe ich jemals auf so abscheuliche Weise aus meinem guten Namen Profit geschlagen? Habe ich je behauptet, ich würde gern persönlich an einer solchen Jagd teilnehmen?«

George erwiderte nichts, starrte nur in das Kerzenlicht, das sich in seinem Kristallglas brach.

Erst in diesem Augenblick wurde mir bewusst, dass Martha und Will unsere Unterhaltung mithörten und uns erschrocken anstarrten. Einige Zeit saßen wir alle schweigend da, jeder von uns auf der Suche nach den richtigen Worten, um die Atmosphäre zu reinigen.

»Nun, George, warum lasst Ihr nicht die Süßspeisen bringen?«, fragte ich schließlich, bevor ich genau wie er in mein Weinglas starrte.

*

Nachdem wir den Nachtisch verzehrt und Georges unerwünschte Vorgehensweise zumindest fürs Erste vergessen hatten, rüsteten Martha, Will und ich zum Aufbruch. Wir warteten in der Diele, dass der Diener uns unsere Umhänge brachte, als George, der mit uns gekommen war, sich räusperte.

»Lady Bridget, könnte ich Euch kurz unter vier Augen sprechen?« Er hielt mir die Tür zum Salon auf, und ich trat ein.

»Ihr müsst Euch nicht entschuldigen, George«, sagte ich, noch ehe er den Mund aufmachen konnte. »Ihr habt versucht, mir zu helfen, und getan, was Euch am besten erschien. Morgen werden wir eine Lösung finden, jetzt ist es schon reichlich spät.«

»Äh ... darüber wollte ich eigentlich nicht sprechen.« Er trat von einem Bein aufs andere, als müsste er dringend aufs stille Örtchen.

»Worüber dann?« Ich konnte den gereizten Unterton in meiner Stimme hören. Falls George sich einbildete, ich hätte ihm die Frechheit verziehen, mich zur Hexensucherin der Stadt zu machen, war er auf dem Holzweg.

»Ihr wisst, Lady Bridget, dass ich Euch bewundere, seit Ihr nach York gekommen seid. Ich habe immer die größte Hochachtung vor Euch gehabt und schätze Eure Freundschaft mehr als die jeder anderen Frau. Und ich denke, ich überschreite die Grenzen des Anstands nicht, wenn ich sage, dass Ihr eine wahrhaft schöne Frau seid.«

Ich spürte, wie mir das Herz in die Hosen rutschte. Auf einmal schien ich es zu sein, die dringend auf den Abtritt musste. »George ...«, begann ich, aber er ließ mich nicht zu Wort kommen.

»Selbst unter den günstigsten Umständen wären wir ein einflussreiches Paar, und ich würde Euch denselben Vorschlag machen«, fuhr er fort. »Aber wenngleich ich Joseph und Rebecca vorerst schachmatt gesetzt habe, bleibt die Lage äußerst angespannt, denn die beiden werden sich nicht so leicht geschlagen geben.«

Er hielt einen Moment inne, und ich wappnete mich für das, was unweigerlich folgen musste.

»Ich meine, es wäre für uns beide am besten, wenn wir heiraten«, brachte er schließlich hervor. »Ihr, Martha, Elizabeth und sogar Hannah, kurz, Eurer ganzen Familie würde es zum Vorteil gereichen, unter meinem Schutz zu stehen. Und ich würde ... würde ...« Er brach ab, als müsste er erst überlegen, welche Vorteile – abgesehen von meinem Reichtum, versteht sich – ihm diese Verbindung bringen würde.

»George«, wiederholte ich, aber wieder ignorierte er mich.

»Ich möchte heute Abend noch keine Antwort haben«, sagte er. »Ob sie nun ja oder nein lautet – ich werde warten, bis Ihr genug Zeit hattet, gründlich über meinen Antrag nachzudenken. Sagt mir bitte, dass Ihr die Möglichkeit wenigstens in Betracht ziehen werdet.«

Ich brachte nur ein Nicken zustande.

»Und falls Ihr nein sagt«, fuhr er fort, »hoffe ich, mich darauf verlassen zu können, dass die Sache unter uns bleibt.« Er nickte kurz und eilte hinaus, als wäre er ein Gast, der das Tafelsilber hatte mitgehen lassen.

Martha steckte den Kopf ins Zimmer und sah mich fragend an.

»Später«, sagte ich, noch ehe sie ein Wort sagen konnte. »Wenn wir draußen sind.«

Draußen allerdings war eine Unterhaltung so gut wie unmöglich, weil der Abend einen orkanartigen Sturm gebracht hatte, der uns die Kleider vom Leib zu reißen drohte, und wir hätten schreien müssen, um uns verständlich zu machen. Wir duckten uns vor Schnee und Wind und kämpften uns nach Hause durch.

Kurz bevor wir die Kirche St. Michael le Belfrey erreichten, glaubte ich hinter uns einen Schrei zu hören und drehte mich um. An Wills und Marthas Reaktion erkannte ich, dass sie den Laut ebenfalls gehört hatten. Alle drei spähten wir in die Dunkelheit.

»Was war das?«, rief Will mir über das Tosen des Windes zu. Ich schüttelte den Kopf.

»Es muss der Sturm gewesen sein«, meinte Martha. »Wenn er durch die Glockentürme fegt, klingt es wie ein Stöhnen. Und welcher Narr geht schon bei so einem Unwetter außer Haus?«

Ich blickte noch einmal hinter mich, doch außer den wirbelnden Schneeflocken bewegte sich nichts. »Gehen wir«, sagte ich schließlich, und wir eilten weiter.

Am Haus angekommen, drängten wir uns durch die Eingangstür, um so schnell wie möglich den eisigen Wind und den furchtbaren Schrei – wenn es denn einer gewesen war – hinter uns zu lassen. Hannah nahm uns die Umhänge ab und scheuchte uns in den Salon, wo ein warmes, fröhliches Feuer brannte. »Ich hole uns Glühwein«, verkündete sie und eilte in die Küche.

»Worüber wollte George mit dir reden?«, fragte Will.

Ich blickte ihn eindringlich an, bevor ich antwortete. Hatte Will eher als ich von Georges Absichten gewusst? Es dauerte nicht lange, bis er mit der Sprache herausrückte.

»Ich habe ihm geraten, dir diese Frage nicht zu stellen«, sagte er resigniert. »Nicht auf diese Art.«

Martha schaute verwirrt von einem zum anderen. »Wovon redest du, Will? Was ist passiert?«

»Mr. Breary wollte mir noch einen anderen Vorschlag

machen, nicht wahr, Will?«, sagte ich. »Und als du heute Nachmittag bei mir warst, wusstest du, was er mich fragen würde, hast aber kein Wort gesagt.«

»Tante Bridget, bitte!«, flehte er mich an. »Ich habe ihm dringend davon abgeraten, aber er ließ sich nicht beirren. Ich konnte nichts tun!«

In Wirklichkeit war ich Will nicht böse, denn ich wusste, dass er recht hatte – er hätte George nicht umstimmen können. Wie viele andere erfolgreiche Geschäftsmänner ließ sich auch George, wenn er sich einmal zu einem Schritt entschieden hatte, nicht vom Kurs abbringen, egal, wie viel dagegen sprechen mochte. Hindernisse waren dazu da, um genommen, nicht umgangen zu werden.

Ich wandte den Blick von Will ab und schaute Martha an. »Mr. Breary hat mir einen Heiratsantrag gemacht«, sagte ich.

»Was?«, rief Martha, auf deren Gesicht sich eine beinahe lächerliche Mischung aus Erschrecken und Erstaunen abzeichnete. »Ihr habt doch nicht etwa ... Was habt Ihr geantwortet?«

»Er wollte nicht sofort eine Antwort«, erwiderte ich. »Ich soll mir die Sache bis morgen gründlich überlegen.«

Jetzt huschte ein Ausdruck von Unsicherheit über Marthas Gesicht. Sie hatte ihre eigene Meinung zu der Angelegenheit – wie die aussah, war nicht schwer zu erraten –, wollte aber nicht ihre Grenzen überschreiten. Obwohl es einen geradezu heldenhaften Kraftakt erforderte, in diesem Moment den Mund zu halten, gelang es ihr erstaunlich gut.

»George meint, er könnte uns besser vor Joseph und Rebecca beschützen«, fuhr ich fort. »Und damit hat er wahrscheinlich sogar recht.«

Natürlich hatte ich nicht die Absicht, George zu heiraten, aber ich hatte versprochen, darüber nachzudenken. Martha starrte mich derweil mit kaum verhohlenem Erstaunen an, doch bevor sie sich äußern konnte, klopfte es an der Tür.

»Wer geht in einer Nacht wie dieser aus?«, fragte Hannah, die gerade ein Tablett mit Gläsern voll Glühwein hereintrug. »Erwartet Ihr den Ruf einer werdenden Mutter, Mylady?«

»Ich sehe mal nach, wer es ist«, verkündete Martha und schlüpfte hinaus.

Kurz darauf kam sie mit sorgenvoll gerunzelter Stirn wieder. »Es ist ein Bursche. Er behauptet, einer von Mr. Brearys Dienern zu sein«, sagte sie. »Er hat Mr. Brearys Umhang mitgebracht.«

Will und ich eilten zur Tür, wo ein junger Mann stand und wartete. Er hielt einen schweren Wollumhang in den Armen und schaute uns erwartungsvoll an.

»Warum bringst du Mr. Brearys Umhang her?«, fragte ich ihn. »Hat dir jemand gesagt, er wäre hier?«

»Als Ihr weg wart, Mylady, ist er hinter Euch hergelaufen«, erklärte der Bursche. »Ich rief ihm nach, es sei viel zu kalt, aber er beachtete mich nicht. Und weil ich mir dachte, er folgt Euch möglicherweise, bin ich hergekommen.«

Martha, Will und ich wechselten beunruhigte Blicke. Wir mussten wohl alle an den Schrei denken, den wir in der Nähe von St. Michael gehört hatten.

»Ist er denn nicht hier?«, fragte Georges Diener schließlich.

»Hol Laternen«, wies ich Martha an. »Eine für jeden von uns. Wir müssen ihn suchen.«

*

Wir liefen die Stonegate hinauf bis zur Kirche St. Michael le Belfrey, wo wir den Schrei gehört hatten. Ich betete inständig, dass es tatsächlich der Wind gewesen war und George sich in die nächstbeste Schenke verzogen hatte, um der Kälte zu entkommen. Das wäre nur vernünftig gewesen. George war ein durch und durch vernünftiger Mann, sah man von seinen Heiratsambitionen ab. Hoffentlich hatte ihn sein Verlangen nach mir nicht zu irgendwelchen Dummheiten verleitet!

Binnen weniger Minuten erreichten wir eine Stelle, wo vier schmale Straßen in die Petergate mündeten. Wir blieben stehen und spähten in die Dunkelheit, die über jeder Gasse lag. Wie durch ein Wunder hatte der Wind keine der Laternen ausgeblasen. Wir drängten uns dicht aneinander, um zu beratschlagen.

»Der Schrei kann aus jeder dieser Straßen gekommen sein«, bemerkte Will.

»Lasst uns paarweise suchen«, sagte ich. Ich wusste, dass sich in Wills Stock ein Degen verbarg, was eine gewisse Beruhigung war, aber Georges Diener schien unbewaffnet zu sein. »Will und Martha, ihr fangt hier an.« Ich zeigte auf die Gasse direkt vor uns. »Der Bursche und ich übernehmen die nächste. Geht nicht zu weit hinein! Und wenn ihr etwas entdeckt, ruft nach uns, so laut ihr könnt!« Ich war nicht sicher, ob wir etwas anderes als das Heulen des Windes hören würden, aber eine andere Möglichkeit hatten wir nicht.

Will und Martha nickten und verschwanden in der Dunkelheit. Der Diener folgte mir in die zweite Gasse, wo wir unsere Laternen in die Höhe hielten, um die Schatten zwischen den dicht an dicht stehenden Häusern, die zu beiden Seiten neben uns aufragten, zu vertreiben. Erst in diesem Moment fiel mir ein, dass ich den jungen Burschen trotz meiner häufigen Besuche bei George noch nie gesehen hatte und gar nicht wissen konnte, ob er tatsächlich in Georges Diensten stand. War ich in eine Falle getappt?

Ich fuhr herum und stellte fest, dass der Junge direkt hinter mir stand, die Laterne hoch in die Luft gereckt. Ansonsten schienen seine Hände leer zu sein, und seinen Gesichtsausdruck konnte ich bei dem schwankenden Licht nicht erkennen.

»Vielleicht gehst du besser voran«, sagte ich. Ich wollte lieber freie Bahn zur Petergate haben, falls ich fliehen musste.

Er ging soeben an mir vorbei, als wir eine Stimme dreimal laut rufen hörten – der Wind konnte es unmöglich sein. Dicht gefolgt von Georges Diener, rannte ich zur Petergate zurück und in die Straße, in der Martha und Will verschwunden waren. Die beiden bückten sich über irgendetwas – oder jemanden. Als ich näher kam, bestätigte sich meine Befürchtung.

»O Gott, nein!«, rief ich.

George Breary lehnte an einer Hausmauer. Es war nicht zu übersehen, dass man ihn übel zugerichtet hatte. Seine linke Gesichtshälfte war über und über mit Blut beschmiert. Ich kniete mich neben ihn und bettete seinen Kopf in meine Hände.

»Ist er am Leben?«, fragte Will.

»Ich glaube schon«, antwortete ich. »Wir müssen ihn zu mir nach Hause bringen.«

Ich nahm Georges Diener den Umhang ab und breitete ihn über seinem Herrn aus. Will und der Diener packten George an den Schultern, während Martha und ich seine Beine hochhoben. Mit vereinten Kräften schleppten wir ihn zur Petergate zurück und von dort in mein Haus.

Hannah stieß einen Schrei aus, als sie unsere traurige Last sah, und eilte davon, um Handtücher und Decken zu holen. Wir legten George auf das Sofa im Salon und schoben ein Kissen unter seinen Kopf. Seine Haut hatte sich durch die Kälte bläulich verfärbt, und Martha legte mehr Holz ins Feuer. Dann wickelten wir George in eine Decke, und ich wusch ihm das Blut vom Gesicht. Erst jetzt war zu erkennen, wie brutal jemand auf ihn eingedroschen haben musste. Sein Schädel war an mehreren Stellen eingeschlagen. Ich konnte mir beim besten Willen nicht vorstellen, wie er mit so schweren Verletzungen überleben sollte.

»Martha, geh mit Georges Diener zu Dr. Baxter«, trug ich ihr auf. Wahrscheinlich würde es nicht helfen, Georges Wunden zu verbinden, aber ich konnte nicht untätig zuschauen, wie er in meinem Salon starb.

Martha nickte und packte sich in dicke Sachen, um sich vor der Kälte zu schützen.

»Warte!«, sagte ich und legte eine Hand auf Georges Brust, konnte aber kein Leben mehr fühlen. »Gib mir einen Spiegel.«

Hannah reichte mir ein kleines Glas, das ich dicht an Georges Mund und Nase hielt. Das Glas beschlug nicht.

»Ach Gott«, sagte ich leise. »Vergiss Dr. Baxter. Hol den Pfarrer und einen Friedensrichter.«

George Breary war tot.

9.

In den darauffolgenden Stunden marschierte ein großes Aufgebot von städtischen Beamten durch meinen Salon. Einige kamen, um ihr Beileid zu bekunden, andere, um uns zu Georges Tod zu befragen. Zum Glück sah Joseph davon ab, sich bei dieser Gelegenheit blicken zu lassen, obwohl andere Ratsherren mir versicherten, dass er von Georges Tod wusste und nicht rasten und ruhen würde, bis der Mörder gefasst war. Angesichts der Abneigung Josephs gegenüber George schmeckten derartige Äußerungen stark nach Heuchelei, aber ich behielt meine Zweifel für mich.

Es war drei Uhr morgens, als meine Besucher endlich gingen und nur noch der tote George zurückblieb, um die Ankunft der Männer zu erwarten, die ihn zur Kirche bringen würden. Als ich mich setzte und das Gesicht meines Freundes betrachtete, erlaubte ich mir zum ersten Mal an diesem Abend, meiner Trauer und meinem Schmerz nachzugeben. Zugegeben, George hatte sich zum Narren machen können, aber nach dem Tod meines Schwagers Edward hatte er stets zu mir gehalten und, was noch wichtiger war, Will geholfen, wieder auf die Beine zu kommen. Kurz und gut, er hatte sich als gütiger Mann und treuer Freund erwiesen, und das in einer Zeit, in der diese Tugenden kaum noch zu finden waren. Geheiratet hätte ich ihn nicht, aber er war mein Freund gewesen, und in gewisser Weise hatte ich ihn geliebt. Ich wusste nicht, wer George Breary auf dem Gewissen hatte, aber ich war entschlossen, den Schuldigen zu finden und hängen zu sehen.

Es klopfte leise an der Tür, und Martha machte auf, um die Männer des Lord Mayor einzulassen. Sie hüllten Georges Leichnam in ein wollenes Tuch und verschwanden in die Nacht. Will, Martha und ich kehrten in den Salon zurück. Ich kuschelte mich in meinen Sessel, während Will und Martha es sich auf dem Sofa bequem machten. Hannah hatte das blutbefleckte Kissen entfernt, und nichts wies mehr darauf hin, dass vor Kurzem genau an dieser Stelle ein Mensch sein Leben ausgehaucht hatte. Martha lehnte sich an Will, legte den Kopf an seine Schulter und schloss die Augen. Ich gestand ihnen einen kurzen Augenblick der Nähe zu, bevor ich sie in die raue Wirklichkeit zurückholte.

»Wie geht es dir, Will?«, fragte ich.

Er sah mich aus Augen an, die von Erschöpfung und Sorge überschattet waren. Die Folgen, die George Brearys Tod für ihn hatten, waren ihm offensichtlich nur zu bewusst. Er hatte einen Freund und Mentor verloren, gewiss, aber auch seine letzte Chance, Ansehen und Macht zu erringen – und all die Privilegien, derer sich seine Vorfahren erfreut hatten. Seit frühester Jugend hatte Will davon geträumt, in die Fußstapfen seines Vaters zu treten und wie er an der Regierung der Stadt teilzuhaben. Bisher war der Weg dorthin alles andere als leicht gewesen, aber George Breary war bereit gewesen, ihm zu helfen. Jetzt war Will nichts anderes als der verarmte Sohn eines reichen Mannes, dessen Überleben vom guten Willen seiner zweifach verwitweten Tante abhing.

»Was ist passiert?«, fragte ich ihn. »Was meinst du?«

»Ich habe keine Ahnung«, gab Will zurück.

»Es könnte Joseph gewesen sein«, überlegte ich laut. »Wir müssen diese Möglichkeit in Betracht ziehen.«

Will stand auf, ging rastlos auf und ab und vermied es dabei, in meine Richtung zu schauen.

»Nein«, sagte er. »Nicht Joseph. Ich leugne nicht, dass er ein harter Mann ist, aber er ist kein Mörder.«

»Wenn Mr. Breary tatsächlich einen anderen Hexenjäger beauftragt hat, gäbe es ein Motiv«, beharrte ich. Ich war mir nicht sicher, wie weit ich gehen durfte. Wie sehr Wills Beziehung zu Joseph auch gelitten haben mochte, es war nicht leicht, den eigenen Bruder des Mordes zu beschuldigen.

Will wollte antworten, aber Martha kam ihm zuvor. »Mark Preston könnte es ohne Josephs Wissen getan haben«, warf sie ein.

Die Erinnerung an Prestons missgebildete Hand schoss mir durch den Kopf. Er mochte nicht mehr in der Lage sein, eine Pistole zu handhaben, aber einen Knüppel konnte er bestimmt noch schwingen.

Will dachte kurz nach und nickte. »Das wäre möglich. Wenn Joseph schlecht über Mr. Breary geredet hat, könnte Preston ihn getötet haben, ohne lange zu fragen.«

»Na schön, Mark Preston also«, sagte ich. Dieses Zugeständnis musste einstweilen genügen, also ließ ich es darauf beruhen.

»Kommt noch jemand infrage?«, wollte Martha wissen. »Fällt dir jemand ein, der von seinem Tod profitieren könnte oder ihm seinen Erfolg geneidet hat?«

Will überlegte einen Moment, ehe zu meiner Überraschung seine Ohren rosa anliefen, als hätte er an etwas Unschickliches gedacht.

»Was ist los?«, fragte Martha, der die Veränderung ebenfalls nicht entgangen war.

»Nichts, gar nichts«, beteuerte Will. »Das kann einfach nicht sein.«

»Anscheinend doch, sonst hättest du nicht daran gedacht«, entgegnete Martha. »Was meinst du? Du musst es uns sagen.«

Will zögerte.

»Will, der Mann ist tot«, sagte ich. »Er hat keine Geheimnisse mehr. Falls er anrüchige Geschäfte getätigt haben sollte, wäre er nicht der Einzige in der Stadt.«

Will schüttelte den Kopf, als wollte er den Gedanken vertreiben. »Um Geschäfte geht es nicht.« Ein gequälter Ausdruck huschte über sein Gesicht, und mir war klar, dass er nicht lange schweigen würde.

»Du musst es uns sagen«, wiederholte Martha.

»Mr. Breary war in vieler Hinsicht ein guter Mensch.« Will klang, als müsste er sich jedes Wort aus der Brust reißen, und zum ersten Mal an diesem Abend weinte er. »Und er hat mich aufgenommen, als kein Mensch mehr etwas mit mir zu tun haben wollte. Er hat mir geglaubt, nicht Josephs Lügen. Er hat mich als Einziger in dieser Stadt verteidigt.« Tränen liefen ihm übers Gesicht.

Martha nahm seine Hand. »Aber da ist noch etwas, nicht wahr?«

Will nickte. »Mr. Breary hatte sich vor Kurzem eine Geliebte zugelegt. Ich weiß nicht, wer sie war, aber die Anzeichen waren unverkennbar. Mir fielen rätselhafte Mitteilungen auf seinem Schreibpult auf, in denen immer nur Ort und Zeit genannt wurden. Wenn es so weit war, verschwand er für ein paar Stunden. Er sagte mir nie, wo er hinwollte, und ich wusste, dass ich ihn nicht danach fragen durfte.«

»Das hätte alles Mögliche sein können«, bemerkte ich. »Eine geschäftliche Angelegenheit, über die er dir noch nichts sagen konnte, oder etwas, was mit der Stadt zu tun hatte.«

Will schüttelte den Kopf. »Ich wünschte, es wäre so. Aber was Geschäfte anging, hat er nie etwas vor mir verheimlicht. Und wenn er zurückkam, wirkte er entspannter und tatkräftiger, als ich ihn je erlebt hatte. Ein Geschäftstermin würde kaum eine solche Wirkung haben.«

Ich dachte einen Moment nach, bevor mir klar wurde, warum es Will peinlich gewesen war, mir seinen Verdacht mitzuteilen.

»Will«, rief ich empört, »obwohl du wusstest, dass er auf den Pfad der Sünde geraten war und trotzdem vorhatte, mich zu heiraten, hast du mir nichts davon gesagt?«

»Ich weiß«, sagte er. »Ich wollte es dir heute Abend erzählen, aber das konnte ich schwerlich während des Essens tun.«

»Vielleicht, als er uns die Süßspeisen servierte?«, scherzte Martha, um die angespannte Stimmung aufzulockern. »Leckerbissen verschiedener Art – Köstlichkeiten von Mr. Breary, Ausschweifungen von Will.«

Will und ich mussten wider Willen lächeln. Ich wusste, dass er in einer heiklen Situation sein Bestes getan hatte. Außerdem wirkte er so geknickt, dass mein Zorn verrauchte.

»Nun, du hast keinen Schaden angerichtet«, sagte ich. »Und jetzt müssen wir darüber nachdenken, wie wir weiter vorgehen sollen.«

Will und Martha stimmten mir zu.

»Mark Preston scheint am ehesten als Verdächtiger infrage zu kommen«, meinte Martha. »Aber wie können wir das beweisen?«

»Was ist mit Rebecca Hooke?«, warf Will ein. »Sie hatte sogar noch mehr zu verlieren als Joseph. Selbst wenn er nicht der oberste Hexenjäger geworden wäre, hätte er sein Amt als Ratsherr behalten. Aber wenn Rebecca als Sucherin durch eine andere ersetzt würde, wäre sie so machtlos wie zuvor.«

Ich nickte. »Das wäre möglich. Der Gedanke, ein weiteres Amt an mich zu verlieren – erst als Hebamme, dann als Sucherin –, würde Rebecca rasend machen. Aber sie ist mit Sicherheit nicht kräftig genug, um einen Mann zu Tode zu prügeln. Außerdem kann ich mir nicht vorstellen, dass sie Mr. Breary in einer Nacht wie dieser irgendwo auflauert.« Der Wind ließ die Fensterläden klappern, als wollte er mein Argument untermauern.

»Sie hätte jemanden dafür bezahlen können«, sagte Will. »Es gibt mehr als genug Schläger in der Stadt.«

»Könnte sie James geschickt haben?«, fragte Martha.

Will und ich schüttelten gleichzeitig den Kopf.

»Nicht James«, sagte Will. »Bei ihm kann man nur sagen: Dumm geboren und nichts dazugelernt.«

Ich gab ihm recht. James Hooke war Rebeccas einziger Sohn, und wenn er nach seiner Mutter geraten wäre, hätte man ihn wahrscheinlich fürchten müssen. Aber er hatte zwar die strahlend blauen Augen Rebeccas geerbt, zugleich jedoch das weichherzige und nachgiebige Naturell seines Vaters. In der Vergangenheit war er zweimal in verbrecherische Intrigen geraten, aber nie als Anstifter. Er war schlicht und einfach zu dumm, um den Schwierigkeiten auszuweichen, die von anderen in seine Richtung gelenkt wurden.

»Mark Preston ist der wahrscheinlichste Verdächtige, und das dürfte er wissen«, sagte ich. »Wir müssen sehr vorsichtig sein.«

»Warum fangen wir nicht mit weniger Gefährlichem an?«, schlug Martha vor. »Wir könnten erst einmal Mr. Brearys Mätresse aufspüren und abwarten, wohin uns das führt.«

»Ja.« Ich nickte. »Dann glaubt Preston sicher, dass wir die Aufklärung des Verbrechens den Wachtmeistern überlassen. Wenn wir diskret vorgehen, merkt er vielleicht gar nicht, dass wir ihn in Verdacht haben – jedenfalls nicht sofort.«

Nachdem das entschieden war, zog Will sich nach oben in seine Kammer zurück und ließ Martha und mich allein.

»Ihr glaubt nicht, dass Mark Preston Mr. Breary getötet hat«, sagte Martha. Es war keine Frage.

»Er könnte es getan haben, allerdings nur mit Josephs Zustimmung«, erwiderte ich. »Aber du hast Wills Gesicht selbst gesehen. Hätte ich Joseph weiterhin beschuldigt, wäre er wütend geworden und aus der ganzen Sache ausgestiegen. Doch Preston ist so eng mit Joseph verbunden, dass es einstweilen ausreichen dürfte, ihn im Auge zu behalten.«

»Und wie finden wir Mr. Brearys Mätresse?«, fragte Martha. »Ich habe keinen Klatsch darüber gehört, und wenn Will nichts weiß, wer dann?«

»Darüber können wir morgen nachdenken«, entgegnete ich. »Aber ich weiß, an wen ich mich wenden kann.«

*

Unsere Suche nach George Brearys Mätresse verzögerte sich, als am nächsten Morgen Tree vor der Tür stand, um sich an einem Frühstück und Elizabeths Gesellschaft zu erfreuen.

»Ich will zu Fuß über den Fluss«, verkündete er. »Das haben andere Jungs auch schon gemacht, und so mutig wie die bin ich schon lange!«

Natürlich war Elizabeth hingerissen und fand Tree genauso heldenhaft wie David, als der gegen Goliath zum Kampf antrat. Als wir unsere Morgensuppe aufgegessen hatten, waren Tree und Elizabeth wegen des bevorstehenden Abenteuers schon so aufgeregt, dass ich es nicht übers Herz brachte, es ihnen auszureden. Also schlenderten Will, Martha und ich hinter den Kindern her, als sie zum King's Staith am Nordufer der Ouse rannten.

»Ein atemberaubender Anblick«, stellte Will fest. »Ich lebe seit meiner Geburt hier, aber so habe ich den Fluss noch nie gesehen.«

»Wird das Eis auch halten?«, fragte ich ihn.

Will sprang vom Kai auf die Eisfläche und stampfte mit den Füßen darauf. »Steinhart«, rief er mir zu.

Eine Kinderschar hatte sich am Flussufer versammelt, um ein paar wagemutige Jungen zu beobachten, die sich aufs Eis hinausgewagt hatten und jetzt darüber stritten, wer als Erster weitergehen dürfte. Tree stieß zu ihnen, warf sich in die Brust und verkündete, er werde die Führung übernehmen. Keiner machte ihm seinen Anspruch streitig, also trippelte Tree zu meiner Bestürzung – und Elizabeths Entzücken – weiter auf die Eisfläche hinaus. Alle paar Schritte warf er einen Blick über die Schulter und strahlte uns aus leuchtenden Augen an.

Seine Begeisterung verwandelte sich in Entsetzen, als das Eis unter seinen Füßen unheilvoll knackste. Den Mund weit aufgerissen vor Schreck, drehte er sich zu uns um. Dann brach das Eis auf, und Tree war im Handumdrehen verschwunden.

In diesem Moment schien alles um mich herum zu erstarren. Wie im Traum hörte ich Will und Martha laut aufschreien, während die anderen Jungen kreischten und Elizabeth heulte. Nach einem schrecklichen Augenblick tauchten Trees Kopf und Schultern wieder auf. Ich konnte sehen, wie seine Lippen sich bewegten, als er um Hilfe schrie, und wie er verzweifelt nach einem Halt auf der Eisfläche tastete. Wie von einer fremden Hand geführt – vielleicht der Hand Gottes –, sprang ich aufs Eis und machte ein paar vorsichtige Schritte auf Tree zu, als würde behutsames Gehen mein Gewicht verringern.

Als ich näher kam, begann das Eis unter meinen Füßen zu ächzen und zu knarren. Bald waren diese Geräusche alles, was ich hören konnte. Ich wagte noch einen Schritt, hörte neuerliches Knacksen und verharrte. Wenn ich zurückging, war Tree verloren. Wenn ich weiterging, würde ich bald bei ihm im Wasser liegen und mit ihm sterben.

Noch während ich in Trees Augen sah, wurde mir bewusst,

dass ein anderer Junge aufs Eis hinausgetreten war und mir etwas zuschrie.

»Hinlegen!«, rief er lauthals, wobei mir auffiel, dass er Englisch mit starkem Akzent sprach. »Ihr müsst Euch hinlegen!«

Ich starrte ihn an. Was meinte der Junge?

»Ihr müsst zu ihm kriechen auf dem ... dem *Buik*«, rief er und klopfte sich auf den Bauch. »Auf dem Bauch!«

Jetzt begriff ich. So langsam ich konnte, legte ich mich flach hin. Das Eis schien sich ein bisschen zu beruhigen, und ich tat einen zittrigen Atemzug. Ich spürte die Kälte kaum, als ich mich Zoll für Zoll auf Tree zubewegte. Irgendwann berührten sich unsere Fingerspitzen, und mit einem weiteren Ruck nach vorn packte ich seine Hände.

Seine Zähne klapperten laut, als ich mich rückwärts übers Eis schob und Tree langsam aus dem Fluss auftauchte. Seine Lippen waren blau angelaufen, sein Atem ging flach. Ich rutschte immer weiter, bis ich spürte, wie mich jemand an den Knöcheln packte (es war Will, wie sich herausstellte) und Tree und mich an Land zog.

Ohne auch nur ein Wort zu verlieren, packten wir Tree in unsere Umhänge und eilten nach Hause. Mir schien es ein Segen, vielleicht sogar ein Wunder zu sein, dass wir trotz unserer Hast nicht auf den vereisten Pflastersteinen ausrutschten. Binnen kürzester Zeit steckte Tree zwischen dicken Daunendecken und bekam von Hannah eine Schale heißer Suppe verabreicht. Sowie seine Zähne nicht mehr aufeinanderschlugen, fing er an, vor einer ihn bewundernden Elizabeth mit dem Abenteuer des heutigen Morgens zu prahlen. Dass er beinahe ums Leben gekommen wäre, schien keines der Kinder groß zu interessieren.

Später erfuhr ich, dass der Junge, der mir geraten hatte, mich flach aufs Eis zu legen, aus Holland stammte und mit seinem

Vater per Boot nach York gekommen war, wo sie festsaßen, als der Fluss zufror. Ich dankte dem Herrn für den Jungen und den guten Dienst, den er uns erwiesen hatte.

Nach einiger Zeit schlüpfte Elizabeth zu Tree unter die Decke. Kurz darauf schliefen die beiden ein.

Da dieser Schrecken nun hinter uns lag, holte ich Will und Martha, um mich mit den beiden auf die Suche nach George Brearys Mätresse zu machen – in der Hoffnung, über sie vielleicht an seinen Mörder heranzukommen.

*

Helen Wright wurde häufig als Puffmutter, Kupplerin oder Bordellwirtin bezeichnet, aber nichts davon wurde ihr gerecht. Sie vermittelte zwar tatsächlich Huren an jeden Mann, der bereit war, ihre Preise zu zahlen, aber das war nur ein Teilbereich ihrer Arbeit. Wenn in York eine Nachfrage an ungesetzlichen Vergnügungen herrschte, fand Helen Wright eine Möglichkeit, den Bedarf zu decken. Ihr gehörten Schenken, die eher auf Dirnen als auf Alkohol spezialisiert waren, und wenn eine Prostituierte eine Unterkunft brauchte, um ihrem Gewerbe nachzugehen, konnte sie von Helen ein Zimmer mieten.

Helen konnte mit »Ehefrauen« für Kaufleute, die für eine Handelssaison nach York kamen, ebenso dienen wie mit einem sicheren Versteck für jene, die eine heimliche Liebschaft hatten oder Ehebruch begingen. Genau das war es, was uns hoffen ließ, sie könnte uns einen Hinweis auf George Brearys Geliebte geben, denn George hatte die Frau nicht zu sich nach Hause geholt und war in der Stadt zu bekannt, um sich in einem der Gasthäuser ein Zimmer zu nehmen.

Um der unerwünschten Aufmerksamkeit der Behörden zu

entgehen, lebte Helen außerhalb der Stadtmauern, sodass Will, Martha und ich uns auf den langen Weg zu Yorks südlichem Stadttor machen mussten. Als wir die Brücke über die Ouse überquerten, warf ich einen Blick auf das Loch im Eis, das von Tree stammte, und dankte Gott, dass Er mir nicht wieder eines meiner Kinder genommen hatte.

Wir gelangten über die Brücke nach Micklegate, den südlichsten Bezirk der Stadt. Hier waren die Straßen breiter und die Häuser wesentlich größer, und während ich mich mit dem kleinen Hof hinter meinem Haus begnügen musste, verfügten die wohlhabenden Bewohner dieses Stadtteils über sorgfältig gepflegte Gärten. Hier war Will aufgewachsen. Als ich die St. Martin's Lane hinunterblickte, konnte ich gerade noch das Haus erkennen, in dem er gewohnt und von dem er geglaubt hatte, es würde eines Tages vielleicht ihm gehören. Ich spähte verstohlen zu ihm und stellte fest, dass er unverwandt nach vorn schaute und nicht gewillt schien, seinem früheren Zuhause auch nur einen Blick zu gönnen. Mir blutete das Herz für den armen Jungen, und ich nahm ihn am Arm. Martha schien ähnlich zu empfinden, denn sie drückte liebevoll seine Hand. Will schenkte uns beiden keine Beachtung.

Innerhalb weniger Minuten tauchte das wuchtige Steintor vor uns auf, das den Namen Micklegate Bar trug. Auf der Straße drängten sich Händler und Reisende. Während der Belagerung durch die Parlamentstruppen hatten die Männer des Königs die Stadtmauern gehalten, aber jetzt schienen sie weniger als Verteidigungsanlage zu dienen, sondern eher als Straße für die Menschen, die um die Stadt herumgehen wollten.

Wir schoben uns hinter ein Fuhrwerk und folgten ihm durchs Tor in Richtung Süden. Obwohl es fast anderthalb Jahre her war, seit die königlichen Truppen die Vororte in Brand gesteckt hatten, waren nur einige wenige Häuser wiederaufgebaut worden. Wer würde schon so viel Geld ausgeben, solange immer noch gekämpft wurde? Wenn der Krieg nach York zurückkehrte, würde auch wieder das Feuer wüten, das wussten wir alle.

Helen Wright bildete natürlich eine Ausnahme. Sie hatte genug Geld, um sich praktisch jedes beliebige Haus in York kaufen zu können, aber gute Gründe, außerhalb der Stadtmauern zu wohnen. Ihr Haus war zwei Stockwerke hoch und genauso imposant, wie ich es in Erinnerung hatte. Ich fühlte mich ein wenig beklommen, als wir näher kamen, nicht wegen Helens Reichtum oder der Art und Weise, wie sie ihn erworben hatte (zumindest nicht *nur* deshalb), sondern weil ich sie bei meinem letzten Besuch in jenem furchtbaren, blutigen Sommer des Mordes beschuldigt hatte und deshalb nicht wusste, welcher Empfang uns nun blühte.

Martha schien es ähnlich zu empfinden. »Sie wird sich freuen, Euch zu sehen«, murmelte sie, als wir vor der Tür standen.

»Vielleicht solltest du für mich sprechen«, schlug ich vor, nur halb im Scherz. Während Helen und ich uns häufig in den Haaren lagen, ließ sie für Martha eine gewisse Zuneigung erkennen, vermutlich weil sie fand, dass sie viel gemeinsam hatten. Und vielleicht stimmte das sogar, denn Martha war einem ähnlichen Leben wie dem, das Helen geführt hatte, nur knapp entkommen, und es bestand kein Zweifel, dass sie beide sehr gerissen waren und gelernt hatten, sich allein durchzuschlagen. Der einzige Unterschied bestand darin, dass Martha von der Verbrecherin zur Hebamme wurde, Helen hingegen von der Hure zur Kupplerin aufgestiegen war.

Will klopfte an. Kurz darauf erschien Helens Diener Stephen Daniels. Er lächelte, als er uns sah. Mir lief es kalt über den Rücken. Zwar hatte er weder mich noch die Meinen je bedroht, doch genau wie Mark Preston umgab auch ihn eine Aura von Gewalt. Daniels überragte Will um einen halben Fuß, und seine körperliche Kraft war nicht zu übersehen.

»Lady Bridget«, begrüßte er mich und verbeugte sich. »Mrs. Wright wird sich freuen, Euch zu sehen. Kann ich ihr mitteilen, worum es sich handelt?«

»Um Mord.« Zu spät fiel mir auf, dass ich fast genau dasselbe bei unserem ersten Besuch gesagt hatte.

Auch Stephen schien sich daran zu erinnern, denn er lachte laut auf. »Ja, natürlich! Kommt doch bitte herein!« Er hielt die Tür auf und führte uns in Helens Salon. Wie bei meinem letzten Besuch kündete der Raum von Helens Reichtum und Geschmack: Kostbare Stoffe bedeckten kunstvoll gearbeitete Möbel, prächtige Bilder schmückten die Wände. Die Einrichtung entsprach nicht dem, was ich von einem Mädchen vom Lande, das zu Geld gekommen war, erwartet hätte, aber Helen hatte mich in mancherlei Hinsicht überrascht.

Bei diesem Besuch ließ sie uns nicht lange warten. In Seide und Spitzen gewandet, kam sie hereingerauscht. Ich spürte, wie meine alten Vorurteile aufs Neue erwachten. Will hatte mich einmal darauf hingewiesen, dass Helen und ich viel gemeinsam hatten: Wir kannten beide die Geheimnisse der Stadt und des menschlichen Körpers, und jede von uns hatte aus eigener Kraft Respekt und Einfluss in dieser Stadt errungen. So zutreffend Wills Beobachtung auch sein mochte, mir war der Vergleich unangenehm.

Helen schenkte Will, Martha und – zu meinem Erstaunen – auch mir ein Lächeln. Ich war mir sicher, dass jede Freude, die sie empfinden mochte, allein davon herrührte, dass wir ihre Hilfe brauchten. Nichts würde ihr größere Genugtuung bereiten, als mich um eine Gefälligkeit bitten zu hören.

»Lady Hodgson, wie nett von Euch, mich zu besuchen. Sagt, was Euch herführt.« Sie unterdrückte nur mit Mühe ein Lachen. Ich spürte, wie sich Zorn in mir regte, und holte tief Luft. Jetzt war nicht die Zeit, meinen Launen nachzugeben.

»Danke«, sagte ich. Sie wollte, dass ich »Mrs. Wright« anhängte, aber diese Ehre würde ich ihr nicht erweisen, ganz gleich, wie sehr wir auf ihre Hilfe angewiesen waren. »Wieder einmal ist es ein tragisches Ereignis, das mich zu Euch bringt, und ich kann nur hoffen, dass Ihr ebenso hilfsbereit seid wie im vergangenen Sommer.«

»Ich nehme an, Ihr seid wegen des Mordes an Mr. Breary hier.«

»So ist es«, erwiderte ich. »Wir haben gehört ...« Ich machte eine Pause. »Wir haben Grund zu der Annahme, dass Mr. Breary ...« Wieder hielt ich inne. Ich konnte meinen Freund nicht vor dieser Person anschwärzen.

»Mr. Breary hatte eine Mätresse«, platzte Martha heraus. »Und weil er sie nie nach Hause mitgebracht hat, dachten wir, er hat vielleicht ein Zimmer von Euch gemietet. Wir müssen sie finden.«

Helen nickte. »Und ihr glaubt nicht, dass die Behörden sie von selbst finden werden?«

»Sie wissen gar nicht, dass diese Frau existiert«, erwiderte Martha. »Und selbst wenn sie es wüssten, würden sie zögern, die Nachricht über Mr. Brearys Sünde in der ganzen Stadt zu verbreiten.«

»Das stimmt«, gab Helen zu. »Und ihr habt euch an die richtige Stelle gewandt. Mr. Breary hatte einen Kopf für Politik und eine Nase fürs Geschäft, aber seine Einfalt hat ihn auf Abwege gelockt.«

Ich musterte Helen erstaunt, weil ich damit gerechnet hatte, dass sie sich wesentlich länger zierte, bevor sie uns Auskunft gab. Was mochte ihr Beweggrund sein? »Ihr wisst, wer seine Mätresse war?«

»Allerdings«, antwortete Helen und lächelte wieder. »Ich habe ihm von Zeit zu Zeit ein Zimmer vermietet und sein Kommen und Gehen von Stephen beobachten lassen. Er hat sie regelmäßig gesehen.«

»Und werdet Ihr es uns sagen?« Ich befürchtete, Helen könnte lediglich ihr Spielchen mit uns treiben oder im Gegenzug eine übertriebene Forderung stellen dafür, dass sie den Namen der Frau nannte.

»Ja, ich werde es Euch sagen«, entgegnete sie. »Es ist Agnes Greenbury, die Frau des Lord Mayor.«

10.

Agnes Greenbury«, wiederholte ich verständnislos. »Sie ist doch noch ein ganz junges Mädchen!«

Will konnte ein Lächeln nicht unterdrücken. »Mag sein, aber so hübsch wie keine Zweite.« Martha erdolchte ihn mit Blicken, aber er bemerkte es nicht. »Als sie nach York kam, wurde in den Wirtshäusern kaum über etwas anderes geredet. Viele Burschen fragten sich, wie lange es wohl dauern würde, bis sie dem alten Knaben die kalte Schulter zeigt, aber keiner hätte gedacht, dass es so schnell geht.«

»Oder dass sie sich wieder einen alten Knacker aussucht«, bemerkte Martha.

So unerfreulich der Gedanke auch war, ich musste zugeben, dass sich Wills Erinnerung mit meiner deckte. Als Matthew Greenbury, unser Lord Mayor, im Sommer vor zwei Jahren zum Witwer wurde, ging die ganze Stadt davon aus, dass er sich innerhalb weniger Monate wieder verehelichen würde; so war es nun einmal. Aber eher von seinem Schwengel als von gesundem Menschenverstand geleitet, hatte Greenbury ein Mädchen gewählt, das gerade mal siebzehn Jahre alt und somit jünger als einige seiner Enkelkinder war. So ungleich war das Paar, dass viele Leute Agnes bei ihrem ersten Erscheinen an seiner Seite für seine Schwiegertochter hielten.

Der Lord Mayor überschüttete seine Braut mit den schönsten Seidenstoffen und Juwelen, und schon bald machte sich die ganze Stadt über ihn lustig. Aber hinter dem Lachen verbarg sich Neid, denn jeder Mann in York wünschte sich, er selbst wäre der Glückliche, der jede Nacht bei Agnes liegen durfte.

»Warum erzählt Ihr uns das eigentlich?« Marthas Augen wurden schmal, als sie Helen durchdringend musterte. Diesen Blick kannte ich – Martha benutzte ihn bei Frauen, die uneheliche Kinder bekamen und ihrer Meinung nach logen, was die Vaterschaft anging. »Es gehört doch sonst nicht zu Euren Gewohnheiten, die Angelegenheiten Eurer Kunden auszuplaudern.«

»Wohl wahr«, räumte Helen ein. »Ihr hättet mich nach jedem anderen fragen können, und ich hätte euch zum Teufel geschickt. Aber in diesem Fall decken sich unsere Interessen.«

»Ihr habt die Frage nicht beantwortet«, gab Martha zurück. »Und Ihr werdet eine Erklärung abgeben müssen, bevor wir ins Haus des Lord Mayor stürzen und seine Frau des Ehebruchs, vielleicht sogar des Mordes beschuldigen.«

Ein Ausdruck von Gereiztheit huschte über Helens Gesicht, was ich als kleinen Triumph verbuchte. Schließlich antwortete sie: »Seit den Todesfällen im letzten Sommer sind Büttel und Behörden zu einer wahren Pest geworden. Sie haben meine Mädchen eingesperrt und meine Schenken geschlossen. Als ob meine Mädchen an der ganzen Misere schuld wären! Schlechter könnten meine Geschäfte momentan gar nicht gehen. Vielleicht verbessert sich die Lage, wenn ihr den Lord Mayor absägt. Außerdem habe ich für den alten Knauser noch nie viel übriggehabt.«

Ich war mir nicht sicher, ob Helen uns die Wahrheit sagte, aber zumindest hatten wir einen Namen.

Irgendwie schafften wir es, uns ohne Austausch weiterer Gehässigkeiten zu verabschieden – was keine geringe Leistung war! –, und traten den Rückweg an. Jetzt mussten wir uns beim Gehen gegen den Wind stemmen, und unsere Umhänge wehten flatternd hinter uns her.

»Warum sollten wir ihr glauben?«, fragte ich, als wir das Tor passierten und die Stadt betraten. Mein Einwand entsprang meiner schlechten Laune, das war mir klar, aber ich konnte einfach nicht anders.

»Wenn du ihre Antwort nicht akzeptieren willst, Tante Bridget, warum haben wir uns dann überhaupt die Mühe gemacht, zu ihr zu gehen?«, wollte Will wissen.

»Sie hat zugegeben, dass sie sich den Sturz des Lord Mayor wünscht«, erwiderte ich. »Und sie würde bedenkenlos lügen, wenn es den eigenen Zwecken dient.«

»Ihr habt sie gefragt, wer Mr. Brearys Mätresse war, und sie hat es uns gesagt«, rief Martha, die genauso wenig wie Will verbergen konnte, wie verärgert sie über mich war. »Wir sollten die Fährte aufnehmen und schauen, wohin sie uns führt. Sollte Helen Wright uns aus irgendeinem Grund in die Irre geführt haben, was soll's? Wir stellen Agnes' Unschuld fest und machen weiter.«

Ich wusste, dass ich mich durch meine Abneigung gegen Helen nicht in meinem Urteil beeinflussen lassen durfte, und gab widerwillig nach.

»Warum gehen wir nicht jetzt gleich zu ihr?«, fragte Martha. »Die Greenburys wohnen auf dieser Seite des Flusses, oder?«

»In derselben Straße wie mein Bruder.« Will nickte. »Und wenn Agnes unschuldig ist, können wir uns bei Joseph zum Essen einladen und bei der Gelegenheit gleich Mark Preston fragen, ob er Mr. Breary ermordet hat.«

Ich lächelte leicht und dankte insgeheim Gott, dass Will imstande war, Scherze zu machen, obwohl es um Joseph ging. Nach dem Tod seines Vaters hatte er es lange Zeit nicht fertiggebracht, den Namen seines Bruders auch nur zu erwähnen.

Ich erklärte mich mit Marthas Vorschlag einverstanden, und wir schlugen den Weg zum Haus der Greenburys ein.

»Wie willst du es hinbekommen, dass sie dich empfängt?«, fragte Will. »Sie ist keine deiner Patientinnen.«

Damit hatte er natürlich recht. Warum sollte sich eine Jungverheiratete mit einer Hebamme treffen? Ich dachte kurz nach und spürte, wie ein Lächeln um meine Lippen spielte. »Ich habe eine Idee ...« Bis wir vor dem Haus der Greenburys ankamen, stand mein Plan fest.

Der Lakai des Lord Mayor verbeugte sich, als wir näher kamen, und ließ uns in die Diele eintreten, wo wir von einem weiteren Diener in Empfang genommen wurden. Er trug feinste Seide, die vom Reichtum seines Herrn kündete, und wirkte arg überheblich. Sowie ich meinen Blick auf ihn richtete, wusste ich, dass mein Plan aufgehen würde.

»Einen schönen guten Morgen, Lady Hodgson«, grüßte der Diener. »Ich fürchte, der Lord Mayor ist außer Haus. Möchtet Ihr vielleicht eine Nachricht hinterlassen? Er wird sie bestimmt noch heute erhalten.«

»Danke, aber ich bin hier, um Mrs. Greenbury zu sehen«, antwortete ich. »In einer ... Privatangelegenheit.« Scheinbar verlegen brach ich ab und senkte den Blick.

»Ich fürchte, das ist ausgeschlossen«, erwiderte der Diener. »Mrs. Greenbury schätzt keine unangekündigten Besucher. Wollt Ihr mir vielleicht sagen, worum es geht?«

»Na schön«, entgegnete ich. »Richte ihr bitte aus, dass ich gekommen bin, um mit ihr über ihre starken Monatsblutungen und die beste Therapie für eine Eindämmung oder vollständige Heilung zu sprechen.«

Alles Blut wich aus dem Gesicht des Dieners, und er starrte

mich offenen Mundes an, während ich lächelnd beobachtete, wie sein Adamsapfel auf und ab hüpfte, als er unruhig schluckte.

»Ich sehe nach, ob sie zu sprechen ist«, brachte er schließlich heraus. »Ihr könnt im Salon auf sie warten. Der Herr in Eurer Begleitung bleibt selbstverständlich hier.«

»Selbstverständlich«, sagte ich.

Will schien verärgert, konnte aber schwerlich Einwände erheben. Bei einem Gespräch, wie ich es angedeutet hatte, konnte ein Mann unmöglich zugegen sein.

Martha lächelte beifällig, als wir dem Diener in den Salon folgten, und warum auch nicht? Schließlich hatte ich derartige Manöver von ihr gelernt. Es schien seltsam, wie leicht mir die Gabe der Täuschung fiel, aber wir lebten nun einmal in seltsamen Zeiten.

Agnes stürmte wie ein Wirbelsturm aus Seide, Spitze und wogendem Haar in den Salon, rauschte an Martha vorbei, ohne sie eines Blickes zu würdigen, und blieb dicht vor mir stehen. Obwohl oder vielleicht gerade weil ihr der Zorn aus jeder Pore drang, war mir sofort klar, weshalb Matthew Greenbury den allgemeinen Spott riskiert hatte, um dieses Mädchen zu heiraten. Sie war erstaunlich schön und strahlte eine beinahe erschreckende Vitalität aus. Welcher Mann, insbesondere, wenn er sich dem Ende seines Lebens näherte, hätte dieser Verbindung widerstehen können? Dieses Mädchen zur Frau zu nehmen war, als nähme man einen Blitzstrahl in die Hand.

»Ihr habt zehn Sekunden, um Euch zu erklären, bevor ich Euch hinauswerfen lasse, Schlampe!« Agnes' Kleid war aus kostbarer Seide und nach der neuesten Mode geschneidert, aber ihre Stimme klang nach den Mooren im Norden, und ich bezweifelte, dass sie je eine gepflasterte Straße gesehen hatte, bevor sie nach York gekommen war. Wo hatte der Lord Mayor so ein Mädchen gefunden, und was fing sie mit ihrem neuen Leben an?

Angesichts einer derart derben Sprache aus dem Mund eines so hinreißenden Geschöpfs fehlten mir die Worte, aber wie so oft kam Martha mir auch jetzt zu Hilfe.

»George Breary«, sagte sie.

Agnes' Gesicht zuckte, und ich wusste, dass Martha ins Schwarze getroffen hatte.

»Kenn ich nicht«, sagte Agnes zu Martha, ohne den Blick von mir zu nehmen.

»Natürlich kennt Ihr ihn«, gab Martha zurück, während sie um Agnes herumging. Sie wusste, dass sie eine Schwachstelle in der Rüstung der jungen Frau gefunden hatte, und suchte nach einer weiteren. »Ihr habt es Gott weiß wie lange bunt mit ihm getrieben. Es ist *das* Stadtgespräch – oder wird es bald sein.«

Agnes blickte kurz zu Martha, bevor sie ihre Augen wieder auf mich heftete. Ein dünner Schweißfilm war auf ihre Stirn getreten. Obwohl sie erst seit ein paar Monaten im Haus des Lord Mayor lebte, hatte sie gelernt, sich durchzusetzen, deshalb begriff sie jetzt einfach nicht, weshalb ihr Wutanfall uns nicht vertrieben hatte.

»Was wollt Ihr?«, fragte sie schließlich. »Warum seid Ihr hier?«

»George Breary wurde gestern Nacht ermordet«, antwortete ich.

Agnes zuckte mit keiner Wimper.

»Was denn, keine Tränen für Euren Liebhaber?«, fragte ich. »Er wurde in einer dunklen Gasse zu Tode geprügelt, und Ihr habt nichts dazu zu sagen?«

»Man hat uns die Neuigkeit letzte Nacht überbracht«, erwiderte Agnes. »Ich weiß Bescheid.«

»Das bezweifle ich.« Ich konnte hören, dass sich die Verachtung, die ich für dieses Mädchen empfand, in meine Stimme geschlichen hatte, und beschloss, ihr freien Lauf zu lassen. »Ich bezweifle, dass Ihr nur halb so gut Bescheid wisst, wie Ihr Euch einbildet. Ihr habt nicht die geringste Ahnung, was um Euch herum vorgeht oder was die Zukunft für leichtfertige Flittchen wie Euch bereithält, sonst würdet Ihr nicht so gedankenlos die Hure spielen.«

»Nicht dass Ihr diese Rolle noch sehr lang spielen werdet«, fügte Martha hinzu. »Eure Zukunft hält nichts als die Schlinge des Henkers bereit.«

Wieder flog Agnes' Blick zu Martha, und sie befeuchtete ihre Lippen unruhig mit der Zunge. Sie hatte keine Antwort.

»Wir glauben nicht, dass Ihr selbst ihn getötet habt«, sagte ich. »Aber für ein Mädchen wie Euch dürfte es nicht schwer sein, irgendeinen Dummkopf zu finden, der es für Euch tut.«

»Doch warum sollte sie, Lady Bridget?«, meinte Martha. »Wenn der Mann ein bloßer Zeitvertreib war, hätte es sich kaum der Mühe gelohnt.«

»Ja, aber was, wenn er sich in sie verliebt hatte?«, erwiderte ich. »Sagt mir, Agnes, hat er Euch zu überreden versucht, Euren Mann zu verlassen? Vielleicht hat Mr. Breary gedroht, ihm von Eurer Untreue zu berichten, und Ihr habt ihn getötet, um Eure Geheimnisse zu wahren.«

»Nein!« Das Wort kam unwillkürlich über Agnes' Lippen, und sie bereute es prompt, das sah man ihr an.

»Es wäre kein Problem, jemanden zu finden, der für Euch einen Mord begeht«, fuhr ich fort. »Ihr hättet nur gewisse Versprechungen machen und zur richtigen Zeit die Röcke lüpfen müssen, um einen Mann dazu zu bringen, praktisch alles zu tun. War es einer Eurer Diener? Ein Soldat der Garnison? Wer hat es für Euch getan?«

Einen Moment sah es so aus, als wollte Agnes antworten und gestehen, dass sie tatsächlich den Auftrag erteilt hatte, George zu ermorden. Doch unvermittelt löste sie den Blick von mir und wollte zur Tür, aber Martha verstellte ihr den Weg. Agnes, die jede Flucht vereitelt sah, fuhr zu mir herum.

»Ich werde schreien«, warnte sie mich. »Und dann sind im Handumdrehen die Diener da.«

»Ja, sicher«, bestätigte ich. »Und was wollt Ihr ihnen sagen? Dass eine Edelfrau Euch in Eurem eigenen Haus festhält und des Mordes beschuldigt?«

»Nicht einmal Eure besten Freundinnen würden so einen Unsinn glauben«, warf Martha ein. »Man würde Euch für eine gemeine Schlampe *und* eine Wahnsinnige halten.«

Agnes schossen Tränen in die Augen. Falls sie hoffte, dass ich jetzt weich wurde, hatte sie sich getäuscht. Ich zweifelte nicht daran, dass Tränen bei ihr so locker saßen wie eine geladene Pistole bei einem Wachposten. Wo Zornesausbrüche oder Kokettieren versagten, mussten Tränen herhalten.

»Ich habe nichts Unrechtes getan!«, rief sie.

Martha brach in schallendes Gelächter aus.

»Nichts Unrechtes?«, rief ich verächtlich. »Ihr konntet Eurem Gatten nicht einmal ein halbes Jahr die Treue halten!«

»Aber ich habe niemanden getötet!«

»Was hält Euer Mann von Eurem schamlosen Treiben?«, wollte Martha wissen. »Sicher hat er etwas Besseres von Euch erwartet.«

Agnes' Augen wurden hart. Beinahe instinktiv zog sie den Unterarm an ihre Brust. Dann schrie sie auch schon vor Schreck auf, als ich vortrat und ihren Ärmel hochschob. Ich wusste, was ich finden würde, noch bevor ich es sah: Ihr Arm war vom Handgelenk bis zum Ellbogen mit blauen Flecken übersät.

»Hände weg!«, zischte Agnes mich an und zog hastig ihren Ärmel zurecht. Aber der Schaden war bereits angerichtet.

»Euer Gatte wusste Bescheid?«, fragte Martha. »Das überrascht mich nicht sonderlich. Es dürfte ihn nicht gefreut haben, dass Ihr ihm mit einem anderen Ratsherren Hörner aufgesetzt habt.«

»Vielleicht ist er aber auch dahintergekommen, dass Ihr Mr. Breary ermorden wolltet«, sagte ich. »Wenn Ihr eine liederliche Dirne seid, wird man sich bloß in der ganzen Stadt über ihn lustig machen. Seid Ihr aber eine Mörderin, wird er seinen Sitz im Rat verlieren.«

»Also, was bist du, Mädchen? Hure oder Mörderin?« Martha war hinter Agnes getreten und zischte ihr die Worte ins Ohr. »Oder beides?« Einen Moment lang bedauerte ich unsere Brutalität, aber ich wusste, dass uns im Grunde nichts anderes übrigblieb – und dass Agnes es nicht besser verdient hatte.

Wieder flossen Tränen, diesmal echte. Agnes Greenbury ließ sich gegen mich sinken, und wie von selbst schlossen sich meine Arme um sie. Marthas verächtliche Miene verriet mir, dass sie nicht so schnell weich geworden wäre.

»Er ist so grausam!«, stieß Agnes hervor. »Ihr müsst mir helfen!«

»Und Ihr müsst die Wahrheit sagen«, erwiderte ich. Martha übertönte ihr missbilligendes Schnauben mit einem Hüsteln, aber ihre Miene sagte alles.

»Ihr habt recht«, jammerte das Mädchen – denn in diesem Moment schien sie ein Mädchen zu sein – an meiner Brust. »Ihr habt in allem recht. Mein Mann hat das mit George herausbekommen und mich deswegen verprügelt. Von einem kleinen Flittchen wie mir lässt er sich nicht zum Besten halten, hat er gesagt, und dass George dafür büßen würde. *Er* muss es getan haben!«

»Ihr glaubt, Euer Mann hat Mr. Breary getötet?«, fragte ich.

Das Mädchen blickte auf, die klaren blauen Augen gerötet vom Weinen. »Was hätte er sonst damit meinen können? *Ich* habe George nicht getötet. Ich ... ich ...« Ihre Stimme verebbte.

»Ihr habt ihn geliebt?« Martha versuchte nicht einmal, die Verachtung aus ihrer Stimme herauszuhalten.

Agnes glitt aus meinen Armen und setzte sich in einen der üppig gepolsterten Sessel. »Nein, natürlich nicht.« Sie wischte sich die Nase am Ärmel ab und hinterließ dabei eine Rotzspur, die vom Ellbogen bis zum Handgelenk reichte. Man kann ein Mädchen vom Lande in Seidenkleider stecken, aber ihm Manieren beizubringen ist eine andere Sache. »Doch er war wirklich nett. Ich habe ihn nicht umgebracht.«

Obwohl ich wusste, wie hoffnungslos es war, betrachtete ich das Gesicht des Mädchens und versuchte darin ein Anzeichen von Seele zu entdecken. Agnes wirkte aufrichtig, aber ich hatte schon zu viele Lügen gehört, um mich davon beeindrucken zu lassen.

»Ihr nicht, aber vielleicht Euer Gatte?«, fragte ich erneut.

Agnes blickte auf ihre Hände, die unruhig mit einem Band an ihrem Kleid spielten. »Ich weiß es nicht. Kann sein. Zornig genug war er auf jeden Fall. Noch nie habe ich einen Mann so wütend erlebt.«

Ich warf Martha einen Blick zu, und sie neigte den Kopf leicht in Richtung Tür. Sie hatte genug gesehen und gehört.

Martha und ich schlüpften aus dem Salon und gingen zu Will, der auf uns wartete. Ich wusste nicht, wie viel er von unserer Unterhaltung mitbekommen hatte, aber sein Gesichtsausdruck verriet mir, dass das Jammern des Mädchens durch die Wände gedrungen war.

Bevor wir das Haus verließen, packten wir drei uns so warm wie möglich ein, wobei Will uns immer wieder verstohlene Blicke zuwarf. Anscheinend brannte er darauf zu hören, was wir erfahren hatten.

Sobald wir ein Stück vom Haus des Lord Mayor entfernt waren, erzählten Martha und ich Will abwechselnd alles, was Agnes uns gebeichtet hatte.

»Und ihr glaubt ihr?«, fragte er. Wir waren bei der Brücke angelangt und blieben einen Moment stehen, um den Kindern zuzuschauen, die sich wieder aufs Eis wagten. Sie mieden die Stelle, an der Tree eingebrochen war, zeigten ansonsten aber keine Scheu.

»Was meinst du?« Martha zuckte die Achseln. »Dass ihr Mann sie verdroschen und Rache geschworen hat? Oder dass sie Mr. Brearys Tod nicht wollte? Wir wissen, dass sie eine Lügnerin und Ehebrecherin ist. Deshalb können wir nicht allzu viel geben auf das, was sie sagt.«

»Die blauen Flecke hat sie sich nicht selbst zugefügt«, sagte ich. »Und ich kann mir nicht vorstellen, dass Matthew Greenbury bei seiner Frau ein solches Verhalten dulden würde.«

»Nun ja, er selbst kann Mr. Breary nicht getötet haben«, meinte Martha. »Der Alte steht doch schon mit einem Bein im Grab.«

»Er hätte einen Mörder beauftragen können«, gab ich zurück. In diesen unruhigen Zeiten hielten sich sogar ehrbare Herren Schläger und Schlimmeres. Aus diesem Grund hatte Joseph – und vor ihm Edward – Mark Preston eingestellt. »Aber würde er einen seiner eigenen Ratsherren wegen Ehebruchs umbringen lassen?«

»Wegen Ehebruchs vielleicht nicht, aber vielleicht dafür, dass er seine Frau zur Hure gemacht und ihm selbst Hörner aufgesetzt hat«, meinte Will. »Dafür würde manch einer töten.«

»Aber genauso gut kann Agnes dahinterstecken«, wandte Martha ein. »Sie ist leichtfertig und obendrein jähzornig. Wer weiß, wozu sie in einem Wutanfall fähig ist? Mr. Breary macht Probleme, sie schäkert mit einem Soldaten, und als Nächstes stirbt George Breary in einer dunklen Gasse.«

»Also könnte jeder von ihnen schuldig sein«, schloss ich.

»Oder keiner von beiden«, sagte Will. »Mark Preston hatte gute Gründe, Mr. Breary zu töten. Und wir wissen, wozu er imstande ist.«

Ich verkniff mir die Bemerkung »Dein Bruder ebenfalls« und stieß einen ergebenen Seufzer aus. Jetzt gab es immer noch vier Personen, die für den Mord an George infrage kamen. Was hatte unsere bisherige Arbeit gebracht?

Zu Hause lief Elizabeth uns strahlend und vergnügt entgegen. Sie wollte wissen, wo wir gewesen waren, wen wir gesehen hatten und wann wir ihr erlauben würden, genau wie Tree aufs Eis zu gehen. Als ich »Niemals!« antwortete, brach sie in Tränen aus.

»Aber ich bin kleiner und leichter als er«, jammerte sie. »Und ich hab gar keine Angst.« Sie hob Sugar auf, der empört maunzte, und schaute mich aus tränennassen Augen an.

»Komm, lesen wir ein bisschen«, schlug ich vor, hob Elizabeth samt Kater hoch und trug beide in die Wohnstube. Ich war entschlossen, die Zeit vor dem Essen mit einem Buch zu verbringen, das nicht das Geringste mit Mord, Ehebruch oder Hexerei zu tun hatte.

Eine Stunde lang genossen wir Ruhe und Frieden. Ich sagte mir, dass nichts uns etwas anhaben könne, nicht einmal der eisige Winterwind, solange wir die Fenster und Türen fest verschlossen hielten. Das Problem ist leider, dass es keine Möglichkeit gibt, die Außenwelt fernzuhalten.

Wir saßen noch beim Essen, als ein Klopfen davon kündete, dass es mit der beschaulichen Zurückgezogenheit vorbei war.

Hannah ging zur Tür. Gleich darauf stürzte Tree ins Esszimmer. Seine Augen leuchteten, als er sah, dass wir den gerösteten Kapaun noch nicht aufgegessen hatten, und er bediente sich sofort mit Brot und Fleisch.

»Samuel schickt mich«, verkündete er mit vollen Backen. »Ich soll Euch sagen, dass Mr. Hodgson und Mrs. Hooke angefangen haben, Hexen festzunehmen.«

»Mutter Lee, nehme ich an«, erwiderte ich. Ein flaues Gefühl setzte sich in meiner Magengrube fest. Wo sollte das alles enden?

Tree zuckte die Achseln. »Kann sein. Sie haben so viele angeschleppt, dass man den Überblick verliert.«

Will, Martha und ich starrten den Jungen offenen Mundes an.

»So viele?«, echote Will.

»Hexen«, antwortete der Junge. »Als ich weg bin, hatten sie schon zwei Dutzend eingesperrt, und der Burgvogt hat rumgeschrien, Platz für noch mehr zu schaffen. Keine Ahnung, wie viele da sind, wenn ich zurückkomme.«

11.

Obwohl mein erster Gedanke war, sofort zur Burg zu laufen, zögerte ich, als ich den düsteren Himmel und die Schneeflocken sah, die mittlerweile fielen. Es ließ sich nicht abschätzen, wie lange wir fort sein würden, und die Aussicht, spät in der Nacht quer durch die Stadt nach Hause zu müssen, behagte mir gar nicht – nicht nach dem, was George zugestoßen war.

Als ich kurz vor Sonnenaufgang erwachte, war der Himmel kalt und klar. Der Mond war hinter dem Horizont verschwunden, und nur die funkelnden Sterne spendeten frostiges Licht, das die Kälte noch unerbittlicher erscheinen ließ. Binnen kurzer Zeit war das Fenster so beschlagen von meinem Atem, dass ich nichts mehr sehen konnte. Ich senkte den Kopf und betete ohne große Hoffnung zu Gott, Er möge in seinem Urteil über unser Land Milde walten lassen. Als ich wieder aufblickte, war die Dunkelheit hinter den Sternen so abgrundtief, dass ich mich einen Moment lang fragte, ob sich unsere Existenz vielleicht tatsächlich auf die Erde und den Sternenhimmel darüber beschränkte. Ich erschrak bei dem Gedanken, bat Gott um Vergebung und eilte nach unten. Martha und Hannah machten sich bereits in der Küche zu schaffen. Ich gesellte mich zu ihnen, um mich am Herdfeuer zu wärmen und meinen blasphemischen Gedanken zu entkommen.

Es dauerte nicht lange, bis auch Elizabeth mit wild flatterndem Haar die Treppe heruntergehüpft kam und ihr morgendliches Ritual aufnahm, Sugar durchs Haus zu jagen. Will stand wie üblich als Letzter auf und erschien erst, als die Sonne zögernd ihren Weg über den Morgenhimmel antrat. Nach dem Frühstück ging Hannah mit Elizabeth nach oben, um ihr beim Anziehen zu helfen, während Martha, Will und ich uns ins Speisezimmer setzten.

»Ich würde gern auf die Burg gehen«, verkündete ich. »Wir müssen herausfinden, welche Ausmaße die Hexenjagd angenommen hat. Dann wissen wir besser, was es für die Stadt bedeutet und wie wir uns schützen können.«

Will schüttelte resigniert den Kopf. »Nun, da Mr. Breary tot ist, können wir kaum etwas tun.«

Da ich kein Gegenargument hatte, verzichtete ich auf eine Erwiderung. Stattdessen fragte ich: »Will, glaubst du, Mr. Brearys Diener werden dir Zugang zu seinen Papieren gewähren?«

Will nickte. »Er hat keine Familie in York, daher wird niemand sonst Interesse daran haben. Falls nötig, kann ich behaupten, dass ich sein Testament suchen will. Ich stand ihm nahe genug, um das zu übernehmen.«

»Gut«, entschied ich. »Du suchst nach Hinweisen, die helfen könnten, den Mord an ihm aufzuklären ... Briefe, Tagebücher, was auch immer. Martha und ich gehen zur Burg und erkunden die Lage. Wenn wir uns vorher nicht sehen, treffen wir uns hier zum Abendessen.«

Will und Martha nickten zustimmend, und nachdem wir uns dick eingemummelt hatten, brachen wir auf.

Martha und ich marschierten schweigend über die Coney Street, wobei jede von uns ihren eigenen Gedanken nachhing. Ich versuchte mich auf das vorzubereiten, was wir auf der Burg hören und sehen würden. Falls Joseph die Verliese tatsächlich mit Hexen gefüllt hatte, mussten die Zustände beklemmend sein, wenn auch noch nicht so schlimm, wie sie in naher Zukunft sein mochten.

An der Kreuzung zur High Ousegate stießen wir auf ein Fuhrwerk, das versuchte, in Richtung Burg abzubiegen. Der Kutscher hatte den Winkel der Kreuzung falsch eingeschätzt und schaffte das Manöver nicht. Schon aus einiger Entfernung konnten wir hören, wie der Mann fluchte, als er die Zügel anriss, aber die Pferde schienen nicht gewillt, ihm zu gehorchen.

Martha und ich blieben stehen, zum einen, um das Schauspiel zu beobachten, aber mehr noch aus Angst, niedergetrampelt zu werden, falls die Pferde sich auf einmal doch lenken ließen. Unsere Vorsicht wurde belohnt, als das Gefährt einen Satz nach vorn machte und dabei um ein Haar einen arglosen Passanten unter seinen schweren, eisenbeschlagenen Rädern zermalmt hätte.

Martha und ich schnappten gleichzeitig nach Luft, als wir die furchtbare Fracht sahen: Das Fuhrwerk war zu einem rollenden Käfig voller Menschen geworden. Ich zählte ein Dutzend Personen, hauptsächlich Frauen, glaubte aber auch einen betagten Mann auszumachen. Die Gefangenen klammerten sich an die Gitterstäbe, um nicht hin und her geschleudert zu werden, aber eine arme Frau verlor den Halt und prallte mit dem Gesicht an die Eisenstäbe. Blut strömte aus einer Schnittwunde an ihrer Wange, als sie sich mühsam hochrappelte. Ein paar Kinder liefen neben dem Gefährt her und warfen mit Steinen und Eisbrocken nach den Gefangenen. Ein Junge verfehlte sein Ziel und traf den Kutscher am Kopf, was einen neuerlichen Schwall von Flüchen zur Folge hatte.

»Joseph beschränkt sich nicht auf die Stadt allein«, stellte Martha fest. »Das sind Leute vom Land.«

»Diese Verhaftungen müssen nicht auf Josephs Veranlassung geschehen sein«, erwiderte ich. »Vielleicht haben sich die Friedensrichter auf dem Land vom Jagdfieber anstecken lassen.«

Bei diesem ernüchternden Gedanken verstummten wir. Im Geiste sah ich vor mir, wie sich die Hexenverfolgungen im gesamten Norden ausbreiteten. Wie viele Hundert Menschen würden dann sterben müssen? Ich betete zu Gott, so etwas nicht geschehen zu lassen.

Wir folgten dem Wagen zur Burg, wobei wir die Blicke auf den Boden, statt auf die traurigen Gestalten vor uns richteten.

Als wir durch das Burgtor schritten, war deutlich zu erkennen, wie weit sich Josephs Fanatismus ausgebreitet hatte. Dutzende Gefangene warteten im Burghof darauf, in ihre Zellen gebracht zu werden. Fast alle waren an Händen und Füßen in Eisen gelegt worden, und die kläglichen Laute ihrer Angst und ihres Jammers erfüllten die Luft.

Martha und ich eilten zu Samuels Turm. Als wir uns der Tür näherten, hörten wir seine Stimme laut über den Hof hallen. Anscheinend putzte er gerade eine arme Seele herunter.

»Das hier ist mein Turm, und Ihr habt mir nicht zu sagen, wie ich ihn führen soll!«, brüllte er. Kurz darauf kam der Burgvogt herausgeeilt. Hätte er einen Schwanz gehabt, wäre dieser eingezogen gewesen. Er ließ den Blick schweifen, um festzustellen, wer Zeuge seiner Demütigung gewesen sein könnte, bevor er auf der Suche nach einem fügsameren Gefängniswärter davoneilte.

Als wir den Turm betraten, schrie Samuel dem Burgvogt immer noch hinterher, während er uns mit einem Nicken begrüßte. »Noch mehr Frauen in meinen Zellen? Was glaubt Ihr, wer hinterher sauber machen soll? Ich, wer sonst! Und hier unten sind jetzt schon zu viele. Wenn das so weitergeht, wird das Gefängnis zu Yorks größter Kloake!« Er beendete seine Tirade mit den gemeinsten Schimpfwörtern, die ich je gehört hatte, und brachte Martha und mich zum Lachen.

Samuel lehnte sich mit hochrotem Kopf an die Wand, erschöpft vom vielen Schimpfen.

»Ihr werdet es nicht für möglich halten, wie viele Hexen sie hergebracht haben«, keuchte er nach einem Moment.

»Ich kann es mir vorstellen«, sagte ich. »Wir sind zusammen mit einem weiteren Gefangenentransport durchs Tor gekommen.«

»Herr im Himmel, was erwarten die eigentlich?«, stieß Samuel hervor. »Wir können die nicht alle hierbehalten, bis ihnen der Prozess gemacht wird. Bis ein neues Gericht zusammentritt, ist die Hälfte von denen abgekratzt!«

Samuel hatte natürlich recht. Schon unter den besten Bedingungen waren die Gefängniszellen in der Burg wahre Brutstätten von Krankheiten, und nicht wenige Angeklagte starben, während sie auf ihre Verhandlung warteten. Wenn es um ein, zwei Personen ging, scherte sich niemand sonderlich darum, aber was würde passieren, wenn die Gefangenen zu Dutzenden starben und aus gelegentlichen Beerdigungen eine lange Friedhofsprozession wurde? Ich wollte meine diesbezüglichen Bedenken aussprechen, aber Samuel war noch nicht fertig.

»Ich meine, wer zahlt denn dafür, dass die Leute was zu futtern kriegen?«, wollte er wissen. »Die Frauen sind allesamt bettelarm. Eher kriege ich Wasser aus einem Stein gequetscht als auch nur einen Penny von denen.«

»Bestimmt wird die Stadt dafür zahlen«, meinte Martha.

Samuel schnaubte. »Diese Pfennigfuchser? Die berappen doch lieber für das Seil, an dem sie selbst gehängt werden, als für das Essen der Gefangenen. Nee, nee, ich werd wohl mein letztes Hemd verkaufen, bevor die Prozesse vorbei sind.« Er hielt einen Moment inne, um sich zu beruhigen. »Und was führt Euch her?«, fragte er dann mich. »Ihr habt mit dieser schrecklichen Sache doch nichts zu tun, oder?«

Ich schüttelte den Kopf. »Ich kann mir nicht vorstellen, für Joseph zu arbeiten, selbst wenn ich das Amt der Sucherin begehrte. Nein, wir wollen nur so viel wie möglich über seine Absichten in Erfahrung bringen. Ich fühle mich den Frauen der Stadt verpflichtet und werde nicht einfach tatenlos zuschauen, wie sie durch seine Hand leiden müssen.« Meine Sorge, Rebecca Hooke könnte die Hexenjagd benutzen, um gegen mich und die Meinen vorzugehen, erwähnte ich nicht.

»Keine schlechte Idee, schätze ich«, gab Samuel zurück. Er wusste genau, was Joseph im letzten Sommer angerichtet hatte. »Aber viel weiß ich nicht. Die Behörden haben angefangen, die Stadt nach Hexen zu durchkämmen, und die draußen auf dem Land haben bald bei der Suche mitgemacht. Keine Ahnung, ob Joseph dahintersteckt oder ob es sich von selbst ergeben hat.«

Ich trat an Samuels Schreibpult und warf einen Blick auf die Liste der Gefangenen, die er an diesem Tag aufgenommen hatte. Ein Name stach mir ins Auge: *Mutter Lee, Upper Poppleton.*

»Ihr habt Mutter Lee hier?«, fragte ich.

Samuel sah mich erstaunt an. »Ihr kennt sie? Sie ist mit zwei anderen Hexen aus der Gegend nördlich von York eingeliefert worden.«

»Martha und ich waren dabei, als ihre Nachbarinnen beschlossen haben, sie zu melden«, sagte ich. »Man wird mich vermutlich als Zeugin aufrufen.«

»Sie ist oben, falls Ihr sie sehen wollt«, bot Samuel an. »Ihr seid eine Freundin, deshalb verlange ich nichts mehr dafür, dass sie eine Hexe ist. Wenn ich dran denke, was die anderen Wärter kassieren, könnte ich schamrot werden, und das passiert mir nicht oft.«

Ich sah Martha an. Sie zuckte die Achseln. »Es kann nicht

schaden, mit ihr zu reden«, meinte ich. »Aber ich hätte eigentlich gedacht, dass sie in einem der unteren Verliese landet.«

»Erinnert mich nicht daran«, sagte Samuel. »Unten ist alles voll, deshalb musste ich ein paar Hexen oben unterbringen. Und glaubt Ihr etwa, die zahlen den üblichen Satz für die bessere Unterbringung? Nicht um die Welt!« Samuel schüttelte über diese Ungerechtigkeit bekümmert den Kopf. »Na dann, gehen wir.«

Ich entrichtete meinen Obolus, und Samuel führte uns die Steintreppe hinauf.

*

Samuel öffnete die schwere Tür der oberen Zelle. Obwohl die Frauen erst seit einem Tag eingesperrt waren, schlug uns ein bestialischer Gestank entgegen. Samuel fluchte halblaut und drängte sich an uns vorbei in die Zelle. Martha und ich folgten ihm ein paar Schritte, bevor wir angesichts des Bilds, das sich uns bot, wie angewurzelt stehen blieben. Ein Dutzend Frauen war in den kleinen Raum gezwängt worden. Eine von ihnen lag auf der schmalen Holzpritsche, die übrigen kauerten auf dem mit Stroh bestreuten Boden oder standen herum und starrten uns an. Wenn das die Bedingungen in den oberen Räumen waren, wie mochte es erst unten aussehen?

Samuel hatte die Zelle durchquert und untersuchte jetzt die Gestalt auf dem Bett. Wieder fluchte er, diesmal lauter. »Tja, jetzt wissen wir, wo der Mief herkommt.«

Ich trat zu ihm und betrachtete die Frau. Nach meiner Einschätzung war sie seit einigen Stunden tot; im Sterben hatte sie ihren Darm entleert und dabei ihre Röcke und die dünne Matratze beschmutzt. Ihr wächsernes Fleisch hatte sich bläulich verfärbt, und ihr zahnloser Mund stand weit offen. Keine ihrer Leidensgenossinnen hatte daran gedacht, ihr die Augen zu schließen. Mit einem kurzen Gebet beugte ich mich vor und erwies ihr diesen kleinen Dienst.

»Das ist nicht die, die Ihr sehen wollt, oder?«, seufzte Samuel.

»Ich weiß es nicht.« Ich drehte mich zu den anderen um. »Welche von euch ist Mutter Lee aus Poppleton?«

Eine der Frauen, die sich rein äußerlich kaum von den anderen unterschied, trat vor. »Das bin ich.«

»Unterhaltet Euch lieber unten mit ihr«, meinte Samuel. »Ach ja, Martha, kannst du einem der Soldaten Bescheid sagen, was hier passiert ist? Der Burgvogt soll ihm ein paar Leute mitgeben, die ihm helfen, den Leichnam und die Matratze rauszutragen.«

Martha und ich waren einverstanden und stiegen mit Mutter Lee im Schlepptau die Treppe hinunter. Martha lief nach draußen, um einen der Soldaten um Hilfe zu schicken, und kam gleich darauf wieder.

Ich hielt einen Moment inne und musterte Mutter Lee eingehend. Trotz der schaurigen Zustände in der Zelle schien sie bei guter Gesundheit zu sein – sie war erst einen Tag hier, erinnerte ich mich –, aber es war nicht zu übersehen, dass ihr Leben schon lange vor der Festnahme voller Entbehrungen und Not gewesen war. Ihre Röcke schlotterten um ihre Taille, als wäre sie früher einmal fülliger gewesen, hätte aber keine neuen Sachen für ihre abgemagerte Gestalt gekauft. Außerdem war zu sehen, dass ihre Kleidung im Lauf der Jahre immer wieder geflickt worden war. Ihr Miene spiegelte eine Bosheit wider, die ich zutiefst verstörend fand.

»Wer seid Ihr?«, wollte sie wissen. »Und was wollt Ihr von mir? Ich bin schon untersucht worden, es gibt nichts mehr zu finden.«

»Hat Rebecca Hooke Euch untersucht?«, fragte Martha.

Mutter Lee nickte.

»Und hat sie eine Zitze gefunden?«

»Gesagt hat sie's.« Mutter Lee wollte nicht mehr preisgeben als unbedingt nötig.

»Ich war bei Lucy Pierce, als sie in den Wehen lag«, sagte ich. »Ich habe sie von einem totgeborenen Kind entbunden.«

»Dann seid Ihr Hebamme?«, fragte die Alte. »So ist das also. Hab Euch kommen und gehen sehen.«

»Die Nachbarinnen sagen, Ihr hättet das Kind verhext.«

»Nicht das Kind, die Mutter.« Mutter Lee sprach mit kaum verhohlenem Zorn. »Sie hat alles verdient, was ihr widerfahren ist, und Schlimmeres. Ich hab sie für ihren Mangel an Güte verwünscht, und es hat das Kind erwischt. Sei's drum.«

»Ihr habt das Kind *ermordet?*« Martha schien derart beiläufige Grausamkeit nicht fassen zu können.

Mutter Lee lächelte bei der Erinnerung, und mir lief es eiskalt über den Rücken. Sie war tatsächlich ein schlechter Mensch.

»Sie hatte alle Nachbarinnen zur Niederkunft eingeladen, alle bis auf mich«, sagte Mutter Lee. Gift schien aus jedem ihrer Worte zu tropfen. »Nur mich nicht! Sie hat ihnen Essen und Trinken und einen gut bestückten Kamin angeboten, und ich durfte draußen in der Kälte frieren und zuschauen. Wie hätte ich eine solche Hartherzigkeit heimzahlen sollen, was meint Ihr? Ich hab ein paar Steine geschmissen, ein Fenster zerbrochen und ein paar Worte gesagt. Ich habe meine Rache bekommen.«

Das Verlangen, Mutter Lees bösartiger Ausstrahlung zu entkommen, war überwältigend. »Wer war außer Mrs. Hooke noch hier bei Euch?«, fragte ich.

Mutter Lee zuckte die Achseln. Was kümmerte es sie?

»Wenn Ihr nicht mit uns redet, können wir Euch nicht helfen«, sagte Martha.

Mutter Lee stieß ein schrilles, boshaftes Lachen aus.

»Ihr wollt mir helfen?«, rief sie. »Ihr wollt mir *helfen?* Auch wenn ich das glauben könnte, wie wollt Ihr das anstellen? Wollt Ihr vor Gericht aussagen, dass ich eine gute Nachbarin bin? Dass die Sucherin kein Hexenmal gefunden hat? Nicht mal das würde was nützen, weil ich die mörderischen Worte ausgesprochen habe. Außerdem habt Ihr ja selbst gesehen, wie es in meiner Zelle zugeht. Ich muss schon verdammt viel Glück haben, um den Tag meiner Verhandlung und Hinrichtung zu erleben. Deshalb sage ich Euch jetzt dasselbe, was ich den anderen gesagt habe: Fahrt zur Hölle!«

»Welchen anderen?«, fragte ich.

Sie funkelte mich böse an, bevor sie antwortete. »Da sind zwei Männer bei mir gewesen. Haben gesagt, sie lassen mich frei, wenn ich andere Hexen verrate.«

»Und Ihr habt abgelehnt?«, fragte Martha.

»Das waren Lügner, die beiden«, zischte Mutter Lee. »Das konnte ich denen ansehen. Sie hätten die Namen genommen und mich trotzdem gehängt. Ich hab sie mit leeren Händen weggeschickt.« Sie lachte in sich hinein. »Jedenfalls den, der noch beide Hände hatte.« Sie hielt eine Hand mit zwei abgewinkelten Fingern hoch.

»Einer von ihnen hatte eine verkrüppelte Hand?«, hakte ich nach. »Er hatte seine Finger verloren?«

Mutter Lee nickte.

»Das müssen Mark Preston und Mr. Hodgson gewesen sein«, sagte Martha.

In diesem Moment ging die Tür auf, und drei Burgwächter kamen herein. »Wir sind hier, um die Leiche zu holen«, verkündete einer von ihnen. Ich zeigte wortlos nach oben.

Ohne ein weiteres Wort folgte Mutter Lee den Männern in ihre Zelle. Wie es schien, hatte sie genug von meinen Fragen. Martha und ich schlüpften in den Burghof hinaus.

»Sie hat recht, sie wird noch vor ihrer Verhandlung sterben«, sagte Martha, als wir zum Tor gingen. »Der Typhus wird viele von ihnen dahinraffen, bevor der Henker mit seinem Werk beginnen kann. Wir müssen etwas unternehmen.«

»Ich weiß«, antwortete ich, aber mir fiel beim besten Willen nicht ein, welchen Kurs wir einschlagen könnten.

»Wohin jetzt?«, fragte Martha.

»Gehen wir zu Mr. Breary«, schlug ich vor. »Vielleicht hat Will in seinen Papieren irgendetwas gefunden, das uns weiterhilft.«

Wir gingen durch das Tor hinaus und in die Stadt zurück. Zum Glück hatte der Wind nachgelassen, aber die Kälte brannte immer noch auf meiner Haut und drang mir bis in die Knochen. Ich verspürte unwillkürlich Mitleid mit den Frauen, die in der Burg eingekerkert waren. Selbst im mildesten Winter waren ihre Zellen kalt und unbehaglich, aber eine Kälte wie diese würde ihr Leiden unerträglich machen.

Will kam sofort, als wir anklopften. Sowie er die Tür öffnete, wusste ich, dass etwas nicht stimmte.

»Jemand ist in Mr. Brearys Arbeitszimmer eingedrungen«, sagte Will. »Und hat alle seine Papiere verbrannt.«

12.

Was? Wie ist das möglich?«, rief ich.

Will hob ratlos die Schultern und ließ uns eintreten. Wir gingen direkt in Georges Arbeitszimmer. Obwohl ich wusste, was mich erwartete, schnappte ich nach Luft, als ich sah, mit welcher Gründlichkeit der Eindringling vorgegangen war. Schranktüren standen offen, Schubladen waren herausgezogen, doch kaum ein Fetzen Papier war zu entdecken. Der Kamin erzählte den Rest der Geschichte; er war voller Asche, und daneben stand ein überquellender Eimer. Nur einige wenige Papierstückchen hatten das Inferno überlebt, aber nichts davon war von Nutzen für uns – unser Brandstifter hatte ganze Arbeit geleistet. Seltsamerweise waren Georges Bücher nicht verbrannt, sondern aus den Regalen genommen und sorgfältig neben dem Kamin aufgestapelt worden.

»Was hat das zu bedeuten?«, wunderte ich mich, während ich nach einem Buch mit Psalmen griff und darin blätterte.

»Manchmal hat Mr. Breary lose Papiere zwischen die Seiten gesteckt«, erwiderte Will niedergeschlagen. »Wer es auch war, der Täter muss in sämtliche Bücher geschaut haben, um sicherzugehen, dass jede handschriftliche Aufzeichnung von Mr. Breary verbrannt wird.«

»Warum?«, wollte Martha wissen. »Das muss Stunden gedauert haben. Wer hat dadurch etwas zu gewinnen?«

Will zuckte die Achseln. »Diese Frage stelle ich mir, seit ich hier bin. Die Liste ist nicht gerade kurz.«

»Was meinst du damit?«, fragte ich.

»Na ja, da wäre mal Agnes Greenbury. Falls es je schriftliche Beweise für ihre Affäre mit Mr. Breary gab, sind jetzt mit Sicherheit keine mehr vorhanden. Und ich weiß, dass Mr. Breary etlichen Leuten in der Stadt Geld geliehen hat. Auch diese Aufzeichnungen sind verbrannt, das heißt, seine Schuldner sind ihrer Verpflichtungen ledig. Seine Korrespondenz, seine Geschäftsbücher, seine Frachtbücher, sein Testament ... alles weg.«

»Sein Letzter Wille ist auch verbrannt?«, fragte Martha.

Will nickte. »Vielleicht existiert irgendwo ein älteres Testament, aber er hat im November ein neues gemacht, und das hat er hier in diesem Zimmer aufbewahrt, das weiß ich.« Er zeigte auf die offene und gänzlich leere Schublade von Georges Schreibtisch.

»Hast du es gesehen?«, fragte ich. Durch Georges Ableben würde sehr bald sehr viel Geld den Besitzer wechseln – für manche Männer ein mehr als überzeugendes Mordmotiv.

»Nein«, antwortete Will. »Ich habe einen Schreiber kommen lassen, der eine Abschrift machen sollte, und dann seine Unterschrift bezeugt.«

»Du hast es also doch gesehen!«, rief Martha.

»Gesehen schon, aber nicht gelesen«, sagte Will niedergeschlagen. »George meinte, ich würde mich bestimmt über den Inhalt freuen, solle aber einstweilen nur unterschreiben. Jetzt ist es weg, und für mich bleibt nichts.«

Ich fand keine Worte, um Will zu trösten, denn ich wusste, er hatte recht. Wie nahe die beiden Männer einander auch gestanden haben mochten, Will war kein Blutsverwandter von George und demnach nicht erbberechtigt. Falls das Testament nicht auf wundersame Weise das Feuer überlebt hatte, konnte sich irgendein entfernter Verwandter von George auf eine angenehme Überraschung gefasst machen.

Wir drei durchsuchten das Zimmer nach Hinweisen, die es leider nicht gab.

»Wo sind seine Dienstboten?«, fragte Martha plötzlich. »Wie konnte jemand in dieses Zimmer gelangen und in aller Seelenruhe so viel Papier verbrennen?«

»Daran habe ich auch gedacht«, sagte Will. »Seine Diener sind auf und davon und haben all ihre Habe mitgenommen. Vielleicht sind sie nicht mal mehr in der Stadt. Nur seine Magd ist geblieben, und die weiß von nichts. Das arme Ding ist völlig verschreckt.«

»Ich nehme an, sie schläft in einer Kammer unter dem Dach«, bemerkte ich.

Will nickte. »Drei Stockwerke weiter oben. Wenn der Brandstifter in der Nacht gekommen ist, kann sie nichts gehört haben.«

Ich stieß einen tiefen Seufzer aus und schaute mich ein letztes Mal in dem Zimmer um. »Gehen wir nach Hause«, sagte ich dann. »Hier gibt es für uns nichts mehr zu tun.«

Auf dem Heimweg erzählten Martha und ich Will, was wir auf der Burg erlebt hatten.

»Mark Preston befragt Hexen?«, sagte Will. »Mit anderen Worten, Joseph interessiert sich für die Verhöre. Das ist doch schon mal was.«

Ich zuckte die Achseln. Es verriet uns nicht viel, aber nach der Enttäuschung über die Vernichtung von Georges Papieren erschien es wie eine Offenbarung.

Als wir uns meinem Haus näherten, frischte der Wind auf, und ich freundete mich mit der Aussicht an, den Nachmittag zusammen mit Elizabeth am Feuer zu sitzen und ihr vorzulesen. Aber wir waren kaum zur Tür hereingekommen, als ich auch schon wusste, dass daraus nichts werden würde. Mein Hebammenköfferchen und der Geburtshocker standen in der

Diele bereit, ein sicheres Zeichen, dass ich zu einer Entbindung musste. Hannah kam aus der Küche geeilt, gefolgt von Elizabeth.

»Wer ist es?«, fragte ich.

»Eine ledige Mutter aus Goodramgate«, antwortete Hannah. »Eine ihrer Nachbarinnen war gerade hier. Sie hat gesagt, sie wartet bei der Kirche von Goodramgate auf Euch und bringt Euch zu der Frau.«

Martha nahm den Hocker und reichte mir die Tasche.

»Wir sehen uns in ein paar Stunden«, sagte ich zu Will und umarmte ihn.

Will wollte etwas erwidern, als so laut an die Haustür gehämmert wurde, dass wir heftig erschraken.

Will riss fluchend die Tür auf und sah sich einem halben Dutzend Männern von der Stadtwache gegenüber.

Ich hatte noch nicht einmal den Mund geöffnet, um sie wegen ihrer Impertinenz zu tadeln, als sie auch schon hereinstürmten und Will an Armen und Beinen packten. Der Aufruhr, der folgte, wird mir bis an mein Lebensende in Erinnerung bleiben.

Will begrüßte den ersten Soldaten, der zur Tür hereinkam, mit dem Knauf seines Stocks. Dem Mann spritzte helles Blut aus der Nase, und er ging zu Boden. Der zweite fing sich einen gewaltigen Schlag auf den Schädel ein und gesellte sich zu seinem gefällten Kameraden. Der dritte und vierte warfen sich über ihre niedergestreckten Gefährten und brachten dabei Will zu Fall. Mittlerweile hatte Martha den Geburtshocker fallen lassen und stürzte sich ins Getümmel, indem sie einen der verbliebenen Soldaten so wild attackierte, dass er sich auf die Straße zurückzog. Hannah kam mit einem Wutschrei aus der Küche geschossen, schwang ihr Nudelholz wie eine Keule und drosch auf die Soldaten ein, die Will nun attackierten.

Der Sergeant, der den Trupp anführte, beschloss – klugerweise, wie ich fand –, sich aus einer gewissen Distanz einzubringen, und brüllte: »Ich habe einen Haftbefehl für Will Hodgson!«

»Schluss damit!«, rief ich, so laut ich konnte. Zu meiner Überraschung gehorchten alle. Die beiden Soldaten, die Will in die Mangel genommen hatten, starrten mich an. Martha hielt mitten in der Bewegung inne, und Hannah versetzte den Soldaten einen letzten Hieb, bevor sie ihre Waffe senkte. Als ich hinter mir ein Schluchzen hörte, drehte ich mich um und sah Elizabeth mit weit aufgerissenen Augen und halb von Sinnen vor Angst am Ende der Treppe stehen.

»Schluss damit«, wiederholte ich, diesmal etwas leiser. »So etwas dulde ich nicht in meinem Haus.« Ich lief die Treppe hinauf und nahm Elizabeth in die Arme. Sie vergrub ihr Gesicht an meiner Brust und brach in Tränen aus.

»Sergeant«, rief ich. »Habt Ihr einen Haftbefehl?«

Er steckte den Kopf zur Haustür herein und warf einen furchtsamen Blick auf Martha und Hannah. »So ist es, Mylady, unterzeichnet vom Lord Mayor.« Er hielt ein Blatt Papier hoch.

»Und was wirft man meinem Neffen vor?«

»Mord«, antwortete der Sergeant.

Martha, Will und ich starrten einander verständnislos an.

»Mord?«, fragte ich dann. »Doch nicht an George Breary?« Eine andere Möglichkeit gab es nicht, aber ich konnte es einfach nicht begreifen.

»Doch, Mylady«, sagte der Sergeant. »Es geht um den Mord an Mr. Breary.«

»Dann wird er mit Euch gehen«, erklärte ich. »Es gibt keinen Grund, gewalttätig zu werden oder in mein Haus einzudringen.«

Will und Martha wollten Einwände erheben, aber ich gebot ihnen mit einer Handbewegung Schweigen.

»Ich werde mich darum kümmern, Will, aber einstweilen musst du mitgehen.« Ich wandte mich an den Sergeant. »Bringt Ihr ihn auf die Burg?«

Der Sergeant schüttelte den Kopf. »Die Burg ist randvoll mit Hexen. Ich soll ihn ins Gefängnis von St. Peter bringen.«

Ich war angenehm überrascht. Schon seit undenklicher Zeit verfügte das Münster über ein eigenes Gefängnis für diejenigen, die innerhalb des Dombereichs gegen das Gesetz verstießen. Das Gefängnis von St. Peter war natürlich viel kleiner als das der Burg und viel näher bei meinem Haus. Mit Glück – und großzügigen Zahlungen an die Wärter – bestand durchaus die Hoffnung, dass Will während seiner Haft nicht allzu viel leiden musste.

Nachdem die Soldaten Will abgeführt hatten, wandte sich Martha mit zornsprühenden Augen zu mir um. »Wie konntet Ihr zulassen, dass sie ihn mitnehmen?«, fuhr sie mich an.

»Wir hatten keine andere Wahl«, entgegnete ich. »Sie hatten einen Haftbefehl. Hätten wir die Soldaten überwältigen und Will aus der Stadt schaffen sollen?«

»Aber er war bei uns, als Mr. Breary starb! Dahinter muss Joseph stecken!«

»Oder der Lord Mayor«, erwiderte ich. »Er hat den Haftbefehl unterzeichnet. Wie auch immer, wir werden Will bald wieder auf freiem Fuß sehen.«

Martha starrte mich trotzig an und schwieg.

Elizabeth hatte aufgehört zu weinen und blickte zu mir auf. »Was ist mit Will?«, fragte sie.

»Die Wache hat ihn mitgenommen«, antwortete ich. »Aber mach dir keine Sorgen. Er wird nicht weit weggebracht, und wir haben ihn bestimmt bald wieder daheim.« Elizabeth nickte. »Und jetzt geh mit Hannah, sie wird deine Hilfe in der Küche brauchen.«

Elizabeth lief die Treppe hinunter, und Hannah nahm sie an die Hand. »Vergesst nicht die Frau, die in den Wehen liegt«, ermahnte Hannah mich. »Sie wartet auf Euch.«

Ich nickte. Das hätte ich tatsächlich fast vergessen. Als ich mich umdrehte, um meine Tasche mit den Instrumenten aufzuheben, fiel mein Blick auf Wills Stock. Er musste ihn bei dem Gerangel mit der Wache fallen lassen haben. Ich sprach ein Dankgebet, weil er nicht den verborgenen Degen gezogen und noch mehr Blut vergossen hatte, hob den Stock auf und stellte ihn in eine Ecke. Dort konnte er bleiben, bis Will zurückkam.

Martha und ich nahmen Tasche und Hocker und traten in die Kälte hinaus. Martha schwieg beharrlich. Anscheinend war sie immer noch böse, weil ich Wills Festnahme nicht verhindert hatte, konnte aber nicht erklären, was wir hätten anders machen sollen.

»Wenn er im Gefängnis von St. Peter ist, können wir uns um ihn kümmern«, sagte ich. »Es hätte wesentlich schlimmer kommen können.«

»Er sitzt im Winter im Gefängnis«, gab sie zurück. »Das ist schlimm genug.«

»Ich werde mein Bestes tun«, sagte ich. »Und das wird genug sein.« *Hoffentlich*, dachte ich bei mir.

»Wenn Joseph dahintersteckt, was führt er im Schilde?«, fragte Martha. Inzwischen hatten wir das Ende der Stonegate erreicht und wandten uns Richtung Osten zur Dreifaltigkeitskirche in Goodramgate.

»Falls er George ermordet hat, könnte das die ganze Zeit sein Plan gewesen sein«, meinte ich. »Er wird einen Rivalen im Stadtrat los und schickt seinen Bruder für das Verbrechen ins

Gefängnis. Dasselbe könnte natürlich auf den Lord Mayor zutreffen, falls er selbst Wills Verhaftung angeordnet hat. Der Liebhaber seiner Frau ist tot, und ein anderer Mann wird der Tat beschuldigt.«

»Will kann nicht verurteilt werden«, sagte Martha. »Wir waren bei ihm, als wir Mr. Brearys Schrei hörten.«

»Auf eine Verurteilung kommt es vielleicht gar nicht an. Möglicherweise will Joseph seinen Bruder nur eine Weile aus dem Weg haben.«

»Oder er hofft, dass Will im Gefängnis stirbt«, sagte Martha.

»Oder das«, gab ich zu.

Wir gingen schweigend weiter, beide bemüht, die Sorge und die Furcht, die uns zu überwältigen drohten, zu unterdrücken. Ich streckte den Arm aus und nahm Marthas Hand.

»Wir werden ihn retten«, versprach ich ihr. »Wir haben schon schwierigere Aufgaben gemeistert, oder?«

Martha drückte meine Hand. »Ja, haben wir.«

Mittlerweile waren wir bei der Kirche angekommen. Grau und bedrohlich ragte der gewaltige Glockenturm vor dem bedeckten Himmel empor. Vor dem Portal stand eine einsame Gestalt, die in unsere Richtung spähte. Sie war in dicke Schichten Kleidung gehüllt und trat von einem Bein aufs andere, um sich warm zu halten. Ich nahm an, dass es sich um die Frau handelte, die bei mir zu Hause gewesen war, denn wer wäre schon so dumm, bei einer solchen Kälte draußen herumzustehen?

»Ihr habt nach einer Hebamme verlangt?«, rief ich ihr zu.

»Gott sei Dank, Ihr seid da, Mylady!«, kam eine Stimme hinter dem Schal hervor. »Ich hatte schon Angst, die Kälte würde Euch abhalten und ich müsste eine andere Hebamme suchen. Ich bin Grace Fisher. Hier entlang, bitte.« Sie drehte sich um und führte uns in das Labyrinth enger Straßen und Gassen hinter der Kirche. Nach mehreren Ecken und Windungen waren wir am Ziel. Die Frau stieß eine niedrige Tür auf und stieg vor uns ein paar Holzstufen hinauf.

»Der Name der Mutter ist Sarah Bates«, sagte Grace. »Sie ist unsere Magd.« Ich hörte den Zorn in ihrer Stimme und wusste, ohne zu fragen, dass ihr Mann das Kind gezeugt hatte.

Grace führte uns in ein kleines Zimmer, dessen Einrichtung aus einem Bett und einer Kommode bestand. Auf dem Bett saß eine junge Frau. Sie hatte die Knie an die Brust gezogen und atmete schwer. Wir trafen sie mitten in einer Wehe an.

»Sarah, ich bin Lady Hodgson«, stellte ich mich vor. »Deine Hebamme.«

Das Mädchen nickte, sagte aber nichts.

»Ich untersuche dich, damit wir mehr wissen«, fuhr ich fort.

Wieder nickte das Mädchen.

»Ist sie stumm?«, wollte Martha von Grace Fisher wissen.

»Nein, bin ich nicht«, meldete Sarah sich zu Wort. »Ich hab bloß nichts zu sagen.«

»Gut.« Ich unterdrückte ein Lächeln. Wenigstens hatte das Mädchen ein bisschen Mumm. »Und jetzt lass dich anschauen.«

Sarah rutschte an die Bettkante, und ich kniete mich zwischen ihre Beine. Martha reichte mir einen Tiegel mit Öl, damit ich meine Hand eincremen konnte. Zu meiner Überraschung stellte ich fest, dass es bis zur Geburt nicht mehr lange dauerte.

»Das Kind wird bald zur Welt kommen«, verkündete ich. »Aber bevor ich dir meine Hilfe anbiete, musst du mir den Namen des Vaters nennen.«

Sarahs Blick flatterte über meine Schulter zu ihrer Herrin, und ein Ausdruck von Unsicherheit huschte über ihr Gesicht. Falls ich noch einen Beweis dafür brauchte, dass ihr Herr sie geschwängert hatte – hier war er.

Martha trat vor und nahm Sarahs Hand. »Wir wissen, dass es dein Herr war. Du musst es nur laut aussprechen.«

Ich war erfreut, wenn auch nicht überrascht, dass Martha zu demselben Schluss gekommen war wie ich. Sie brauchte noch einige Jahre als meine Gehilfin, um sämtliche Geheimnisse der Geburtshilfe zu kennen, aber sie konnte schon jetzt Wahrheit von Lüge unterscheiden.

»Sag ihnen die Wahrheit«, ertönte eine Männerstimme hinter uns.

Ich fuhr herum, ebenso schockiert über die Anwesenheit eines Mannes wie über das, was er gesagt hatte. Ein Mann, der nur Mr. Fisher sein konnte, stand neben Grace in der Tür. Er sah gut aus, wirkte weder reich noch arm, und nichts in seinem Gesicht wies darauf hin, dass er auf den Pfad der Sünde geraten war.

»Ich habe sie geschwängert«, sagte er zu mir.

Martha starrte ihn erstaunt an.

»Das ist mein Mann Stephen«, stellte Grace ihn mit ausdrucksloser Stimme vor. Ich konnte mir nicht einmal vorstellen, wie einer Frau in dieser Situation zumute sein mochte. Phineas hatte seine Fehler gehabt, aber ein Schürzenjäger war er nicht gewesen.

»Warum erzählt Ihr uns das?«, fragte ich, nicht weniger verwirrt als Martha. Ich hatte mehr als genug uneheliche Kinder entbunden, war aber noch nie einem Mann begegnet, der seinen Ehebruch so bereitwillig zugab.

»Die Sünde fällt auf mich zurück, und ich will meine Schuld nicht noch schlimmer machen, indem ich sie leugne.«

Martha schaute Stephen Fisher immer noch forschend an, äußerte sich aber nicht zu etwaigen Zweifeln, die sie hegen mochte.

Ich wandte mich an Sarah. »Stimmt das?«

»Ja«, antwortete sie. »Er hat mich im Frühjahr genommen, ein paar Mal bloß, aber es hat gereicht.«

Ich nickte. »Mrs. Fisher«, wandte ich mich an die Herrin des Hauses, »die Geburt steht so unmittelbar bevor, dass keine Zeit bleibt, Caudle zu bereiten. Wir brauchen Tücher zum Wickeln für das Kind und etwas zu essen für Sarah.«

»Ich hole Leinen«, sagte sie und verschwand die Treppe hinunter.

»Ihr habt Euren Teil geleistet«, sagte Martha zu Stephen Fisher. »Geht jetzt bitte.«

Er nickte und stahl sich leise davon.

Martha und ich wandten unsere Aufmerksamkeit Sarah zu, und wie erwartet, ließ das Kind nicht lange auf sich warten. Als Sarahs Geburtswehen ihren Höhepunkt erreichten, befragte ich sie noch einmal, und sie bestätigte, dass ihr Herr das Kind gezeugt hatte. Und das war's.

Nachdem wir das Kind gewickelt hatten, einen gesunden Jungen, der nach Leibeskräften schrie, ließ ich Martha und Sarah allein, um mit den Fishers zu reden. Ich traf sie in ihrer guten Stube an, wo sie geduldig auf Neuigkeiten warteten, auch wenn ich mir nicht im Klaren war, was sie zu hören hofften. Eine Totgeburt hätte ihr Leben auf jeden Fall erleichtert. Und ich hatte Männer, die ansonsten keine schlechten Menschen waren, Gott danken hören, wenn ihr uneheliches Kind starb.

»Sarah hat einen strammen Jungen zur Welt gebracht«, sagte ich ohne Einleitung zu Mr. Fisher. »Und sie hat auf dem Höhepunkt ihrer Geburtswehen bestätigt, dass Ihr der Vater seid.«

Die Fishers nickten bloß. Offenbar hatten sie trotz des Ehebruchs Frieden miteinander geschlossen.

»Werdet Ihr es den Behörden mitteilen?«, fragte Stephen schließlich. »Und was wird man mit Sarah und mir machen?«

Die Frage ernüchterte mich, denn daran hatte ich noch nicht gedacht. Früher hätte ich die Geburt und das sündige Verhalten der beiden den städtischen Behörden gemeldet. Entweder hätte man Sarah aus der Stadt gewiesen oder nur von ihr verlangt, für ihre Sünde öffentlich Buße zu tun. Stephen hätte weniger gelitten, zumindest körperlich. Bei den vierteljährlichen Gerichtssitzungen wäre er dazu verurteilt worden, das Kind bis zu dessen Volljährigkeit zu erhalten, aber da er wohlhabend genug schien, hätte ihm das vermutlich nicht allzu viel ausgemacht.

Das Problem war natürlich, dass die Gegenwart ganz anders aussah als die Vergangenheit. Mittlerweile wurde das Gesetz von Leuten wie Joseph vertreten, bigotten Männern, die jede Gelegenheit nutzten, um ihre Gottesfürchtigkeit und ihre Macht über die Mitmenschen zu demonstrieren. Stephen Fishers Geschick würde mir keine schlaflosen Nächte bereiten, aber was war mit Sarah? Sie hatte nichts verbrochen, was eine öffentliche Auspeitschung rechtfertigte.

Während ich über die Entscheidung nachdachte, die ich treffen musste, wurde mir bewusst, dass ich mich verändert hatte: Ich vertraute dem Gesetz nicht mehr, als ich einem Fremden auf einer dunklen Straße vertrauen würde. Noch vor achtzehn Monaten, während der Belagerung der Stadt, hatten die hohen Herrn von York beschlossen, eine Witwe für den Mord an ihrem Mann zu verbrennen – zum Teufel damit, dass sie unschuldig war! Ein Jahr später waren sie nicht bereit gewesen, einen überführten Mörder zu hängen. Und jetzt saß Will für ein Verbrechen, das er nicht begangen hatte, im

Gefängnis. In jedem dieser Fälle hatte sich die Justiz unfähig oder, schlimmer noch, desinteressiert gezeigt, das zu tun, was richtig und gerecht war. Ich fühlte mich wie Paulus auf dem Weg nach Damaskus, aber meine Erkenntnis bereitete mir keine Freude. Jetzt wusste ich, dass die Justiz sich keinen Deut um Gerechtigkeit scherte – es ging nur um Macht und Einfluss.

Konnte ich Sarah denselben Männern ausliefern, die vorhatten, Hexen dutzendweise an den Galgen zu bringen?

»Ihr werdet das Kind unterhalten?«, fragte ich Stephen.

»Das wird er«, antwortete Grace an seiner Stelle. Stephen nickte.

»Gut«, sagte ich zu ihm. »Dann wird von mir niemand erfahren, dass Ihr der Vater seid.«

Die Fishers starrten mich verständnislos an.

»Wenn Ihr das Kind taufen lasst«, fuhr ich fort, »sagt dem Pfarrer, dass der Vater mit Sarah verlobt war und zur Armee eingezogen wurde, bevor sie heiraten konnten. Falls er Bedenken hat, schickt ihn zu mir, damit ich bezeugen kann, dass Sarah mir das alles auf dem Höhepunkt der Geburtswehen mitgeteilt hat.«

Stephen brauchte einen Moment, um seine Stimme wiederzufinden. »Warum tut Ihr das?«

»Das soll nicht Eure Sorge sein«, erwiderte ich. »Denkt nur daran, das Kind großzuziehen, als wäre es Euer rechtmäßiger Sohn.«

Ein Ausdruck der Erleichterung erschien auf seinem Gesicht. Er rang nach Worten, um seine Dankbarkeit auszudrücken.

»Aber merkt Euch eines«, fuhr ich fort. »Wenn mir zu Ohren kommt, dass Ihr Sarah oder Euren Sohn vernachlässigt, werde ich den nächsten Bastard, den ich entbinde, vor Eure

Tür legen, und den übernächsten auch. Irgendwann werdet Ihr eine ganze Kinderschar ernähren müssen und in der Stadt als Lüstling verschrien sein.«

Jede Farbe – und Dankbarkeit – wich aus Stephens Gesicht. »Das könnt Ihr nicht tun!«

»Oh doch«, gab ich zurück. »Aber ob ich es tue, liegt ganz bei Euch. Wenn Ihr Wort haltet, tue ich es auch.«

»Er wird das Kind unterhalten«, sagte Grace. »Darauf habt Ihr auch mein Wort.«

Ich nickte. »Vergesst es nicht.«

Ich kehrte zu Sarah und Martha zurück und fand beide Frauen munter und wohlauf vor. Das Kind schlummerte in den Armen seiner Mutter, und ich sah Sarah an, dass sie seinem Beispiel bald folgen würde.

»Die Fishers sorgen dafür, dass es dir und deinem Kind an nichts fehlt«, sagte ich zu ihr. »Aber du darfst keiner Seele verraten, wer der Vater ist.«

Martha und Sarah sahen mich beide erstaunt an.

»Sie werden dir später erklären, was wir vereinbart haben«, fügte ich hinzu. »Und jetzt solltest du schlafen.«

Sarah schloss die Augen. Bald schlief sie tief und fest, von der Last des Tages befreit. Martha und ich schlüpften leise aus dem Zimmer und stiegen die Treppe hinunter. Die Fishers zeigten sich nicht, und ich hatte auch nicht den Wunsch, sie noch einmal zu sehen.

»Was hat er versprochen?«, wollte Martha wissen, kaum dass die Tür hinter uns ins Schloss gefallen war. Ich berichtete von den Forderungen, die ich an die Fishers gestellt hatte, nicht aber von den Gründen, die dahintersteckten. Auch wenn ich meinen Glauben an Recht und Gesetz verloren hatte, war ich noch nicht bereit, dies laut auszusprechen. Martha quittierte meine Entscheidung mit einem beifälligen Nicken.

Als wir uns St. Michael le Belfrey näherten, blickten wir in Richtung St. Peter, wo Will im Gefängnis saß. Die Sonne war fast untergegangen, und der Wind, der unablässig an unseren Umhängen zerrte, verhieß eine weitere eisige Nacht. Martha und ich sahen uns an. Wir fragten uns beide, wie es Will ergehen mochte.

»Wir bringen ihm noch heute Abend ein paar Decken und etwas zu essen«, sagte ich. »Sicher ist den Wärtern so kalt, dass sie alles nehmen, was wir ihnen bieten, und uns erlauben, Will zu bringen, was er braucht.«

»Hoffentlich«, sagte Martha.

Ich nahm ihren Arm, um sie zu trösten, aber ich wusste sehr wohl, dass nur Wills Rückkehr sie von ihrer Angst um ihn befreien konnte.

Wir waren gerade auf die Stonegate gebogen, als eine Stimme, kalt wie der Nordwind, durch die schmale Straße hallte. »Bridget Hodgson, ich habe Euch schon in der ganzen Stadt gesucht! Auf ein Wort, wenn ich bitten darf!«

Wir drehten uns um und sahen Rebecca Hooke auf uns zukommen, ein bösartiges, triumphierendes Lächeln auf den Lippen.

13.

»Wo habt Ihr denn gesteckt?«, gurrte Rebecca, als sie näher kam. »Ich wähnte Euch bei Eurem Jungen im Gefängnis von St. Peter. Wer hätte das von ihm gedacht? Nun ja, nach dem, was seinem Vater passiert ist, ist es vermutlich kein Wunder. Vielleicht stimmen ja die Gerüchte, und der junge Will ist tatsächlich ein Vatermörder. Jetzt gewissermaßen schon zum zweiten Mal, wie es scheint.«

Eine schreckliche Mischung aus Wut und Angst schnürte mir die Kehle zu, denn eins war mir klar: Jede Wendung der Ereignisse, die Rebecca Hooke dermaßen erfreute, konnte mir und den Meinen nur Kummer bereiten.

Wie es ihre Gewohnheit war, hatte Rebecca sich in schwere Seidenstoffe gehüllt. Als noch die königlichen Truppen die Stadt hielten, hatte sie Blau bevorzugt – häufig im selben Ton wie ihre Augen –, und nachdem die Parlamentarier an die Macht kamen, ging sie zu Schwarz über. Aber an der Qualität der Stoffe und der Färbung konnte kein Zweifel bestehen.

»Ich nehme an, Ihr kommt von einer Entbindung«, fuhr Rebecca fort. Mittlerweile war sie nur noch wenige Schritte von uns entfernt. Ich spürte, wie mein Puls raste, als stünde eine handgreifliche Auseinandersetzung bevor. Vielleicht war es tatsächlich so.

»Habt Ihr wieder einen Bastard zur Welt gebracht oder eine weitere Hexe aufgespürt?« Rebeccas Lächeln wurde breiter. »Mr. Hodgson und ich müssen Euch für die Unterstützung bei der Hexenverfolgung danken. Seit Ihr Mutter Lee entlarvt habt, überschlagen sich die Frauen in sämtlichen Vororten in ihrem Eifer, die Kumpaninnen dieser Alten zu finden.«

»Ihr wisst, dass diese Frauen keine Hexen sind«, stieß ich zwischen zusammengebissenen Zähnen hervor. »Eine oder zwei vielleicht, aber nicht alle.«

Rebecca wollte etwas erwidern, aber ich war noch nicht fertig.

»Ihr zwei habt nicht das geringste Interesse an Schuld oder Unschuld. Diese Frauen sind lediglich Sprossen auf Josephs Leiter zur Macht. Und auf Eurer.«

»Oh, da irrt Ihr, wenn auch nur zum Teil«, gab Rebecca zurück. »Joseph ist eine faszinierende Persönlichkeit. Er glaubt tatsächlich an die Schuld der Frauen. Er ist überzeugt, dass er durch Gottes Gnade hier im Schatten des Münsters eine Schar Hexen aufgespürt hat und dass es seine Pflicht ist, sie zu verfolgen. Für mich hört sich das natürlich ziemlich abwegig an, aber Joseph glaubt, dass der Herr ihn im Krieg verschont hat, damit er hier in York Seine Feinde verfolgen kann. Er hält sich für das Werkzeug Gottes zur Erlösung der Stadt. Nun ja, unsere Puritaner sind immer so selbstgerecht, nicht wahr?«

»Und was ist mit Euch?«, spie Martha hervor. »Ihr macht gemeinsame Sache mit ihm, oder etwa nicht? Seid Ihr besser als er?«

Ein Schatten huschte über Rebeccas Gesicht, und sie starrte Martha an. Diese hielt Rebeccas Blick wesentlich länger stand, als ich es vermocht hätte, sah aber schließlich doch weg. Rebecca wandte sich wieder an mich. »Welche andere Möglichkeit lasst Ihr mir denn? Ihr kommt nach York, pocht auf Euer Wappenschild und lasst die Münzen in Eurer Börse klimpern. Und was tun die Schwangeren – *meine* Schwangeren? Ehe ich mich's versehe, heißt es Lady Bridget dies und Lady Hodgson jenes, und schon bald ist es der letzte Schrei, bei einer sogenannten Edelfrau zu entbinden.«

Es war das erste Mal, dass ich in Rebeccas Stimme so etwas wie Schmerz oder Bedauern hörte.

»Und was tut Ihr? Ihr wendet Euch an Eure Freunde im Münster und lasst mir meine Lizenz entziehen«, fuhr sie fort. »Habt Ihr geglaubt, dass ich jemals vergesse, was Ihr mir angetan habt? Dass Ihr einfach meinen Platz in dieser Stadt einnehmen könnt, und ich nehme es tatenlos hin?«

»Nein, Rebecca, das habe ich nie geglaubt«, antwortete ich ruhig. »Aber Ihr wart eine grausame und herzlose Hebamme. Ich bereue nichts von dem, was ich getan habe.«

Rebecca lachte über meine Bemerkung. Furcht schlich sich in mein Herz, denn für ihre Erheiterung musste es einen Grund geben.

»Jetzt bereut Ihr es vielleicht noch nicht, aber schon bald«, sagte sie dann. »Eine Sucherin hat viel mehr Macht als eine Hebamme. Mehr Macht, als Ihr Euch auch nur vorstellen könnt. Als Sucherin werde ich mehr Achtung genießen, als Ihr je erleben werdet. Leben zu geben ist etwas sehr Schönes, und die Menschen lieben Euch dafür, aber ich kann den Tod bringen, und man fürchtet mich.«

»Warum seid Ihr gekommen?«, fragte ich. »Um mich mit Eurer neuen Autorität zu beeindrucken und einzuschüchtern? Genießt sie, solange Ihr könnt, denn ich schwöre Euch, ich sorge dafür, dass Ihr einen tiefen Fall tut, bevor diese Sache ausgestanden ist.«

»Ich weiß, dass Ihr das glaubt.« Rebecca sprach mit mir wie mit einem Kind. »Aber bevor Ihr weiter Pläne schmiedet, würde ich Euch empfehlen, Eure nächste Umgebung genau zu betrachten. Euer Neffe ist des Mordes beschuldigt worden und sitzt im Gefängnis. Und dieses rothaarige Mädchen, das

Ihr Eure Tochter nennt ... Wie ich höre, wird sie kaum jemals ohne ihre Katze gesehen. Eure Nachbarin erzählt, dass sie ständig mit dem Tier spricht.« Rebecca machte eine Pause. »Habt Ihr gehört, dass man in Essex eine Hexe gehängt hat, die gerade mal elf Jahre alt war? Ein kleines Mädchen! Der Teufel schreckt auch vor Kindern nicht zurück, nicht wahr?«

Martha und ich starrten Rebecca sprachlos an.

»So schlecht seid nicht einmal Ihr!«, brachte Martha schließlich heraus, aber wir wussten beide, dass das nicht stimmte.

Rebecca lächelte. »Ich verrichte nur die Arbeit des Herrn – würde Joseph jedenfalls sagen. Und irgendwie gefällt mir der Gedanke, Gott könnte mich zu dem Instrument machen, das Euch in die Knie zwingt. Also passt gut auf, Bridget, Ihr seid nicht so unangreifbar, wie Ihr glaubt.« Sie drehte sich um und eilte mit laut klappernden Absätzen die Straße hinunter.

Ich beobachtete sie, wobei ich aus Angst, sie könnte mit noch mehr Drohungen zurückkommen, kaum zu atmen wagte. Erst als sie außer Sichtweite war, ließ ich meinen Atem entweichen. »Gehen wir«, sagte ich zu Martha.

»Habt Ihr James Hooke gesehen?«, fragte sie.

»Was meinst du? James war auch hier?«

»Ja«, antwortete Martha. »Hat sich da drüben in der Gasse herumgedrückt und sich umgeschaut, als wäre er von der Stadtwache.«

Eine eigenartige Sache; ich wusste nicht, was ich davon halten sollte. James hatte nie ein besonders inniges Verhältnis zu seiner Mutter gehabt (nicht dass sie es zugelassen hätte!), sondern blieb lieber auf Distanz. Ich konnte es ihm nicht verdenken.

Als wir vor meinem Haus standen, betrachtete ich die Tür. Kurz nachdem ich den Beruf der Hebamme ergriffen hatte, ließ ich sie rot streichen, damit man mich leichter finden konnte, und jahrelang hatte ich mich beim Heimkommen über die fröhliche Farbe gefreut. Heute jedoch tauchte die Nachmittagssonne meine Straße in ein seltsames, flüchtiges Licht, das die Tür dunkler als sonst und das Rot fast wie geronnenes Blut erscheinen ließ. Ich trat hastig ein und atmete erleichtert auf, als Hannah und Elizabeth mich begrüßten.

»Ich habe alles zusammengepackt, was Ihr für Mr. Hodgson braucht«, verkündete Hannah und zeigte auf einen großen Korb bei der Tür. »Decken und ein Kissen für sein Bett und genug Essen für ein paar Tage.«

Ich umarmte Hannah und drückte Elizabeth einen Kuss auf den Scheitel. »Ich bin bald wieder da«, versprach ich. »Ich muss nur Will die Sachen bringen, damit er es heute Nacht schön warm hat.«

»Ich habe ihm geschrieben«, sagte Elizabeth. »Der Brief liegt beim Essen. Wann kommt er wieder nach Hause?«

»Bald«, antwortete ich. »Sobald wir ihn aus der Zelle herausholen können.«

In den wenigen Minuten, die Martha und ich im Haus waren, versank die Sonne hinter dem Horizont und ließ nur eine Ahnung von Tageslicht zurück. Wir eilten zur High Petergate und von dort auf die Westseite des Münsters, wo sich das Gefängnis von St. Peter befand. Das schwere Holztor ragte vor uns auf, und ich fühlte mich klein und unbedeutend, als ich anklopfte. Niemand antwortete. Martha schaute sich suchend um, bis sie einen losen Pflasterstein entdeckte. Sie hob ihn hoch über den Kopf und schleuderte ihn mit aller Kraft gegen die Tür. Der Knall hallte in der ganzen Straße wider. Augenblicke später wurde die Tür einen Spalt weit geöffnet.

Zu meinem Erstaunen wurden wir nicht von einem Wärter,

sondern von Will selbst begrüßt. Ein breites Lächeln erhellte sein Gesicht, als er uns sah.

»Gott sei Dank bist du es, Tante Bridget«, flüsterte er. »Kommt schnell rein!«

»Will! Was in Gottes Namen hat das zu bedeuten?«, rief Martha.

»Sei still«, ermahnte Will sie. »Sonst weckst du noch alle auf.«

Obwohl ich noch nie als Zeugin im Gericht des Münsters aufgerufen worden war, wusste ich, dass sich im ersten Stock der Gerichtssaal befand, im Erdgeschoss die Unterkünfte der Wärter und unter unseren Füßen die Zellen, wo ich Will vermutet hatte.

Will ließ uns ein, und ich starrte mit großen Augen auf das Bild, das sich uns bot. In dem riesigen offenen Kamin prasselte ein Feuer und tauchte den Raum in mattes Licht. Es war nicht zu übersehen, dass hier vor nicht allzu langer Zeit ein ziemlich ausgelassenes Abendessen stattgefunden hatte. Auf dem rohen Holztisch in der Mitte des Raumes standen ein halbes Dutzend Weinflaschen, umringt von Gläsern, Humpen und halb leer gegessenen Platten; daneben lag, bis auf die Knochen abgenagt, der Kapaun, der als Hauptgang gedient hatte.

»Was geht hier vor, Will?«, fragte ich.

»Keine Sorge, Tante Bridget, alles in Ordnung«, entgegnete er. »Wie sich herausgestellt hat, kenne ich die Wärter aus meinen Tagen als Trinker, und sie waren sehr gastfreundlich.« In seiner frühen Jugend hatte Will sehr viel zügelloser gelebt, als seinem Vater oder mir lieb war, und mit den vulgärsten Leuten getrunken und gerauft. Dieses Leben lag nun – zum Teil dank meiner Bemühungen – hinter ihm, aber wie es schien, hatte ihm seine Zeit in Yorks Schenken erstaunliche Vorteile verschafft.

»Wo sind sie?«, fragte Martha.

»Sie schlafen schon eine ganze Weile.« Will zeigte auf eine Tür, die zu den Unterkünften der Wärter führte. »Ich habe unermüdlich nachgeschenkt, und sie haben unermüdlich getrunken. Habt ihr ein bisschen Geld mitgebracht? Ich habe versprochen, ihnen etwas für das Essen und den Wein zu zahlen, wenn sie mich hier oben schlafen lassen statt in einer Zelle. Da unten ist es grauenhaft.«

»Wir haben Decken und ein Kissen dabei, außerdem Geld und etwas zu essen«, sagte Martha. »Hätten wir gewusst, wie gut es dir hier geht, wären wir zum Abendessen hergekommen, statt daheim zu speisen.«

»Für uns alle wäre nicht genug da gewesen«, bemerkte Will lächelnd. »Diese armen Kerle müssen mit so wenig auskommen, dass sie eine Gans vertilgt hätten, wenn ich ihnen eine hätte beschaffen können. Für mich ist es natürlich ein Glück. Bei der Geburt ist alles gut gegangen?«

»Sehr gut«, antwortete ich und überlegte, ob ich ihm von unserer Begegnung mit Rebecca Hooke erzählen sollte, entschied mich aber dagegen. Er konnte uns ohnehin nicht helfen und sollte sich nicht unnötig Sorgen machen. »Wir sind hier, weil wir uns vergewissern wollten, ob du wohlauf bist. Nun, wie ich sehe, hätten wir uns darüber nicht den Kopf zerbrechen müssen.«

»Solange ich meine Gastgeber mit Bier und Brot versorge, werden sie mich gut behandeln«, sagte Will. »Aber wir müssen uns etwas einfallen lassen, damit ich hier rauskomme.«

Ich nickte. »Wir arbeiten daran.«

»Habt ihr schon einen Plan?«, fragte Will. »Mein Aufenthalt hier hat gut angefangen, aber mir missfällt der Gedanke, wie er enden könnte.«

»Zunächst einmal müssen wir herausfinden, warum man

dich festgenommen hat«, sagte ich. »Falls es nur auf Josephs Anweisung geschah, gibt es vermutlich keine Zeugen, die gegen dich aussagen können. Vielleicht will er dich nur eine Zeit lang aus dem Weg haben.«

»Oder er hat jemanden gefunden, der bereit ist, einen Meineid zu schwören«, meinte Will. »In dem Fall bin ich erledigt.«

Dieser Gedanke, der durchaus plausibel erschien, wie ich zugeben musste, legte sich wie ein dunkler Schatten auf unsere Gemüter.

Martha nahm Wills Hand. »Dazu wird es nicht kommen«, versprach sie. »Wir werden für dich aussagen, und niemand könnte an unserem Wort zweifeln.«

»Eine Dienstmagd und meine Tante?«, sagte Will skeptisch. »Ich wünschte, ich hätte deine Zuversicht. Nein, wenn ihr mich nicht vor den Gerichtstagen aus dem Gefängnis holt, wird Joseph dafür sorgen, dass ich verurteilt werde. Da gibt's keinen Zweifel.«

»Natürlich kommst du frei«, antwortete ich. »Eine andere Möglichkeit ziehe ich gar nicht erst in Betracht. Wir werden weiter den Mord an George untersuchen. Es gibt andere, die ein Motiv hatten, ihn zu töten: Joseph, Mark Preston, Agnes Greenbury, sogar der Lord Mayor selbst. Es geht nur darum, festzustellen, wer von ihnen es war.« Ich beobachtete Wills Gesicht, um zu sehen, wie er reagierte, wenn ich Joseph als Verdächtigen nannte. Er zuckte leicht zusammen, das war alles.

»Hoffentlich ist es wirklich so leicht«, sagte er.

»Das hoffe ich auch«, erwiderte ich. »Es ist spät, wir sollten gehen. Ich warte draußen noch ein Weilchen.«

Will und Martha nickten als Zeichen ihrer Dankbarkeit für diesen Moment des Alleinseins, und ich schlüpfte hinaus auf den Kirchplatz. Mittlerweile war es vollkommen dunkel. Der

Mond hing tief und hell am Himmel und übergoss das Münster mit einem unheimlichen silbrigen Licht, als wäre das Gebäude aus Glas und Eis, nicht aus Stein.

Während ich wartete, fragte ich mich, worüber Will und Martha redeten. Sicher über die Zukunft. Aber was für eine Zukunft konnten sie erwarten oder auch nur erträumen? Will hatte erst seinen Vater und nun seinen Paten verloren und drohte für einen Mord zu hängen, den er nicht begangen hatte. Natürlich würde ich versuchen, ihn zu beschützen, aber meine Begegnung mit Rebecca hatte mir bewusst gemacht, wie angreifbar die Menschen in meiner Umgebung geworden waren.

Erst vor Kurzem hatte ich Martha versichert, dass Hebammen vor einer Beschuldigung der Hexerei gefeit wären, aber was, wenn ich mich irrte? Wenn Rebecca Hooke aus Elizabeth eine Hexe machen konnte, waren wir alle, einschließlich Hannah, in Gefahr. In meinen ersten Jahren in York hatten Phineas und ich eine Familie gegründet, und dann musste ich hilflos mit ansehen, wie mir der Tod erst meinen Mann und dann meine Kinder nahm. Seither hatte ich mir mein Leben wieder aufgebaut. Jetzt aber wurde es erneut bedroht – nicht durch Krankheiten, sondern durch Menschen. Ich würde alles tun, um meine Familie zu verteidigen, aber als ich die majestätische Pracht des Münsters betrachtete, wurde mir klar, dass ich mich noch nie so machtlos gefühlt hatte.

*

Hell und klar brach der nächste Morgen an. Als ich nach draußen trat, hoffte ich einen Moment lang, die Eiseskälte hätte nachgelassen, aber schon im nächsten Augenblick kroch sie unter meinen Umhang und krallte sich in mein Fleisch. Die einzige Veränderung bestand darin, dass der Wind sich gelegt hatte, und ich dankte dem Herrn für diese kleine Gnade.

Ich ließ Martha, Hannah und Elizabeth zu Hause und ging erneut zum Gefängnis von St. Peter. Natürlich wollte ich Will besuchen, aber auch mit den Wärtern sprechen. Das Gelage am Vorabend schien darauf hinzudeuten, dass sie entgegenkommender waren als viele andere Gefängniswärter, und ich wollte ihnen unmissverständlich klarmachen, dass Will nicht nur ihr Freund, sondern noch dazu ein Mann war, der eine wohlhabende, einflussreiche und vor allem großzügige Tante hatte.

Als ich den Platz vor dem Münster betrat, stellte ich erfreut fest, dass Peter Newcome seinen mobilen Stand an der Kirchenmauer aufgebaut hatte. Wenn es Neuigkeiten über Hexenverfolgungen gab, würde er sie als Erster haben, so viel stand fest. Als ich zu ihm ging, hob er grüßend eine Hand.

»Lady Hodgson«, rief er. »Seltsame Zeiten erleben wir hier in York, nicht wahr? Erst wird die Stadt von Hexen überrannt, dann wird einer der Ratsherren auf der Straße ermordet. Was mag als Nächstes kommen?«

Er sprach unbekümmert, und warum auch nicht? Jeder Mord würde seinen Gewinn steigern. Ich dachte daran, ihn zu tadeln, aber er konnte ja nicht wissen, dass George mein Freund gewesen war und dass man meinen Neffen des Mordes an ihm beschuldigte, also sprach ich ihn nicht auf seinen Schnitzer an.

»Und wie es scheint, hat die Stadt wieder Geschmack daran gefunden, Verbrecher aufzuknüpfen«, fuhr Newcome fort.

Ich stutzte. »Was meint Ihr damit?«

Newcome grinste, als sich herausstellte, dass er wieder einmal mehr wusste als ich. Es machte ihm so viel Spaß, Neuigkeiten zu verbreiten, ob gute oder schlechte, dass er tatsächlich der geborene Hausierer war. »Noch steht nichts fest, aber es soll angeblich wieder ein Außerordentliches Gericht einberufen werden. Zu viele Hexen, zu viele Morde, kurz, zu viele Verbrechen, als dass man warten könnte, bis das Parlament Richter nach York schickt.« Er hielt mir ein Pamphlet hin. »Steht alles hier drin!«

Blutiger Mord in York lautete der Titel über einem groben Holzschnitt, auf dem zwei Gestalten abgebildet waren; eine lag auf dem Boden, die andere stand mit einem Hammer in der Hand daneben. Unter dem Bild ging der Text weiter: *Oder wie ein undankbarer Sohn seinen Vater erschlägt.*

Mir drehte sich der Magen um, als ich nach dem Heft griff und zu lesen begann. Wills Name wurde nicht genannt, aber der Autor behauptete, Georges Mörder sei ergriffen worden und warte jetzt auf seine Gerichtsverhandlung und Hinrichtung. Als ich zum Ende des schmalen Buchs kam, entdeckte ich einen Absatz, der mich zutiefst beunruhigte.

Dürfen wir in einer Stadt, die von den Handlangern Satans überlaufen wird, in unserem Bemühen nachlassen, Recht und Ordnung wiederherzustellen? Wenn Gottes Wille erfüllt werden soll, dürfen wir nicht zaudern, sondern müssen in Seinem Namen handeln. Unsere Richter können und dürfen nicht mit der Erfüllung ihrer Pflicht warten, sonst wird der Herr sie niederstrecken, wie Er all jene niederstreckt, die in ihrer Liebe zu Ihm lauwarm sind.

»Und deshalb geht Ihr davon aus, dass die Stadt bald wieder ein Gericht einberufen wird?«, fragte ich. »Woher wollt Ihr das wissen?«

»Mit der Hexenjagd hatte ich auch recht, oder?«, gab Newcome zurück. »Und es geht nicht nur um das hier, sondern darum, was die Leute überall in der Stadt reden. Sie sagen, die Hexen müssen vor Gericht gestellt und Mörder bestraft werden. Schließlich heißt es ›Blut will Blut‹. Noch dazu hat der Mann, der den Ratsherren auf dem Gewissen hat, schon einmal gemordet – seinen eigenen Vater, wenn man dem Klatsch glauben darf.«

»Das hat er nicht«, wisperte ich, aber meine Worte konnten die Angst, die ich in meiner Brust spürte, nicht zurückdrängen. Joseph hatte so viele Menschen davon überzeugt, dass Will den Tod ihres Vaters verschuldet hatte, dass meine Meinung kaum Gewicht haben würde.

Newcome zuckte angesichts meines schwachen Protests die Achseln. »Wie auch immer, die Stadt wird nicht zulassen, dass er dem Henker ein zweites Mal entwischt. Und warum sollte der Lord Mayor den Druck dieses Pamphlets erlauben, wenn er nicht die Absicht hätte, Gericht zu halten?«

Ich schaute noch einmal auf den Einband und sah, dass diese Schrift – wie schon das Pamphlet über Hester Jackson – mit Genehmigung des Lord Mayor und der Ratsherren erschienen war. Diese Entdeckung ließ meine Angst weiter anwachsen, und ich stieß einen halblauten Fluch aus.

»Mylady!«, rief Newcome in gespieltem Entsetzen. »Eine solche Ausdrucksweise hätte ich von ... na ja, von mir selbst erwartet, aber nicht von einer Edelfrau.«

Ich blickte auf, so voller Sorge um Will, dass ich mich nicht einmal über seine Unverschämtheit ärgerte. »Der Mann, der für den Mord an Ratsherr Breary hängen soll, ist mein Neffe. Er war bei mir, als Mr. Breary getötet wurde. Ich weiß also, dass er unschuldig ist. Aber es gibt anscheinend einflussreiche Männer, die ihn für das Verbrechen am Galgen sehen wollen.«

Zu meinem Erstaunen nickte Newcome verständnisvoll. »Mein Bruder wurde als Wegelagerer gehängt«, sagte er. »Er *war* schuldig, aber es war trotzdem grauenhaft. Als sie ihn abschnitten, merkten sie, dass er noch am Leben war. Die Büttel rissen ihn aus den Armen unserer Mutter und zerrten ihn zum Galgen zurück. Noch nie hatte ich sie so schreien gehört. Es ist schrecklich für eine Mutter, den eigenen Sohn hängen zu sehen.« Er rang sich ein Lächeln ab. »Es schien nicht richtig zu sein, ihn für dasselbe Verbrechen zweimal zu hängen. Wo bleibt da die Gerechtigkeit? Aber Ihr hättet die Pamphlete sehen sollen, die darüber geschrieben wurden. Wenn man sich die Mühe macht, gründlich zu suchen, kann man immer noch welche auftreiben. Jedenfalls, wenn ich etwas von Wichtigkeit höre«, fuhr er fort, »oder etwas tun kann, um Eurem Neffen zu helfen, werde ich es tun. Meine Geschäfte gehen glänzend bei Hinrichtungen, aber das heißt nicht, dass ich welche sehen will.«

Ich nickte. »Danke. Ich wünschte, ich wüsste etwas, das Ihr tun könntet. Aber ...« Meine Stimme verlor sich.

»Für den Anfang kann ich dieses Pamphlet schlechtmachen«, meinte Newcome. »Die Leute kommen zu mir, um Bücher zu kaufen, aber auch, um Klatsch und Tratsch zu hören. Wenn ich das Buch mit der Warnung verkaufe, dass der Inhalt erstunken und erlogen ist, wird es sich bald genug herumsprechen.«

»Danke«, wiederholte ich. Ich konnte mir nicht vorstellen, dass Worte allein Will retten würden, aber sie konnten auch nicht schaden, und Will brauchte alle Freunde, die er nur finden konnte.

»Habt Ihr schon mal daran gedacht, selbst ein Pamphlet zu schreiben?«, riss Newcomes Stimme mich aus meinen Gedanken.

»Was meint Ihr?«

»Es gibt keinen Grund, in dieser Angelegenheit nur Eure Feinde zu Wort kommen zu lassen«, erklärte er. »Der Krieg hat uns gezeigt, dass Feder und Druckwerke nicht weniger wichtig sind als Kanonen und Büchsen. Hier in York werde ich nur Schriften los, die sich gegen den König richten, aber im Süden gibt es genauso viele, die sich über die Parlamentstreuen erregen. Die sind allerdings viel lustiger. Ihr solltet zur Verteidigung Eures Neffen schreiben. Wenn genug Bürger der Meinung sind, dass Euer Neffe unschuldig ist, kann man ihn nicht hängen.«

»Ihr glaubt wirklich, ein Buch könnte helfen?«

Newcome zuckte die Achseln. »Es wäre einen Versuch wert. Solange Ihr bereit seid, den Drucker zu bezahlen, druckt er, was Ihr wollt. Und wenn Ihr den Händlern ein bisschen Geld zusteckt, werden sie die Bücher gratis hergeben.«

»Danke, Mr. Newcome«, sagte ich nach einem Moment und ließ ein paar Münzen in seine Hand gleiten. »Ich werde darüber nachdenken. Wenn ich Hilfe brauche, wende ich mich vielleicht an Euch.«

Newcome verbeugte sich. »Stets zu Diensten.«

Ich warf einen Blick auf das Gefängnis von St. Peter und beschloss, meinen Besuch bei Will zu verschieben. Es war nichts zu gewinnen, wenn ich ihm von den bevorstehenden Gerichtstagen erzählte. Nein, ich musste mich vor allem mit Martha beraten und mit ihr zusammen einen Weg finden, Will vor einem verhängnisvollen Geschick zu bewahren.

14.

Martha blickte überrascht auf, als ich nach Hause kam. Sie war gerade dabei, den Salon zu kehren, hielt aber sofort inne, als sie mein Gesicht sah.

»Was ist?«, wollte sie wissen. »Ist etwas passiert?«

»Will soll zusammen mit den Hexen vor Gericht gestellt werden«, antwortete ich.

Martha wurde blass und setzte sich auf die Sofakante. »Wann?«

»Das weiß ich nicht. Vielleicht kommen zuerst die Hexen dran, vielleicht auch nicht.«

»Seid Ihr sicher?«

»Nicht ganz«, gab ich zu. »Einstweilen ist es nur ein Gerücht. Ich habe es von Peter Newcome gehört, aber er scheint immer sehr gut informiert zu sein.«

Martha nickte. »Das hätten wir kommen sehen sollen. Steckt der Lord Mayor dahinter?«

»In gewisser Weise muss es wohl so sein«, antwortete ich. »Falls er tatsächlich jemanden beauftragt hat, Mr. Breary zu töten, möchte er sicher Will oder jemand anders dafür hängen sehen. Je eher, desto besser.«

»Und wenn Agnes es mit genug Männern getrieben hat, war vermutlich einer dabei, der bereit war, Mr. Breary für sie zu töten«, sagte Martha. »Das würde den alten Bock ganz schön in die Zwickmühle bringen.«

Ich nickte. »Keine Frage, welche Wahl er treffen würde, wenn er entscheiden müsste, ob seine Frau oder jemand anders hängen soll. Er könnte Will an den Galgen bringen, um seine oder Agnes' Schuld zu verbergen. Und dann wäre da natürlich noch Joseph ...«

»... der sich auf jede Gelegenheit stürzen würde, Will zu Fall zu bringen, ob er nun schuldig ist oder nicht«, führte Martha meinen Gedanken zu Ende.

»Gott steh uns bei, was für ein Spinnennetz von Verflechtungen«, seufzte ich.

»Ich möchte mich lieber nicht auf Gottes Beistand verlassen«, erklärte Martha. »Wir müssen selbst einen Ausweg finden.«

Während wir über eine mögliche Vorgehensweise nachdachten, kam Sugar aus der Küche gelaufen und maunzte. Sein Anblick erinnerte mich daran, dass unsere Probleme weit mehr betrafen als Will, den Lord Mayor und Joseph.

»Und Rebecca Hooke nicht zu vergessen«, sagte ich.

»Was sollen wir tun?«, fragte Martha. »So viele dunkle Wolken hängen über uns.«

»Ich weiß es nicht«, sagte ich.

In weniger unruhigen Zeiten hätte ich für den Fall, dass die Stadt von einer Seuche oder einer anderen Katastrophe heimgesucht wurde, einfach eine Kutsche gemietet und Elizabeth und Hannah auf eines meiner Güter geschickt. Ich selbst wäre in York geblieben, um mich in irgendeiner Weise nützlich zu machen. Oder ich wäre mitgefahren, um bei Elizabeth zu sein, und Martha hätte machen können, was sie wollte. Wie auch immer, ich hätte meine Familie zu beschützen gewusst.

Das Problem bestand darin, dass eine Hexenjagd nicht dasselbe war wie die Pest oder Hochwasser, und wir lebten nun mal nicht in normalen Zeiten. Martha und ich konnten die Stadt nicht verlassen, solange Will im Gefängnis saß, denn ohne unsere Hilfe würde er sicher am Galgen enden. Und mit der Gesetzlosigkeit, die dank des Bürgerkriegs in England herrschte, machten mehr Räuber und Diebe als je zuvor die Straßen unsicher. Elizabeth und Hannah wegzuschicken wäre um nichts weniger gefährlich, als sie hier in York zu lassen. Wir saßen genauso in der Falle wie bei der Belagerung von 1644.

»Wir müssen Joseph irgendwie aufhalten«, sagte ich. »Er ist sowohl die Schlüsselfigur bei der Hexenjagd wie auch bei Wills Festnahme. Wenn wir ihn zum Nachgeben zwingen oder aus der Stadt vertreiben, würde unsere Lage gleich viel rosiger aussehen.« Ich schwieg einen Moment. »Dieser fliegende Händler, Peter Newcome. Er meint, wir sollten ein Buch schreiben.«

»Ein Buch?«, wiederholte Martha zweifelnd.

»Er sagt, wenn wir die Leute gegen Joseph aufhetzen, muss er klein beigeben.«

»Vielleicht sollten wir eher Josephs Beispiel folgen«, entgegnete Martha.

»Joseph?«, fragte ich. »Was meinst du?«

Martha zögerte einen Moment, ehe sie fortfuhr: »Wenn er Gefahr wittert, reagiert er wie ein Soldat, nämlich mit Gewalt. Wir sollten dasselbe tun.«

Ich schaute sie einen Moment sprachlos an, weil ich nicht fassen konnte, was sie vorschlug. »Du meinst, wir sollen Joseph ermorden?«, fragte ich schließlich.

»Wenn er tot wäre, würde Rebecca ihre Macht verlieren und Will käme aus dem Gefängnis.«

Ich forschte in ihrem Gesicht nach Anzeichen, dass sie im Scherz gesprochen hatte. Sie hielt meinem Blick unerschrocken stand.

»Helen Wrights Diener könnte das für uns erledigen«, fügte sie hinzu. »Wills Leben wäre den Preis wert, oder?«

Ich starrte Martha entgeistert an. Zwar staunte ich über die

Verwegenheit ihres Vorschlags, aber der wahre Grund für meinen Schock war, dass ich die Idee nicht rundweg ablehnte. Stattdessen dachte ich über die Vor- und Nachteile nach. Könnte ein solcher Plan funktionieren? Wenn wir Erfolg hatten, waren wir frei von allen Gefahren, die ringsum lauerten. Aber Joseph zu töten würde nichts einbringen, wenn man uns erwischte. Will kam vielleicht frei, dafür aber würden Martha und ich am Galgen enden. Außerdem war mir klar, dass Joseph im Falle eines Scheiterns Martha und mich zusammen mit Will hängen lassen würde. Und was sollte dann aus Elizabeth werden? Ich muss zu meiner Schande gestehen, dass mir erst nach dem Abwägen der irdischen Risiken der Gedanke kam, was für eine furchtbare Sünde es wäre, Joseph umzubringen.

»Das können wir nicht tun«, antwortete ich nach einer viel zu langen Pause. Ich wusste selbst nicht, ob ich den Plan wegen der Gefahr für unser leibliches Wohl oder aber für unser Seelenheil ablehnte. Ich betete, es wäre meine Furcht vor ewiger Verdammnis.

Martha nickte, erwiderte aber nichts.

»Und du wirst nichts dergleichen hinter meinem Rücken in die Wege leiten«, fügte ich hinzu. »Ich dulde nicht, dass du Mord und Totschlag anzettelst.«

Martha zögerte, bevor sie noch einmal nickte. Meine Entscheidung gefiel ihr nicht, aber sie würde sich meinem Befehl nicht widersetzen.

»Was schlagt Ihr dann vor?«, fragte sie. »Wir können nicht einfach ein Buch schreiben und es dabei belassen.«

»Vielleicht sollten wir uns Rebecca Hooke vorknöpfen.«

»Nachdem sie Elizabeth bedroht hat?«, fragte Martha erstaunt. »Wollt Ihr sie noch zusätzlich aufstacheln?«

Damit hatte sie recht, musste ich zugeben. Rebecca hatte mit all den Hexen genug zu tun, um eine ganze Weile ausgelastet zu sein, und vielleicht sollte ich mich lieber bedeckt halten.

»Der Kampf hat bereits begonnen«, sagte ich. »Joseph und Rebecca sind Regimenter in derselben Armee. Wenn wir eines schlagen, können wir umso leichter das andere besiegen.«

»Dann sollten wir mit James anfangen«, entschied Martha. »Er ist seit Langem Rebecca Hookes schwächstes Glied in der Kette.«

Ich nickte zustimmend. »Wir müssen ihn finden und allein mit ihm reden.«

Am Nachmittag machte sich Martha auf die Suche nach James, indem sie in der Schenke anfing, die dem Haus, in dem er zusammen mit seiner Mutter lebte, am nächsten war. Es dauerte nicht lange, bis sie zurückkam.

»Er ist auf der Petergate«, verkündete sie, als wir in Richtung Münster eilten. Niemand konnte vorhersehen, wie lange er bleiben würde, und wir wollten ihn nicht aus den Augen verlieren. »Er hatte gerade erst mit der Trinkerei angefangen. Ich habe dem Schankburschen einen Penny gegeben, damit er ihm mehr zu trinken gibt, sodass wir ihn noch antreffen.«

Als wir vor dem Wirtshaus standen, spähte ich durchs Fenster und sah James allein in einer Ecke sitzen. Er starrte in sein Bier und schien das Treiben ringsum kaum wahrzunehmen. Martha und ich traten ein. Sofort schlug uns der Geruch der Kneipe entgegen, eine schwere Mischung aus verschüttetem Bier, gut durchgebratenem Fleisch und Tabakqualm. An den roh gezimmerten Tischen drängten sich die Gäste, um sich an einem wärmenden Getränk, ein wenig Unterhaltung und dem prasselnden Kaminfeuer zu erfreuen. James war der Einzige, der für sich blieb. In Augenblicken wie diesen tat mir der Junge einfach leid. Niemand liebte ihn, nicht einmal seine Mutter.

Als der Schankbursche uns bemerkte, runzelte er verwirrt die Stirn. Wenn das hier auch nicht die anrüchigste Schenke von York war – dieser Titel gebührte dem Black Swan –, kam es sicher nicht oft vor, dass hochgestellte Damen die Schwelle überschritten.

»Noch eins für den jungen Mann in der Ecke«, rief ich dem Schankburschen zu, während Martha und ich zu James gingen. »Und auch für jede von uns ein Bier.«

James blickte auf, als wir uns zu ihm setzten. »Das kommt mir irgendwie bekannt vor«, murmelte er. Seine Stimme war kaum mehr als ein Flüstern, und ich musste mich zu ihm vorbeugen, um ihn zu verstehen. »Ihr seid wegen Hexen und Mördern hier, stimmt's?«

»Ich komme nicht freiwillig, James, sondern aus Notwendigkeit«, erwiderte ich. »Ich versuche nur, für Gerechtigkeit zu sorgen.«

»Mittlerweile eine eher schwache Hoffnung, was, Lady Bridget? Wenn Ihr die Hand im Spiel habt, werden Unschuldige verurteilt und Schuldige entkommen ihrem Prozess nur, um am Dachbalken aufgeknüpft zu werden.« James hatte die Morde des vergangenen Sommers miterlebt und kannte die Lücken der Gesetzgebung nur zu gut.

»Die Schuldigen haben für ihre Verbrechen bezahlt«, entgegnete ich. »So oder so.« Ich konnte den Zweifel in meiner Stimme hören.

»Manche waren schuldig, andere unschuldig«, erwiderte James. »Das wisst Ihr.«

Ich wich seinem Blick aus, denn er sprach die Wahrheit.

»Deshalb also seid Ihr hier«, fuhr er fort. »Ihr wollt Euch einen Vorteil über Eure Gegner verschaffen und hofft, ich könnte Euch dazu verhelfen ... wieder einmal.«

Diese streitbare Seite an James kannte ich nicht, und ich

wusste nicht recht, wie ich darauf reagieren sollte. Früher war er ein gutmütiger Trampel gewesen; jetzt wirkte er zornig und wachsam.

»Wir wollen herausfinden, wer George Breary getötet hat«, erklärte Martha.

»Ich dachte, man hätte den Täter schon gefunden«, bemerkte James mit einem bösartigen Lächeln. »Euer Neffe, nicht wahr, Lady Bridget? Seltsam, wie rasch sich das Blatt wenden kann.«

»Will hat ihn nicht getötet«, sagte Martha.

James hörte die Heftigkeit in ihrer Stimme und blickte auf. »Nein, das hat er wohl nicht«, entgegnete er so leise, dass man ihn in dem allgemeinen Lärm kaum verstehen konnte. »Das sähe ihm gar nicht ähnlich.«

»Weißt du etwas über Mr. Brearys Tod?«, fragte ich.

»Das wollt Ihr doch gar nicht wissen«, antwortete James. »Ihr wollt, dass ich meine Mutter anschwärze. Dass ich den Judas spiele!« Er machte eine Pause und dachte nach. »Ich frage mich ... Wenn ich sie Euch in die Hände spiele, macht Euch das dann zu Pilatus oder zu Pharisäern?«

In diesem Moment wurden unsere Getränke gebracht, und James brach in Gelächter aus. »Ach, Lady Bridget, Ihr seid so vorhersehbar wie der Sonnenaufgang. Ihr denkt jetzt: Füllen wir James Hooke mit Bier ab – mal sehen, vielleicht verrät er ja seine Mutter! Ihr haltet mich für einen Dummkopf, nicht wahr? Und vielleicht war ich das auch mal, aber jetzt nicht mehr.«

»Ich will, dass die Schuldigen bestraft werden«, gab ich zurück. »Und Will ist nicht schuldig. Erzähl mir, was du weißt.«

»Ihr wollt von mir hören, dass meine Mutter ihn getötet hat«, sagte James. »Gebt es zu, dann rede ich.«

Ich schaute zu Martha, die über James' Veränderung genauso verblüfft schien wie ich. Im Zeitraum von zwei Jahren hatte er sich zweimal verliebt und zweimal erlebt, wie seine Geliebte aus Angst um ihr Leben aus der Stadt floh. Erst hatte er seinen Vater verloren, dann sein Kind. Und dass seine Mutter ihn noch in ihrem Haus duldete, grenzte an ein Wunder, so tief enttäuscht, wie sie von ihrem Sohn war. Als ich ihn jetzt anschaute, entdeckte ich etwas Neues in seinen Augen, ein wenig von der Härte und Grausamkeit, die Rebecca zu einer so gefährlichen Frau machten.

»Wenn Eure Mutter mich vernichten will, muss ich mich wehren«, antwortete ich. »Das kannst du sicher verstehen.«

James zuckte die Achseln. »Das geht mich nichts an. Aber wenn Ihr Mr. Brearys Mörder sucht, schaut Euch in Eurer eigenen Familie um, nicht in meiner.«

»Sag uns, was du weißt, James«, bat Martha ihn.

»Macht die Augen auf«, antwortete er. »Es war Euer Neffe Joseph. Wenn er es nicht selbst getan hat, dann hat er den Auftrag dazu erteilt.«

»Woher weißt du das?«, fragte ich.

»Beweise werde ich Euch nicht liefern, falls Ihr das glaubt. Die müsst Ihr schon selbst finden.«

»Sag mir, woher du es weißt«, wiederholte ich. »Das musst du tun.«

James seufzte. »Nach der Sitzung im Rat kamen Joseph und Mark Preston zu uns nach Hause. Sie schienen sich Sorgen wegen ihrer geplanten Hexenjagd zu machen. Mr. Breary hatte vorgeschlagen, Joseph durch einen erfahrenen Hexenjäger ersetzen zu lassen. Wenn es tatsächlich dazu kam, bestand die Gefahr, dass Joseph einen Teil seiner Macht und auch seinen Einfluss auf die anderen Ratsherren in dieser Stadt verlieren könnte. Zumindest befürchtete er das.«

»Woher weißt du das alles?«, fragte ich.

»Wenn er wütend ist, wird er laut«, antwortete James. »Und wenn man mit einem Ohr an der Tür horcht, kann man jedes Wort hören.«

»Du hast gehört, dass er Mr. Breary töten wollte?«, fragte ich.

»Nicht mit diesen Worten. Er hat bloß gemeint, er würde verhindern, dass der Hexenjäger herkommt, und zwar um jeden Preis. Einen Mord hat er nicht erwähnt, aber meine Mutter wusste, was er meint, und hat es ihm auszureden versucht. Sie sagte, Mr. Breary wäre ein angesehener Bürger und Ratsherr, nicht irgendein armes, altes Weib. Er hätte Freunde, die ihn verteidigen und rächen würden.«

»Aber sie konnte ihn nicht überzeugen?«

»Ganz im Gegenteil. Joseph und sein Kumpel tobten vor Zorn und stürmten noch wütender aus dem Haus, als sie gekommen waren. ›Ich kenne die Lösung für unsere Probleme‹, rief Joseph ihr als Letztes zu.«

»Und was hat deine Mutter dazu gesagt?«, wollte Martha wissen.

»Dass sie beide ruiniert sind, wenn er damit Ernst macht. Dass er ein Verrückter ist und dass sie sich nicht durch seinen Wahnsinn in den Untergang treiben lässt. Aber da war er praktisch schon aus dem Haus. Falls er tatsächlich vorhatte, Mr. Breary zu töten, gab es keine Möglichkeit, ihn aufzuhalten.«

»Glaubst du, Joseph Hodgson hat Mr. Breary ermordet?«, fragte ich.

»Wenn nicht er, dann dieser Preston«, antwortete James. »Die beiden sind aus unserem Haus marschiert, als wollten sie in den Krieg ziehen.«

Ich legte meine Hand auf seinen Arm. »Danke, James. Du hast richtig gehandelt.«

Er schenkte mir ein schwaches Lächeln. »Mag sein. Darüber wird Gott urteilen. Aber ich weiß nicht, ob meine Mutter erfreut wäre.«

»Von mir wird sie es nicht erfahren«, beruhigte ich ihn.

Martha und ich standen auf und verließen die Schenke. »Was jetzt?«, fragte Martha, als wir auf der Petergate in Richtung Westen gingen und nicht mehr weit von der St.-Michaels-Kirche und dem Münster entfernt waren.

»Reden wir mit Will«, entschied ich. »Er sollte erfahren, was wir herausbekommen haben. Außerdem fällt ihm vielleicht etwas ein, wie wir an Joseph herankommen könnten.«

Als wir an der Vorderfront des Münsters vorbeigingen, erhaschte ich einen Blick auf Peter Newcome und seinen Jungen, die ihre Bücher feilboten. Einen Moment lang dachte ich an seinen Vorschlag, auf Josephs Pamphlet, in dem Will des Mordes beschuldigt wurde, mit einem eigenen Werk zu reagieren, das auf Joseph als Täter hinwies. Könnte ein Buch Will vor der Hinrichtung bewahren?

An diesem Tag öffnete einer der Wärter die Gefängnistür. »Wer seid Ihr?«, knurrte er durch den Spalt.

»Wir möchten Will Hodgson sehen«, antwortete ich.

»Dafür müsst Ihr zahlen. Umsonst gibt's nichts.«

Mit einem Seufzer langte ich nach meiner Börse. Nachdem unsere kleine Transaktion abgeschlossen war, ließ der Wärter uns hinein. Wir entdeckten Will, der auf einer Bank saß und in der Bibel las. Martha runzelte bei diesem Anblick die Stirn. Auch ich war erstaunt. Will schätzte die Religion zwar höher ein als Martha, aber bei einer derartigen Lektüre hatte ich ihn noch nie angetroffen. Einen Moment lang fragte ich mich, ob er gehört hatte, dass er demnächst wegen des Mordes an George Breary vor Gericht stehen würde, und deshalb Trost bei Gott suchte.

Will schaute zu seinem Wärter. Ohne ein Wort zu sagen, deutete er mit einer Kopfbewegung auf die rohen Holzstufen, die nach unten zu den Zellen führten. Ich nickte, und wir folgten ihm. Das dürftige Licht der kleinen Lampe, die Will trug, fiel auf Steinmauern, die vor Feuchtigkeit glänzten, und innerhalb kürzester Zeit spürte ich, wie mir die Kälte bis in die Knochen drang.

»Meine Wärter lesen nicht viel«, bemerkte Will und hielt die Bibel hoch. »Wenn ihr mir eine andere Lektüre mitbringen könntet, wäre ich dankbar.« Ich konnte nur hoffen, dass Josephs Pamphlet nicht ins Gefängnis von St. Peter gelangte. Wenn Will las, dass er so gut wie verurteilt war, würde er jede Hoffnung verlieren.

»Sind noch andere Gefangene hier?«, fragte ich, als wir den Gang hinuntereilten.

»Gesellschaft habe ich genug«, erwiderte Will. »Mindestens ein Dutzend. Aber keiner von denen kann sich so viel Geld leisten, wie es kostet, oben bleiben zu dürfen. Deshalb sind sie den ganzen Tag hier unten eingesperrt.«

Das Gefängnis von St. Peter verfügte über ein halbes Dutzend Zellen. Ich fragte mich, wie viele der Insassen vor ihrer Verhandlung sterben würden. Am Ende des Gangs traten wir durch eine offene Tür in Wills Zelle. Ich schüttelte verzweifelt den Kopf. Der Raum war kaum groß genug für das Bett, das darin stand, und schien – obwohl ich es nicht für möglich gehalten hätte – noch kälter als der Gang zu sein.

»Wir sollten leise reden«, raunte Will. »Die Wärter können uns nicht hören, aber wenn einer von den anderen Gefangenen glaubt, er könnte für ein paar Neuigkeiten eine zusätzliche Decke bekommen, wird er nicht lange überlegen.«

Martha und ich nickten.

»Gibt es etwas Neues?«, fragte er.

Ich spähte zu Martha. Wir hatten nicht abgesprochen, wie viel wir Will erzählen sollten. Es widerstrebte mir, seine bevorstehende Verhandlung zu erwähnen. Wer weiß, wie er reagieren würde!

»Wir haben uns mit James Hooke unterhalten«, berichtete Martha. »Um herauszufinden, ob er etwas über Mr. Brearys Tod weiß.«

Will lächelte leicht. »Der arme Teufel – mit so einer Mutter geschlagen! Was hat er gesagt?«

Ich schilderte das Gespräch, das James belauscht hatte. »Joseph und Mark Preston hatten vor, George zu töten«, schloss ich. »Und es gibt keinen Grund zu der Annahme, dass sie ihren Plan nicht in die Tat umgesetzt haben.«

Will schüttelte den Kopf. »Aber warum sollten sie seine Papiere verbrennen?«, fragte er. »Was soll das bringen? Und was ist mit dem Lord Mayor? Er hatte ein ebenso gutes Motiv, Mr. Breary zu töten, wie Joseph.«

Ich sah Will an, dass er sich immer noch an die schwache Hoffnung klammerte, Joseph könnte nicht so schlecht sein, wie Martha und ich glaubten. Mir blutete das Herz.

»Aber wenn James die Wahrheit sagt, wissen wir, dass Joseph Mr. Brearys Tod in Erwägung gezogen hat«, sagte Martha.

Will schien widersprechen zu wollen, aber ich ließ ihn nicht zu Wort kommen. »Die Frage, wer George getötet hat, ist weniger wichtig als die Tatsache, dass du es nicht warst«, erklärte ich. »Uns geht es vor allem darum, dich aus dem Gefängnis zu holen und von jedem Verdacht reinzuwaschen.«

»Das sind löbliche Ziele«, sagte Will mit einem dünnen Lächeln. »Aber wie wollt ihr das anstellen?«

»Wir nehmen uns ein Beispiel an Joseph«, erwiderte ich. »Wenn er ein Buch herausgibt, um seine Sache zu fördern, werden wir eben eins veröffentlichen, das für *uns* von Vorteil ist. Wenn es uns gelingt, die öffentliche Meinung zu deinen Gunsten umzukehren, wird es dem Lord Mayor schwererfallen, eine Jury zu finden, die dich verurteilt.«

Will nickte zustimmend. »Dann musst du wohl zur Feder greifen!«

15.

Zu Hause verbrachten Martha und ich den Rest des Tages damit, unsere Antwort auf Josephs Anschuldigungen gegen Will in Worte zu fassen und zu Papier zu bringen. Über tintenbekleckste Blätter gebeugt, tüftelten wir an Satzbau und Ausdruck herum und fingen öfter noch einmal von vorn an, als mir lieb war.

»Es muss uns gelingen, den Mord Joseph in die Schuhe zu schieben, ohne unsere Identität preiszugeben«, sagte Martha.

Ich stimmte zu, obwohl ich mir nicht vorstellen konnte, dass Joseph sich so leicht hinters Licht führen ließ. Aber was blieb uns anderes übrig?

»Joseph hat recht, wenn er George Brearys Tod mit dem seines Vaters in Verbindung bringt«, sagte ich. »Aber meiner Meinung nach sind beide Fälle Joseph anzulasten.«

Martha nickte. »Schließlich war er es, der durch den Tod ihres Vaters Macht und Reichtum erlangte, nicht Will«, meinte sie und notierte beim Reden eifrig ihre Einfälle. »Will hat nichts gewonnen, nur gelitten.«

»Stimmt«, sagte ich. »Als Edward starb, war es Joseph, der den Haushalt übernahm und seinen jüngeren Bruder ... nein, seinen *verkrüppelten* jüngeren Bruder vor die Tür gesetzt hat.« Will würde die Anspielung auf seinen missgestalteten Fuß gar nicht gefallen, aber da wir an das Mitgefühl der Bürger von York appellieren wollten, war sein Stolz zweitrangig.

»Und Joseph reagierte wie immer mit Gewalt, als Mr. Breary

seine Pläne für eine Hexenjagd kritisierte«, schloss Martha zufrieden.

Wir feilten an den Ecken und Kanten unseres Textes, bis er funkelte wie die Edelsteine an meinem Lieblingshalsband. In jedem Absatz erinnerten wir die Leser daran, dass Joseph im Gegensatz zu Will durch Edwards und Georges Tod einiges zu gewinnen hatte. Während wir die einzelnen Handlungsfäden unserer Geschichte zu einem Strang verflochten, wuchs meine Zuversicht. Vielleicht ging unser Plan tatsächlich auf. Natürlich war es von Vorteil, dass wir wirklich von Josephs Schuld überzeugt waren, denn in unseren Augen sprachen die Tatsachen für sich: Joseph hatte im Krieg unzählige Menschen getötet und bei seiner Rückkehr das Blutvergießen mitgebracht, indem er seine Feinde in der Stadt ebenso bedenkenlos ausschaltete wie jene auf dem Schlachtfeld.

Als unser Werk vollendet war, eilten Martha und ich zu der Druckwerkstatt hinter dem Münster. Derselbe junge Mann, den Elizabeth und ich in der Vorwoche kennengelernt hatten, kam auf unser Klopfen an die Tür. Über seine Schulter hinweg sah ich, wie ein Junge ein Blatt Papier aus der Druckpresse zog und ein neues einlegte.

»Die Geschäfte gehen nach wie vor gut, wie ich sehe«, sagte ich anstelle einer Begrüßung.

Der Drucker lächelte und schüttelte den Kopf, als könne er sein Glück selbst nicht fassen. »In unruhigen Zeiten gieren die Menschen nach Neuigkeiten, ob sie nun wahr sind oder nicht. Was führt Euch zu mir, Mylady?«

»Noch mehr Arbeit für Euch.« Ich reichte ihm die Seiten, die Martha und ich geschrieben hatten. »Ich möchte, dass dies hier gedruckt und an die Buchhändler der Stadt weitergegeben wird.«

Der Drucker las unser Werk. Mir fiel auf, dass sein Gesicht

immer länger wurde. Als er fertig war, versuchte er, mir die Seiten zurückzugeben. »Das kann ich nicht drucken, Mylady«, sagte er. »Ihr wisst sehr gut, wie Mr. Hodgson reagieren würde. Er würde im Handumdrehen dafür sorgen, dass ich mein Gewerbe los bin.«

»Ich werde Euch für etwaige Unannehmlichkeiten gut bezahlen«, erwiderte ich. »In Pfund, nicht in Pennys.« Der Mann konnte nicht mehr als zwei Pfund im Monat verdienen. Und wenn ich für diesen Preis Wills Freiheit erkaufen konnte, war es gut angelegtes Geld.

»Tut einfach so, als wäre es woanders gedruckt worden«, schlug Martha vor. »Ihr könnt ›Gedruckt in Hull‹ auf die Titelseite setzen und später alle Eure Abzüge wegwerfen. Auf diese Weise kann niemand das Gegenteil beweisen.«

Der Drucker schien immer noch unschlüssig, aber ich sah ihm an, dass sein Interesse geweckt war. Um den Handel zum Abschluss zu bringen, drückte ich ihm einen Beutel Münzen in die Hand.

»Nun ja, es gibt keinen Grund, warum es nicht aus Hull gekommen sein soll«, meinte er schließlich, wobei er den Beutel in der Hand wog. »Und mit dem hier könnte ich noch einen Jungen einstellen, dann müsste es in einer Woche fertig sein.«

Ich starrte ihn entsetzt an. »So viel Zeit haben wir nicht«, stieß ich hervor. »In einer Woche ist es zu spät.« Ich bemerkte ein Funkeln in seinen Augen – ein Funkeln wie das Silber einer Münze – und durchschaute sein Spielchen. In einer Angelegenheit wie dieser behielt ein Drucker nur selten die Oberhand, aber in diesem Fall waren wir ihm ausgeliefert, und das wussten wir beide.

»Ich habe mehr Arbeit als Zeit, Mylady«, gab er zurück. »Und ich möchte meine Kunden gern behalten.«

Seufzend gab ich ihm noch ein paar Münzen. »Das sollte Euch für den Verlust entschädigen.«

»Das sollte es wohl«, stimmte er zu. Wieder blätterte er in den Seiten, die wir ihm gegeben hatten. »Es ist nicht lang, also müssten die Bücher am Freitag fertig sein.« Mein Gesicht schien meine Enttäuschung widerzuspiegeln. »Mit dem Setzen der Typen, dem Zuschneiden und Binden geht es nicht schneller. Die Arbeit erfordert Zeit.«

Ich nickte. »Na schön, dann am Freitag.«

Wir verabschiedeten uns und eilten durch die schneidende Kälte nach Hause.

»Joseph wird toben«, sagte Martha, als wir das Haus betraten. »Und ganz bestimmt wird er Euch verdächtigen, das Buch geschrieben zu haben.«

Das Trappeln kleiner Füße auf der Treppe, als Elizabeth uns begrüßen kam, erinnerte mich daran, dass meine Liebe zu ihr mein wundester Punkt war. Rebecca Hooke hatte sie bedroht, und ich wusste, dass die Gefahr real war. Elizabeth warf sich in meine Arme, und ich spürte, wie mein Herz vor Liebe und Angst überströmte. Was konnte ich tun, um die Meinen zu beschützen?

Diese Frage hielt mich stundenlang wach, nachdem ich zu Bett gegangen war, und auch der Schlaf brachte keine Erleichterung. In meinen Träumen rannte ich kreuz und quer durch Yorks Straßen und Gassen. Manchmal verfolgte ich eine vermummte Gestalt, von der ich wusste, dass sie Georges Mörder war. Mehrere Male wäre es mir beinahe gelungen, dem Unheimlichen die Kapuze herunterzureißen und sein Gesicht zu enthüllen, aber im letzten Moment befreite er sich aus meinem Griff, und ich schrie vor Wut und Erbitterung so laut auf, dass meine Stimme in den gepflasterten Straßen widerhallte. In anderen Träumen – vielleicht waren es auch dieselben – suchte ich Elizabeth, die ihrerseits auf der Flucht war, aber sie entzog sich mir ebenso wie Georges Mörder. Manchmal erhaschte ich einen kurzen Blick auf ihr rotes Haar, wenn sie in einer Gasse verschwand, kam aber nie nahe genug an sie heran, um sie in die Arme zu nehmen.

Als ich aufwachte, fragte ich mich, ob ich es war, vor der Elizabeth floh. Unser Pamphlet mochte Will vielleicht retten, auf jeden Fall würde es Joseph in maßlose Wut versetzen – und wie ich ihn kannte, würde er seinen Zorn an Elizabeth auslassen. Wie auch könnte er besser Rache an mir nehmen?

Doch Joseph war zwar gewalttätig, hatte aber noch nie einem Kind etwas angetan, versuchte ich mich zu beruhigen. Ich betete, sein Ehrgefühl möge dies auch weiterhin verhindern. Außerdem beschloss ich, Elizabeth nicht aus dem Haus zu lassen, bis die Hexenjagd vorbei und Georges Mörder gehängt worden war. Was konnte ich sonst schon tun? Ich fühlte mich, als würde ich durch ein Labyrinth irren, ohne zu wissen, ob der nächste Schritt in die Freiheit oder in eine Sackgasse führte. Mir blieb nichts anderes übrig, als meine Suche nach dem Ausweg fortzusetzen.

*

Gut zwei Stunden vor Sonnenaufgang stand ein Junge vor meiner Tür und warf unsere sämtlichen Pläne über den Haufen. »Ich bringe eine Vorladung auf die Burg, Mylady«, verkündete er und reichte mir einen Brief, der mit einem beeindruckenden roten Wachssiegel verschlossen war.

Als ich das Siegel erbrach, erschien Martha. Sie war nicht weniger beunruhigt als ich. In der letzten Woche hatten wir die Frau des Lord Mayor des Mordes beschuldigt und noch dazu ein Pamphlet gegen den mächtigsten Ratsherren der

Stadt geschrieben, und es erschien wenig wahrscheinlich, dass ein offizielles Schriftstück gute Nachrichten bringen würde. Deshalb war es geradezu eine Erleichterung, dass das Schreiben nicht mehr als eine Vorladung enthielt: Martha und ich sollten bei dem Prozess, der Mutter Lee wegen Hexerei gemacht wurde, als Zeugen aussagen.

»Sie haben also Richter für das Außerordentliche Gericht aufgetrieben«, stellte ich fest, nachdem ich den Brief gelesen hatte. »Wir sollen heute Zeugnis gegen Mutter Lee ablegen.«

Den Vormittag verbrachten wir damit, alles an Essen und Trinken zusammenzustellen, was wir für einen ganzen Tag in der Burg brauchen würden. Natürlich würden scharenweise Händler kommen, aber ihre Ware eignete sich eher für das einfache Volk und kostete noch dazu ein Vermögen. Elizabeth bettelte darum, uns begleiten zu können, aber ich dachte an meinen Traum und schlug ihr den Wunsch ab. Bevor wir das Haus verließen, nahm ich Hannah beiseite.

»Ich möchte, dass Elizabeth drinnen bleibt«, sagte ich zu ihr. »Alles, was du vom Markt brauchst, kann warten, oder du schickst einen Nachbarjungen zum Einkaufen. Ich möchte keinerlei Aufmerksamkeit auf Elizabeth lenken.« Mit ihrem leuchtend roten Haar und ihrem unablässigen Geplapper war das Mädchen zwar im ganzen Pfarrsprengel von St. Helen bekannt, aber ich wollte meine Nachbarn nicht unnötig an ihre Anwesenheit erinnern. Joseph wusste bestimmt noch, dass ich Elizabeth bei mir aufgenommen hatte, aber je weniger Leute an sie dachten, desto besser war sie aufgehoben.

Hannah warf einen besorgten Blick auf das Mädchen und nickte. Martha und ich zogen uns warm an, verabschiedeten uns von Hannah und Elizabeth und machten uns auf den Weg zur Burg.

»Was wollt Ihr vor Gericht sagen?«, fragte Martha, als wir

die Coney Street hinaufgingen. Im Brief stand, die Verhandlung würde am Nachmittag stattfinden, aber ich wollte rechtzeitig dort sein, um zu erkunden, welchen Verlauf die anderen Prozesse genommen hatten.

»Vergiss nicht, dass wir beide aufgerufen worden sind«, erinnerte ich sie. »Du wirst ebenfalls sprechen müssen.«

»Deshalb frage ich ja«, sagte sie. »Als Hebamme und Gehilfin sollten wir einander nicht widersprechen.«

»Ich werde die Wahrheit sagen«, erklärte ich, doch eine so unbestimmte Antwort würde Martha nicht zufriedenstellen, wie ich sehr wohl wusste. »Ich sage aus, was ich gesehen habe. Ob der Tod des Kindes natürlich war oder nicht, vermag ich nicht zu beurteilen.« Noch während ich sprach, dachte ich daran, wie Lucys Freundinnen reagieren würden, wenn ich ihre Anschuldigungen nicht bekräftigte. Wenn ich nicht aufpasste, würden die Mütter in Upper Poppleton sich eine andere Hebamme suchen. »Aber letzten Endes hängt das Urteil nicht von deiner oder meiner Aussage ab.«

»Sondern von Rebecca Hookes«, sagte Martha.

»Ja«, erwiderte ich. »Durch die Aussagen von Lucy und ihren Freundinnen, Rebecca Hookes Untersuchungsergebnis und ihre eigene Bosheit ist Mutter Lees Schicksal besiegelt.«

Wie ich erwartet hatte, herrschte auf der Zugbrücke, die in den Burghof führte, reges Leben und Treiben. Männer der Stadtwache standen herum und warteten auf Anweisungen, während Laufburschen mit versiegelten Umschlägen zwischen den Gebäuden hin und her flitzten. Ein paar Händler hatten ihre Buden bereits aufgebaut und priesen lauthals ihre Waren an, als wir vorbeigingen. Martha und ich kämpften uns durch die Menge zu Samuels Turm. Da Mutter Lee bei ihm untergebracht war, wusste er höchstwahrscheinlich, wann und wo ihr Prozess stattfand.

Tree begrüßte uns, als er die Tür öffnete, und nahm uns rasch die Körbe mit Essbarem ab. Wenn er sie uns zurückgab, würden sie beträchtlich leichter sein – und er nicht viel dicker –, das war mir klar, aber es gab kaum etwas, was ich dem Jungen abschlagen konnte.

Samuel rief uns einen Gruß zu, als er mit einem Kübel, der von Abfall überquoll, die Treppe herunterkam. »Ich weiß, dass Ihr mit dem Gedanken spielt, den Beruf der Hebamme aufzugeben, um stattdessen Gefängniswärter zu werden«, sagte er, »aber lasst Euch gesagt sein, es ist nicht alles Gold, was glänzt.« Er stellte den Kübel neben die Tür und wandte sich an Tree. »Kipp das in den Abort, Junge, bevor du anfängst zu futtern.«

Tree verzog das Gesicht, erhob aber keine Einwände.

Als er draußen war, drehte Samuel sich zu mir um. »Ihr seid wegen Mutter Lee hier, nicht wahr?«

»So ist es«, antwortete ich. »Ich habe heute Morgen die Vorladung bekommen. Sie haben es ganz schön eilig mit den Verhandlungen. Habt Ihr etwas Neues gehört?«

»Deshalb hab ich Tree rausgeschickt«, sagte Samuel. »Die Richter bereiten Wills Prozess vor. In einer Woche soll's losgehen.«

Ich starrte ihn offenen Mundes an. Martha wurde kreidebleich.

»In einer Woche?«, rief ich. »Wie ist das möglich?«

»Der Junge kann noch von Glück reden«, meinte Samuel. »Joseph wollte den Fall heute verhandeln, aber das haben die Richter abgelehnt. Weil man sie einberufen hat, um Hexen den Prozess zu machen, wollen sie auch mit den Hexen anfangen. Dem Himmel sei Dank für diese kleine Gnade!«

»Und zum Glück ruht das Gericht am Sonntag«, stimmte ich zu. »Damit bleiben uns noch ein paar Tage.«

»Ein paar Tage?«, rief Martha. »Was können wir in dieser kurzen Zeit schon erreichen?« Ihre Blicke huschten hin und her, als wäre der Schlüssel zu Wills Freiheit irgendwo in diesem Raum verborgen. »Gott allein weiß, welche Beweise Joseph konstruiert hat. Euch ist doch klar, dass Will gehängt wird, wenn man ihn schuldig spricht? Was sollen wir tun?« Die letzten Worte schrie sie fast. Ich versuchte, den Arm um sie zu legen, aber sie riss sich los und lief im Zimmer auf und ab.

»Wir retten ihn«, beruhigte ich sie, obwohl ich selbst nicht wusste, wie wir das anstellen sollten. »Wir *müssen* ihn retten.«

»Zum Teufel mit der Verhandlung!«, rief Martha. »Ich gehe. Die können Mutter Lee ohne mich hängen.« Sie riss die Tür auf und lief über den Burghof.

»Wenn die Gerichtsdiener mich suchen kommen, sagt einfach, Ihr wisst nicht, wo ich bin«, sagte ich zu Samuel und rannte hinter Martha her.

Bald hatte ich sie eingeholt, und zusammen eilten wir zum Tor. Ich hatte keine Ahnung, was sie beabsichtigte, aber der Ausdruck in ihren Augen verriet mir, dass sie sich durch nichts aufhalten ließe. Dachte ich jedenfalls, bis Matthew Greenbury, der Lord Mayor, im ganzen Prunk seiner Amtstracht vor uns erschien. Zu meiner Bestürzung stand Joseph Hodgson an seiner Seite, und hinter den beiden lungerte Mark Preston.

»Guten Morgen, Lady Bridget«, begrüßte Greenbury mich mit einer Verbeugung. »Welch eine Freude, Euch zu sehen.«

Ich forschte in seinem zerfurchten Gesicht nach einem Anzeichen von Unaufrichtigkeit. Trotz James Hookes Überzeugung, dass Joseph hinter dem Mord an George Breary steckte, erinnerte mich der Anblick des Lord Mayor daran, dass auch er Gründe hatte, Georges Tod zu wünschen.

»Guten Morgen, Lord Mayor«, antwortete ich. »Die Winterkälte macht Euch nicht allzu sehr zu schaffen, hoffe ich.«

Greenburys Lippen verzogen sich zu einem schmalen Lächeln. »Das Wetter setzt meinen alten Knochen ziemlich zu, aber der Herr wird Seine Gründe haben, nicht wahr, Mr. Hodgson?« Er blickte zu Joseph, der feierlich nickte und etwas murmelte, das wie »Amen« klang. »Was führt Euch auf die Burg?«, fuhr Greenbury fort.

»Meine Gehilfin und ich wurden vorgeladen, um bei einem der Hexenprozesse auszusagen«, erwiderte ich, während ich fieberhaft überlegte, welche Erklärung ich für unseren verfrühten Aufbruch abgeben könnte. »Aber der Fall wird anscheinend erst am Nachmittag verhandelt. Wir wollen später wiederkommen.«

»Ach herrje, das tut mir aber leid«, sagte Greenbury. Sein Bedauern, dass wir den Weg zur Burg ein zweites Mal zurücklegen mussten, wirkte echt, aber ich konnte mir nicht sicher sein.

Joseph trat vor und flüsterte dem Lord Mayor etwas ins Ohr. Ich konnte nicht verstehen, was er sagte, aber mir sank trotzdem der Mut. Bestimmt war es nicht von Vorteil für uns.

»Ausgezeichnete Idee, mein Junge!«, rief der Lord Mayor und winkte einen seiner Männer zu sich. »Sag dem Sergeant, dass Mutter Lees Fall als Erster drankommt.« Der Mann nickte und eilte davon. »Es wird ein bisschen dauern, aber wir lassen die anderen Zeugen suchen und verhandeln diesen Fall schon heute Vormittag«, verkündete Greenbury mit einem Lächeln. »Kommt, setzen wir uns, bis alles so weit ist. Es ist lange her, seit wir miteinander geplaudert haben.«

Ich warf Martha einen verstohlenen Blick zu und sah die Panik in ihren Augen. »Danke, Lord Mayor«, antwortete ich. Was hätte ich auch sonst sagen sollen?

»Je eher dran, je eher davon«, redete Greenbury weiter. »Und da Ihr und Mr. Hodgson hier auf der Burg seid, kann in der Stadt ohnehin nichts von Bedeutung geschehen, nicht wahr?« Der Lord Mayor schmunzelte über seine Schmeichelei, ich hingegen brachte nur ein schwaches Lächeln zustande.

Schließlich schlossen Martha und ich uns der Menschenmenge an, die in den Gerichtssaal drängte, in dem die Verhandlung stattfinden sollte.

*

Tatsächlich trommelten die Männer des Lord Mayor die Zeugen gegen Mutter Lee sehr viel schneller zusammen, als ich es für möglich gehalten hätte. Es dauerte nur eine Stunde, bis sich Zeugen, Gerichtsdiener und Geschworene eingefunden hatten. Um die Ausbreitung von Krankheiten zu vermeiden, war der Boden mit getrockneten Blumen bestreut worden, deshalb roch es im Saal – jedenfalls einstweilen – eigenartig nach Frühling.

Der Richter, der an einem erhöhten Tisch saß, ließ den Blick über die Menge schweifen. Wenn der Lord Mayor schon als alter Herr gelten konnte, war der Richter eindeutig ein Methusalem.

»Mein Gott, wo haben die denn den Tapergreis aufgetrieben?«, flüsterte Martha mir zu. »Es wäre ein Wunder, wenn er den Prozess überlebt.«

»Ich nehme an, sie waren in Eile«, gab ich zurück, »und konnten deshalb nicht wählerisch sein.«

Der Richter blickte sich im Saal um, als wäre er nicht ganz sicher, warum er hier war oder was er als Nächstes tun sollte. Das schien auch Joseph aufzufallen, denn er trat zu dem Alten und raunte ihm etwas ins Ohr. Der Greis nickte beifällig, hob einen kleinen Holzhammer und klopfte damit dreimal auf den Richtertisch, bevor ihm der Hammer entglitt. Ein paar Männer blickten zur Richterbank, aber der Geräuschpegel im Saal blieb unverändert. Martha hielt sich eine Hand vor den Mund, um ihr Lächeln zu verbergen.

»Ein echter Hanswurst«, stellte ich fest. »Wer wird diese Verhandlungen in Wirklichkeit führen?«

Marthas Lächeln verblasste. »Dieser Alte wird tun, was Joseph verlangt.«

»Genau. Joseph hat jeden seiner Schritte genau geplant, von den Pamphleten bis zu Rebeccas Ernennung zur Sucherin. Und natürlich hat er einen gefügigen Richter gefunden, um die Prozesse nach seinen Vorstellungen zu lenken.«

»Und wenn dieser Greis auch bei Wills Prozess auf dem Richterstuhl sitzt …« Ich konnte die Furcht in Marthas Stimme hören.

Ich beendete ihren bedrückenden Gedanken: »Wird er von der Jury das Urteil ›Schuldig‹ fordern.« Obwohl ich es selbst nie erlebt hatte, hatte ich von Richtern gehört, die ihre Geschworenen so lange ohne Essen und Trinken darben ließen, bis sie den gewünschten Urteilsspruch fällten. Obwohl so etwas nur selten vorkam, zweifelte ich nicht daran, dass Joseph das Gesetz beugen würde, um seinen Willen durchzusetzen.

»Ruhe!«, ertönte eine Stimme. »Die Verhandlung ist eröffnet.«

Mein Puls raste, als ich sah, wie Mark Preston zur Geschworenenbank ging und dabei allein durch sein Auftreten eine Bedrohung für alle die ausstrahlte, die ihm nicht den gebührenden Respekt entgegenbrachten. Die Geschworenen – auch alle anderen Anwesenden – verstummten schlagartig.

Der Richter betrachtete Preston, als wäre er überrascht, ihn zu sehen, sagte aber nichts. Mit einem gereizten Laut durchquerte Joseph den Saal und sagte leise etwas zu dem Gerichtsschreiber.

»Der erste Fall, der verhandelt wird, ist der von Mutter Lee«, verkündete der Schreiber. »Die Anklage lautet auf die höchst verdammenswerte Sünde und das Verbrechen der Hexerei.«

Hinter der Bank öffnete sich eine Tür, und zwei Gerichtsdiener führten Mutter Lee, an Händen und Füßen in Ketten gelegt, in den Gerichtssaal, um den Tag zu beginnen, der ihr letzter auf Erden sein sollte.

16.

Die Zeit im Gefängnis hatte Mutter Lee arg zugesetzt. Obwohl in ihren Augen noch ein Funken Leben blitzte, wirkte sie sehr viel magerer und hinfälliger als bei unserer ersten Begegnung. Als sie eintrat, musterte sie die Gesichter der Geschworenen und des Richters, bevor sie den Blick über die anderen Anwesenden wandern ließ. Einer der Gerichtsdiener stieß sie an, und sie schlurfte mit klirrenden, aneinanderscharrenden Ketten durch den Saal. Mir fielen die Schnitte und Krusten an ihren Handgelenken auf, wo das Metall der Ketten ihre alte, spröde Haut aufgeschürft hatte.

Mutter Lee sah den Richter an, der sie anstarrte und offensichtlich keine Ahnung hatte, wie es jetzt weitergehen sollte. Joseph trat erneut an die Bank und gab dem Richter leise Anweisungen.

»Der Gerichtsschreiber möge die Anklage verlesen«, befahl der alte Mann.

Der Schreiber trat vor und verkündete, was das Hohe Gericht Mutter Lee vorwarf, nämlich, dass sie mittels Hexenkünsten Lucy Pierce' neugeborenen Sohn getötet hatte.

»Bekennt Ihr Euch schuldig oder nicht schuldig?«, fragte der Schreiber.

»Nicht schuldig.« Mutter Lees Stimme hallte überraschend kraftvoll durch den Saal.

Ich machte mir keinen Moment lang vor, ihr Bekenntnis könnte bei der Urteilsfindung auch nur von geringster Bedeutung sein. In dieser Verhandlung ging es nicht um Schuld oder

Unschuld; das Ganze war ein Schauspiel, um der Welt und Gott zu zeigen, dass die Behörden den Kampf gegen Satan aufgenommen hatten und unter dem Banner des Herrn marschierten.

»Der erste Zeuge!« Die Stimme des Richters knarrte wie eine hölzerne Axt, die jeden Moment zu bersten droht.

Der Ankläger trat vor. Er spreizte sich vor der Menge wie ein Gockel, um seine Kleidung und den damit verbundenen Reichtum zur Schau zu stellen: ein Umhang aus feinstem Wollstoff, darunter ein blauseidenes Wams und Lederstiefel nach der neuesten Mode, die direkt unter dem Knie umgeklappt waren, um den Blick auf teure Seidenstrümpfe freizugeben. Wahrlich ein lohnenswerter Anblick!

Die ersten Zeugen waren Mutter Lees Nachbarinnen aus Upper Poppleton. Einige waren bei Lucy Pierce' Entbindung anwesend gewesen, andere nicht, aber alle erzählten dasselbe. Mutter Lee stand schon lange unter dem Verdacht, mit dem Teufel zu verkehren. Sie hatte die Ernten, die Kühe, die Schafe, die Butterfässer und Bierkessel ihrer Nachbarn verwünscht und schließlich Lucy Pierce' Sohn verhext, sodass er noch vor der Geburt gestorben war. Von diesem Verbrechen berichtete Lucy selbst. Die Geschworenen hingen an ihren Lippen, als wären Lucys Worte die letzten, die sie je hören würden.

Und dann war ich an der Reihe. Ich durchquerte den Saal und stellte mich neben die Richterbank. Ich machte mir keine Illusionen, dass meine Aussage den Lauf der Dinge irgendwie beeinflussen könnte, dennoch schlug mir das Herz bis zum Hals.

»Lady Hodgson«, begann der Ankläger. »Ihr habt Lucy Pierce von einem totgeborenen Kind entbunden, richtig?«

»Ja«, antwortete ich. Es war besser, so wenig wie möglich zu sagen.

»Wie würdet Ihr das Kind beschreiben?«

Mir war klar, auf welche Antwort er hoffte. Er wollte von mir hören, dass der Tod des Kindes anders war als alles, was ich je gesehen hatte, und deshalb keine natürliche Ursache hatte. Wenn er den Geschworenen beweisen konnte, dass der Tod von Lucys Baby unnatürlich gewesen war, hatte er gewonnen – die einzige andere Ursache, die infrage kam, war Hexerei.

»Mrs. Pierce hatte den errechneten Geburtstermin erreicht«, antwortete ich. »Das Kind hatte bereits Fingernägel, was immer kurz vor der Geburt passiert.«

Der Ankläger verzog das Gesicht. Er hatte sich von mir mehr Unterstützung erwartet. Außerdem sah ich, wie einige von Lucys Freundinnen Blicke wechselten und hinter vorgehaltener Hand tuschelten.

»Ist Euch ein derartiger Fall vorher schon untergekommen?«, fragte der Ankläger.

»Eine Totgeburt? Sicher. Ich bin seit vielen Jahren Hebamme und habe Hunderten Frauen bei ihrer Niederkunft beigestanden. Es ist der Wille des Herrn, dass manche Kinder am Leben bleiben und andere sterben.«

Der Ankläger schien unter seinem linken Auge ein nervöses Zucken entwickelt zu haben. Er warf Joseph einen unsicheren Blick zu. Joseph hob nur die Schultern, als wollte er sagen: Ich habe Euch gewarnt!

»Lady Hodgson, hatte der Tod von Lucy Pierce' Kind natürliche oder unnatürliche Gründe?«

»Es war der Wille des Herrn«, erwiderte ich. »Der Teufel kann ohne Seine Erlaubnis nichts auf dieser Erde anrichten.«

Der Ankläger runzelte die Stirn. Meine Antwort war zweifellos korrekt – denn wer hätte Gottes Allmacht leugnen können? –, lenkte aber den Blick der Geschworenen von Mutter

Lee ab. Nach kurzem Überlegen durchquerte er den Saal, um sich mit Joseph zu beraten. Er flüsterte ihm etwas ins Ohr und nickte in Marthas Richtung.

Joseph quollen beinahe die Augen aus dem Kopf.

»Nein, Ihr solltet sie nicht aufrufen. Nicht, wenn Ihr auch nur einen Funken Verstand habt«, zischte er. »Sie ist noch schlimmer als ihre Herrin.«

Ich musste ein Lächeln unterdrücken.

»Danke, Lady Hodgson, das ist alles«, sagte der Ankläger zu mir. Besonders dankbar klang er nicht. Ich kehrte an Marthas Seite zurück, und sie begrüßte mich mit der Andeutung eines Lächelns.

»Mrs. Rebecca Hooke!«, rief der Gerichtsdiener.

Ich spürte, wie sich mein Magen verkrampfte. Natürlich musste Rebecca erscheinen, schließlich hatte sie Mutter Lee untersucht, aber ich war wegen meiner eigenen Aussage so angespannt gewesen, dass ich gar nicht mehr daran gedacht hatte.

Rebecca schritt durch den Saal und stellte sich genau dorthin, wo gerade eben noch ich gestanden hatte.

»Ihr habt den Körper der Angeklagten untersucht?«

»Ja, Mylord«, antwortete Rebecca. Ihre Stimme klang laut und deutlich durch den Raum.

»Und was habt Ihr gefunden?«

»Es war nicht leicht, Mylord. Zuerst weigerte die Angeklagte sich, eine Untersuchung vornehmen zu lassen.« Sie machte eine Pause, damit die Geschworenen sich überlegen konnten, was eine derartige Weigerung zu bedeuten hatte. Würde eine Unschuldige es ablehnen, sich untersuchen zu lassen? »Nachdem wir sie entkleidet hatten, entdeckte ich in ihrem Intimbereich drei lange Zitzen, an denen anscheinend erst vor Kurzem gesaugt worden war.«

Der Ankläger nickte zufrieden. »Und was, glaubt Ihr, hat es mit diesen Zitzen auf sich?«

»Sie sind ganz und gar unnatürlich«, erklärte Rebecca. »Es können nur die Zitzen sein, an denen sie ihre Dämonen gesäugt hat.«

»Und was hat Mutter Lee gesagt, als sie mit diesem Beweis konfrontiert wurde?«

»Zuerst leugnete sie. Sie behauptete, es wären Hämorrhoiden, an denen sie schon seit vielen Jahren leidet.«

»Und?«

»Ich sagte ihr, dass es keineswegs Hämorrhoiden sind, dass solche Male nur vom Teufel kommen können und dass sie unbedingt die Wahrheit sagen muss. Es hat viele Stunden gedauert und große Mühen gekostet, aber schließlich kam sie zur Einsicht. Sie meinte, die Dämonen müssten im Schlaf zu ihr gekommen sein und an ihr gesaugt haben, anders wäre es nicht möglich.«

»Sie hat also zugegeben, eine Hexe zu sein?«

Rebecca nickte energisch. »Jawohl, Mylord.«

Der Ankläger lächelte erfreut. Endlich war es ihm gelungen, die Verhandlung in die von ihm erwünschten Bahnen zu lenken. »Danke, Mrs. Hooke.«

Die letzte Zeugin war Mutter Lee. Die Gerichtsdiener führten sie nach vorn und ließen sie dort stehen. Sie wandte sich um und schaute zu ihren Nachbarinnen, den Frauen, die sie soeben zum Tod verurteilt hatten. Ich konnte in ihren Zügen keinen Hinweis entdecken, dass Mutter Lee sie deshalb hasste.

Der Ankläger trat in die Mitte des Saals und stemmte die Hände in die Hüften. Er witterte, dass der Sieg zum Greifen nahe war, und genoss den Moment seines Triumphs.

»Wann ist Satan zum ersten Mal zu Euch gekommen?«, fragte er.

»Vor ein paar Jahren«, erwiderte die alte Frau. »Sechs oder sieben. Ungefähr ein Jahr, nachdem mein Mann gestorben ist. Mein Sohn war nach London gegangen, um dort Arbeit zu suchen.«

Der Ankläger schlenderte zu Mutter Lee und starrte ihr in die Augen. »Und Ihr habt dem Teufel beigewohnt, als er zu Euch kam. Ihr habt dieser höllischen Kreatur erlaubt, Euren Körper in Besitz zu nehmen.« Es war weniger eine Frage als eine Feststellung.

Mutter Lee hielt seinem Blick stand. »Warum wollt Ihr das wissen?«

»Wir müssen die Wahrheit erfahren«, gab der Ankläger zurück. »Sagt es mir – hat der Teufel Euren Körper genommen?«

»Ja«, gab Mutter Lee schließlich zu. »Er hat versprochen, mich zu beschützen und mir Dämonen zu schicken, die mir dienen sollten. Mein Haus war verkommen, die Nahrung teuer. Deshalb habe ich mit ihm gelegen.«

Der Ankläger lächelte. Mutter Lee war so gut wie tot. »Wie war der Teufel? Welche Gestalt hatte er angenommen?«

»Er war groß und hübsch und hatte schwarzes Haar. Ein feiner Herr, noch feiner als Ihr.«

Das Lächeln des Anklägers verblasste kurz, als die Geschworenen sich auf seine Kosten amüsierten. Um keine weiteren Demütigungen zu riskieren, wandte er sich an den Richter und teilte ihm mit, dass er fertig sei. Der Richter nickte – vielleicht nickte er auch nur ein –, und der Gerichtsdiener führte Mutter Lee ab. Dann nannte der Ankläger den Namen der Frau, deren Fall als nächster verhandelt werden sollte. Martha und ich stahlen uns zur Tür und schlüpften hinaus.

»Man wird sie schuldig sprechen«, sagte Martha, als wir über den Burghof zum Tor eilten.

»Ja. Da sie gestanden hat, dürfte daran kein Zweifel bestehen.«

»Werden alle diese Frauen hängen? Es sind so viele ...«

»Hängt davon ab, wie stark sie sind und wie sehr man sie unter Druck gesetzt hat. Wenn sie vor den Geschworenen gestehen, ist ihr Schicksal besiegelt.«

»Was machen wir jetzt wegen Will?«, fragte Martha. »Wenn er auch vor so ein Gericht gestellt wird, wird er dieselbe Art von Gerechtigkeit erfahren.«

»Ich habe versucht, eine Lösung zu finden ...« Meine Stimme verebbte.

Marthas Lachen klang bitter. »Und habt Ihr einen rechtlich einwandfreien Ausweg für ihn gefunden?«

Ich schüttelte den Kopf. »Die Justiz will in ihm den Schuldigen sehen, und auf dem Rechtsweg können wir nichts unternehmen.«

»Was?« Martha stand der Zorn ins Gesicht geschrieben. »Dann schauen wir zu, wie er sein Glück vor Gericht versucht? Habt Ihr den Verstand verloren?« Martha gab sich keine Mühe, ihre Wut zu unterdrücken. Einige Passanten machten schockierte Gesichter, weil eine Magd es wagte, so mit ihrer Herrin zu sprechen. Ich konnte mir den Tratsch und Klatsch, der auf eine derartige Szene folgen würde, lebhaft vorstellen.

»Natürlich nicht«, sagte ich und nahm sie am Arm. »Wir schmuggeln ihn aus der Stadt. Mit einem guten Pferd und einer vollen Geldbörse wird er es zu meinen Gütern in Hereford schaffen, und bis dorthin reicht Josephs Arm nicht. Entweder wir folgen ihm, oder er kehrt irgendwann nach York zurück, falls Joseph seinen Einfluss verliert.« Ich konnte spüren, wie Marthas Körper sich bei meinen Worten entspannte. »Du hast doch nicht im Ernst geglaubt, ich würde zulassen, dass man ihn hängt?«

Martha dachte einen Moment nach, bevor sie antwortete. »Ich weiß, dass für Euch Recht und Gesetz über allem anderen stehen. Ihr habt veranlasst, dass Mütter von unehelichen Kindern ausgepeitscht und Verbrecher gehängt werden, und Ihr habt es nie bereut. Ihr liebt die Rolle, die Ihr bei der Aufrechterhaltung der Ordnung spielt – deshalb habt Ihr auch zum König gehalten, obwohl sich Eure Verwandten für das Parlament entschieden hatten. Im letzten Sommer habt Ihr mit angesehen, wie ein Mörder ungeschoren davonkam, weil das Gesetz nichts ausrichten konnte …«

Sie hielt inne, vielleicht, weil sie unschlüssig war, wie weit sie gehen durfte. Ich nickte ihr ermutigend zu.

»In der Vergangenheit habt Ihr Euch eher davon leiten lassen, was Gesetz, als was Recht ist, und in den meisten Fällen hatte ich nichts daran auszusetzen, weil ich Verbrecher genauso gern hängen sehen will wie Ihr. Aber manchmal schätzt Ihr das Gesetz zu hoch ein. Das Gesetz schreibt vor, eine unverheiratete Mutter auszupeitschen, doch der Mann, der das Kind gezeugt hat, muss keine Strafe fürchten. Das ist nicht gerecht. Ihr aber habt es als gut und richtig empfunden. Ich habe mich oft gefragt, ob Ihr jemals ganz offen gegen das Gesetz verstoßen würdet. Wenn Ihr Will zur Flucht verhelft, werdet Ihr zu einer Gesetzlosen.«

Martha verstummte, und wir blieben beide stehen. Ich nahm ihre Hände und schaute ihr in die Augen. »Wir leben in einer verkehrten Welt«, sagte ich. »Das Parlament setzt dem König den Fuß ins Genick, und die wahre Verehrung Gottes wurde von Frömmlern und ihren Predigten umgestoßen. Und was noch schlimmer ist – das Gesetz ist eine Waffe in den Händen der Starken geworden, um die Schwachen zu vernichten.«

»Das war schon immer so. Ihr habt bloß die Augen vor der Wahrheit verschlossen.«

»Nein«, entgegnete ich. »Die Zeiten haben sich geändert, und auch wir müssen uns ändern. Uns bleibt nichts anderes übrig, als Will aus dem Gefängnis zu holen und aus der Stadt zu schaffen. Ich lasse nicht zu, dass er für einen Mord gehängt wird, den er nicht begangen hat.«

»Also, hier scheiden sich die Geister«, sagte Martha. »Ich möchte ihn auch nicht für einen Mord hängen sehen, den er tatsächlich begangen hat.«

*

Martha und ich aßen eine bescheidene Mahlzeit, bestehend aus Brot und Käse, und besprachen Pläne zur Befreiung Wills. Die Wachen im Gefängnis von St. Peter waren so nachlässig, dass es nicht schwer sein konnte, ihn dort herauszuholen. Und wenn er erst einmal draußen war, musste er nur noch aus der Stadt. Es schien geradezu lächerlich einfach.

Als wir vor dem Gefängnis standen, pochte Martha an die Tür. Gleich darauf machte einer der Wärter auf und ließ uns eintreten.

»Kommt rein, bevor der Wind es tut«, rief er.

Drinnen fanden wir Will mit seinen Wärtern und zwei weiteren Gefangenen am Tisch vor, an dem sie saßen und Karten spielten. Falls die Münzen, die vor ihnen lagen, als Anhaltspunkte gelten konnten, schienen die Wärter das Glück auf ihrer Seite zu haben – was ich für eine kluge Entscheidung Wills hielt.

»Martha! Tante Bridget!« Will lächelte uns an. »Ihr müsst mich vor diesen Kartenkünstlern retten. Ich habe keine Ahnung, wie sie das anstellen.« Die Wärter, die sich über ihren Erfolg beim Kartenspiel und ihre Gewinne freuten, lachten.

»Dürfte ich ein Wort mit meinem Neffen sprechen?«,

fragte ich. »Ich werde ihn bald wieder der Spielrunde überlassen.«

»Wenn er uns nur seine Pennys überlässt, könnt Ihr ihn haben, solange Ihr wollt«, rief einer der Wärter und wies mit einer Handbewegung auf Wills Zelle. Will nahm sich eine Laterne und ging auf der Treppe nach unten voran. Die Zelle war so kalt wie bei unserem letzten Besuch, und ich dankte Gott, dass Will bald frei sein würde, wenn alles nach Plan lief.

»Du musst fliehen und die Stadt verlassen«, wisperte Martha, sowie sich die Tür hinter uns geschlossen hatte.

Will sah uns erschrocken an. »Wieso? Was ist passiert? Die Lage kann doch nicht auf einmal so ernst sein!«

»Leider doch«, sagte ich. »Man will dich gleich nach den Hexenprozessen für den Mord an Mr. Breary vor Gericht stellen.«

Will, dessen Augen vor Angst plötzlich geweitet waren, sank auf seine Pritsche. »Es hieß, man würde bis zu den nächsten Außerordentlichen Assisen warten. Ich dachte, wir hätten mehr Zeit. Bis März.«

»Das dachten wir auch«, entgegnete ich. »Aber wir haben uns geirrt, und wir müssen umgehend handeln.«

Wills Blicke huschten zwischen Martha und mir hin und her. Ich hatte ihn noch nie so verängstigt gesehen.

»Sie hätten es nicht so eilig, wäre ein fairer Prozess geplant«, sagte er. »Wenn ich vor Gericht gestellt werde, wird man mich hängen, das steht fest.«

»Deshalb musst du fliehen«, drängte ich. »Dass du hier und nicht auf der Burg bist, ist ein Glück. Uns ist nicht entgangen, dass deine Wärter nicht so aufmerksam sind, wie sie sein sollten.«

Will nickte. »Wenn wir sie mit Alkohol versorgen, werden

sie bis zur Bewusstlosigkeit trinken. Ich könnte einfach zur Tür hinausspazieren.«

»Genau«, sagte ich. »Ich werde ihnen Kapaune, Roastbeef und genug Wein schicken, um sie für Tage außer Gefecht zu setzen. Sobald sie eingeschlafen sind, gehst du zu meinem Stall. Dort werde ich eine Tasche mit Kleidung und Geld für dich hinterlegen. Nimm eins meiner Pferde, schlag den Weg Richtung Süden zum Micklegate Bar ein und verlass die Stadt, sowie das Tor am Morgen geöffnet wird. Deine Wärter werden noch schlafen und kein Geschrei erheben. Wenn du bei der Kälte dein Gesicht verhüllst, wird sich niemand etwas dabei denken. Dann geht es weiter nach Hereford. Dort bist du in Sicherheit.«

Will ließ den Atem entweichen, der wie weißer Nebel langsam zur Decke der Zelle stieg. »Und ihr kommt nach?«, fragte er.

»So bald wie möglich«, versprach Martha.

»Einen Haushalt aufzulösen erfordert Zeit«, sagte ich. »Aber wir kommen auf jeden Fall.«

»Gut.« Will stand auf. »Die Wärter haben alle meine Pennys, doch wenn ich anfange, Schillinge zu verlieren, kommen sie bestimmt in die richtige Stimmung, um sich einen Rausch anzutrinken.«

Ich trat zu ihm und nahm ihn in die Arme. »Wir sehen uns in Hereford.«

Martha und Will schauetn einander in die Augen, und der Schmerz über die bevorstehende Trennung erfüllte den kleinen Raum.

»Wir sehen uns bald wieder«, sagte Will. »Mein Wort darauf.«

Martha nickte, und wir gingen wieder nach oben. Im Hauptraum angekommen, verkündete ich meine Absicht, ein

Festessen bringen zu lassen, das des Lord Mayors selbst würdig wäre. Die Wärter jubelten vor Begeisterung.

»Euer Neffe ist in der Tat ein willkommener Gast«, rief einer von ihnen und klopfte Will auf den Rücken. Es tat mir leid, dass die Wärter nach Wills Flucht Ärger bekommen würden – Joseph würde toben vor Zorn! –, aber wir hatten leider keine andere Wahl.

Martha und ich waren noch nicht bei der Tür, als jemand so laut klopfte, dass die Wände bebten.

»Guter Gott, will jemand gewaltsam *in* das Gefängnis einbrechen?«, rief einer der Wärter und ging zur Tür. »Was ist denn, was ist denn?«

Sowie er den Riegel zurückschob, sprang die Tür auf, und ein halbes Dutzend Männer von der Stadtwache stürmten herein. Mindestens zwei von ihnen waren bei dem Trupp gewesen, der Will in meinem Haus festgenommen hatte, und sie trugen immer noch die Male dieses Scharmützels. Derjenige, den Will am übelsten zugerichtet hatte, rammte ihm den Lauf seiner Muskete in den Magen. Will brach lautlos zusammen. Ich stieß einen Schreckensschrei aus, während Martha sich mit fliegenden Fahnen auf den Angreifer stürzte. Doch ein anderer, der lange Kratzspuren im Gesicht hatte, holte mit der Faust aus und hieb sie Martha an die Schläfe. Sie landete neben Will auf dem Fußboden.

»Was hat das zu bedeuten, Sergeant?«, rief ich. »Mit welchem Recht handelt Ihr in so gesetzloser Weise?«

»Auf Befehl des Lord Mayor. Und bevor Ihr fragt, ja, wir haben den schriftlichen Befehl, Euren Neffen mitzunehmen.« Seine Stimme troff vor Verachtung.

Als Will keuchend nach Atem rang, drehten ihn zwei Soldaten auf den Bauch und banden ihm die Hände auf den Rücken. Martha rollte sich herum und versuchte aufzustehen, aber derselbe Soldat, der sie niedergeschlagen hatte, stemmte einen Stiefel auf ihre Brust. Martha blickte zu mir, ein stummes Flehen in den Augen, etwas zu unternehmen. Meine Gedanken überschlugen sich, als ich verzweifelt überlegte, wie wir die Situation zu unseren Gunsten wenden könnten. Wenn sie Will mitnahmen, würde es verteufelt schwer für uns werden, ihn zurückzubekommen.

»Gute Arbeit, Sergeant«, rief jemand. Als ich mich umdrehte, sah ich Mark Preston in der Tür stehen. Ein höhnisches Lächeln huschte über sein Gesicht, als er mich bemerkte.

»Da seid Ihr ja, Mylady«, sagte er, ohne sich die Mühe zu machen, sich zu verbeugen. »Mr. Hodgson hat sich gefragt, wohin Ihr wollt, als Ihr es so eilig hattet, die Burg zu verlassen. Er hatte gehofft, Ihr würdet vielleicht bis zur Urteilsverkündung warten. Die Hexe wird natürlich gehängt.«

»Wo bringt Ihr ihn hin?«, wollte ich wissen.

»Mr. Hodgson hat für seinen Bruder im Gefängnis an der Ouse-Brücke Platz gefunden und sogar eine besondere Bewachung angeordnet. Wir sind der Meinung, dass er dort besser aufgehoben ist.«

Mir sank der Mut. Joseph konnte unmöglich etwas von unserem Plan geahnt haben, Will heimlich aus der Stadt zu schaffen – vereitelt hatte er ihn dennoch.

Als Preston den Ausdruck auf meinem Gesicht sah, vertiefte sich sein Lächeln. »Warum so bekümmert, Mylady?«, fragte er. »Schließlich ist eine Zelle so gut wie die andere. Oder kommen wir ungelegen und stören Eure Pläne?«

Ich schwieg.

»Wie auch immer, es ist nicht von Belang, was Ihr geplant habt«, fuhr Preston fort. »Mr. Hodgson bekommt seine Gerichtsverhandlung – und seine Hinrichtung. Nehmt ihn mit!«

17.

Martha kämpfte mit den Tränen, als wir nach Hause eilten. Der Wind war in der Zwischenzeit lebhafter geworden und machte jedes tröstende Wort meinerseits unmöglich. Wir brauchten Zeit und Ruhe, um darüber nachzudenken, wie Will gerettet werden könnte, aber leider hatten wir weder das eine noch das andere. Bis wir zu Hause eintrafen, hatte Marthas Schmerz sich in Wut verwandelt.

»Dieser Hurensohn hat uns absichtlich in der Burg festgehalten, damit er Soldaten losschicken kann, um Will zu verlegen!«, stieß sie zwischen zusammengebissenen Zähnen hervor. »Ich bringe ihn um! Und dieses Ungeheuer mit der halben Hand auch!«

Ich betrachtete forschend ihr Gesicht, um zu sehen, ob sie es ernst meinte. Ich wusste nur zu gut, dass man eine sol che Drohung Marthas nicht auf die leichte Schulter nehmen durfte.

»Wenn du das tust, wirst du neben Will am Galgen enden«, sagte ich. »Wir werden eine andere Lösung finden.«

»Welche?«, fragte Martha.

Ich sah die Verzweiflung in ihren Augen und hätte sie gern in den Arm genommen, wie ich es bei Elizabeth getan hätte, und ihr gesagt, alles würde wieder gut. Aber anders als Elizabeth hatte Martha zu viel von der Welt gesehen, um sich falschen Hoffnungen hinzugeben.

Sie wandte sich zur Treppe, um nach oben auf ihr Zimmer zu gehen, hielt aber noch einmal inne und drehte sich zu mir um. »Das habe ich gemeint, als ich sagte, Ihr hättet zu viel Vertrauen in das Gesetz. Nun, da sich Wills Flucht nicht mehr so leicht bewerkstelligen lässt, werdet Ihr die ganze Nacht überlegen, wie wir ihn befreien können, indem wir vor Gericht seine Unschuld beweisen. Aber in Wahrheit ist das Gesetz eine blinde Hure. Sie kommt, wenn mächtige Männer nach ihr rufen, und legt sich hin, um sich von ihnen benutzen zu lassen, wie es ihnen passt. Wenn Ihr das nicht begreift, wird Will hängen.« Damit drehte sie sich um und lief die Treppe hinauf.

Hinter mir ertönte ein leiser Schrei. Es war Elizabeth, die mich aus weit aufgerissenen Augen anstarrte.

»Will wird ... hängen?«, stammelte sie, bevor sie in Tränen ausbrach.

Ich lief zu ihr und zog sie in meine Arme. »Nein, nein, ganz bestimmt nicht.« Überwältigt vor Angst um Will und Hass auf Joseph, spürte ich, wie Tränen über meine Wangen liefen. »Ich werde ihn retten, das verspreche ich.«

Es dauerte fast eine volle Stunde, bis ich mich halbwegs gefasst und Elizabeth aus ihrer tiefen Verzweiflung gerissen hatte. Irgendwann akzeptierte sie meine beruhigenden Worte und dankte mir, dass ich Will beschützen würde. Mir brach schier das Herz, als das Mädchen mich verließ, um Hannah zu suchen, denn ich befürchtete, dass ich soeben die ungeheuerlichste Lüge meines Lebens ausgesprochen hatte.

*

In dieser Nacht bekam ich kein Auge zu, aber so verzweifelt ich auch war, mir fiel nichts ein, wie ich Will aus der Falle befreien konnte, die man ihm gestellt hatte. Joseph hatte so viele Gerüchte ausgestreut, in denen Wills Schuld angedeutet wurde, dass jedermann einen zweifachen Mörder in ihm sah, der erst seinen Vater und dann George Breary umgebracht hatte. Erst eine Stunde vor Tagesanbruch erinnerte ich mich an das Pamphlet, das Martha und ich vor ein paar Tagen verfasst hatten und das bald gedruckt sein müsste. Wenn genug Leute es lasen, fanden Georges Freunde und Verbündete im Stadtrat vielleicht ihren Mut wieder und gingen gegen Joseph vor. Das schien unsere einzige Hoffnung zu sein. Ich nahm mir vor, gleich nach Sonnenaufgang zu dem Drucker zu gehen und das Pamphlet höchstpersönlich in der Stadt zu verteilen.

Beim Frühstück erzählte ich Martha, was ich vorhatte. »Wir gehen gleich nachher zum Drucker und schauen nach, wie viele Exemplare wir heute verteilen können.«

Sie nickte düster. Offensichtlich war sie überzeugt, dass unser Vorgehen nicht das Geringste bewirken würde. Ich konnte ihr weder beipflichten noch widersprechen oder einen anderen Vorschlag machen.

Noch bevor wir unsere Umhänge geholt hatten, klopfte es laut an der Haustür. Martha spähte zum Fenster hinaus. Ich sah, wie sie erbleichte, und mein Herz schlug vor Aufregung schneller.

»Es ist Joseph«, sagte sie. »Und Mark Preston ist bei ihm.«

»Hölle und Teufel!«, schimpfte ich. Was konnte er von uns wollen? Bisher hatten Joseph und ich einander nur aus der Ferne bekämpft. Was hatte es zu bedeuten, dass er jetzt vor meiner Tür stand?

»Lass ihn rein«, wies ich Martha an. Eine andere Möglichkeit gab es nicht.

Martha öffnete die Tür. Ohne sich lange bitten zu lassen, drängten sich Joseph und Mark in meine Diele. Joseph lächelte, als er mich sah.

»Da bist du ja, Tante Bridget!«, begrüßte er mich, als wären wir beste Freunde. »Ich halte dich hoffentlich nicht von wichtiger Arbeit ab.«

»Was willst du?«, fragte ich ohne Unschweife.

Joseph packte blitzschnell meine Hand, bevor ich sie zurückziehen konnte. »Ich habe dir ja gesagt, dass wir keine Tinte finden, Mark«, bemerkte er, wobei er meine Fingerspitzen begutachtete. »Sie ist wie immer makellos sauber und gepflegt, sogar, wenn sie sich zu Schmierereien herablässt.«

»Vielleicht hat sie ihrer Magd das Schreiben überlassen«, gab Preston zurück und griff nach Marthas Hand.

Martha zog ihre Linke erstaunlich schnell zurück, holte gleichzeitig mit der Rechten aus und versetzte Preston einen Schlag auf den Kehlkopf. Er gab einen gurgelnden Laut von sich und krallte beide Hände um seinen Hals. Marthas erstem Streich folgte ein zweiter, diesmal mitten in Prestons Gesicht. Preston schwankte wie ein vom Sturm gebeutelter Baum, ging zu Boden und blieb keuchend und japsend liegen. Martha stand mit geballten Fäusten kampfbereit über ihm. Es war eine Weile her, seit ich diese Seite an ihr erlebt hatte, und ich dankte Gott, dass sie ihr Kampfgeschick nicht verloren hatte.

Unsicher, wie Joseph auf diese Demütigung seines Dieners reagieren würde, drehte ich mich zu ihm um. Ich stellte fest, dass er sich anscheinend nur mit Mühe ein Lachen verbiss.

»Sehr schön!«, rief er und half Preston auf die Beine. »Hoffentlich bist du in Zukunft vorsichtiger bei ihr. Sie ist aus anderem Holz geschnitzt als ihre Herrin.«

Preston, der sich immer noch nicht erholt hatte, starrte Martha hasserfüllt an. Seine unversehrte Hand bewegte sich zum Dolch, der in seinem Gürtel steckte. Mir drehte sich der Magen um; dann aber packte Joseph Prestons Arm, hielt ihn fest und sagte: »Nichts da! Du kannst nicht einfach eine Magd im Haus ihrer Herrin ermorden, nur weil sie dich blamiert hat.«

Preston gab nach, doch an seiner Miene erkannte ich, dass er sich sehr bald rächen würde.

»Zurück zum Geschäftlichen, Tante Bridget«, sagte Joseph, schob mich beiseite und stapfte in den Salon. Ein wenig verunsichert und verwirrt wegen des Ausdrucks »geschäftlich« folgte ich ihm. Er stellte sich vor den Kamin und wärmte seine Hände über dem Feuer, bevor er sich zu mir umdrehte.

»Dein Freund, der Drucker, hätte beinahe eine höchst fatale Entscheidung getroffen.« Joseph zog ein billiges Heftchen aus der Tasche. »›Der mörderische Sohn wird zum mörderischen Bruder‹«, las er laut vor. »Ein brillanter Titel, Tante Bridget, das muss ich zugeben. Die Stadt hätte das Heftchen trotz der Hexenprozesse binnen weniger Stunden verschlungen. Der Appetit der Leute auf Blut und Skandale ist unstillbar, und das hier hätte beide Bedürfnisse befriedigt.«

Mir sank der Mut, als mir klar wurde, was passiert sein musste.

Joseph drehte sich zum Kamin um und warf das Pamphlet ins Feuer. »Das war selbstverständlich das letzte Exemplar. Und jetzt weiß der Drucker es besser, als auch nur daran zu denken, derart abwegige Behauptungen über einen der Ratsherren der Stadt zu drucken.« Er wandte sich wieder zu mir um. »Also bleibt nur noch die Frage, wie ich mit dir zu verfahren habe. Du sprichst dich gegen meine Hexenprozesse aus. Du verfasst ein Pamphlet, in dem du mich des Mordes beschuldigst. Und du erlaubst deiner Magd, einen meiner Leute anzugreifen. So etwas kann ich eigentlich nicht durchgehen lassen.«

»Will hat den Mord an George Breary nicht begangen. Ich werde nicht zulassen, dass er dafür gehängt wird«, entgegnete ich. »Ihr solltet beide wissen, dass ich keine Ruhe geben werde, bis ich Georges wahren Mörder tot und begraben sehe.«

Ich hatte gehofft, meine Erwiderung würde Joseph verunsichern, aber er lachte bloß.

»Ich habe nicht den Wunsch, Will am Galgen zu sehen«, sagte er. »Nicht, wenn er unschuldig ist. Aber falls er vom Gericht für schuldig befunden wird, wäre diese Strafe nur gerecht. Ich habe ihm weder vergeben noch vergessen, welche Rolle er beim Tod unseres Vaters gespielt hat. Mein Bruder mag Mr. Breary nicht getötet haben, aber er ist alles andere als ein Unschuldslamm.«

»Wie auch immer, Ihr braucht Euch um Will keine Sorgen zu machen«, warf Mark Preston ein, dessen Stimme dank Marthas Hieb reichlich heiser klang. »Er ist im Brückengefängnis gut aufgehoben.«

Joseph nickte zustimmend. »An deiner Stelle, Tante Bridget, würde ich an die lieben Kleinen denken. Sie sind sehr verletzlich. Mrs. Hooke hat dich daran erinnert, aber vielleicht hast du es ja vergessen.«

Rasende Wut stieg in mir auf, so heftig, dass ich beinahe daran erstickte. Ich fühlte, wie meine Hände in die Höhe fuhren, und sah, wie sich meine Finger, die jetzt zu Krallen gekrümmt waren, in Josephs Gesicht gruben. Hätte meine Arbeit als Hebamme nicht kurze Nägel erfordert, hätte ich ihm vielleicht die Augen ausgekratzt. So aber richtete ich keinen nennenswerten Schaden an, bevor er mich an den Handgelenken packte und festhielt. Dann brachte er mich noch mehr in Rage, indem er laut auflachte.

»Diese Seite kenne ich gar nicht an dir!« Er quetschte meine Handgelenke und verdrehte mir die Arme mit solcher Kraft, dass mir nichts anderes blieb, als mich hinzusetzen. Joseph beugte sich über mich. Sein Lächeln war wie weggewischt. »Wegen deines Ranges und deines Berufs als Hebamme blicken die Frauen in dieser Stadt zu dir auf. Ich kann es mir nicht leisten, dass du dich offen gegen mich stellst. Wenn du so weitermachst, werde ich dir deine Familie und deine Arbeit nehmen. Sollte das immer noch nicht reichen, bringe ich dich persönlich um. Als mein Vater noch am Leben war, hat er auf dich gehört, und das hat dich zu einer mächtigen Frau gemacht. Aber er ist tot, und ich nehme seinen Platz ein. Seine Macht gehört jetzt mir.«

Joseph ließ mich los und trat zurück. Ich zitterte vor Angst und Zorn am ganzen Körper – so sehr, dass ich nicht aufzustehen wagte.

»Du wirst dem Gesetz seinen Lauf lassen.« Joseph sprach leise, aber der stählerne Unterton in seiner Stimme war nicht zu überhören. »Die Hexen kommen vor Gericht, und die Schuldigen werden gehängt. Und dann wird mein Bruder sich vor Gericht verantworten. Ich werde mich nicht einmischen, aber wenn man ihn verurteilt, wird auch er hängen. Und du wirst nichts unternehmen, sonst bekommst du meinen Zorn zu spüren!«

Ohne eine Antwort abzuwarten, machte Joseph auf dem Absatz kehrt und verließ das Zimmer, gefolgt von Preston. Als wollten sie ihre Verachtung, vielleicht auch meine Verletzlichkeit zur Schau stellen, ließen sie die Haustür weit offen stehen. Sie konnten jederzeit wiederkommen, und ich hatte keine Möglichkeit, sie daran zu hindern.

Nachdem Martha die Tür geschlossen und abgesperrt hatte, saßen wir schweigend da. Was konnten wir tun, ohne noch größeres Unheil anzurichten? Ich bat den Herrn um Erleuchtung, aber Er zog es vor zu schweigen.

Nach ein paar Minuten kam Hannah von der Küche herbeigeeilt. Sie spürte sofort die düstere Stimmung, die im Raum hing. »Was ist los?«, fragte sie. »Was ist passiert?«

Ich schüttelte den Kopf. »Ich weiß es nicht.«

Der Rest des Vormittags zog sich qualvoll schleppend dahin. Martha und ich kamen unseren häuslichen Pflichten nur halbherzig und mit der Angst als ständigem Begleiter nach. Wir wussten, dass wir Will retten mussten, aber keine von uns hatte auch nur die geringste Ahnung, wie wir das anstellen sollten. Es war, als würden wir auf ebenso schreckliche wie unausweichliche Neuigkeiten warten und könnten nichts unternehmen, bis das Schlimmste geschehen war.

Ein Klopfen an der Tür riss uns aus unserer Starre. Hannah öffnete und rief mich nach unten, wo mich ein Mädchen von ungefähr elf Jahren erwartete. Sie hatte sich in einen zerlumpten Wollumhang gehüllt, der sich im Wind um ihre Gestalt bauschte.

»Lady Hodgson?«, fragte sie. »Meine Mutter schickt mich. Sie liegt in den Wehen.«

Einen Moment lang spielte ich mit dem Gedanken, sie zu einer anderen Hebamme zu schicken, aber dann wurde mir klar, dass niemandem gedient war, wenn ich zu Hause blieb. Martha holte mein Köfferchen, und wir folgten dem Mädchen in die bittere Kälte dieses Wintertages. Das Mädchen erzählte mir, sie hieße Jane Potter, habe eine Schwester und sei erst vor Kurzem mit ihrer Familie nach York gezogen. Sie wohnten alle zusammen über der Schneiderwerkstatt ihres Vaters in der Kirchengemeinde Coney Street. Ihre Mutter hatte von den Nachbarinnen gehört, dass ich eine tüchtige Hebamme war, und nach mir schicken lassen, als ihre Wehen einsetzten.

Als wir ankamen, brachte Jane uns umgehend ins Geburtszimmer, wo wir ihre Mutter Alice mit einem halben Dutzend

Nachbarinnen antrafen. Die meisten Frauen kannte ich, und schon bald waren wir in ein Gespräch vertieft, während Martha in die Küche ging, um den Caudle zu bereiten, der Alice stärken sollte. Jede Hebamme hat ihr eigenes Rezept für diesen warmen, kräftigenden Trank. Manche nehmen als Grundlage Wein, andere Bier, und es besteht nie Einigkeit darüber, wie viel Zucker, Ingwer oder Safran hineingehört. Auch Martha hatte begonnen, ihre eigene Mixtur zu entwickeln. Als sie zurückkam, sah ich die Anspannung auf ihrem Gesicht, die in einem Zimmer voller Heiterkeit und Lachen völlig fehl am Platz war. Ob Alices Freundinnen in meinem Gesicht genauso gut lesen konnten wie ich in dem von Martha?

Ich untersuchte Alice und stellte fest, dass es noch ein paar Stunden dauern würde, bis ihr Kind zur Welt kam. Als ich dieses Ergebnis verkündete, fingen die Frauen sofort wieder fröhlich zu schwatzen an. Ich wusste, dass sie dieselbe ausgelassene Stimmung von mir erwarteten, aber die Kälte, die Joseph an diesem Morgen zu mir gebracht hatte, war stärker als die vereinte Wärme des Zimmers, der vergnügten Gesellschaft und sogar des Weins, den Alice' Mann brachte. Unwillkürlich verglich ich das unbeschwerte Geplauder der Frauen mit den Gefahren, die über meiner Familie schwebten: Will sah möglicherweise seiner Hinrichtung entgegen, Elizabeth war indirekt von Joseph Hodgson und Rebecca Hooke bedroht worden, und mir selbst hatte Joseph offen mit Mord gedroht. Welcher Fluchtweg stand uns offen?

Den ganzen Tag kamen und gingen Frauen, um Neuigkeiten, Speisen und beste Wünsche für Alice zu überbringen. Nichts schien anders als sonst, bis sich das Gespräch den Hexenprozessen zuwandte.

»Wenn wir solche Weiber loswerden, ist es eine gute Sache«,

meinte eine junge Frau und schaute dabei liebevoll in die Augen des Säuglings an ihrer Brust.

Sie sprach sanft und ohne den Zorn, den ich bei den Frauen von Upper Poppleton gehört hatte, als sie über Mutter Lee herzogen. Ich begriff, dass die junge Mutter ihre Worte, die Dutzende von Frauen an den Galgen bringen konnten, nicht aus Bosheit ausgesprochen hatte, sondern aus Liebe zu ihrem Kind. Es war allgemein bekannt, dass sehr junge Menschen besonders leicht verhext werden konnten; es gab also gute Gründe, um seine Kinder zu bangen, wenn Hexen ihr Unwesen trieben. Welche Mutter würde ihr Kind nicht vor einer so unheimlichen Macht beschützen wollen?

In diesem Augenblick erkannte ich zum ersten Mal, welches Gewicht Josephs Entscheidung, die Hexenjagd nach York zu holen, beizumessen war. In Zeiten des Krieges und der Not, wenn Gott in Seiner Weisheit alles umstieß, was als unumstößlich gelten konnte, würden die Menschen alles tun, um sich und ihre Familien zu schützen. Wenn ein Mann einen Laib Brot stahl, um den Hunger seines Kindes zu stillen, warum sollte eine gütige, liebevolle Frau nicht Hexen an den Galgen bringen, um ihr Kind zu retten? Joseph hatte nicht nur für sich selbst zur Macht gegriffen, er hatte auch den Bewohnern der Stadt Macht in die Hand gegeben.

Im Nachhinein ist mir klar, dass in diesem Moment der schreckliche Plan in mir reifte, Joseph zu stürzen. Aber bevor ich länger darüber nachdenken konnte, geschah etwas Unfassbares: Eine weitere Freundin von Alice erschien und verkündete, ein Kind sei der Hexerei beschuldigt und ins Brückengefängnis an der Ouse gebracht worden.

Mein Blick flog zu Martha. Ich sah auf ihrem Gesicht die gleiche Angst, die mich erfüllte. Konnte Joseph so schnell gehandelt haben? Hatte er Elizabeths Verhaftung angeordnet?

Zum zweiten Mal an diesem Tag verdrängte mein Entsetzen alle anderen Gedanken und Empfindungen. Da bei Alice die Geburtswehen noch nicht eingesetzt hatten, schlüpfte ich aus dem Zimmer, kritzelte hastig eine Nachricht und ging damit zu Jane, dem Mädchen, das mich früher am Tag geholt hatte.

»Jane, du musst das hier unbedingt zu mir nach Hause bringen und es meiner Magd Hannah geben«, sagte ich. Solange ich nicht wusste, ob Elizabeth in Sicherheit war, würde ich keine ruhige Minute haben. »Warte auf die Antwort. Es sollte nicht lange dauern.«

»Gern, Mylady«, antwortete das Mädchen. »Und wenn niemand zu Hause ist? Soll ich den Zettel vor die Tür legen oder einer Nachbarin geben?«

Ich dachte nach. Wenn Hannah nicht daheim war, dann nur, weil man Elizabeth verhaftet hatte.

»Wenn niemand aufmacht, kommst du ganz schnell wieder her«, antwortete ich. »Ich muss es so schnell wie möglich wissen.«

Das Mädchen nickte und flitzte hinaus in die Dunkelheit des Abends. Ich weiß nicht, wie viel Zeit verging, bis sie wiederkam, aber mir schien es eine Ewigkeit zu dauern. Wenn ich nicht aus dem Fenster schaute und nach Jane Ausschau hielt, ging ich in der guten Stube der Potters auf und ab, um zu Gott zu beten oder Ihn zu verfluchen, weil Er mich dem Zorn Josephs auslieferte.

Ich dankte Ihm aus tiefster Seele, als das Mädchen auftauchte.

»Alles in Ordnung, sagt Eure Magd«, rief sie mir zu, als sie in die Stube trat. Ich hatte das Gefühl, zum ersten Mal seit Stunden wieder frei atmen zu können. Als ich die Treppe hinaufstieg, fragte ich mich, wer das arme Kind sein mochte, das man festgenommen hatte, und sprach ein Gebet für seine Befreiung.

Falls die Klatschbasen meine Anwesenheit vermisst hatten, verbargen sie es gut, denn alle Frauen plapperten immer noch munter durcheinander, während Martha mit Alice durchs Zimmer ging. Martha schaute zu mir, als ich hereinkam, und ich lächelte schwach. Ein Ausdruck der Erleichterung huschte über Marthas Gesicht, und wir waren beide wieder imstande, Geburtshilfe zu leisten.

Der Rest des Abends – wie auch Alice' letzte Wehen – verliefen undramatisch. Ich erlaubte Martha, das Kind zu entbinden, und sie machte ihre Sache ausgezeichnet. Dem allgemeinen Brauch folgend würde sie noch mehrere Jahre meine Gehilfin bleiben, aber ich staunte jetzt schon, wie viel sie gelernt hatte, seit sie bei mir in Diensten war.

Mitternacht lag schon einige Stunden zurück, als Martha und ich unsere Umhänge anlegten und uns auf den Heimweg machten. Wie Jane versichert hatte, lag Elizabeth unter mehreren Lagen weicher Decken friedlich schlummernd in ihrem Bett. Ich gab ihr einen Kuss auf den Scheitel und zog mich zurück in der Hoffnung, in meiner Kammer ein paar Stunden der Ruhe zu finden.

Ein gedämpftes Hämmern an meiner Tür, das aus weiter Ferne zu kommen schien, riss mich aus einem tiefen und zum Glück traumlosen Schlaf. Ich hörte, wie die Tür zugeschlagen wurde, bevor Schreie des Zorns und des Entsetzens mich endgültig weckten. Sofort schwang ich mich aus dem Bett und lief im Hemd die Treppe hinunter, um zu sehen, was los war.

Zu meiner Überraschung stand Samuel Short, der zwergwüchsige Gefängniswärter der Burg, in der Diele. Martha hielt ihn fest und versuchte offensichtlich, ihn daran zu hindern, die Treppe zu meinem Zimmer hinaufzustürmen.

Samuel blickte auf. Als ich sein schmerzverzerrtes Gesicht sah, erstarrte mir das Blut in den Adern.

O Gott, schoss es mir durch den Kopf. *Das Kind, das der Hexerei beschuldigt wird, ist Tree!*

18.

Meine Knie gaben unter mir nach, und ich sank kraftlos zu Boden. Samuel riss sich aus Marthas Griff und lief auf mich zu. Kummer und Verzweiflung spiegelten sich in seinem Gesicht, als er mir in die Augen schaute.

»Sagt, dass Ihr nichts damit zu tun habt!«, flehte er mich an. »Sie haben Tree der Hexerei beschuldigt und ihn mitgenommen! Euer eigener Neffe hat den Haftbefehl unterzeichnet! Sagt mir, dass es nicht Euretwegen ist!«

Meine Lippen bewegten sich, als ich vergeblich versuchte, eine angemessene Antwort auf seinen Vorwurf zu finden. Was sollte ich sagen?

»Ich weiß es nicht«, brachte ich schließlich mühsam heraus.

Samuel starrte mich an. Er glaubte meinen Worten genauso wenig wie ich.

»Ja«, gab ich zu. »Joseph hat mich und die Menschen in meiner Umgebung bedroht. Ich habe um Elizabeth gefürchtet, weil sie mir am nächsten steht. Nie wäre ich auf die Idee gekommen, er könnte Tree so etwas antun!«

Blankes Entsetzen stand in Samuels Augen. »Dann müsst Ihr ihn retten, Mylady. Ihr liebt ihn, und Ihr müsst ihn retten!« Samuel brauchte mir nicht zu sagen, dass das Blut des Jungen an meinen Händen kleben würde, wenn er im Gefängnis oder am Galgen starb. Das wusste ich selbst.

Ich nickte. »Mir wird etwas einfallen.« Was hätte ich sonst sagen sollen?

»Wohin hat man ihn gebracht?«, wollte Martha wissen. »Ins Brückengefängnis an der Ouse?« Ihre blauen Augen blitzten, und ich erhaschte einen flüchtigen Blick auf eine gnadenlose Härte, die mich an Rebecca Hooke erinnerte. Hier war eine Frau, die töten würde, wenn es die Gerechtigkeit verlangte – zum Henker mit Recht und Gesetz! Ich holte tief Luft und gelobte, Martha in dem kommenden Sturm nicht im Stich zu lassen.

»Ja«, antwortete Samuel niedergeschlagen. »Sie haben mir gesagt, ich könnte ihn dort vor der Gerichtsverhandlung besuchen.«

»Will ist auch dort«, bemerkte Martha.

»Ja«, sagte ich. »Tree in dasselbe Gefängnis zu stecken wie Will ist Teil einer Strategie. Joseph ist kein Dummkopf. Er vermutet, dass wir Will zur Flucht verhelfen wollten, und trifft jede Vorkehrung, um das zu verhindern. Zweifellos lässt er das Gefängnis von seinen eigenen Männern bewachen. Die beiden zu befreien wird verteufelt schwer werden.«

»Aber Ihr werdet sie doch da rausholen?«, fragte Samuel. »Wenn Ihr Euch mit Mr. Hodgson vertragt, gibt er vielleicht nach und schickt Tree heim zu mir.«

»Wir werden es versuchen«, versprach ich. »Ihr geht zur Burg zurück und holt Essen und Decken für Tree. Wenn Ihr noch etwas braucht, schickt einen Jungen her, dann gebe ich ihm mit, was fehlt.«

Samuel wischte sich die Nase am Hemdsärmel ab und nickte. Er schien froh zu sein, sich irgendwie nützlich machen zu können. Nachdem ich ihm noch ein paar Münzen in die Hand gedrückt hatte, um Kleidung für Tree zu kaufen und Wärter zu bestechen, eilte er davon.

»Joseph hat kein Interesse, Frieden zu schließen«, meinte Martha.

»Ich weiß«, erwiderte ich. »Er würde Tree hängen, auch wenn wir ihm zehntausend Welten versprechen. Trees Verhaftung ist eine Warnung an mich, dass er mit Elizabeth dasselbe machen kann. So will er mich zum Nachgeben zwingen.«

»Wie sollen wir sie da rausbekommen?«

Das war die Frage, die uns den Rest des Vormittags beschäftigte. Es dauerte nicht lange, bis sich eine Lösung anbot, aber da es mir widerstrebte, diesen Pfad zu beschreiten, bestand ich darauf, andere Möglichkeiten in Betracht zu ziehen. Beim Abendessen beobachtete ich Elizabeth, als sie von einer Partie Schach erzählte, die sie und Sugar gespielt hatten. Ich lachte, doch sofort kam mir der Gedanke, dass Elizabeth auf der Stelle gehängt würde, wenn sie diese Geschichte einem Hexenjäger erzählte.

Nach dem Essen kuschelte sich Elizabeth auf meinen Schoß, und wir übten eine Zeit lang Lesen und Schreiben, bis ich dem Mädchen auftrug, sich die Hände waschen zu gehen. Dann rief ich nach Martha.

»Ihr habt beschlossen, Euch an Helen Wright zu wenden, nicht wahr?«, fragte sie.

»Wir haben keine andere Wahl«, sagte ich. »Heute Nachmittag gehen wir zu ihr.«

*

Zum Glück herrschte Windstille, als Martha und ich Richtung Süden durch die Stadt gingen. Keine von uns sagte ein Wort, als wir am Gefängnis an der Ouse-Brücke vorbeikamen, in dem jetzt nicht nur Will, sondern auch Tree saß. Die Männer der Stadtwache musterten uns argwöhnisch, als wir Micklegate Bar passierten, winkten uns aber durch.

»Joseph hat die Wachen verstärkt«, murmelte Martha. »Selbst wenn es uns gelingt, Will und Tree aus dem Gefängnis zu befreien, sitzen die beiden in der Stadt fest.«

»Nehmen wir eine Hürde nach der anderen«, erwiderte ich. »Wir werden sie erst befreien und dann aus der Stadt schmuggeln.«

Als wir Helen Wrights Haus erreichten, hielt ich kurz inne, um mich zu sammeln. Ich machte mir nicht vor, dass unser Gespräch angenehm sein würde, dafür hatte ich sie zu oft vor den Kopf gestoßen. Bevor der Nachmittag zu Ende ging, würde Helen mich zu Kreuze kriechen lassen.

Eine Dienerin, die ich noch nie gesehen hatte, öffnete die Tür und ließ Stephen Daniels kommen. Er lächelte, als er uns sah, denn er wusste, dass wir als Bittsteller kamen.

»Nur herein«, forderte er uns auf. »Ihr seid ja fast blau gefroren.« Er führte uns in Helens Salon, wo ein Feuer im Kamin brannte. »Ich lasse Wein bringen. Mrs. Wright wird gleich bei uns sein. Kann ich ihr vielleicht ausrichten, in welcher Angelegenheit Ihr hier seid?«

Ich machte eine Pause, bevor ich antwortete. »Die Sache ist recht heikel«, sagte ich schließlich. Daniels wollte Einwände erheben, doch ich fuhr bereits fort: »Und nicht in aller Kürze zu erklären.«

Er nickte, flüsterte dem Dienstmädchen etwas ins Ohr und setzte sich auf einen von Helens schweren, prachtvoll bezogenen Stühlen. Wie es seine Gewohnheit war, zog er ein Stück Holz und ein Klappmesser aus seiner Tasche und machte sich daran, eine Schlange aus dem Holz zu schnitzen. Befangenes Schweigen breitete sich aus, das kurz unterbrochen wurde, als das Dienstmädchen mit drei Gläsern Wein zurückkam. Martha und ich hatten unsere Gläser beinahe geleert, als Helen hereingerauscht kam, dicht gefolgt von dem Mädchen, das ein weiteres Glas Wein für Helen und eine Karaffe mitbrachte, um Martha und mir nachzuschenken.

»Ich hoffe, der Wein trifft Euren Geschmack, Lady Bridget«, begrüßte Helen mich.

Ich forschte in ihrem Gesicht nach Anzeichen von Heuchelei, konnte aber keine entdecken. Martha, die von Helens freundlichem Empfang nicht weniger überrascht zu sein schien als ich, warf mir einen Blick zu.

»Er ist wunderbar«, antwortete ich. Und das stimmte.

»Ich nehme an, Ihr seid wegen der jüngsten Entwicklungen in York zu mir gekommen«, sagte sie. »Wenn Ihr die Herren der Stadt weiter verärgert, werdet Ihr noch zu einer Ausgestoßenen – genau wie ich.«

Jetzt verstand ich den Grund für ihre neu entdeckte Freundlichkeit: Endlich hatte die Welt mich an meinen Platz verwiesen, genau wie es ihr selbst geschehen war. Einen Moment lang bäumte sich mein Stolz auf und forderte von mir, Helens Unterstellung zu widersprechen. Aber noch bevor ich den Mund öffnete, wurde mir klar, dass sie nicht weit von der Wahrheit entfernt war. Eine Anklage der Hexerei gegen Elizabeth würde ihren Tod zur Folge haben, aber auch meinen guten Ruf zerstören. Ich war genauso angreifbar wie eine Kupplerin.

»Wir sind wegen meines Neffen Will und eines Jungen namens Tree hier«, sagte ich. »Will wird des Mordes beschuldigt, Tree der Hexerei.«

»Und beide sind unschuldig«, entgegnete Helen. »Aber weshalb kommt Ihr zu mir? Ich habe keinen Einfluss auf die Gerichte – nicht in solch schwerwiegenden Fällen.«

Ich konnte mich des Gefühls nicht erwehren, dass sie genau wusste, warum ich gekommen war und worum ich sie bitten würde. Aber sie wollte die Worte laut ausgesprochen hören – ein Eingeständnis meiner Machtlosigkeit.

In diesem Moment ging mir ein Licht auf. Seit dem Tag meiner Geburt hatte ich getan, was man von mir verlangte. Ich hatte geheiratet, als es mir befohlen wurde; ich hatte meine Kinder ohne Klage ausgetragen und beerdigt, nachdem sie eines frühen Todes gestorben waren. Ich hatte jungen Mädchen in den schmerzhaftesten Augenblicken der Geburtswehen so lange zugesetzt, bis sie den Namen des Kindsvaters preisgaben, und sie anschließend der Strafe des Auspeitschens ausgeliefert. Als mir nahegelegt wurde, einen Mörder ungeschoren davonkommen zu lassen, hatte ich mich widerspruchslos gefügt. Ich war die perfekte Ehefrau, Mutter und Hebamme.

Und mit welchem Ergebnis? Was hatte mir ein Leben der Gefügigkeit gebracht? Mein Neffe und mein Sohn sollten am Galgen enden, und ein Ratsherr und dessen Sucherin hatten gedroht, meiner Tochter dasselbe Schicksal zu bescheren. Mein Rang, mein Name, mein Wappenschild – das alles war nichts wert. Wäre ich als Mann zur Welt gekommen, hätte ich über York herrschen können, als größter Held, den die Stadt je gesehen hätte. Aber weil ich eine Frau war, würde Joseph das Leben zerstören, das ich mir aufgebaut hatte, und innerhalb des gesetzlichen Rahmens gab es nichts, womit ich ihn daran hindern könnte.

»Ich brauche Eure Hilfe, um in das Gefängnis an der Ouse-Brücke einzubrechen«, sagte ich.

Helen nickte. Sie hatte schon vor Jahren dieselbe harte Lektion gelernt wie ich, und es war keine Genugtuung für sie, dass auch ich endlich die bittere Wahrheit erkannt hatte.

»Es wird Euch einiges kosten«, bemerkte sie. Ich wusste nicht, ob sie den Betrag meinte, den ich zu zahlen hatte, oder die Folgen, die ein solcher Schritt für mich haben würde.

»Ich habe keine Wahl«, sagte ich. »Ich werde außerdem

Hilfe dabei brauchen, sie nach ihrer Flucht zu verstecken und aus der Stadt zu schmuggeln.«

»Ihr habt an alles gedacht«, erwiderte Helen. »Gebt mir einen Moment Zeit.« Sie winkte Stephen Daniels zu sich, und die beiden zogen sich aus dem Salon zurück. Martha und ich warteten in unruhigem Schweigen. Nach einigen Minuten kehrte Helen allein zurück.

Ohne lange Vorrede nannte sie den Preis für ihre Hilfe. Er war hoch, aber angesichts des Ausmaßes meiner Bitte schien er gerechtfertigt.

»Ich werde etwas Kleidung und Geld für Will und Tree in meinen Stall legen«, sagte ich. »Es wird für ihre Bedürfnisse ausreichen, bis sie York verlassen.«

»Gut«, sagte Helen. »Ich richte es Stephen aus. Und jetzt geht Ihr am besten nach Hause und bleibt dort. Heute Abend solltet Ihr Freunde zum Essen einladen, je mächtiger, umso besser. Mr. Hodgson wird Euch zweifellos verdächtigen, und Ihr solltet Zeugen haben, die Euch ein Alibi geben können. Ich lasse Euch wissen, wenn alles erledigt ist.«

Das war ein guter Rat, und schon auf dem Heimweg stellten Martha und ich eine Gästeliste zusammen. Ich hatte keine Ahnung, wie ich ruhig und gelassen bleiben sollte, wenn Wills und Trees Leben auf dem Spiel stand, aber was blieb mir anderes übrig?

Dann erreichte dieser verrückte Tag seinen verrückten Höhepunkt, als Martha und ich in mehrere Läden gingen, um alles einzukaufen, was wir für den Abend brauchten. In was für einer Welt lebten wir bloß, wenn wir bei all den Leben, die in Gefahr schwebten, an Essen und Trinken denken mussten!

Zu Hause angekommen, packte ich Kleidung, Decken und Geld für Will und Tree in eine Stofftasche, die ich in meinem Stall neben die Futterkrippe legte.

Hätte man mich am nächsten Morgen gefragt, wer zum Abendessen gekommen war, hätte ich kaum darauf antworten können. Ich denke, ich hatte Freunde von George Breary mitsamt ihren Ehefrauen eingeladen, und dazu wahrscheinlich noch ein, zwei Frauen, bei denen ich Geburtshilfe geleistet hatte, aber mit Sicherheit wüsste ich es nicht. Genauso wenig könnte ich sagen, worüber wir geredet haben oder was auf den Tisch kam.

Nachdem die Gäste gegangen waren, lag ich stundenlang wach, manchmal betend, manchmal dem Wind lauschend, der draußen an meinem Fenster vorbeipfiff. Einige Male glaubte ich Schüsse zu vernehmen, aber ich wusste, dass ich viel zu weit von der Ouse-Brücke entfernt wohnte, um etwas zu hören, falls die Flucht misslungen war. Die Nachricht von Wills oder Trees Tod würde mich morgens mit einem Klopfen an meiner Tür erreichen, nicht durch nächtliche Schüsse.

Noch weit vor Sonnenaufgang verließ ich mein Schlafgemach und ging in die Küche, wo Martha damit beschäftigt war, Teig zu kneten und zu Brotlaiben zu formen. Ich hatte den Eindruck, dass auch sie keinen Schlaf gefunden hatte. Wortlos trat ich zu ihr und half ihr bei der Arbeit. Zusammen backten wir genug Brot, um die Armen der Pfarre eine Woche lang durchzufüttern. Ich wusste nicht, ob Martha betete – ich bezweifelte es –, aber wenn es je einen Zeitpunkt gegeben hatte, einen liebenden und großmütigen Gott anzurufen oder zumindest auf seine Existenz zu hoffen, dann war er jetzt gekommen.

Während die Sonne am Himmel allmählich höherstieg, saßen Martha und ich unruhig und erschöpft im Speisezimmer. Ich fühlte mich haargenau wie ein werdender Vater, der ängstlich das Ergebnis einer schweren Geburt erwartet. Bald würde sich eine Tür öffnen, und jemand würde mir die Nachricht von Leben oder Tod überbringen.

Als endlich das Klopfen ertönte, das ich ebenso gefürchtet wie erhofft hatte, rannten Martha und ich zur Tür, aber Elizabeth hüpfte die Treppe herunter und war vor uns da. Sie öffnete und stieß einen kleinen Schrei aus.

Vor uns stand Stephen Daniels und lehnte sich schwer an den Türpfosten. Obwohl er in einen dicken Wollumhang gehüllt war, ließ seine tödliche Blässe keinen Zweifel daran, dass er schwer verletzt war. Martha und ich schoben uns an Elizabeth vorbei, legten Stephens Arme auf unsere Schultern und schleppten ihn in den Salon, bevor Martha zurücklief und die Tür zuwarf.

»Ist mir jemand gefolgt?«, fragte Stephen. Seine Stimme war kaum mehr als ein Flüstern, und in seinem geschwächten Zustand schien er ein ganz anderer Mensch zu sein als der, den wir am Vortag gesehen hatten.

»Auf der Straße war niemand«, antwortete Martha. »Einstweilen seid Ihr in Sicherheit.«

Stephen schloss die Augen, und sein Körper entspannte sich. Ob er schlief oder ohnmächtig geworden war, wusste ich nicht, aber es war klar, dass er nicht ansprechbar war und auch nicht so bald wieder zu sich kommen würde. Ich konnte nur hoffen, dass er erzählen würde, was passiert war, wenn er die Besinnung wiedererlangt hatte.

»Hier unten können wir ihn nicht lassen«, sagte ich. »Ruf Hannah! Sie muss uns helfen, ihn nach oben zu tragen.«

Ich dachte fieberhaft nach, als wir zu dritt Stephens leblosen Körper die Treppe hinaufschleppten. Ich hatte Angst um Will und Tree und fragte mich, ob wir mit einem Besuch der Stadtwache rechnen durften. Wie sollte ich den verwundeten Mann – oder womöglich Leichnam! – in einem meiner Schlafzimmer erklären?

Halb trugen, halb zerrten wir Stephen in das Zimmer, in

dem Tree normalerweise übernachtete, und legten ihn aufs Bett. Als ich Stephens Umhang zurückschlug, sah ich, dass sein Wams von Blut durchtränkt war. Martha lief hinaus und kam gleich darauf mit einer Schere wieder. Während sie Stephens Kleidung aufschnitt, wandte ich mich an Hannah.

»Sperr die Türen ab, und zieh die Vorhänge zu«, befahl ich. »Wenn jemand klopft, geh nicht zur Tür. Wir sind nicht da.«

Hannah nickte. Ihre Miene war so unbewegt, als hätte ich sie gebeten, ein Hähnchen zuzubereiten.

»Dann musst du Wasser kochen! Und bring Elizabeth nach oben in die Dachkammer«, rief ich ihr nach. »Pass bitte auf sie auf, während Martha und ich uns um unseren … Gast kümmern.«

Ich drehte mich wieder zu Stephen um. Martha hatte ihm seine Sachen ausgezogen, die jetzt als blutiger Stapel auf dem Boden lagen. Ich schnappte vor Schreck nach Luft, als ich seinen nackten Oberkörper sah, der mehr Blut als Haut zu sein schien. Zusammen mit Martha untersuchte ich Stephen; die meisten Wunden waren oberflächlich, aber einige mussten genäht werden. Martha flitzte ohne ein Wort aus dem Zimmer und kam mit meinem Nähkörbchen und einem Packen Leinen zurück.

»Wir müssen die Verbandstreifen in Essig tauchen, bevor wir sie auflegen«, sagte ich.

»Ich weiß. Ich habe früher bei meinem Bruder mehr als eine Wunde verbunden«, erwiderte sie. »Wenn man Safran dazugibt, heilen sie noch schneller.« Safran war unvorstellbar teuer, aber ich nickte zustimmend.

Die nächste Stunde arbeiteten Martha und ich uns von einer Wunde zur nächsten vor, säuberten, nähten und verbanden. Wie aus der Ferne hörte ich, dass es an unserer Tür klopfte, achtete aber nicht darauf. Martha und ich waren beide mit

Stephens Blut verschmiert, und so durfte niemand uns sehen, egal wer.

Als wir fertig waren, wickelten wir Stephen beinahe von der Taille bis zum Hals in Leinen. Martha zog ihm noch die Bettdecke bis ans Kinn, dann traten wir beide einen Schritt zurück.

»So gesehen könnte er auch an Wechselfieber leiden«, meinte Martha.

»Und genau das werden wir der Stadtwache sagen, wenn sie unser Haus durchsuchen will«, erwiderte ich. »Sie werden so nahe herangehen, wie wir jetzt, aber mit Sicherheit nicht näher. Gib ihm ein bisschen Caudle, wenn er aufwacht. Wenn er Frauen guttut, die viel Blut verloren haben, warum nicht auch einem Mann?«

»Ich bereite gleich welchen zu.« Martha machte eine Pause. »Was ist mit Will und Tree? Wir sollten zu Helen Wright gehen.«

»Das wird warten müssen«, sagte ich. »Ich muss hierbleiben, bis die Wachtmeister kommen, und nach allem, was passiert ist, kann ich dich nicht allein durch die Stadt ziehen lassen.«

»Ihr wisst, dass ich auf mich aufpassen kann«, entgegnete Martha.

»Mit einem Trupp der Stadtwache wirst du nicht fertig. Es ist schon genug Blut geflossen.« Hoffentlich nicht das Blut von Will und Tree, betete ich insgeheim. »Komm, ziehen wir uns um. Wenn wir behaupten wollen, dass Stephen an Wechselfieber leidet, können wir nicht in blutigen Kleidern an die Tür gehen.«

Wir mussten nicht lange auf die Ordnungskräfte warten. Diesmal klopften sie nicht, sondern droschen so fest gegen die Tür, dass sie in den Angeln bebte. Ich blickte Martha an und zog fragend eine Augenbraue hoch. Sie nickte. Wir waren bereit.

Ich stieg die Treppe hinunter und riss die Haustür auf. »Was hat das zu bedeuten?«, wetterte ich. Der Wachtmeister, der auf der Schwelle stand und gerade erneut klopfen wollte, starrte mich offenen Mundes an. »Was soll das?«, fuhr ich ihn an. »Wenn Ihr meine Tür einschlagen wollt, solltet Ihr einen guten Grund dafür haben!«

Nach einigem Gestammel fand der Mann seine Stimme wieder. »Mylady, wir sind wegen Eures Neffen hier«, sagte er. Hinter ihm standen zwei Büttel, die genauso große Augen machten wie ihr Vorgesetzter.

»Ich habe zwei Neffen«, gab ich zurück. »Und keiner von beiden ist hier.«

Ich wollte die Tür schließen, aber so leicht ließ der Mann sich nicht abfertigen.

»Ich habe Befehl, Euer Haus zu durchsuchen, Mylady. Vom Lord Mayor.«

Ich dachte kurz nach. Wenn ich ablehnte, würde ich umso größere Aufmerksamkeit auf mein Haus lenken, und der Mann würde bestimmt mit mehr Leuten wiederkommen, um sich gewaltsam Zutritt zu verschaffen. »Also gut«, sagte ich schließlich. »Aber Ihr müsst mir sagen, warum.«

Ein Ausdruck der Erleichterung huschte über das Gesicht des Wachtmeisters. »Ich weiß es nicht«, gestand er. »Ich wurde auf die Suche nach Eurem Neffen geschickt. Alle Wachleute und Büttel der Stadt müssen nach ihm suchen.«

»Ist er denn nicht im Brückengefängnis?«, fragte ich. In diesem Moment wünschte ich mir nichts sehnlicher als Marthas Gabe der Verstellung. Ich fühlte mich so auffallend wie eine frisch geprägte Münze – blank und schimmernd, scharf an den Rändern und unübersehbar.

»Anscheinend nicht, sonst müsste ich ihn nicht hier suchen, oder? Ihn und einen Jungen. Mehr weiß ich nicht, und mehr muss ich auch nicht wissen.«

Mein Herz raste. Das bedeutete, dass Will und Tree geflohen waren! Ich versuchte, meine Freude zu verbergen.

»Dann kommt herein aus der Kälte«, forderte ich ihn auf. »Er ist nicht hier, aber ich werde Euch nicht in der Ausübung Eurer Pflicht behindern. Vielleicht fangt Ihr mit dem Stall an.« Die Worte waren kaum über meine Lippen, als ich erstarrte. Bei all der Aufregung hatte ich die Tasche mit den Sachen, die ich für Will dort hingelegt hatte, völlig vergessen. War sie noch da? Ich würde es bald genug erfahren.

Mit bemüht unbewegter Miene führte ich den Wachtmeister und seine Männer in die Küche und von dort auf den Hof hinter meinem Haus. Sie überquerten ihn und verschwanden im Stall. Mit angehaltenem Atem wartete ich auf ihre Rückkehr. Mein Magen schnürte sich zusammen, und ich stieß einen leisen Fluch aus, als ich sah, dass der Wachtmeister die Tasche in der Hand hielt.

»Eine Frage, Mylady«, rief er mir zu.

19.

Mir schwirrte der Kopf, als ich nach einer plausiblen Erklärung für die Sachen suchte.

»Was ist denn los?«, fragte Martha, die gerade in die Küche kam. Ich zeigte mit einer Kopfbewegung auf den Wachtmeister. Martha fluchte, als sie die Tasche in seiner Hand sah.

»Die hatte ich ganz vergessen!«, stieß sie hervor. »Was sollen wir ihm erzählen?«

»Keine Ahnung«, erwiderte ich. Ich konnte sehen, wie ihre Gedanken sich beinahe überschlugen, als der Wachtmeister die Stufen zur Küchentür erklomm. Ich flehte Gott an, Martha möge etwas einfallen.

»Mylady«, sagte der Wachtmeister. »Diese Tasche habe ich in Eurem Stall gefunden. Sie enthält außer Kleidungsstücken für einen Mann und einen Jungen noch fünfzig Schilling. Was geht hier vor?«

»Sir, ich habe die Tasche dort hingelegt«, warf Martha ein. »Vor seiner Verhaftung hat Mr. Hodgson – der, den Ihr sucht, nicht der Ratsherr – mir das Geld gegeben und mich gebeten, es mit den Kleidern in eine Tasche zu packen.«

»Martha!« Meine Überraschung war echt, wenn auch nicht aus dem Grund, den der Wachtmeister vermutete.

»Keine Sorge, Mylady«, versuchte er mich zu beruhigen. »Ich kann mir nicht vorstellen, dass Ihr dabei Eure Hand im Spiel hattet. Eure Magd ist es, die eine Erklärung abgeben muss.«

»Ja, die würde ich auch gern hören«, sagte ich und dankte

insgeheim dem Herrn, dass der Wachtmeister das Lächeln, das sich in meine Stimme geschlichen hatte, nicht zu hören schien.

»Wann hat er dich darum gebeten?«, wollte der Wachtmeister von Martha wissen.

»Am Tag, bevor er verhaftet wurde, Sir.« Martha war ganz Beflissenheit.

»Das muss dir doch verdächtig vorgekommen sein.« Jetzt lag ein wenig Schärfe in der Stimme des Konstablers. »Warum hast du es trotzdem getan?«

»Ich hab mich nicht getraut, ihm den Gehorsam zu verweigern. Die Hodgsons sind sehr mächtig. Ihr wisst doch, wie sein Bruder ist. Was hätte ich sonst tun sollen?«

Der Wachtmeister musterte sie aus schmalen Augen. »Und als er ins Gefängnis kam, hast du die Tasche einfach dort liegen lassen? Mit mehr als zwei Pfund in Silbermünzen?«

»Ich hab getan, was er mir aufgetragen hatte«, antwortete Martha und senkte den Blick. Wer konnte einem Dienstmädchen bedingungslosen Gehorsam zum Vorwurf machen?

»Und warum solltest du Sachen für einen Jungen einpacken?«, wollte der Wachtmeister wissen.

»Das weiß ich nicht, Sir, und ich hab auch nicht gefragt. Vielleicht wollte er den Jungen mitnehmen, aber das ist ja nicht meine Sache.«

Der Wachtmeister grunzte und reichte mir die Börse mit Münzen, die er in der Tasche gefunden hatte. »Nehmt das lieber an Euch, Mylady. Ich muss Mr. Hodgson und dem Lord Mayor mitteilen, was ich gefunden habe.«

»Verstehe«, erwiderte ich. Dann holte ich tief Atem. Jetzt begann der zweite und gefährlichere Teil unserer kleinen Vorführung. »Möchtet Ihr den Rest des Hauses sehen? Trotz der Dinge, die Ihr im Stall gefunden habt, habe ich nichts zu verbergen.« Ich konnte mir denken, dass er das gesamte Haus durchsuchen wollte, und hielt es für besser, es ihm selbst vorzuschlagen, bevor er darum bat.

»Danke, Mylady«, sagte er, und ich führte ihn nach oben. Wir gingen von Zimmer zu Zimmer. Er warf einen kurzen Blick in mein Gemach und in die Kammer von Elizabeth, bevor wir zu der Tür kamen, hinter der Stephen Daniels lag. Ich blieb stehen.

»Der Mann in diesem Zimmer ist sehr krank«, sagte ich.

»Ihr habt gar nichts davon erwähnt, dass ein Mann bei Euch im Haus ist. Wer ist es?«, wollte der Wachtmeister wissen. Der scharfe Ton, in dem er mit Martha geredet hatte, war wieder da, und ich wusste, dass sein Misstrauen geweckt war.

»Ihr habt nicht gefragt, wer noch hier ist. Ihr habt nach Will Hodgson gefragt, und das ist er nicht«, antwortete ich. »Der Mann ist ein Cousin von mir aus Hereford, der vor Kurzem hierhergekommen ist. Die Reise war anstrengend, und er leidet an Wechselfieber. Ich weiß zwar nicht, wie gefährlich es ist, aber Ihr dürft gern eintreten.« Ich machte eine Pause. »Ich glaube eigentlich nicht, dass es ansteckend ist.«

Das erschrockene Gesicht des Wachtmeisters verriet mir, dass meine Worte die gewünschte Wirkung erzielt hatten. Ich öffnete die Tür und bedeutete ihm einzutreten. Der Mann spähte ins Zimmer, ohne die Schwelle zu überschreiten.

»Euer Cousin, Mylady?«, fragte er.

»Ja«, erwiderte ich. »Und wie Ihr seht, ähnelt er meinem Neffen ganz und gar nicht.«

Der Wachtmeister nickte und trat zurück. »Gibt es noch mehr Zimmer?«

Ich führte ihn durch die restlichen Räume, einschließlich der Dachkammern von Martha und Hannah. Der Wachtmeister fand natürlich nichts, was seinen Verdacht erregte, und so konnte ich ihn bald wieder seiner Wege schicken.

»Mein Gott«, flüsterte Martha, als sich die Tür hinter ihm schloss.

»Allerdings«, gab ich zu. »Das war wirklich knapp.«

»Glaubt Ihr, unsere Geschichte wird standhalten?«

»Nicht, wenn sich jemand die Mühe macht, sie näher unter die Lupe zu nehmen. Ich bin mir nicht sicher, wie ich die Verbände meines ›Cousins‹ erklären sollte. Wechselfieber verursacht normalerweise keine derartigen Blutungen.«

»Jetzt müssen wir Will und Tree finden«, sagte Martha, »und sie aus der Stadt schaffen.«

*

Das Problem war natürlich, dass wir keine Ahnung hatten, wo wir die beiden suchen sollten. Stephen Daniels war zwar in der Lage, ein wenig von Marthas Caudle zu schlucken, und er schien nicht mehr in Lebensgefahr zu sein, kam aber nie lang genug zu sich, um uns nützliche Informationen zu geben. Unsere beste und vielleicht einzige Chance, Will und Tree aufzuspüren, ergab sich durch Helen Wright. Martha und ich rüsteten gerade zum Aufbruch, als Hannah von oben nach uns rief. Ich fand sie in Elizabeths Zimmer, das zur Straße ging. Hannah stand am Fenster und spähte in Richtung Stonegate.

»Was ist?«, fragte ich.

»Mir ist ein Mann aufgefallen, der seit ungefähr einer Stunde in der Gasse dort steht.«

Ich schaute in die Richtung, in die sie zeigte, sah aber nur eine leere Straße.

»Wartet einen Moment, dann seht Ihr's«, sagte sie. »Alle paar Minuten steckt er den Kopf um die Ecke und starrt auf unser Haus. Er verkauft nichts, und er tut nichts. Er steht bloß da und guckt.«

Ich wartete kurz, und tatsächlich: Wie Hannah behauptet hatte, tauchte hinter der Ecke eine Gestalt auf, die sich gleich darauf wieder in die Gasse zurückzog. Ich war mir nicht sicher, hatte aber für einen Moment den Eindruck, dass es Mark Preston war. Ich ging sofort zu Martha.

»Wir werden beobachtet«, sagte ich und beschrieb ihr den Mann. »Wenn wir das Haus verlassen, wird er uns ganz sicher folgen.«

»Und wir dürfen nicht dabei gesehen werden, wie wir zu Helen Wright gehen«, sagte Martha. »Beobachtet auch jemand die Gasse hinter dem Haus?«

»Das weiß ich nicht, aber es wäre dumm, davon auszugehen, dass wir einfach durch die Hintertür schlüpfen können.«

Ich dachte über das Hindernis nach, das sich uns in den Weg stellte. Als mir die Lösung einfiel, legte sich ein Lächeln auf mein Gesicht.

»Stöbere in den Schränken und suche uns zwei zerlumpte Mäntel heraus«, wies ich Martha an. »Je zerschlissener, desto besser. Reiß die Nähte auf, wenn es sein muss, aber sorge dafür, dass wir wie Bettler aussehen. Ich erkläre dir alles, während wir uns umziehen.«

*

Martha und ich huschten zur Hintertür hinaus in den Hof zwischen Haus und Stall. Die Mauer, die mein Grundstück von dem meines Nachbarn trennte, war ungefähr zweieinhalb Meter hoch, also rollten wir ein leeres Fass über den Hof. Martha stieg hinauf, erklomm, ohne zu zögern, die Mauer und zog mich hoch. Ich hörte Stoff reißen, als ich im Hinterhof meines Nachbarn George Chapman landete, achtete aber nicht darauf, denn jeder Riss machte meine Verkleidung glaubwürdiger.

Wir liefen zur Hintertür, und ich klopfte energisch an. Gleich darauf erschien George Chapman, das Gesicht so rot, als wäre er einem Schlaganfall nahe. Er war seit meiner Ankunft in York mein Nachbar und ein beharrlicher Dorn in meinem Fleisch. Selbst der wohlwollendste aller Sterblichen hätte ihn als einfältigen Toren bezeichnet. Ich hingegen, die nicht von der Milch der frommen Denkungsart durchtränkt war, nannte ihn stattdessen den größten Dummkopf von ganz York. Jetzt spähte er durch das kleine Fenster und versuchte sich zu erklären, wie zwei Bettlerinnen in seinen Hinterhof gelangt waren.

»Mr. Chapman, ich bin es, Lady Hodgson«, rief ich. »Öffnet die Tür!«

Völlig verwirrt von dieser Wendung, kniff er die Augen zusammen und glotzte mich an.

»Um Himmels willen!«, seufzte Martha, streckte die Hand aus und drehte am Türknopf. Zu Chapmans Überraschung und Entrüstung schwang die Tür auf, und Martha und ich huschten an ihm vorbei in die Küche. Chapman spuckte und blubberte, fand aber keine Worte, die der Situation angemessen waren. Eine seiner Mägde, ein schmales, blasses Mädchen, starrte uns völlig verdutzt an.

»Hallo, Betty!«, rief Martha. »Wir müssen gleich weiter.«

Dicht gefolgt von Chapman, der immer noch an seiner Empörung würgte, liefen Martha und ich durchs Haus zur Eingangstür, wo wir kurz stehen blieben, um uns in unsere Umhänge zu wickeln, bevor wir hinaustraten. Aus dem Augenwinkel sah ich, wie aus der Gasse eine Gestalt auftauchte und angestrengt in unsere Richtung starrte. Ich drehte mich zu Chapman um, der jetzt in der Tür stand und über unser plötzliches Erscheinen und sofortiges Verschwinden außer sich zu sein schien.

»Herzlichen Dank, Sir!«, rief ich. »Die armen Witwen der Pfarre St. Helen werden Euch für Eure Großzügigkeit ewig dankbar sein!« Martha und ich knicksten ehrerbietig und wandten uns in Richtung Stonegate. Ich täuschte ein Hinken vor, indem ich ein Bein nachzog, und Martha ging mit so gebeugtem Rücken, als trüge sie die Last der ganzen Welt auf ihren Schultern. Zusammen gaben wir ein altes, gebrechliches Paar ab – hofften wir wenigstens.

Martha und ich schauten unverwandt nach vorn, als wir an der Gasse mit dem Beobachter vorbeigingen. Auf der Stonegate bogen wir nach links ab und schlüpften in einen Krämerladen. Jetzt würden wir bald wissen, ob der Spion uns erkannt hatte. Wir spähten durch ein Fenster zu meiner Straße und atmeten nach einem Moment erleichtert auf. Niemand war uns gefolgt.

»Gut gemacht«, lobte Martha. »Eine solche Durchtriebenheit hätte ich von einer Edelfrau nicht erwartet.«

»Ich hatte eine gute Lehrerin«, gab ich zurück. »Und jetzt auf zu Helen Wright!«

Der Rest des Weges verlief ereignislos, bis wir zum Micklegate Bar kamen. Noch bevor das Tor zu sehen war, merkten wir, dass etwas nicht stimmte, da Fuhrwerke auf dem Weg aus der Stadt über hundertfünfzig Fuß Schlange standen. Als wir die Gefährte überholten, entdeckten wir, worin das Problem bestand. Mitglieder der Stadtwache durchsuchten jeden Wagen und befragten alle Männer, die aus der Stadt wollten. Jeder Zweifel an dem Grund für dieses Vorgehen schwand, als wir sahen, wie ein Mann und ein Junge von ihrem Wagen gezerrt wurden.

»Mein Name ist John Harris!«, protestierte der Mann, als wir vorbeigingen. »Und das ist mein Sohn!«

Der Wachmann gab seinem Sergeant, der näher beim Tor stand, ein Zeichen. Der Sergeant musterte den Mann und schüttelte den Kopf. »Das ist er nicht«, rief er. »Lass sie gehen.«

Martha und ich bahnten uns einen Weg durch das Gewirr von Fuhrwerken, Pferden und Menschen und konnten problemlos passieren. Sie suchten Will und Tree, nicht zwei betagte Witwen.

Sowie wir das Tor hinter uns hatten, schritten wir schneller aus. Bei Helens Haus angelangt, klopfte ich leise an die Tür, um nicht die Aufmerksamkeit neugieriger Nachbarn oder Passanten zu erregen. Helens Dienstmädchen machte auf.

»Was wollt Ihr?«, fragte sie. »Falls es Brot ist, geht zur Hintertür.«

Ich zog mein Tuch herunter, um ihr mein Gesicht zu zeigen. »Ich bin Lady Bridget Hodgson. Ich möchte Mrs. Wright sprechen.«

Das Dienstmädchen starrte mich erschrocken an, bevor es uns einließ. »Tut mir leid, Mylady«, stammelte sie. »Aber Eure Sachen …«

»Keine Bange«, erwiderte ich mit einem gezwungenen Lächeln. »Da ich sie nur angezogen habe, um von niemandem erkannt zu werden, kann ich dir wohl kaum einen Vorwurf machen.«

Als Helen zu uns in den Salon trat, sah ich ihr an, dass sie genauso beunruhigt war wie wir. »Was ist geschehen?«, fragte sie. »Stephen ist letzte Nacht nicht zurückgekehrt.«

»Einstweilen ist er bei mir zu Hause und in Sicherheit«, antwortete ich. »Er ist verwundet, aber wenn es zu keiner Infektion kommt, wird er sich vollständig erholen.«

Helen entspannte sich sichtlich bei dieser Neuigkeit, und ich fragte mich, ob Stephen für sie vielleicht mehr als nur ein gewöhnlicher Diener war. Falls ja, hatte sie viel mehr aufs Spiel gesetzt, als mir bewusst gewesen war. Ein Gefühl tiefer Dankbarkeit erfüllte mich.

»Wisst Ihr, was aus Will und Tree geworden ist?«, fragte ich. »Die Wachtmeister suchen nach ihnen, daher wissen wir, dass sie nicht gefasst wurden, aber abgesehen davon ...«

»Beide sind wohlauf und in Sicherheit«, erwiderte Helen. »Sie sind noch in der Stadt, aber gut versteckt.«

Ein Schluchzen entrang sich Martha, und ich sprach ein Dankgebet. Warum Gott ausgerechnet diesen Tag gewählt hatte, um Milde zu zeigen, wusste ich nicht. Aber ich würde erst glauben, dass Er wirklich ein Gott der Gnade war, wenn Will und Tree unversehrt aus York entkommen waren.

»Woher wisst Ihr, dass sie in Sicherheit sind?«, fragte ich. »Wenn Stephen bei mir ist ...«

»Stephen hatte Ezra bei sich«, entgegnete Helen. »Er ist letzte Nacht ohne Stephen zurückgekommen.«

»Was ist passiert?«

»Es lief nicht ganz nach Plan. Stephen und Ezra waren mit Messern und Pistolen bewaffnet. Sie gingen davon aus, dass die Wachposten ihre Überlegenheit erkennen und sich ergeben würden.«

»Aber das taten sie nicht«, sagte Martha.

»Nein, und es waren mehr als erwartet. Einer von ihnen zog sein Schwert, und es wurde geschossen. Danach war die Hölle los.«

»Wie hoch war der Preis?« Ich wusste selbst nicht, ob ich die Antwort hören wollte.

»Zwei Wachposten sind tot, zwei verwundet. Als keine Schüsse mehr fielen, hat Ezra Will und den Jungen auf Stephens Befehl in eine meiner Wohnungen gebracht, wie ursprünglich geplant. Dann gingen sie getrennte Wege. Ezra versteckte Will und den Jungen, während Stephen zu Euch fand. Danke, dass Ihr ihm geholfen habt.«

Diese Nachricht musste ich erst einmal verdauen. In meine Erleichterung, dass Will und Tree in Sicherheit waren, mischte sich Entsetzen über den Preis für ihre Freiheit. Ich spürte, wie mir übel wurde, und rannte in die Küche, wo ich alles, was ich an diesem Tag gegessen hatte, in einen Kübel erbrach. Als ich alles von mir gegeben hatte, fühlte ich, wie mir jemand auf die Beine half. Ich drehte mich um und sah Martha vor mir. In ihren Augen lag so viel Mitgefühl, dass es mich schier überwältigte. Schluchzend sank ich in ihre Arme.

»Zwei Männer sind tot«, brachte ich hervor, als ich wieder zu Atem kam. »Wegen mir, wegen meiner Entscheidung, wegen des Geldes, das ich gezahlt habe, sind zwei Männer tot. Sie haben nichts Unrechtes getan, und ich habe sie getötet.«

»Und zwei andere Männer – die ebenfalls unschuldig sind, wohlgemerkt – haben jetzt die Chance, am Leben zu bleiben«, sagte Martha ruhig. »Es gab keine andere Möglichkeit, Will und Tree zu retten. Zwei Menschen hätten auf jeden Fall sterben müssen, entweder Tree und Will oder die beiden Männer, die Ihr nicht gekannt habt. Tree und Will gehören zu Euch, und Ihr wart es ihnen schuldig, sie zu schützen. Ihr konntet nicht anders handeln.«

Martha ging zu Helen zurück, während ich in der Küche blieb und über ihre Worte nachdachte. Ich dachte an die Männer der Stadtwache, die sterben mussten, damit Will und Tree leben konnten. Sie hatten keine Sünde begangen. Sie waren weder Josephs Gefährten noch Verbündete. Vielleicht hatte ich sogar ihre Frauen von ihren Kindern entbunden. Ich vertiefte mich in Gebete für die Toten, die Verwundeten und ihre

Familien, aber schon bald wandten sich meine Gedanken wieder Will und Tree zu, und meine Gebete um Vergebung wurden zu Danksagungen. Nach einigen Minuten – so schien es mir jedenfalls – kehrte Frieden in mein Inneres ein. Gott war unerforschlich, aber Er hatte entschieden, dass Will und Tree nicht hängen sollten, und dafür war ich dankbar.

Ich weiß nicht, wie lange ich in Helens Küche blieb oder was sie von meinem plötzlichen Zusammenbruch hielt. Als ich in den Salon zurückkehrte, warteten Helen und Martha auf mich, als wäre nichts Ungewöhnliches vorgefallen. Helen rief nach ihrem Dienstmädchen, das kurz darauf Gläser und Wein brachte. Ich wagte nicht, Helen in die Augen zu schauen, als ich den Wein trank.

»Ich weiß, wie Euch zumute ist, Lady Hodgson«, sagte Helen nach einer Weile. »Aber im Moment sollten wir uns eher mit der Zukunft als mit Vergangenem beschäftigen, damit Will und Tree nicht wieder gefasst werden.«

Ich schaute sie an und nickte. »Was sollen wir tun?«

»Zunächst müssen wir an unsere eigene Sicherheit denken«, erwiderte sie. »Auch unter den günstigsten Umständen wären die Wachtmeister erpicht darauf, Will und Tree aufzuspüren, aber angesichts ihrer zwei toten Kameraden werden sie toben vor Wut. Und wenn Joseph Hodgson erfährt, dass sein Bruder entflohen ist …« Sie verstummte.

»Lässt sein Zorn sich kaum ausmalen«, beendete ich den Satz.

»Waren die Wachtmeister schon bei Euch zu Hause?«, fragte Helen.

»Ja. Sie haben Stephen gesehen. Ich habe gesagt, er wäre mein Cousin und hätte Wechselfieber. Sie schienen sich damit zufriedenzugeben, aber …«

»Wer weiß, wie lange sich die Täuschung aufrechterhalten

lässt«, meinte Helen. »Wenn sie hören, dass jemand verwundet wurde, werden sie bald wiederkommen. Wir müssen Stephen so schnell wie möglich verstecken.«

»Am liebsten würde ich auch Elizabeth verstecken«, gestand ich.

Martha blickte mich überrascht an.

»Ich lasse sie nur ungern aus den Augen, aber wir haben keine andere Wahl«, fuhr ich fort. »Joseph wird sich rächen wollen, und wenn er bereit war, Tree als Hexer hinrichten zu lassen, wird er nicht zögern, dasselbe mit Elizabeth zu machen.«

»Wir können Stephen und Elizabeth beide in das Haus schicken, wo sich Will und Tree versteckt halten«, sagte Helen. »Es könnte ein bisschen eng werden, aber sie werden überleben.«

»Das dürfte nicht so einfach sein«, meinte Martha. »Josephs Männer beobachten unser Haus, und Stephen ist geschwächt.«

»Und nicht einmal ein Blinder könnte Elizabeth übersehen«, fügte ich hinzu. »Nicht bei ihren Haaren.«

Eine Zeit lang grübelten wir schweigend über das Problem nach, das sich uns in den Weg stellte. Auf einmal fiel mir aus heiterem Himmel eine Lösung ein.

»Elizabeth wird nicht begeistert sein«, sagte ich, »aber wenn wir Stephen wieder auf die Beine bekommen, weiß ich, wie wir sie in Sicherheit bringen können.«

»Stephen ist stärker, als Ihr ahnt«, sagte Helen. »Ihr werdet staunen, wie schnell er sich erholt.«

»Hoffentlich schnell genug«, meinte ich.

»Ich sage Euch nicht, wo sich Will und der Junge verstecken«, erklärte Helen. »So ist es sicherer für uns alle. Stephen weiß Bescheid und kann von Eurem Haus dort hingehen.«

Martha und ich hüllten uns in unsere zerschlissenen Umhänge und wandten uns zum Gehen.

»Gebt mir Nachricht, wenn die beiden unbeschadet aus Eurem Haus sind«, sagte Helen. »Der nächste Schritt ist dann, sie heimlich aus der Stadt zu schaffen.«

»Danke, Helen«, entgegnete ich. »Für alles, was Ihr für mich und die Meinen getan habt.« Ich entschuldigte mich nicht für die schroffen Worte, die ich in der Vergangenheit geäußert hatte, denn ich glaubte nicht, dass es nötig war.

Sie nickte und schloss hinter uns die Tür.

»Elizabeth und Stephen Daniels zu verstecken wird die Lage nicht entspannen«, meinte Martha, als wir Richtung Micklegate Bar wanderten, »sondern lediglich Josephs Chance auf Vergeltung verringern. Wenn er Tree oder Will nicht hängen und Elizabeth nicht mehr bedrohen kann, wird er sich Euch vornehmen.«

»Uns beide«, verbesserte ich sie und dachte kurz nach. Es schien nur eine Möglichkeit zu geben. »Wenn Elizabeth erst einmal in Sicherheit ist, verlassen Hannah, du und ich York und ziehen uns auf meine Besitzungen im Süden zurück.«

Natürlich würde es ein überstürzter und würdeloser Aufbruch sein, und der Gedanke, jene Stadt zu verlassen, die mir inzwischen zur Heimat geworden war, machte mir arg zu schaffen. Aber in Hereford wären wir in Sicherheit, und nur darauf kam es mir an.

Martha und ich eilten durch das Tor in die Stadt. Die Stadtwache war immer noch damit beschäftigt, Fuhrwerke zu durchsuchen und sämtliche Männer und Jungen zu befragen, die aus der Stadt wollten. Ich betete, Gott möge Seine schützende Hand über Will und Tree halten, bis sie fliehen konnten.

Als Martha und ich von der Stonegate in meine Straße

bogen, zogen wir unsere Kapuzen tief herunter, um unsere Gesichter zu verbergen. Aus dem Augenwinkel erspähte ich einen Mann, der offensichtlich den Auftrag hatte, mein Haus zu beobachten. Er beachtete uns nicht, als wir vorbeigingen.

Als wir dann vor der Tür standen, griff ich nach der Klinke, doch Martha hielt mich zurück. »Bettler klopfen an«, erinnerte sie mich.

Trotz der dramatischen Ereignisse dieses Tages zauberte das Erstaunen, das auf Hannahs Gesicht erschien, als sie auf unser Klopfen hin öffnete, ein Lächeln auf meine Lippen. Martha und ich huschten ins Haus. Als ich über die Schulter einen Blick in die Gasse warf, in der unser Beobachter Wache hielt, war niemand zu sehen.

»Wie es scheint, sind wir seiner Aufmerksamkeit entgangen«, stellte ich fest. »Jetzt schauen wir erst einmal nach, wie es Stephen geht, und dann machen wir Pläne für seine Flucht.«

20.

Er ist vor Kurzem aufgewacht«, berichtete Hannah, als wir die Treppe hinaufstiegen. »Er hat einen halben Kapaun verputzt und einen Humpen Ale getrunken und ist wieder eingeschlafen. Ich habe seine Verbände überprüft und gewechselt. Wenn man bedenkt, was er durchgemacht hat, ist er ganz gut beisammen.«

Ich fand Stephen so vor, wie Hannah ihn beschrieben hatte, schlafend, aber längst nicht mehr so blass wie zuvor. Ich schlüpfte aus dem Zimmer, ohne ihn zu wecken.

»Mit ein wenig Glück ist er morgen früh auf den Beinen«, sagte ich. »Und jetzt müssen wir uns um Elizabeth kümmern. Ich bringe sie in die Küche.«

Elizabeth spielte in ihrem Zimmer mit ihrer kleinen Puppenfamilie, deren Mitglieder Martha, Hannah und Ma hießen. Hinzu kam eine kleinere Puppe, die ich selbst gemacht und mit Elizabeths eigenem Haar geschmückt hatte. Eine einzelne Gestalt in Männerkleidung – Will, nahm ich an – saß für sich allein. Ich betrat das Zimmer und setzte mich auf die Bettkante.

»Elizabeth, ich muss mit dir sprechen«, sagte ich.

Sie blickte von ihrem Spiel auf und lächelte mich mit einer Wärme an, mit der sie aus ganz England den Winter vertreiben hätte können. Dann sprang sie auf und setzte sich auf meinen Schoß.

»Hat Martha dir erzählt, warum im anderen Zimmer ein Mann im Bett liegt und schläft?«, fragte ich sie.

»Hannah hat mir gesagt, er ist dein Cousin und hat ein schlimmes Fieber«, antwortete sie. »Aber als ich drinnen bei ihm war und ihn auf die Stirn geküsst habe, war sie ganz kühl, nicht heiß. Geht es ihm besser?«

Die Vorstellung, wie dieses entzückende Kind einen Mann wie Stephen Daniels auf die Stirn küsste, um seine Temperatur zu überprüfen – so wie ich es bei ihr machte –, brachte mich zum Lächeln. Ich drückte sie liebevoll an mich.

»Er heißt Mr. Daniels, und es geht ihm wirklich schon besser«, sagte ich. »Aber es gibt da ein paar Dinge, die wir dir nicht erzählt haben.«

Elizabeth runzelte die Stirn, unterbrach mich aber nicht.

»Mr. Daniels hat Will aus dem Gefängnis geholt«, fügte ich hinzu.

»Wie bei Moses und den Israeliten!«, rief Elizabeth und sprang von meinem Schoß, offenbar außerstande, angesichts solch guter Nachrichten stillzusitzen. Ich hatte ihr vom Auszug der Israeliten aus Ägypten erzählt, und anscheinend suchte sie nun hier bei uns nach Vergleichbarem.

»Ja«, sagte ich. »Und jetzt versteckt er sich. Tree ist bei ihm.«

»Kommen sie bald nach Hause? Ich möchte sie beide so gern wiedersehen. Sie fehlen mir.«

»Ganz so einfach ist es nicht«, gestand ich und nahm sie wieder in die Arme. »Wenn es Mr. Daniels morgen gut genug geht, bringt er dich zu ihnen.«

»Was ist mit dir und Martha?«, fragte sie mit sorgenvoller Miene. Eine Mutter hatte sie bereits verloren, und natürlich hatte sie Angst, auch die nächste zu verlieren.

»Wir bleiben noch ein bisschen hier«, erwiderte ich. »Aber in ein paar Tagen machen wir eine Reise. Wir alle.«

»Wir alle?« Elizabeth strahlte.

»Wir alle«, bestätigte ich. »Aber erst mal braucht Martha dich in der Küche. Wir haben noch ein paar Dinge zu erledigen, bevor du gehst. Zuerst müssen wir dich in dein Hemd stecken.«

»Warum?«

»Wenn du zu Will und Tree willst, brauchst du eine Verkleidung.«

»Was für eine denn?«, fragte sie. »Mein Hemd ist keine Verkleidung.«

»Nein«, gab ich zu. »Wir werden dir die Haare schneiden und dich wie einen Jungen anziehen.«

Elizabeth blieb der Mund offen stehen. »Meine Haare schneiden? Ein Junge? Nein, nie!« Sie zappelte in meinen Armen, um sich aus meinem Griff zu befreien, aber ich ließ sie nicht los.

»Du musst«, sagte ich. »Es ist die einzige Möglichkeit. Stell dir einfach vor, so etwas wie ein Spion zu sein.«

Sich als Spion zu verkleiden gefiel Elizabeth viel besser als die Vorstellung, sich als Junge zu verkleiden. »Ein Spion? Für den König?« Ihr Gesicht war ernst geworden, und ich sah ihr an, dass sie ihre Aufgabe äußerst ernst nahm.

»Ja, für den König«, antwortete ich.

Elizabeth nickte, und wir gingen in die Küche, wo Martha bereits mit der Schere wartete. Es dauerte über eine Stunde, aber als wir fertig waren, schien Elizabeth ein ganz anderes Kind zu sein. Natürlich war sie genauso schön wie zuvor, aber als wir sie in Trees Sachen steckten und ihr einen schweren Umhang um die Schultern legten, sah sie tatsächlich wie ein Junge aus.

Dafür jedenfalls betete ich.

*

Am nächsten Morgen stand ich früh auf und schaute bei Stephen hinein. Er schlief noch, aber sein Atem ging jetzt kräftig und gleichmäßig. Helen hatte recht – dieser Mann war nicht so leicht umzubringen.

Martha und ich waren im Speisezimmer, als wir über uns Schritte hörten, die uns verrieten, dass Stephen auf den Beinen war. Wir fanden ihn in eine Decke gehüllt in seinem Zimmer vor.

»Was ist mit meinen Sachen?«, fragte er, kaum dass wir zu ihm hereinkamen.

»Die sind zu einem Häufchen Asche verbrannt.« Martha lachte. »An den Sachen klebte so viel Blut, dass sie nicht mehr zu retten waren. Und wenn die Wachtmeister sie hier bei uns gefunden hätten, wäre alles verloren gewesen.«

»Die Wachtmeister waren hier? Was ist mit Ezra, Will und dem Jungen?«

»Die sind in Sicherheit«, entgegnete ich, »und Ihr seid es auch. Wir haben den Wachtmeistern erzählt, Ihr wärt krank, deshalb haben sie Abstand gehalten.«

»Wirklich?«, fragte er mit einem Lächeln. »Gut gemacht! Ich habe mir eingebildet, Stimmen zu hören, wusste aber nicht, ob es ein Traum war.«

»Trotzdem müssen wir euch jetzt alle aus der Stadt schaffen«, erklärte ich. »Und der erste Schritt ist, Euch und Elizabeth zu verstecken.«

»Dann brauche ich etwas zum Anziehen«, sagte Stephen.

Natürlich waren die einzigen Männersachen, die wir hatten, die von Will, und da Stephen nicht gerade klein war, erforderte es einige Mühe, ihn hineinzuzwängen. Ich musste ein Wams am Rücken aufschneiden, damit es sich vorn zuknöpfen ließ – ein Umhang würde den Schnitt verbergen –, und Wills Hosen dehnen, bis sie knapp vor dem Reißen waren. Wenn Stephen aufgehalten und durchsucht wurde, würde sogar dem einfältigsten Büttel auffallen, dass etwas nicht stimmte, aber für einen oberflächlichen Blick würde es reichen.

Elizabeth anzuziehen war sehr viel leichter, da ich eine Truhe voller Kleidungsstücke für Tree hatte. Und weil er sich weigerte, die Seidensachen zu tragen, die ich für ihn gekauft hatte – viel zu fein für einen Jungen, fand er –, sah Elizabeth wie ein adretter kleiner Gentleman aus, als wir fertig waren.

Mein ganzer Haushalt versammelte sich mittags, um Schinken, Käse und Brot zu verzehren. Danach war es für Elizabeth und Stephen an der Zeit, ihr Glück zu wagen. Mein Herz machte einen Satz, und ich kämpfte mit den Tränen, als ich Elizabeth in einen Umhang hüllte und ihr eine von Trees Kappen tief über die Ohren zog. Zum Glück hatte sie den ganzen Nachmittag damit verbracht, aus dem Fenster zu starren, um sich auf ihre Arbeit als Spion vorzubereiten, und merkte nicht, in welcher Verfassung ich war.

Ich umarmte sie stürmisch und sprach ein Gebet für sie, ehe ich Stephen und sie zur Tür hinausließ und ihnen hinterherschaute, als sie Richtung Stonegate gingen. Beinahe hätte ich einen Schrei des Erschreckens ausgestoßen, als unser Bewacher mit gezücktem Degen aus der Gasse geschossen kam.

Stephen blieb stehen und hob beide Hände. Der Wachposten rief etwas über seine Schulter, und zwei weitere Männer – beide in der Uniform der Stadtwache – tauchten auf. Die drei scharten sich um Stephen und musterten ihn von oben bis unten. Ich konnte sehen, wie er etwas zu erklären versuchte, und ich betete, dass die Männer auf ihn hörten. Einer der Kerle von der Stadtwache beäugte Elizabeth, dann wieder Stephen.

»Wenn sie Will nicht kennen oder eine schlechte Beschreibung von ihm haben, nehmen sie Stephen vielleicht aus Versehen fest«, murmelte Martha. »Sie suchen einen Mann und einen Jungen, und wir haben ihnen beides geliefert – auch wenn es der falsche Mann mit einem Mädchen ist.«

»Ja.« Ich nickte. »Ich hätte nie gedacht, dass ich mal darum bete, dass Wills Verfolger wissen, wie ihre Beute aussieht, aber jetzt tue ich's.«

Stephens Gesichtsausdruck und den zunehmend aggressiven Gebärden der Wache war anzusehen, dass die Dinge sich nicht günstig entwickelten. Als einer der Wachmänner Stephen mit einem Finger vor die Brust stieß und Stephen vor Schmerz beinahe umgekippt wäre, lief ich zur Tür hinaus und auf die Straße. Noch ehe ich Stephen erreichte, war meine Haut taub vor Kälte.

»Was geht hier vor?«, rief ich mit der bösesten Stimme, die ich zustande brachte. Einer der Männer der Stadtwache trug die Rangabzeichen eines Sergeant, deshalb wandte ich mich an ihn. »Erklärt Euch!«

Der Sergeant hätte nicht überraschter sein können, wäre die Königin selbst die Straße heruntergestürmt und hätte ihn zur Rede gestellt. Es dauerte einen Moment, aber schließlich fand er seine Stimme wieder.

»Wir suchen einen flüchtigen Gefangenen«, sagte er. Seine Augen wurden schmal, und ich wusste, dass er mich erkannt hatte. »Aber das müsstet Ihr eigentlich wissen, denn es handelt sich um Euren Neffen. Dieser Mann ist aus Eurem Haus gekommen.«

»Hat man Euch gesagt, wie groß mein Neffe ist?«

Der Sergeant nickte. »Knapp sechs Fuß.«

»Und wie groß ist dieser Mann?«

Der Sergeant maß Stephen mit Blicken und runzelte die Stirn. Ich wusste, dass ich das Spiel gewonnen hatte.

»Jeder Dummkopf kann sehen, dass er nicht mein Neffe ist«, schloss ich. »Lasst ihn passieren.«

Der Sergeant sah Elizabeth an und legte erneut die Stirn in Falten. Bevor er etwas sagen konnte, riss ich ihr die Kappe vom Kopf und zeigte auf ihr frisch geschorenes Haar.

»Und auch dieser Junge ist nicht der, den Ihr sucht. Man hat Euch zweifellos mitgeteilt, dass er braunes Haar hat, und wie Ihr seht, ist dieser Junge rothaarig.«

Elizabeth hob den Blick zu mir und machte den Mund auf, um zu protestieren, weil ich sie als Jungen bezeichnete, aber bevor sie dazu kam, stülpte ich ihr rasch die Kappe auf den Kopf.

»Na gut«, knurrte der Sergeant schließlich. »Lasst die beiden passieren.«

Ich wartete mit angehaltenem Atem, bis Stephen und Elizabeth außer Sichtweite waren. Zu meiner Erleichterung folgte keiner der Wachleute ihnen. Anscheinend hatte unser Plan funktioniert. Ich nickte dem Sergeant zu und kehrte rasch in mein Haus zurück, um mich möglichst schnell aufzuwärmen.

Sowie ich eintrat, wickelte Hannah eine Decke um mich und drängte mich in die Küche. Es dauerte fast eine halbe Stunde, bis die Kälte aus meinen Knochen wich.

Als der Abend anbrach, saß ich in meinem Salon, starrte auf die dunkler werdende Straße und überlegte, wie wir aus der Stadt entkommen könnten. Martha, die sich zu mir gesellte, stellte dieselbe Frage.

»Ich weiß es nicht«, gestand ich. »Die Stadtwache bewacht die Tore so scharf, dass ich es nicht riskieren möchte, Will, Tree und Elizabeth auf diesem Weg hinauszuschaffen. Wenn sie erwischt werden, ist alles aus.«

»Dann warten wir also, bis Joseph und seine Männer ein Haus nach dem anderen durchsuchen? Sie können sich nicht ewig versteckt halten.«

»Im Moment können wir nichts tun, aber morgen sprechen wir noch einmal mit Helen Wright«, erklärte ich. »Wenn sie es geschafft hat, die drei aus dem Gefängnis zu holen, kann sie sie vielleicht auch durch die Stadttore schmuggeln. Es sollte mich nicht überraschen, wenn sie schon Pläne für ihre Flucht geschmiedet hat.«

Ich weiß nicht, ob Martha und Hannah in jener Nacht Schlaf fanden, ich jedenfalls lag stundenlang wach und grübelte über die Gefahren nach, denen wir ausgesetzt waren. Nach einiger Zeit wandten meine Gedanken sich wieder der Ermordung George Brearys zu, die im Eifer unseres Gefechts mit Joseph vorübergehend in den Hintergrund gerückt war. Wenn man irgendwie beweisen konnte, dass Joseph bei dem Mord seine Hand im Spiel hatte, wären unsere Probleme in Kürze gelöst, überlegte ich mir, aber leider hatte ich keine Idee, wie ich das bewerkstelligen konnte.

Ich war gerade erst eingenickt, als mich ein Klopfen weckte. Mein erster Gedanke war, dass die Stadtwache Will, Tree und Elizabeth aufgespürt hatte, aber dafür war das Klopfen viel zu sanft. Statt eines Konstablers ließ Hannah einen von Matthew Thompsons Burschen ein, der mir mitteilte, dass bei Grace Thompson die Wehen eingesetzt hatten.

»Bei all der Aufregung hätte ich beinahe vergessen, dass ich Hebamme bin«, sagte ich zu Martha, als wir uns warm anzogen, um der Kälte zu trotzen. Ich war froh, Thompsons Diener auf dem Weg Richtung Micklegate bei uns zu haben. Josephs Zorn würde keine Grenzen kennen, wenn er von Wills Flucht erfuhr, und Gott allein wusste, wie er reagieren würde. Und wenn er nicht davor zurückgeschreckt hatte, George Breary den Schädel einzuschlagen, warum sollte er mich verschonen?

Der Mond stand hell und kalt am Nachthimmel. Stellenweise beleuchtete er unseren Weg, ließ aber auch die Schatten noch bedrohlicher erscheinen. Wir hielten uns im Licht, so gut wir konnten, aber die Dunkelheit schien nach uns zu greifen, als wollte sie uns festhalten, und ich atmete erleichtert auf, als wir die Stufen zum Heim der Thompsons hinaufstiegen.

Wie es seiner Stellung in der Stadt angemessen war, zählte Matthews Haus zu den größten und eindrucksvollsten von York, und die Thompsons hatten jedes Zimmer mit den prächtigsten Möbeln und Wandbehängen ausgestattet. Grace' Schlafgemach war doppelt so groß wie meins; es versetzte mir einen Stich des Neids, als ich die erstklassige Qualität ihrer Bettdecken bemerkte. Doch derart unchristliche Gefühle verschwanden angesichts des warmen Empfangs, den uns die Frauen bereiteten. Sie winkten Martha und mich herein, drückten uns volle Weingläser in die Hände und löcherten uns mit Fragen über Wills und Trees Flucht aus dem Gefängnis. Natürlich gaben Martha und ich uns gänzlich unwissend und staunten wie die anderen darüber, wie so etwas möglich war. Falls die Frauen wegen der Männer bekümmert waren, die in jener Nacht ihr Leben gelassen hatten, ließen sie es sich nicht anmerken, aber ich konnte nicht umhin, an diese Männer zu denken.

Es kostete ein wenig Mühe, aber nach einer Weile konnte ich Grace überreden, den Klatsch einstweilen zu vergessen und sich von mir untersuchen zu lassen. Da ich feststellte, dass sie noch etliche Stunden von den Geburtswehen entfernt war, kehrten wir zu den anderen Frauen und ihrem munteren Geplauder zurück. Es dauerte allerdings nicht lange, bis ich die Auswirkungen der vielen schlaflosen Nächte spürte, in denen ich um Will, Tree und Elizabeth gebangt hatte. Ich sagte Martha, dass ich Schlaf bräuchte, zog mich ins Nebenzimmer zurück und ließ mich auf ein großes, unfassbar bequemes Bett fallen.

Es war heller Tag, als mich lautes Lachen aus Grace' Zimmer weckte. Ich ließ mir eine Schüssel Wasser bringen, wusch kurz mein Gesicht und kehrte zu den Klatschbasen zurück. Martha war sichtlich erschöpft, daher schickte ich sie in das Bett, das ich soeben verlassen hatte.

Nachbarinnen kamen und gingen in einem stetigen Strom, während Grace' Wehen in immer kürzeren Abständen kamen. Auch Grace versuchte sich auszuruhen, und ihre Freundinnen begannen leiser zu reden. Zu meiner Überraschung fiel Rebecca Hookes Name, und ich spitzte die Ohren.

»Er stand unter ihrem Fenster«, erzählte Susan Baird. Ihr Mann war einer von Yorks wohlhabenden Kaufleuten und hatte nicht weit von den Thompsons ein Haus für sich und seine Familie bauen lassen. »Ich habe ihn selbst gesehen. Es war bitterkalt, aber er stand da und starrte zum Fenster hinauf. Dann eilte er davon.«

»Wie bitte?«, sagte ich. »Jemand macht Rebecca Hooke den Hof?«

Meine Frage wurde mit schallendem Gelächter aufgenommen. »Nicht Rebecca«, sagte Susan. »Den Mann würde ich gern sehen, der sich das traut. Nein, ich meine James Hooke. Er schaute zum Haus des Lord Mayor. Wir wohnen genau gegenüber, müsst Ihr wissen. Mein Mann spricht häufig mit ihm.« Susans Nähe zum Lord Mayor war eine Tatsache, die sie oft und gern betonte.

»Und James Hooke hat den Lord Mayor angestarrt?«, fragte ich. Ich war noch benommen vom Schlaf und begriff nicht, worauf sie hinauswollte.

Wieder lachten die Frauen laut und anhaltend.

»Wenn der den Lord Mayor angeguckt hat«, rief eine von ihnen, »dann nur, um ihm dem bösen Blick zuzuwerfen, damit der alte Zausel bald ins Grab hüpft.«

»Was hat er dann gemacht?«, fragte ich.

Wieder lachten alle, und ich knirschte mit den Zähnen. Susan, der auffiel, wie missgelaunt ich war, nahm meinen Arm. »Es geht um die Frau des Lord Mayor«, wisperte sie mir ins Ohr. »Wie jeder andere junge Mann in der Stadt ist James Hooke betört von Agnes Greenbury. Er ist nur zu tölpelhaft, um es zu verbergen.«

Ich war enttäuscht. Die Neuigkeit, dass James sich – wieder einmal – in die falsche Frau verliebt hatte, würde Will und Tree kaum helfen, aus der Stadt zu entkommen. Ich zog mich von der Unterhaltung zurück und ließ mir ein Glas Gerstenwasser bringen. Graces Geburtswehen mussten bald einsetzen, und ich wollte bereit sein.

Als Graces Wehen in kürzeren, regelmäßigeren Abständen kamen, holte ich Martha, und schon bald kam das Kind mühelos und laut plärrend zur Welt.

Dann fingen die Probleme an.

Martha nahm das Kind – ein kleines Mädchen –, während die Frauen Grace vom Geburtshocker zurück ins Bett helfen wollten, als Martha einen Schrei ausstieß.

»Setzt sie wieder hin!«, befahl sie. »Lady Bridget, kommt her!«

Im Zimmer wurde es schlagartig still, bis auf das Schreien des Kindes. Die ausgelassene Stimmung verflog und wich ängstlicher Sorge, als die Frauen Grace wieder behutsam auf den Hocker senkten.

Ich eilte zu Martha. »Was ist?«

»Die Nabelschnur ist zu kurz«, antwortete sie.

Ich nahm das Kind und stellte fest, dass Martha recht hatte. Die Kleine war so eng mit ihrer Mutter verbunden, dass Grace sich kaum rühren konnte.

»Wir müssen sie sofort durchschneiden«, sagte ich. »Wenn

sich die Schnur von der Nachgeburt löst ...« Ich wagte es nicht, den Satz zu beenden.

»Was würde passieren, wenn die Schnur wieder hineinrutscht?«, wollte Martha wissen.

Ich schüttelte den Kopf. Etwas Derartiges war mir noch nie untergekommen, und ich hatte keine Antwort parat.

Grace sah uns aus angstvoll geweiteten Augen an, sagte aber nichts. Nach einem Moment hatte ich eine Idee.

»Besorgt ein Band«, sagte ich zu den Frauen. »Ein feines, wenn möglich.« Sofort riss eine von ihnen ein Band von ihrem Kleid ab und reichte es mir. Ich zog ein kleines Messer aus meiner Schürze.

»Grace«, sagte ich. »Die Nabelschnur ist so kurz, dass sie beim Durchtrennen in Euren Körper zurückgleiten könnte. Um das zu verhindern, befestige ich dieses Band an der Schnur. Habt Ihr verstanden?«

Grace nickte. Hastig verknotete ich das Band und schnitt die Nabelschnur durch. Eine von Grace' Freundinnen nahm das Kind, um es zu waschen und zu wickeln, während Martha und ich uns um die Mutter kümmerten.

»Hol Nieswurz«, wies ich Martha an. »Ich will, dass die Nachgeburt möglichst schnell herauskommt.«

»Ich habe es schon hier«, erwiderte sie und reichte mir einen kleinen Stoffbeutel. Wäre die Situation nicht so ungewöhnlich und ernst gewesen, hätte ich sie zu ihrer Umsicht beglückwünscht.

»Grace, ich möchte, dass Ihr hustet. Wenn das nichts bringt, müsst Ihr dieses Pulver einatmen. Es wird wehtun, aber es wird auch helfen, den Mutterkuchen zu lösen.«

Grace hustete und hustete, aber erfolglos. Als sie die Nieswurz inhalierte, zuckte und bebte sie am ganzen Leib. Ich konnte sehen, wie die Nabelschnur in ihren Körper gezogen wurde, und dankte Gott, dass ich das Band befestigt hatte, aber ich wusste, dass Grace noch längst nicht außer Gefahr war. Ich goss mir Lilienöl in die Hände und schob meine Finger so sanft wie möglich in Grace hinein. Wenn ich nicht bald feststellte, wo das Problem lag, würde sie möglicherweise sterben, noch bevor sie ihr Kind gesäugt hatte.

Zu meiner Betroffenheit entdeckte ich, dass die Plazenta immer noch fest mit Grace' Gebärmutter verbunden war. Da ich es nicht wagte, sie eigenhändig zu entfernen, zog ich die Hand zurück und bedeutete den Frauen, Grace in ihr Bett zu legen und ihr das Kind zu geben. Grace blickte zu mir auf, das Gesicht gezeichnet von der Mühsal und Angst des Tages. Sie sagte nichts, aber ich wusste, was sie wissen wollte.

»Die Nachgeburt ist noch nicht herausgekommen«, sagte ich zu ihr. »Am besten warten wir, bis sie sich von selbst löst.« Ich verschwieg ihr, dass sie fest an ihrer Gebärmutter klebte und wir kaum eine andere Wahl hatten. Wenn ich versuchte, die Nachgeburt mit Gewalt zu entfernen, würde die Gebärmutter stark bluten, und Grace würde innerhalb weniger Minuten am Blutverlust sterben.

»Einstweilen solltet Ihr Euch ausruhen und dem Kind und auch Euch selbst Nahrung geben«, sagte ich. »Wenn das Geschrei der Kleinen als Hinweis gelten darf, werdet Ihr Eure ganze Kraft brauchen, um sich um sie zu kümmern.«

Zu meiner Erleichterung lachte Grace, und ich lächelte, als sie das Kind an ihre Brust legte. Die anderen Frauen drängten sich um das Bett, und ich nahm Martha am Arm und zog sie beiseite. Sie allein erkannte die Sorge in meinem Gesicht.

»Was ist los?«, fragte sie.

»Ich weiß es nicht. In all den Jahren als Hebamme habe ich so etwas noch nicht erlebt. Möglicherweise stößt sie die Nachgeburt noch ab, und alles wird gut.«

»Was können wir tun?«

Ich ging im Geiste die Möglichkeiten durch, die uns zur Verfügung standen. Ich konnte versuchen, den Mutterkuchen mit meiner Hand oder einer Häkelnadel zu entfernen, scheute aber vor diesen Maßnahmen zurück. Oder wir schickten nach einem Arzt, aber da das Kind gesund und munter zur Welt gekommen war, konnte er nichts tun, was ich nicht auch hätte tun können.

»Nimm ein wenig Engelwurz aus meiner Tasche und koche sie in Wein auf«, sagte ich. »Ich habe gehört, dass es in schwierigen Fällen helfen kann.«

Martha nickte, aber noch bevor sie in die Küche gegangen war, gellte ein Schrei durchs Zimmer, wie ich ihn noch nie gehört hatte.

21.

Martha und ich rannten zum Bett. Grace lag zusammengekrümmt auf der Seite, die Knie an die Brust gezogen. Als wir sie auf den Rücken drehten, fühlte ich, dass ihre Haut glühend heiß war.

Ich wandte mich an eine der Frauen. »Holt Wein und einen sauberen Stoffstreifen«, wies ich sie an. »Und beeilt Euch!«

Martha und ich bemühten uns um Grace, so gut wir konnten. Voll banger Vorahnung warf ich einen Blick unter die Bettdecke. Keine Blutungen, dem Herrn sei Dank, dachte ich bei mir. Als Graces Freundin mit den gewünschten Gegenständen zurückkam, betupften Martha und ich Grace mit dem durchtränkten Tuch in der Hoffnung, das Fieber zu senken. Grace lag mit geschlossenen Augen da und murmelte etwas vor sich hin. Schließlich schlief sie ein. Ich beobachtete, wie sich ihre Brust in stetigem Rhythmus langsam hob und senkte. Die Klatschbasen schienen erleichtert zu sein, aber ich wusste, dass Grace weiterhin in Lebensgefahr schwebte, bis die Nachgeburt ausgetreten war.

»Ich muss mit ihrem Mann sprechen«, sagte ich.

»Was wollt Ihr ihm sagen?«, fragte Martha.

»Die Wahrheit über Grac' ›Zustand‹. Wenn das Leben der Mutter in Gefahr ist, muss es der Ehemann erfahren. Wenn du versprichst, dass sie überlebt und sie dann stirbt, wird er dir die Schuld daran geben.«

»Ich beneide Euch nicht um diese Aufgabe«, sagte Martha.

»Es wird bald auch deine sein«, erwiderte ich.

Ich nahm das Kind in die Arme und machte mich auf die Suche nach Matthew Thompson. Ich fand ihn in Gesellschaft seiner Freunde im Salon. Sein Gesicht war blass und verhärmt – anscheinend war ihm klar, dass es Komplikationen gab. Als er das Kind in meinen Armen sah, lächelte er und nahm es mir ab.

»Dem Kind geht es gut?«, fragte er.

»Eure Tochter ist gesund und munter«, versicherte ich ihm.

»Und Grace?« Seine Stimme brach, als er die Frage stellte.

»Es besteht Gefahr«, erwiderte ich. »Die Nachgeburt ist nicht ausgetreten, und wenn das nicht bald passiert, wird Grace sterben.«

Matthew nickte. Obwohl der Tod bei der Niederkunft nicht oft vorkam, hatten wir alle eine Freundin, Nachbarin oder Verwandte, die im Kindbett gestorben war. »Was könnt Ihr für sie tun?«

»Im Augenblick schläft sie, aber wenn sie aufwacht, gebe ich ihr Medizin, die ihr vielleicht helfen kann.«

»Soll ich eine Amme kommen lassen?«, fragte er. Eine Träne lief über seine Wange. »Für den Fall, dass sie …« Der Satz blieb unbeendet.

»Das wäre vermutlich das Beste«, antwortete ich. »Selbst wenn sich die Nachgeburt noch löst, wird Grace geschwächt sein, und das Kind muss saugen können.« Ich nannte ihm ein paar Frauen in Micklegate, die möglicherweise einspringen konnten, und ging zu Grace zurück.

Nachdem sie ungefähr zwei Stunden geschlafen hatte, hoben sich Grace' Lider, und sie schaute sich im Zimmer um, als wäre sie erstaunt, sich hier vorzufinden. Ich nahm ihre Hand und stellte zu meiner Erleichterung fest, dass sie kühl war. Das Fieber war zurückgegangen.

»Wie sieht es aus?«, fragte sie. »Ich hatte schlimme Schmerzen, aber jetzt sind sie weg.«

Ich beobachtete ihr Gesicht, als ich meine Hand auf ihren Bauch legte und leicht drückte. Es schien ihr nicht wehzutun. »Ihr habt die Nachgeburt selbst abgestoßen«, sagte ich. »Schauen wir mal.«

Entsetzen und tiefer Kummer erfüllten mich, als ich die Bettdecke zurückschlug. Grace hatte die Nachgeburt ausgeschieden, aber auf Kosten ihres Lebens. Das Bett war mit ihrem Blut durchtränkt. Ich ließ die Decke sinken, dankbar, dass niemand sonst diesen Vorboten von Grace' Tod gesehen hatte. Es gab nichts, was ich oder irgendjemand sonst hätte tun können, um eine derartige Blutung zu stillen. Wieder griff ich nach ihrer Hand. Sie fühlte sich immer noch kühl an, aber jetzt kündete die Kälte nicht von Leben, sondern vom Tod.

»Könnte ich noch eine Decke haben?«, fragte Grace. »Mir ist schrecklich kalt.«

Vielleicht war es diese Frage, die die Aufmerksamkeit der anderen auf Grace' Verfassung lenkte, denn mit dem prasselnden Feuer im Kamin war es im Zimmer mehr als warm. Sie legten noch eine Decke aufs Bett und scharten sich um ihre Freundin. Susan Baird nahm ihre andere Hand.

Ich warf Martha einen Blick zu. Sie nickte und schlüpfte hinaus. Kurz darauf kam Matthew zu uns und nahm meinen Platz an Grace' Seite ein. Grace lächelte ihn an und strich zärtlich über sein Gesicht. Diese Geste war zu viel; er fing an zu schluchzen. Die Frauen, die jetzt alle weinten, traten vom Bett zurück, damit Grace und Matthew ungestört waren. Die beiden redeten leise miteinander, manchmal lachend, manchmal weinend. Nach einer Weile schlief Grace ein. Und dann starb sie.

Matthew ließ nach dem Pfarrer schicken, und wir bereiteten Grace' Leichnam für die Beerdigung vor. Zum Glück würde sie in der Kirche bestattet werden, denn der Boden war so hart gefroren, dass es Tage gedauert hätte, ein Grab auf dem Friedhof auszuheben.

Die Sonne war schon untergegangen, als Martha und ich das Haus der Thompsons verließen und den Heimweg antraten. Zu meiner Bestürzung blies ein Windstoß die Laterne aus, die Matthew uns geliehen hatte, noch bevor wir das Ende der Straße erreicht hatten. Der Mond verschwand immer wieder hinter den Wolken, die über den Himmel jagten.

Martha und ich lehnten uns aneinander, geistig und körperlich völlig erschöpft. Vielleicht lag es an unserer Müdigkeit, vielleicht am Wind, jedenfalls hörte keine von uns die Schritte, die sich von hinten näherten.

Martha witterte die Gefahr eher als ich. Sie fuhr herum und hob einen Arm, doch es war zu spät. Sie stieß einen Schrei aus, aber der Schlag ließ sie verstummen und zu Boden gehen. Ich schwang die Laterne nach dem Kopf des Angreifers. Sie beschrieb einen quälend langsamen Bogen, traf zu meiner Überraschung aber ihr Ziel. Glasscherben regneten in den Straßenstaub, aber ich wusste, dass ich unseren Angreifer damit nicht in die Flucht schlagen würde.

In diesem Moment brach der Mond durch die Wolken und beleuchtete in erschreckender Deutlichkeit die Szene, die sich mir bot. Mark Preston beugte sich wie ein Raubtier über Marthas Körper, in einer Hand einen kleinen, bedrohlichen Knüppel. Als er sich zu mir umdrehte, sah ich eine dünne Blutspur an seiner Schläfe, aber das war auch schon alles, was mein Schlag angerichtet hatte.

»Euer Neffe hat genug von euch beiden«, zischte Preston. Dann lächelte er und kam einen Schritt näher. Ich musste eine furchtbare Entscheidung treffen, noch dazu blitzschnell.

Wenn ich blieb und kämpfte, würde ich mit Sicherheit sterben – und Martha ebenso. Aber wenn ich Mark Preston von ihr weglockte, hatte sie vielleicht Zeit genug, wieder zu sich zu kommen und zu fliehen. Das jedenfalls war meine ganze Hoffnung. Ich schleuderte Preston die Reste der Laterne gegen den Kopf, warf mich herum und rannte los.

Nach ein paar Schritten blickte ich über die Schulter und sah, dass Preston auf den glatten Pflastersteinen ausgerutscht und gestürzt war. Leider war er nur allzu schnell wieder auf den Beinen, aber sein Sturz verschaffte mir die Zeit, die ich brauchte. Am südlichen Ende der Ouse-Brücke blickte ich noch einmal zurück und stieß vor Schreck einen Schrei aus, denn Mark hatte mich fast eingeholt. Falls ich versuchte, die Brücke zu überqueren, würde er mich erwischen, lange bevor ich die andere Seite erreicht hatte.

Ich flitzte die Treppe zur Uferpromenade hinunter. Bis der Fluss zufror, hatten Seeleute aus ganz Europa hier ihre Schiffe vertäut, aber jetzt war es bloß noch eine breite, verlassene Straße mit Speichern zur Rechten und dem Fluss zur Linken. Hinter mir klapperten Prestons Absätze auf den Stufen. Ich rannte bis zum Rand des Kais und ließ mich aufs Eis gleiten. Obwohl mir das Risiko bewusst war, lief ich dirckt auf die Flussmitte zu. Die Eisfläche unter meinen Füßen war holprig und uneben, und mehr als einmal stieß ich mir die Zehen an und wäre beinahe hingefallen. Als ich das Eis unter mir knacken hörte, verlangsamte ich mein Tempo und drehte mich zu meinem Verfolger um. Den Knüppel immer noch in der Hand, stand Mark schwer atmend keine drei Meter von mir entfernt. Ich verlagerte mein Gewicht, und wieder knarrte das Eis Unheil verkündend.

Als er nah genug für meine Zwecke war, rannte ich noch einmal los und warf mich nach wenigen Schritten auf den Bauch, denn ich hoffte, ein gutes Stück weit zu schlittern.

Aber das Eis war zu rau, und statt in sichere Entfernung zu rutschen, schlug ich mir die Nase blutig, ehe ich mich wieder auf den Rücken rollte.

Als ich den Kopf hob, sah ich Preston näher kommen. Ich versuchte mich aufzusetzen, aber meine linke Hand brach durchs Eis und versank in den klirrend kalten Fluten der Ouse. Jäher Schmerz schoss meinen Arm hinauf, und hastig zog ich die Hand zurück. Mein ganzer Arm war taub. Wieder hörte ich das Eis unter mir knacken und lehnte mich so weit zurück, wie ich nur konnte.

»Kommt, Lady Bridget«, sagte Preston. »Es ist vorbei. Ein Schlag auf den Schädel, und die Sache ist erledigt. Ich meine, *Ihr* seid erledigt.«

Ich trat mit beiden Füßen nach ihm. Er wich tänzelnd aus und lächelte, bevor er sich erneut näherte, um den tödlichen Hieb zu führen. Ich rollte mich hin und her und versuchte, Preston mit den Füßen in Richtung Flussmitte zu schubsen. Der Mond erhellte sein Gesicht. Ich wusste, dass sein grausames Lächeln das Letzte sein würde, was ich auf Erden sah, wenn mein Plan fehlschlug.

Ich glaube, Preston durchschaute meine Absicht, allerdings einen winzigen Augenblick zu spät. Ein Ausdruck des Erstaunens zeigte sich auf seinem Gesicht, als er durchs Eis brach und ins Wasser stürzte. Ich schob mich ein Stück zum Ufer, ehe ich mich aufzusetzen wagte. Prestons Kopf und Arme waren immer noch zu sehen, als die Finger ins Eis schlugen, um sich aus dem Wasser zu ziehen. Ich hatte keine Ahnung, was ich tun sollte, falls es ihm gelang, aber in jener Nacht hatte Gott ein Einsehen. Prestons Schreie wurden immer schwächer, als die Kälte ihm das Leben abschnürte. Ich sah ihm in die Augen und beobachtete gebannt, wie der Fluss ihn überwältigte und langsam in die Tiefe zog.

Erst jetzt rollte ich mich auf den Bauch, robbte bäuchlings zum Kai, indem ich meinen tauben linken Arm hinter mir herzog. Schließlich kletterte ich vom Eis und auf die gepflasterte Uferpromenade. Ohne zurückzuschauen, lief ich die Treppe hinauf und zu der Stelle, wo ich Martha zurückgelassen hatte. Sie saß mitten auf der Straße, den Kopf zwischen den Knien. Ich packte sie am Arm, und sie rappelte sich mühsam hoch.

»Bist du verletzt?«, fragte ich.

»Es geht schon«, antwortete Martha. Ich ließ sie los, und sie machte ein paar unsichere Schritte.

»Wer war das?«, wollte sie wissen. »Was ist geschehen?«

»Mark Preston wollte mit uns abrechnen«, antwortete ich. »Komm, wir müssen nach Hause.« Ich führte sie über die Brücke und warf dabei einen Blick auf die Eisfläche unter uns. Ich konnte das Loch sehen, durch das Preston eingebrochen war, aber das war auch der einzige Hinweis auf unseren Kampf.

»Wo ist er?«, fragte Martha.

»Tot.« Erst jetzt wurde mir bewusst, dass meine Hände mit dem Blut eines weiteren Menschen befleckt waren. »Ich habe ihn aufs Eis gelockt und mich der Länge nach hingelegt. Er ist eingebrochen.«

»Ihr habt Euch daran erinnert, was der holländische Junge Euch zugerufen hat.«

»Ja, und nun hat er mir schon zum zweiten Mal das Leben gerettet«, erwiderte ich. »Aber genug geredet! Rasch nach Hause mit uns, sonst bringt die Kälte auch uns um!«

*

Ich hämmerte an die Tür. Hannahs Augen weiteten sich vor Schreck, als Martha und ich in die Diele taumelten. Statt zu fragen, was passiert sei, lief sie los, um Handtücher, Wasser und Decken zu holen. Obwohl es weder Marthas noch meiner Natur entsprach, ließen wir uns von Hannah verwöhnen, während wir berichteten, was vorgefallen war. Ihr Entsetzen über Grace' Tod und Mark Prestons Überfall lässt sich nicht beschreiben. Bestimmt fragte sie sich, wie meine Welt – und infolgedessen auch ihre Welt – so blutrünstig werden konnte, aber wie hätte ich anders handeln können?

Als die Sonne aufging, strömte wieder Blut durch meinen Arm, und Martha wirkte wie das blühende Leben, abgesehen von der Beule an ihrem Kopf. Wir wussten beide, dass sie großes Glück gehabt hatte. Während Hannah sich im Haus zu schaffen machte, schleppten Martha und ich uns in die Betten.

Als ich am Nachmittag aufwachte, war ich wie ausgehungert. Erst jetzt fiel mir ein, dass ich kurz vor Grace' Geburtswehen zum letzten Mal etwas zu mir genommen hatte. In der Küche hatten Martha und Hannah soeben unser Mittagsmahl zubereitet. Wir setzten uns zu dritt zum Essen, schauten aber zuerst auf die leeren Stühle am Tisch. Dann sprach ich ein Gebet für die abwesenden Familienmitglieder.

Nach dem Essen zog ich mich in meine Kammer zurück und versuchte, mich mit den Abrechnungen meiner Besitzungen zu befassen. Natürlich vertraute ich meinen Verwaltern, aber ich hatte gern selbst ein Auge auf die Pachtgelder, die hereinkamen. So sehr ich mich bemühte, meine Gedanken kehrten immer wieder zu der neuen Gefahr zurück, die Martha und mir drohte. Es würde ein paar Stunden dauern, bis Joseph begriff, dass der Anschlag auf uns gescheitert war, aber dann würde der Teufel los sein. Will, Tree und Elizabeth waren einstweilen in Sicherheit, aber wie sollten Martha und ich dem drohenden Sturm standhalten?

Als ich auf die Papiere schaute, die vor mir lagen, wurde mir klar, dass es nur eine Möglichkeit gab, wenn wir unsere Haut retten wollten: Martha und ich mussten aus der Stadt flüchten, noch bevor Will, Tree und Elizabeth es taten. Ich machte mich sofort daran, die erforderlichen Briefe zu schreiben.

Hannah rief mich zum Abendessen, aber ich war zu beschäftigt, also brachte sie mir das Brot und den Käse, und ich schlang beides hinunter, ohne etwas zu schmecken. Ich war mit meinen Briefen fast fertig, als die Müdigkeit mich zu überwältigen drohte. In diesem Augenblick kam Martha herein, ohne anzuklopfen, und setzte sich auf die Bettkante.

»Was nun?«, fragte sie.

»Wir müssen York so bald wie möglich verlassen«, antwortete ich.

Martha nickte. Sie war zu derselben Erkenntnis gelangt. »Leicht wird es nicht«, meinte sie. »Hier ist Euer Zuhause.«

»Was bleibt uns anderes übrig? Joseph hat vor, Will und Tree an den Galgen zu bringen. Und wenn er von Mark Prestons Tod erfährt, wird er es irgendwie schaffen, sich an dir und mir zu rächen. Ich weiß beim besten Willen nicht, wie wir ihn besiegen können.« Ich hielt die Briefe hoch, die ich geschrieben hatte. »Wir mieten gleich morgen früh eine Kutsche und sind vor Sonnenuntergang weg. Bis wir in Hereford eintreffen, wird in meinem Haus alles für uns vorbereitet sein, und dort sind wir in Sicherheit.«

»Was ist mit Will und den Kindern?«

»Wir müssen sie in Helen Wrights Obhut lassen«, antwortete ich. »Helen muss sie irgendwie aus der Stadt schmuggeln, dann kann Will sie auf der Reise nach Süden beschützen.«

»Und dann? An einem solchen Ort werdet Ihr kaum den Beruf einer Hebamme ausüben können.« Pontrilas war nur ein kleiner Weiler, wie Martha wusste.

Ich zuckte die Achseln. »Es gibt größere Dörfer in der

Umgebung. Natürlich finden sich dort weniger Mütter, aber wir haben keine andere Wahl.«

»Da wäre noch London«, tastete Martha sich vor.

Ich musste laut lachen. »Die paar Jahre in York haben wohl ein Stadtmädchen aus dir gemacht? Nun, warum nicht? Wenn wir uns erst einmal eingerichtet haben, können wir uns überlegen, welche Möglichkeiten uns offenstehen.«

Martha half mir ins Bett und verschwand nach oben in ihre Dachkammer. Während ich im Bett lag, dachte ich über ihren Vorschlag nach, nach London zu gehen. Ich war noch nie dort gewesen. Ob die Zukunft meiner Familie in dieser Richtung lag?

Bei Sonnenaufgang schickte ich Hannah los, meine Briefe nach Hereford aufzugeben und eine Kutsche zu mieten, die uns nach Süden bringen sollte. Dann packten Martha und ich alles zusammen, was wir für die bevorstehende Reise brauchten. Ich schrieb an Freunde und Bekannte in der Stadt, um Schulden anzumahnen, die sie bei mir hatten. Mir war klar, dass nur wenige genug Geld flüssig hatten, um den vollen Betrag zahlen zu können, aber wenn jeder nur einen Teil der ausstehenden Summe gab, hätten wir genug. Mit dem Gedanken, dass sich Will, Tree und Elizabeth in einem sicheren Versteck befanden und bald eine Kutsche für Martha, Hannah und mich vor der Tür stand, hatte ich zum ersten Mal seit Wochen das Gefühl, alles könnte gut werden. Tatsächlich war ich so zuversichtlich, dass ich völlig arglos zur Tür ging, als jemand klopfte.

Als ich Joseph auf der Schwelle stehen sah, bekam ich weiche Knie.

Ich machte mich auf einen Zornesausbruch gefasst, aber was stattdessen kam, war noch schlimmer. Joseph lächelte.

»Darf ich hereinkommen, Tante Bridget?« Ohne meine

Antwort abzuwarten, stapfte er an mir vorbei. Ich folgte ihm in den Salon, wobei ich das beängstigende Gefühl hatte, eine Fremde im eigenen Haus zu sein. Irgendwie machte mir sein unbekümmertes Auftreten mehr Angst als seine Wut. Im Salon blieb er stehen und drehte sich zu mir um.

»Was willst du?«, fragte ich. »Ich habe nichts mit Wills Flucht zu tun, und ich habe keine Ahnung, wo er sich aufhält.«

»Was seine Flucht angeht, lügst du«, entgegnete Joseph freundlich. »Aber wo er ist, dürftest du tatsächlich kaum wissen.«

Ich versuchte zu erraten, was er damit meinte – und auf einmal war mir klar, was passiert sein musste. Schweigend wartete ich auf die schlimme Nachricht.

»Letzte Nacht«, fuhr Joseph fort, »hat die Stadtwache deine ganze Brut gefunden, Frau Glucke. Jetzt gehören sie alle mir.«

Obwohl die Botschaft unmissverständlich war, starrte ich ihn an und versuchte, den Sinn seiner Worte zu erfassen. Ich wollte, dass sie eine andere Bedeutung hatten; ich wollte einen Grund finden, weshalb er mir eine Lüge auftischte. Aber die Wahrheit starrte mir ins Gesicht und ließ sich nicht bestreiten. Joseph hatte sie alle erwischt: Will, Tree, Elizabeth und Stephen. Mein Körper fühlte sich mit einem Mal so taub an wie gestern mein in den Fluss getauchter Arm. Schmerz, Entsetzen und Zorn rangen in meinem Innern. Beinahe hätte ich aufgeschrien, aber ich blieb stumm.

»Was denn, du hast gar nichts zu sagen?«, höhnte Joseph. Noch nie hatte ich einen so selbstzufriedenen Mann gesehen. »Du bist doch sonst nie um Worte verlegen. Na, wie auch immer, sie sind gefasst worden und werden hängen, die meisten von ihnen jedenfalls: Will für den Mord an George Breary, und dieser Spitzbube Stephen Daniels für die Ermordung von Wills Bewachern. Der Junge wird wegen Hexerei vor Gericht gestellt. Ich nehme an, er wird ebenfalls baumeln.« Bei dieser Vorstellung spielte ein Lächeln um seine Mundwinkel.

»Ach ja, das Mädchen«, fügte er hinzu, als wäre ihm Elizabeth erst jetzt eingefallen. »Du bekommst sie nicht zurück, da du keinen Anspruch auf sie hast. Du kannst nicht einfach eine Waise von der Straße auflesen und in dein Haus holen. Es gibt Gesetze. Die Stadt wird sich um sie kümmern. *Ich* werde mich um sie kümmern.«

Ich spürte jemanden hinter mir und erkannte Marthas Berührung, als sie eine Hand auf meine Schulter legte. Ein Blick in ihr Gesicht verriet mir, dass sie alles gehört hatte.

»Sie sind unschuldig.« Mehr brachte ich nicht heraus. »*Du* hast Mr. Breary getötet, und jetzt willst du es deinem Bruder anlasten. Tausendmal schlimmer als Kain bist du, Joseph!«

Für einen Moment wirkte Joseph so verdutzt, als hätte ich ihn bezichtigt, dem Papst zu huldigen.

»Außerdem weißt du genau, dass Tree kein Hexer ist«, fuhr ich mit erhobener Stimme fort. »Und du kannst mir Elizabeth gar nicht wegnehmen. Sie ist meiner Obhut anvertraut worden, nicht deiner.«

Einen winzigen Augenblick lang dachte ich, meine Worte könnten Eindruck auf Joseph machen und dass er nachgeben und seinen Bruder am Leben lassen würde, weil er unmöglich so ein Ungeheuer sein konnte. Dann trat ein Lächeln auf sein Gesicht, so kalt und schneidend wie der Nordwind, und ich wusste, dass er seine Meinung keinen Deut geändert hatte.

»Ich begreife nicht, warum du so beharrlich behauptest, ich hätte Mr. Breary umgebracht«, sagte er. »Wie dem auch sei, du und die Deinen sind erledigt.«

Seine Stimme war scharf wie ein Messer, und ich konnte

spüren, wie es durch meine Rippen und mein Fleisch unaufhaltsam zu meinem Herzen drang.

»Wenn ich dich für die Ermordung der Wachen an den Galgen bringen könnte, würde ich es tun«, fuhr er fort. »Und ich weiß nicht, was du mit Mark Preston gemacht hast, aber er war mein Freund. Du kannst dich darauf verlassen, dass ich seinen Tod rächen werde. Vielleicht nicht heute oder morgen, denn die Mühlen des Gesetzes mahlen langsam, aber von heute an wirst du mit dem Wissen schlafen, dass ich euch beide irgendwann am Marktplatz hängen lasse. Und ich werde den Scharfrichter dafür bezahlen, die Schlinge so zu knüpfen, dass ihr ganz langsam erstickt. Es wird ein schrecklicher Anblick und ein noch schlimmerer Tod sein.«

Wieder lächelte Joseph, als wollte er uns mit der Aussicht auf ein qualvolles Sterben erfreuen. Dann drehte er sich um und verließ den Salon und mein Haus.

22.

Martha und ich saßen wie betäubt nebeneinander, zu erschüttert, um unserer Verzweiflung Ausdruck zu verleihen. Wie es schien, war unser Kampf zu Ende. In dem Moment, als Joseph seine drei Opfer in die Hände bekam, hatte er gewonnen. Es würde kein Entkommen geben für Will, Tree und Elizabeth, keinen gnädigen Richter. Will und Tree würden hängen, und Gott allein wusste, welches Schicksal die kleine Elizabeth erwartete.

Bei dem Gedanken, erneut meine Familie zu verlieren, erfasste mich Entsetzen. Ich hatte die Kinder, die ich selbst ausgetragen hatte, begraben. Ihr Tod hatte mich an den Rand der Hoffnungslosigkeit gebracht und beinahe meinen Glauben an Gott zerstört. Sollte ich jetzt Will, Tree und Elizabeth verlieren, brauchte Joseph keinen Henker, um mich tot zu sehen. Diese Arbeit würde ihm mein Schmerz abnehmen.

Ich blickte Martha an, die nicht weniger benommen schien als ich, und hoffte, sie würde irgendetwas sagen, eine Lösung finden, einen Plan ersinnen, um die drei Menschen zu retten, die wir liebten. Stattdessen vergrub sie das Gesicht in den Händen und begann zu schluchzen. Ich legte einen Arm um ihre Schultern und zog sie an mich.

Jemand klopfte zaghaft an die Tür, aber ich beachtete es nicht. Welchen Besucher würde ich jetzt schon sehen wollen? Als die Tür aufging, nahm ich an, dass es Hannah war, die vom Markt zurückkam.

»Lady Hodgson? Seid Ihr hier?« Die Stimme eines Mädchens klang durchs Haus. Ich erkannte sie nicht, aber die Panik in ihrer Stimme war nicht zu überhören. Martha und ich liefen in die Diele, wo wir ein junges Mädchen vorfanden, vielleicht sechzehn Jahre alt, das wilde, verzweifelte Blicke um sich warf. An ihrer Kleidung und dem Umhang, der für die Winterkälte völlig unzureichend war, konnte ich erkennen, dass sie zu den Armen der Stadt gehörte. Ihre Zähne klapperten, als sie zu sprechen versuchte.

»Gott sei Dank, Ihr seid da!«, rief sie, bevor sie auf die Knie fiel und sich an meine Röcke klammerte. »Bitte, Ihr müsst mitkommen, Lady Hodgson! Es ist meine jüngere Schwester. Sie liegt in den Wehen, aber das Kind will nicht kommen. Sie ist ganz allein.«

Meine erste Regung war, sie zu einer anderen Hebamme zu schicken, aber nach einem Moment erfasste ich, was sie gesagt hatte. »Deine *jüngere* Schwester?«, fragte ich. »Wie alt ist sie?«

Das Mädchen verzog weinerlich das Gesicht. »Vierzehn«, gestand es. »Unser Stiefvater …« Sie brach ab, aber die Bedeutung ihrer Worte war klar. Heiße Wut erfasste mich, als ich an den Missbrauch dachte, dem das Mädchen ausgesetzt gewesen war – und mit einem Mal wurde ihr Stiefvater zum Verursacher aller Misshandlung, die die Schwachen durch die Starken erlitten. Die Gelegenheit, wenigstens ein gewisses Maß an Gerechtigkeit zu üben, konnte ich mir nicht entgehen lassen. Für die Vergewaltigung eines so jungen Mädchens würde der Mann hängen. Als ich Martha anschaute, sah ich, dass sie genauso empfand wie ich.

»Ich hole meine Tasche«, sagte ich. »Ich werde deiner Schwester bei der Entbindung beistehen und dafür sorgen, dass euer Stiefvater bestraft wird.«

Martha und ich folgten dem Mädchen in Richtung St.-Johndel-Pyke, einem der ärmsten Viertel von York. Wir schlängelten uns durch immer engere Straßen, bis der Weg so schmal war, dass man zwischen den Hausdächern kaum noch den Himmel sehen konnte.

Wir erreichten das Ende einer Gasse und blieben vor einem Wohnhaus stehen, das aussah, als könnte es jeden Moment in sich zusammenfallen. Das Mädchen schaute sich um, als hätte es Angst, wir könnten verfolgt werden.

»Wir sind da«, sagte sie. »Folgt mir bitte.«

Ich warf Martha einen Blick zu und merkte, dass auch sie beunruhigt war. Vorsichtshalber griff ich in meine Schürze und zog das kleine Messer heraus, das ich dort verwahrte. Ich benutzte es, um die Nabelschnur zu durchschneiden; es war also scharf genug für gewöhnliches Fleisch.

»Sei auf der Hut«, raunte ich Martha zu.

Wir folgten dem Mädchen die Treppe hinauf. Als wir die rohen Holzstufen erklommen, beruhigte ich mich ein wenig, denn in dem Gebäude herrschte reges Leben und Treiben. Kinder spielten auf der Treppe, und hinter schief hängenden Türen konnten wir ihre Eltern reden hören. Falls jemand uns in einen Hinterhalt locken wollte, gab es reichlich Zeugen.

Auf dem nächsten Treppenabsatz blieb das Mädchen stehen. Die Stimmen unter uns schienen mit einem Mal weit entfernt zu sein, und ich packte mein Messer unwillkürlich fester.

»Sie ist da drin«, sagte das Mädchen. »Meine Schwester.« Sie trat einen Schritt zurück und bedeutete uns einzutreten. »Geht rein.«

Es konnte kein Zweifel bestehen, dass das Mädchen irgendetwas verbarg, aber Martha und ich waren nicht gewillt, einfach wegzulaufen.

Ich schaute Martha an, und sie nickte. Wir waren bereit.

Martha holte mit dem Fuß aus und trat mit voller Wucht in die Türfüllung. Die Tür flog auf und fiel mit einem kreischenden Laut aus den Angeln.

Drinnen stand eine Frau – die Tür konnte ihr Gesicht nur knapp verfehlt haben – und starrte uns erstaunt an. Martha und ich waren wie vom Donner gerührt. Von allen Menschen in York hätte ich sie als Letzte hinter der Tür vermutet.

Rebecca Hooke.

*

»Ihr wisst, wie man ein Zimmer betritt, das muss ich zugeben«, bemerkte sie mit einem frostigen Lächeln.

Ich drehte mich zu dem Mädchen um, das uns geholt hatte, aber es war bereits die Treppe hinuntergeflohen.

»Kommt lieber herein«, sagte Rebecca. »Keine von uns möchte dieses Treffen publik machen.«

Ich spähte ins Zimmer, um mich zu vergewissern, dass Rebecca allein war; dann trat ich, gefolgt von Martha, ein. Martha hängte die Tür wieder ein, so gut sie konnte, während ich mich in dem kleinen Raum umschaute. Das einzige Möbelstück war ein Bett aus rohem Holz, und durch das kleine Hornfenster fiel nur spärliches Licht. Wenn Rebecca nicht daran gedacht hätte, ihre eigene Lampe mitzubringen, hätte ich sie nicht einmal erkannt.

»Worum geht es?«, fragte ich, ohne auch nur den Versuch zu machen, Hass und Zorn in meiner Stimme zu verbergen. »Ihr habt Euch alle Mühe gegeben, dieses Treffen zu arrangieren, es dürfte also wichtig sein.«

»Ich will nichts von Euch«, gab Rebecca zurück. »Vielmehr habe ich etwas anzubieten. Und nach den Neuigkeiten, die Ihr heute Morgen erfahren habt, wird es Euch bestimmt interessieren, was ich zu sagen habe.« Sie machte eine Pause. »Ich kann Euren Neffen und die Kinder retten.«

Für einen Moment regte sich Hoffnung in meiner Brust, aber ich unterdrückte sie. Lieber würde Rebecca mich hängen sehen, als mir einen Gefallen zu tun.

»Und warum solltet Ihr so etwas tun?«, wollte Martha wissen. »Um eine gute Tat zu vollbringen?«

Rebecca lachte schrill. »Natürlich nicht. Sagen wir einfach, ich habe meine Gründe. Wollt Ihr mein Angebot hören oder nicht? Mir stehen andere Mittel und Wege zur Verfügung, um mein Ziel zu erreichen, aber das hier ist für mich die einfachste Möglichkeit. Außerdem ist es die einzige Chance, Eure Schar Welpen zu retten.«

»Was schlagt Ihr vor?«, fragte ich.

»Ich möchte Joseph Hodgson noch vor Ende der Woche am Galgen sehen«, sagte sie. »Aber dafür brauche ich Eure Hilfe.«

Wie lange mochte ich sie angestarrt haben, als ich versucht hatte, den Sinn ihrer Worte zu begreifen? Sekunden? Minuten? Stunden?

Martha brach das Schweigen. »Warum tut Ihr das?«

»Das ist meine Sache«, gab Rebecca zurück. »Da ich ein so großes Risiko auf keinen Fall leichtfertig eingehen würde, könnt ihr davon ausgehen, dass meine Gründe schwerwiegend sind. Leider kann ich Joseph nicht selbst aufknüpfen, deshalb brauche ich eure Hilfe, so sehr es mir gegen den Strich geht.«

»Ich würde Euch niemals helfen«, stieß ich hervor.

Rebecca lachte. »Nun, in normalen Zeiten würdet Ihr mich lieber an den Galgen bringen, ich weiß, aber wir leben nicht in normalen Zeiten. Hört Euch mein Angebot an, und überdenkt Eure Möglichkeiten. Wollt Ihr lieber Eure Familie hängen sehen, als auf meinen Vorschlag einzugehen, könnt Ihr Eurer Wege ziehen.«

»Niemals«, wiederholte ich.

»Nein? Lady Bridget, Euch kann nicht verborgen geblieben sein, wie prekär Eure Lage ist. Ihr habt Euch Yorks gefürchtetsten Mann zum Feind gemacht, und sagt selbst, welche Freunde sind Euch noch geblieben? Ich meine nicht die Frauen – sie werden am Tag des Jüngsten Gerichts für Euch sprechen. Aber es sind die Männer, die zählen, und welcher Mann wird Euch zuliebe alles aufs Spiel setzen?«

Sie schwieg einen Moment, wohl wissend, dass ich ihrer Behauptung nicht widersprechen konnte.

»Eure Freunde sind geflohen oder tot«, fuhr sie fort. »Ihr dürft bestenfalls darauf hoffen, dass Joseph Hodgson sich damit begnügt, Euch aus der Stadt zu jagen. Aber selbst das mag eine vergebliche Hoffnung sein. Ihr könnt Euch seinen Zorn über Mark Prestons Verschwinden nicht annähernd vorstellen. Er wird Rache nehmen. Wenn Ihr nicht gemeinsame Sache mit mir macht, wird er Euch und Eure Magd wegen Mordes hinrichten lassen.«

Wieder machte sie eine Pause, um ihre Worte wirken zu lassen. Ich fand immer noch keine Antwort, an der ich nicht erstickt wäre.

»Eine Frage muss ich Euch noch stellen.« Mittlerweile schien Rebeccas Lächeln ihr ganzes Gesicht zu erhellen. Noch nie hatte ich sie so zufrieden gesehen. »Was habt Ihr mit Prestons Leiche angestellt? Es ist schon beeindruckend genug, einen solchen Mann zu töten, aber dann noch seine Leiche loswerden? Schließlich konnte man ihn nicht einfach in einen Abort werfen.«

Ich wusste sofort, dass sie über den Mord an ihrem Enkel scherzte, einen Säugling, den sie in eine öffentliche Latrine geworfen hatte und der dort in einem Haufen Kot gestorben war. Ein Brüllen wie das eines wilden Tiers brach aus meiner Brust, als ich der Wut, die sich seit jenem Vorfall in mir angestaut hatte, freien Lauf ließ. Mit wild rudernden Armen ging ich auf Rebecca los, grimmig entschlossen, Vergeltung für das ermordete Kind zu üben. Blut verlangte nach Blut, und ich wollte ihres. Meine Hände fanden ihren Hals, und meine Muskeln vibrierten vor Freude und Gier, als meine Finger sich um ihre Kehle schlossen. Es war nicht der Strick des Henkers, aber es würde reichen.

Rebecca fiel rücklings auf das Bettgestell hinter ihr. Ich warf mich auf sie und spürte, wie sie mit beiden Händen auf mein Gesicht eindrosch, aber ihre Schläge blieben wirkungslos. Verschwommen nahm ich wahr, wie jemand meinen Namen rief, und fragte mich im Nebel meiner rasenden Wut, wie Rebecca sprechen konnte, wo doch meine Hände ihr die Gurgel zudrückten. Dankbar, dass die Jahre der Geburtshilfe meinen Fingern gewaltige Kraft verliehen hatten, verdoppelte ich meine Bemühungen, sie zu erwürgen.

Gerade, als Rebeccas Kraft nachzulassen schien, zerrte mich jemand von ihr weg. Ich stieß einen Wutschrei aus, als mein Griff um ihren Hals sich lockerte, und fiel taumelnd zu Boden. Erst als ich aufzustehen versuchte, um mein mörderisches Werk zu vollenden, wurde mir bewusst, dass Martha auf mir kniete und meine Hände festhielt. Verzweifelt verdrehte ich die Arme, um mich von ihr zu lösen, und bäumte mich auf wie ein wildes junges Pferd, aber sie ließ sich nicht abwerfen.

»Bridget, hört auf!« Ich weiß nicht, wie oft sie es rief, bis es endlich zu mir durchdrang. Irgendwann gab ich den Kampf auf und schaute an Martha vorbei, um festzustellen, ob ich mein Ziel erreicht hatte. Zu meiner bitteren Enttäuschung hatte Rebecca sich aufgerichtet und kauerte schwer atmend und mit bebenden Schultern auf der Bettkante, den Kopf zwischen den Knien. Noch einmal versuchte ich, mich aus Marthas Griff zu winden, aber es gelang mir nicht.

»Hört auf!«, wiederholte sie. »Eure Rache kann warten. Will und Tree zuliebe müssen wir uns anhören, was Rebecca zu sagen hat.«

Ich holte tief Luft und nickte.

Martha musterte mich misstrauisch, ohne meine Handgelenke loszulassen.

»Ich bin viel zu erschöpft«, sagte ich schließlich. »Ich werde ihr nichts tun.«

Martha half mir auf die Beine, und wir drehten uns zu Rebecca um. Mein Angriff hatte ihr den Hut vom Kopf gefegt, und ein dünnes Rinnsal Blut lief von einem Nasenflügel zum Mundwinkel. Selbst in dem schwach erleuchteten Zimmer konnte ich die Spuren sehen, die meine Hände an ihrem Hals hinterlassen hatten. Morgen würde sie schlimme Blutergüsse haben. Ihr Atem ging kurz und stoßweise, und sie musste immer wieder husten und spuckte dabei Blut.

Nach einem Moment hob sie den Kopf und blickte mich aus trüben Augen an. In meiner Zeit als Hebamme hatte ich mir mehr als eine Frau zur Feindin gemacht, aber keine hatte mich je mit so unverhohlenem Hass angestarrt, wie ich ihn jetzt in Rebeccas Augen sah.

Sie versuchte zu sprechen, brachte aber nur ein klägliches Wimmern hervor. Nach kurzer Pause versuchte sie es noch einmal. »Wenn wir Joseph Hodgson an den Galgen bringen wollen, müssen wir teuflisch schlau sein«, krächzte sie.

*

Nachdem Rebecca ihren Plan dargelegt hatte, ging sie nach unten, um Martha und mir Zeit zu lassen, über ihren Vorschlag zu beratschlagen.

»Es könnte klappen«, meinte Martha.

»Vielleicht«, gab ich zu. »Aber warum sollte sie uns helfen wollen?« Ich mochte es nicht laut aussprechen, aber ich konnte nicht umhin, die eiskalte Brillanz von Rebeccas Plan zu bewundern. Sie schien jede Möglichkeit in Betracht gezogen zu haben. Mein Gott, was für ein gefährlicher Mann wäre sie gewesen!

»Das macht mir auch Sorge«, gestand Martha. »Ob sie vorhat, sich in dem Verfahren gegen Euch zu wenden?«

»Möglich. Aber warum sollte sie es uns vorher mitteilen? Hätte sie vorgehabt, uns beide als Hexen hängen zu sehen, hätte sie sich mit Joseph verschworen. Das wäre viel einfacher gewesen.« Ich machte eine Pause. »Ich wüsste zu gern, weshalb sie sich gegen Joseph gewandt hat.«

»Ihr nehmt Ihr Angebot an?«

»Was könnten wir sonst tun, wenn wir Will und die Kinder retten wollen? Du hättest es schon zur Sprache gebracht, wenn dir etwas Besseres eingefallen wäre, oder?«

Martha lächelte matt. »Stimmt. Ihr habt recht, das ist unsere einzige Chance.«

Wir stiegen die Treppe hinunter und fanden Rebecca bei der Eingangstür vor. Sie hatte sich erholt; ihr Tuch verdeckte die meisten Wunden unseres Kampfes.

Ich nickte ihr zu. »Wir machen es.«

»Gut.« Rebecca öffnete die Tür. »Ihr solltet zuerst gehen. Ich glaube nicht, dass Joseph mich verdächtigt, aber wir dürfen kein Wagnis eingehen.«

Martha und ich gingen an ihr vorbei, hinaus in den kalten Winterwind, und folgten dem gewundenen Weg zurück in Richtung St. Andrewgate.

Wir mussten noch viel zu viele Stunden warten, bis Rebeccas Plan in die Tat umgesetzt werden konnte. Also beschäftigten wir uns im Haushalt, so gut wir es vermochten, aber es war unmöglich, sich länger als ein paar Minuten auf eine Aufgabe zu konzentrieren. Ich konnte Hannahs wachsende Gereiztheit spüren und dankte Gott für eine so geduldige Magd.

Irgendwann war die vereinbarte Stunde gekommen. Nachdem Martha mir in mein elegantestes Kleid geholfen hatte, machten wir uns auf den Weg zur Ratskammer. Bevor wir eintraten, schaute ich zum Fluss und sah, dass die Stelle, wo Mark Preston eingebrochen war, von Eis überzogen war. Einen Moment fragte ich mich, wo sein Körper jetzt sein mochte und ob er im Frühjahr wieder auftauchen oder ins Meer hinaustreiben würde, aber ich verdrängte den Gedanken rasch. Es würde Monate dauern, das Blut von meinen Händen zu waschen – falls es überhaupt möglich war –, doch jetzt war nicht der richtige Zeitpunkt für Gewissenserforschung. Ich rüstete mich für die Aufgabe, die vor mir lag, und betrat gemeinsam mit Martha die Ratskammer.

23.

Als wir hereinkamen, sahen wir Joseph, der am Ende des Tisches stand, dem Lord Mayor gegenüber. Joseph kehrte uns den Rücken zu und hielt eine Rede über den Willen Gottes. Es widerte mich an, solche Bekundungen aus dem Munde eines so herzlosen Menschen zu hören, aber ich tröstete mich mit dem Gedanken, dass – wenn alles gut ging – diese Worte die letzten sein würden, die Joseph vor der Ratsversammlung von sich gab. Insgeheim dankte ich Gott, dass keiner der Ratsherren unser Kommen bemerkt hatte, und blieb mit Martha im Hintergrund, während Joseph redete, damit er uns nicht sah. Je weniger er vorgewarnt war, desto besser waren unsere Erfolgsaussichten.

Irgendwann beendete Joseph seinen Sermon und nahm wieder Platz. Lord Mayor Greenbury stellte die Frage, ob jemand etwas vorzubringen habe. Für einen Moment hatte ich das Gefühl, er würde an Joseph vorbei in unsere Richtung schauen, verwarf den Gedanken aber wieder. Woher hätte er wissen sollen, was wir vorhatten? Ich holte tief Luft und trat aus dem Schatten.

»Ja, Lord Mayor«, rief ich. »Ich habe dem Rat der Stadt York etwas mitzuteilen.« Meine Stimme klang mit mehr Autorität und Selbstvertrauen durch den Saal, als ich empfand, und das war ein Segen.

Fast alle Köpfe drehten sich in meine Richtung, möglicherweise vor Erstaunen, dass eine Frau sich solche Freiheiten herausnahm. Joseph neigte lediglich den Kopf ein wenig zur

Seite, aber es war nicht zu übersehen, dass er meine Stimme erkannt hatte.

Der Lord Mayor starrte mich an. Seine Augen funkelten im Licht der Wandfackeln. »Das ist ungewöhnlich«, sagte er. »Worum geht es?«

»Um eine Angelegenheit von größter Bedeutung für York, die Stadt, die ich über alles liebe«, antwortete ich. Ich hielt mich hinter Joseph, als ich näher an den Tisch trat. Wenn Joseph mich sehen wollte, musste er dem Rest der Versammlung den Rücken zukehren. »Es betrifft die Hexenplage, die seit Kurzem unsere Stadt heimsucht.« Ich musste unwillkürlich an den Abend denken, als Rebecca Hooke ganz ähnliche Worte gesprochen hatte, und hoffte, dass mein Auftritt nur halb so wirkungsvoll war wie der ihre.

»Pfarrer und Richter haben erklärt, wir müssten das Geschwür der Hexerei aus unserer Stadt herausschneiden, damit Gott der Herr diesen grausamen Winter beendet. Seither hat die Stadt Dutzende von Hexen eingesperrt. Einige wurden gehängt, andere sitzen im Kerker, in Eisen gelegt. Wir haben alles getan, was der Herr von uns verlangt hat. Dennoch ist die mörderische Kälte nicht gewichen.«

Joseph erhob sich, um sein Vorgehen zu verteidigen. »Den Willen Gottes auf diese Art und Weise infrage zu stellen, ist Blasphemie!«, rief er. »Die Kälte dauert an, weil Gott mit unserer Stadt immer noch nicht zufrieden ist. Das bedeutet, wir müssen die Arbeit im Weingarten des Herrn fortsetzen.«

»Ich stelle nicht den Willen Gottes infrage, sondern das Tun von Menschen«, gab ich zurück. »Ich will Euch die schreckliche Wahrheit verraten, die uns in dieser Eiseskälte gefangen hält. Sie lautet, dass wir zwar ein paar Hexen an den Galgen gebracht haben – und dafür sei der Herr gepriesen! –, aber Satans Menschensohn haben wir verfehlt. Ausgerechnet ihn, den obersten Hexenmeister, der alle anderen zur abscheulichen Sünde der schwarzen Magie verführt hat.«

»Erklärt Euch, Lady Bridget.« Die Stimme des Lord Mayor war seltsam kräftig für einen so gebrechlichen Körper. »Wer ist Satans Menschensohn? Wer ist dieser Hexenmeister?«

»Er ist hier im Raum«, erwiderte ich.

Totenstille folgte meinen Worten. Während die meisten Ratsherren verstohlen um sich blickten und sich fragten, wen ich meinte, war Joseph wie erstarrt. Ich konnte mir nicht vorstellen, dass er meinen Plan erfasste – oder, um der Wahrheit die Ehre zu geben, Rebeccas Plan –, aber meine Worte hatten ihn offensichtlich unvorbereitet getroffen.

»Vielleicht wundern sich einige von Euch, warum Euer Kollege Mr. Joseph Hodgson sich so gut darauf versteht, Hexen aufzuspüren«, fuhr ich fort. »Und ist es nicht merkwürdig, wie schnell er ihr Vertrauen gewinnt und ihnen Geständnisse entlockt? Wo könnte er diese Kenntnisse erworben haben? In den Truppen des Parlaments gibt es keine Hexen, und auch in Mr. Hodgsons Haushalt nicht. Er war weder auf der Universität, noch hat er bei einem Meister Dämonologie studiert. Wie kann er dann so viel über Hexen und schwarze Magie wissen?«

Der Rat saß schweigend da. Jetzt schauten alle an Joseph vorbei zu mir. Für einen Moment wünschte ich, ich könnte Josephs Gesicht sehen, um seine Reaktion besser einschätzen zu können, aber ich blieb hinter ihm stehen. Alle im Raum mussten wissen oder zumindest ahnen, was ich als Nächstes sagen würde, trotzdem warteten alle darauf, die Worte laut ausgesprochen zu hören.

»Die Wahrheit ist, dass der Teufel Joseph Hodgson zu seinen ergebensten Dienern zählt.«

Joseph sprang auf und erhob lautstark Protest, doch die

meisten Ratsherren schrien genauso laut und übertönten seine Einwände. Der Lord Mayor schlug auf den Tisch, in der Hoffnung, einen Anschein von Ordnung wiederherzustellen, verursachte dadurch aber noch mehr Lärm. Joseph fuhr mit zornfunkelnden Augen zu mir herum und rief mir irgendetwas zu, aber bei dem Getöse konnte ich ihn nicht verstehen. Nach einem Moment wurde ihm klar, dass er den Ratsherren den Rücken zugekehrt hatte und ihre Aufmerksamkeit zu verlieren drohte. Er stieß einen Fluch aus, drehte sich wieder um und fuhr fort, seine Unschuld zu verkünden.

»Ihr fragt Euch vielleicht, woher ich das weiß!«, rief ich.

Einige Ratsherren, die mir am nächsten saßen, hörten mich und verstummten. Andere folgten ihrem Beispiel.

»Ihr fragt Euch vielleicht, ob das nicht wilde Fantasien sind, Hirngespinste«, fuhr ich fort. »Aber ich habe eine Zeugin. Sie kann die Wahrheit meiner Behauptung bestätigen. Und sie ist ebenfalls hier.«

Rebecca Hookes Schritte hallten durch den Saal, als sie aus dem Schatten trat. Ich hatte die Tür einen Spalt offen stehen lassen, damit Rebecca ungehört eintreten konnte; nun schritt sie an mir vorbei bis zum Platz des Lord Mayor. Jetzt standen wir jeweils an einem Ende des Tisches; zwischen uns, uns beiden ausgeliefert, befand sich die Ratsversammlung.

»Mitglieder des Rates«, begann Rebecca mit einer Stimme, die immer noch rau war von meinem Versuch, sie zu erdrosseln. »In den letzten Wochen habe ich Mr. Hodgson bei seiner Suche nach Hexen unterstützt. Anfangs war ich überzeugt, dass er eine besondere Gabe dafür hat, jene zu finden, die sich Satans Heerscharen angeschlossen haben, und ich war froh, ein Soldat in der Armee des Herrn zu sein.«

Ich konnte nicht umhin, das Geschick zu bewundern, mit

dem sie ihre Rolle bei den Hinrichtungen von der eines Heerführers zu der eines schlichten Soldaten herunterspielte.

»Aber vor Kurzem habe ich entdeckt, dass ich unwissentlich dem Teufel selbst geholfen habe, denn Mr. Hodgson verdankt seinen Erfolg bei der Hexenjagd nicht Gott dem Herrn, sondern Satan, dem gefallenen Engel. Vor ungefähr zehn Tagen fand ich in seinem Besitz ein Buch mit einer Liste sämtlicher Hexen von York. Und jeder Name war in derselben dämonischen, unnatürlichen Handschrift geschrieben. Joseph Hodgson konnte die Hexen nur aufspüren, weil er zu ihnen gehört und weil der Teufel ihm gesagt hat, wer sie sind!«

Die Ratsherren sprangen auf. Wieder gab es ein Höllenspektakel. Einige verlangten dieses Buch zu sehen, andere forderten Josephs Verhaftung, während Joseph über das Lärmen hinweg brüllte, es gäbe kein derartiges Buch. Es dauerte eine Weile, aber schließlich gelang es dem Lord Mayor, für Ruhe und Ordnung zu sorgen. Sämtliche Ratsherren drehten sich zu Rebecca um.

»Sicher fragt Ihr Euch, warum ich Mr. Hodgson nicht sofort den Behörden gemeldet habe, nachdem ich sein Buch gesehen hatte.« Einige Ratsherren nickten eifrig. »Um die Wahrheit zu sagen, ich habe um mein Leben gefürchtet«, fuhr Rebecca fort. »Erst als ich erfuhr, dass Lady Hodgson einen ähnlichen Verdacht hegt, brachte ich den Mut auf, Mr. Hodgson mit meiner Anschuldigung gegenüberzutreten.«

Die Ratsherren schauten von Rebecca zu mir, bevor sie ihre Blicke wieder auf Joseph richteten. Er verhielt sich ruhig, aber ich bezweifelte nicht, dass er darüber nachdachte, wie er sich am besten verteidigen könnte. Die Antwort lag auf der Hand: Er musste Rebecca und mich der Hexerei bezichtigen und uns an den Galgen bringen. Die Frage war nur, ob er sein Ziel erreichte.

»Und meine Befürchtungen waren begründet«, fuhr Rebecca mit erhobener Stimme fort. Die Blicke der Ratsherren kehrten zu ihr zurück. »Denn heute, kurz nachdem ich beschlossen hatte, die Wahrheit über Mr. Hodgson zu sagen, drang einer seiner Dämonen in mein Schlafgemach ein und tat mir dies hier an!« Rebecca riss sich ihren Schal herunter, um die Blutergüsse an ihrem Hals zu enthüllen, die ich ihr vor wenigen Stunden zugefügt hatte und die jetzt in einem hässlichen Blauviolett schillerten.

Die Ratsherren schnappten nach Luft, während ich einen Schreckensschrei über Rebeccas Unverfrorenheit unterdrückte. Joseph wollte etwas sagen, aber Rebecca ließ ihn nicht zu Wort kommen.

»Obwohl ich gerade ins Gebet vertieft war, drang diese Kreatur in mein Gemach ein und legte Hand an mich! Ihr Herren, die schwarz verkohlten Hände des Dämons waren hart wie Glas und kalt wie Eis! Zweifellos war diese Kreatur gekommen, um mich zu töten, und ich habe es nur der Gnade des Herrn zu verdanken, dass ich nicht elend umkommen musste.«

Rebecca warf einen Blick in meine Richtung, und ich glaubte, ein Lächeln über ihr Gesicht huschen zu sehen. Der Dämon war natürlich ich.

»Aber nach dem Willen des Herrn war es mir nicht bestimmt zu sterben«, fuhr sie fort. »Und es ist nicht Sein Wille, dass Mr. Hodgson triumphiert, denn weder Satan noch seine Helfershelfer werden jemals obsiegen. Aber wenn Ihr, die Ratsherren dieser Stadt, den Makel der Hexerei von York tilgen wollt, müsst Ihr Euer Augenmerk auf einen der Euren richten. Der Hexenmeister von York ist Joseph Hodgson.«

Die Ratsherren betrachteten Joseph mit einer Mischung aus Furcht und Unsicherheit. Sie waren ihm so lange gefolgt, dass sie nun davor zurückschreckten, sich gegen ihn zu wenden. Jetzt war der Augenblick gekommen, da sich der Ausgang des Kampfes entscheiden würde, ob zum Guten oder zum Schlechten.

Joseph erhob sich von seinem Platz. »Mylord Mayor, diese Anschuldigungen sind haltlos, verleumderisch und ein Verbrechen gegen Gottes Wahrheit! Es ist allgemein bekannt, dass Lady Hodgson – wenn auch nicht durch meine Schuld – zu meiner erbitterten Feindin geworden ist. Ich muss Euch wohl kaum daran erinnern, dass ihr Neffe des Mordes an George Breary angeklagt wird und ein Junge aus ihrem Haushalt unter dem dringenden Verdacht der Hexerei steht. Ich trage Lady Hodgson wegen ihrer unbedachten Worte nichts nach. Sie ist nur eine Frau, eine Witwe ohne Mann, der sie lenken kann. Sie würde alles behaupten, um ihre verbrecherische Familie zu retten. Es kümmert sie nicht, dass diese Menschen die abscheulichsten aller Verbrechen begangen haben. Sie denkt nur an ihre eigenen Angelegenheiten. Entfernen wir diese Person aus der Ratskammer und kehren zum Geschäftlichen zurück.«

Es war bestenfalls eine lahme Erwiderung, und das war Rebecca zu verdanken. Wie sollte Joseph gegen die Argumente ankommen, die sie vorgebracht hatte? Sie hatte seine Position bis ins Fundament erschüttert.

»Und was ist mit Mrs. Hooke?« Die Stimme des Lord Mayor war kalt wie Stahl. »Der gemeinste Bettler in York weiß, dass sie Lady Hodgson abgrundtief hasst. Warum sollte sie sich gegen Euch wenden und zum Feind überlaufen?«

Joseph starrte den Lord Mayor und Rebecca an, während er nach einer Antwort suchte. Warum hatte Rebecca ihn tatsächlich verraten? Seine Antwort kam nicht schnell genug. Der Lord Mayor machte eine knappe Kopfbewegung, und zwei Gerichtsdiener traten vor und packten Joseph an den Armen.

Er wehrte sich heftig, tobte und fluchte und belegte sämtliche Anwesenden mit den fürchterlichsten Schimpfworten und Verwünschungen. Rebecca und mich bezeichnete er als verlogene Dirnen, die den Lord Mayor und sämtliche Ratsherren verhext hätten. Die Ratsherren ihrerseits brüllten zurück, und so nahm das Chaos seinen Lauf.

Ich beobachtete Josephs Gesicht, als ihm Handfesseln angelegt wurden, und sah, wie ihm irgendetwas zu dämmern schien. Er richtete sich auf und straffte die Schultern. »Mylord Mayor!«, rief er. »Hört mich an! Es war James Hooke! Er ...«

Bevor Joseph mehr sagen konnte, griff Rebecca nach einem Kerzenleuchter und versetzte ihm einen brutalen Schlag quer über den Mund. Joseph versuchte weiterzureden, aber Rebeccas Hieb hatte so gut gesessen, dass er Blut und Zähne auf den Boden spuckte. Die Gerichtsdiener führten ihn ab, ehe er noch ein Wort herausbrachte.

Martha stand mit weit aufgerissenen Augen und offenem Mund in der Ecke, in der sie sich verborgen hatte.

»Sie hat es geschafft«, hauchte sie, als ich bei ihr war. »Sie hat ihn zu Fall gebracht.«

»Das ist noch nicht alles«, sagte ich. »Ich weiß, wer George Breary getötet hat.«

Martha blickte mich verwirrt an. »Nicht Mark Preston? Oder Joseph Hodgson?«

Ich schüttelte den Kopf und zeigte auf die Tür. Es schien mir nicht ratsam, dieses Gespräch in der Öffentlichkeit zu führen. Wir schlüpften hinaus und stellten uns in einen Torweg, wo wir reden konnten, ohne befürchten zu müssen, belauscht zu werden.

»Bei Grace Thompsons Entbindung wurde über die Frau des Lord Mayor gesprochen«, sagte ich.

»Es war Agnes Greenbury?«, rief Martha. »*Sie* hat Mr. Breary auf dem Gewissen?«

»Nicht ganz«, erwiderte ich. »Die Frauen redeten darüber, dass James Hooke ein Auge auf Agnes geworfen hat, ja, dass er sie regelrecht anschmachtet. Eine von ihnen hat James vor Agnes' Fenster herumlungern sehen, wahrscheinlich in der Hoffnung, einen Blick auf ihr Gesicht zu erhaschen. Er ist in sie verliebt.«

»Es war James?« Martha dachte kurz nach. Dann erhellte sich ihre Miene, als sie mit einem Mal die Zusammenhänge erkannte. »Und als Joseph seinen Namen nannte, zog Rebecca ihm eins mit dem Leuchter über!«

»So ist es. In dem Moment war das Rätsel gelöst. Vielleicht sah James in George einen Rivalen und hat ihn deshalb getötet, vielleicht hat Agnes ihn dazu angestiftet. Erfahren werden wir es wohl nie.«

»Könnte Rebecca es von ihm verlangt haben?«, fragte Martha. »Mr. Breary war schließlich auch ihr Feind. Er wollte sie aus ihrer Stellung als Sucherin verdrängen und durch Euch ersetzen. Das hätte sie sich nie gefallen lassen.«

»Sie wäre ganz sicher dazu imstande«, entgegnete ich.

»Joseph muss erkannt haben, dass James der Schuldige ist«, fuhr Martha fort. »Deshalb hat Rebecca sich gegen ihn gewandt – um ihren Sohn zu retten.«

Martha und ich beobachteten vom Torweg aus, wie die Ratsherren aus dem Gebäude strömten. Schon bald traten auch Rebecca und ihr Lakai aus der Tür und schlugen den Weg zu ihrem Haus im Kirchspiel von St. Michael ein. Martha und ich folgten ihnen. Als wir weit genug von der Ratskammer entfernt waren, rief ich ihren Namen. Rebecca und ihr Diener blieben stehen und warteten auf uns.

»Wir müssen reden«, sagte ich.

Rebecca begriff, was mein Tonfall bedeutete. »Warte an der Ecke«, befahl sie dem Diener. Er verbeugte sich und verschwand in den Schatten. »Worum geht es?«

Ich sah keinen Grund, ein Blatt vor den Mund zu nehmen. »Euer Sohn hat George Breary ermordet.«

»Noch eine Mordanklage?« Rebecca grinste mich an. »Das habt Ihr schon mal versucht, wenn auch vergeblich. Müssen wir das wirklich noch einmal durchspielen?«

»George war mein Freund«, sagte ich. »Euer Sohn hat ihn getötet. Ich muss wissen, warum.«

»Warum?« Rebecca stieß ein bitteres Lachen aus. »Wer weiß das schon bei einem Einfaltspinsel wie James. Manchmal glaube ich, Ihr habt Glück gehabt, Bridget, Eure Kinder so früh zu verlieren. Sie haben nie ein Alter erreicht, in dem sie Euch hätten enttäuschen können.«

»Ihr habt James dazu gedrängt«, stieß Martha hervor. »Mr. Breary wollte Euch Eure Macht nehmen, und das konntet Ihr nicht dulden.«

Wieder lachte Rebecca. »Und du glaubst, ich hätte James auf so eine Mission geschickt? Hast du meinen Sohn schon mal gesehen, Mädchen? Ich kann ihn nicht einmal um einen Laib Brot schicken, ohne dass er etwas falsch macht, von einem Mord ganz zu schweigen. Nein, er hat es aus eigenem Antrieb getan.«

»Er hat es getan, um Euch zu schützen«, sagte ich.

»Ich wünschte, es wäre so«, erwiderte Rebecca. »Das hätte wenigstens ein bisschen Sinn gemacht. Nein, er hat es für dieses Flittchen getan.«

»Agnes Greenbury«, sagte ich. »Er dachte, wenn George tot ist, schenkt sie vielleicht ihm ihre Gunst.«

»Vielleicht.« Rebecca schüttelte verzweifelt den Kopf. »Möglicherweise hat sie es ihm aber auch nur eingeredet, um diesen alten Bock loszuwerden. Wie auch immer, die Sache ist so gut wie ausgestanden.«

»Wie kam Joseph auf die Idee, James könnte Mr. Breary getötet haben?«, fragte ich. »Deshalb habt Ihr doch beschlossen, ihn zu verraten, nicht wahr?«

Als Rebecca lächelte, schimmerten ihre Zähne weiß im Mondlicht. »Mein Trampel von Sohn war bei Mr. Hodgson, um ihm den Mord zu gestehen. Er hoffte, Joseph würde ihm eine Belohnung geben, weil er ihm diesen lästigen Kerl vom Hals geschafft hatte.«

»Und das konntet Ihr nicht hinnehmen«, sagte Martha.

»Genauso gut hätte ich mir eine Schlinge um den Hals legen und Joseph das lose Ende in die Hand drücken können«, erwiderte Rebecca. »Niemand darf sich einen derartigen Vorteil über mich verschaffen. Nein, als James sein Verbrechen zugegeben hatte, blieb mir keine andere Wahl, als gegen Joseph vorzugehen.«

»Joseph kann ihn nach wie vor des Mordes beschuldigen«, erinnerte ich sie. »Auch mit ausgeschlagenen Zähnen.«

»Wer hört schon auf einen Mann, den man der Hexerei bezichtigt?« Rebecca machte eine Pause. »Aber Ihr habt recht. Vielleicht sollte ich mit dem Lord Mayor sprechen und zu den Anklagepunkten gegen Joseph noch den Mord an Mr. Breary hinzufügen. Nur um auf Nummer sicher zu gehen.« Rebecca nickte zufrieden. Zweifellos würde sie genau das tun.

»Wir sehen uns bei Josephs Prozess«, sagte sie mit einem kalten Lächeln. »Es dürfte ein großartiges Spektakel werden.«

*

Die Woche nach Josephs Verhaftung verging langsam und schmerzhaft wie eine schwere Geburt. Ich gab mir Mühe, an etwas anderes zu denken, war aber im Geiste nie weit von Will, Tree und Elizabeth entfernt. Bald erhielten wir von Samuel Short die Nachricht, dass Will und Tree zusammen mit Stephen Daniels in die Burg überführt worden waren. Wegen ihrer Flucht aus dem Gefängnis an der Ouse verfügte der Burgvogt, dass sie keine Besucher empfangen durften, aber Samuel hatte die drei gesehen, als sie gebracht worden waren; er meinte, sie schienen bei guter Gesundheit zu sein.

Ich sprach ein Dankgebet und schickte genug warme Decken und Essen, um sie und ihre Wärter bei Laune zu halten. Von Elizabeth erfuhren wir leider nichts, und das bereitete mir schlaflose Nächte. Wir wussten, dass Joseph sie bei einer armen Witwe untergebracht hatte, aber aus reiner Bosheit weigerte er sich zu sagen, wer die Frau war und wo sie wohnte.

Zum Glück machte der Lord Mayor Elizabeths Verschwinden in ganz York bekannt, und durch die Gnade Gottes wurde sie in Micklegate gefunden. Der Gedanke, wie viel Angst sie ausgestanden haben musste, zerriss mir schier das Herz, und die Freude, die ich empfand, als sie sich in meine Arme warf, war genauso groß wie der Kummer wegen Tree und Will.

Ich versuchte so zu leben, als wäre alles in Ordnung, aber sogar Elizabeth spürte, dass ich mir schreckliche Sorgen machte. Sie fragte, wo man Will und Tree hingebracht habe und ob auch sie bei armen Witwen leben mussten.

»Tree und Will sind wieder im Gefängnis«, erklärte ich ihr. »Aber der Mann, der sie hineingebracht hat, wird bald bestraft, und dann kommen sie wieder nach Hause.« Dafür jedenfalls betete ich.

Und dann gab es erste Anzeichen, dass der Sturm tatsächlich vorübergezogen war. Rebecca Hooke widerrief ihr Zeugnis gegen die Frauen, die noch immer im Kerker saßen; stattdessen behauptete sie, Joseph habe sie durch Hexerei dazu gebracht, die Male des Teufels an diesen Frauen zu finden. Als Rebecca unter Eid diese Aussage machte, wurden die Gerichtsverhandlungen gegen weitere Hexen eingestellt. Alles in allem schien Rebeccas Plan, Joseph zu stürzen, aufzugehen. Aber Grace Thompsons Tod hatte mir gezeigt – als ob ich dafür einen Beweis gebraucht hätte! –, dass leichte Wehen nicht immer gleichbedeutend mit einer leichten Geburt waren.

Eine Woche, nachdem Elizabeth zurückgekehrt war, brachte ein Junge zwei Nachrichten von der Burg. Eine kam vom Außerordentlichen Gericht und enthielt die Mitteilung, Joseph werde am nächsten Tag vor Gericht stehen und meine Anwesenheit als Zeugin sei erforderlich.

Das zweite Schreiben war von Joseph. Er wollte mich sehen.

24.

Martha erblasste, als ich ihr Josephs Nachricht zeigte. »Was kann er von Euch wollen?«

»Ich weiß es nicht«, erwiderte ich. »Ich habe den Jungen gefragt, der den Brief überbracht hat, aber er konnte mir auch nicht helfen.«

»Werdet Ihr zu ihm gehen?« Martha klang so unsicher, wie ich mich fühlte. Ich konnte mir nicht vorstellen, was Joseph von mir wollte oder was eine Unterredung mit ihm nützen sollte, aber genauso wenig konnte ich irgendeine Gefahr darin erkennen, ihn aufzusuchen.

»Er kann uns kaum etwas anhaben, solange er in seiner Zelle ist«, erklärte ich. »Wäre Mark Preston noch am Leben, hätte ich vielleicht Grund zur Sorge, aber ohne ihn stellt Joseph keine Gefahr mehr dar.« Ich hielt inne und fragte mich, ob das wirklich stimmte. Joseph hätte es weder im Krieg noch in der Politik so weit gebracht, hätte er nicht stets alle Möglichkeiten einkalkuliert.

Letztendlich war es diese Überlegung, die mich zur Burg trieb. Um meiner Familie willen musste ich herausfinden, ob Joseph noch einen letzten Pfeil im Köcher hatte – und der einzige Weg, dies zu erfahren, bestand darin, ihn aufzusuchen.

Am nächsten Morgen machten Martha und ich uns auf den Weg. Als wir den Burghof betraten, entdeckten wir dort Peter Newcome, den Buchhändler. Er winkte uns lächelnd. Wir gingen über den Hof zu ihm.

»Eine seltsame Fügung des Schicksals, nicht wahr?«, sagte

er, als wir uns ihm näherten. »Der Hexenjäger Joseph Hodgson ist zum Hexer geworden und noch dazu als Mörder verdammt. Bei den vielen Neuigkeiten kommt der Drucker gar nicht mehr nach.«

Sein Überschwang entlockte mir ein Lächeln. »Ich danke Euch für Euren Einsatz in dieser Angelegenheit. Unser Buch mag nicht viele Leser gefunden haben, aber Ihr habt zu helfen versucht. Das war sehr mutig.«

»Oh, ich habe es mehr als nur versucht«, entgegnete Newcome mit einem Grinsen, das mich an einen satten Kater denken ließ.

»Wie das?«, fragte Martha.

»Ihr seid nicht die Einzigen, die zu mir kommen, um Neues zu erfahren. Euer Neffe hat die Bücher verschwinden lassen, gewiss, aber Gerüchte verschwinden nicht so leicht, schon gar nicht, wenn es sich um Mord handelt.«

Ich starrte ihn an. »Ihr habt das Gerücht verbreitet, Joseph hätte George Breary ermordet?«

Newcome zuckte mit den Schultern. »Ich habe nur weitererzählt, was ich hier und da aufgeschnappt habe. Und wie sich herausgestellt hat, ist es wahr, oder etwa nicht? Sonst wäre er ja nicht verhaftet worden.«

»Dann stehe ich in Eurer Schuld«, sagte ich. »Das hat niemand von Euch verlangt.«

»Ich wollte Eurem Neffen aus der Patsche helfen. Und das schien mir der beste Weg zu sein.«

»Ich möchte mich ebenfalls bedanken«, warf Martha ein. »Gibt es schon etwas Neues über die Frauen, die Mr. Hogdson einsperren ließ, bevor er verhaftet wurde?«

»Was das angeht, steckt der Burgvogt in der Klemme«, entgegnete Newcome. »Er kann die Weiber nicht anklagen, weil der eine Zeuge seine Aussage widerrufen hat und der andere desselben Vergehens beschuldigt wird. Aber wenn eine Gefangene ihm das Geld für ihre Unterbringung schuldig bleibt, kann er sie auch freilassen.«

Martha starrte ihn fassungslos an. »Sie behalten die Frauen im Gefängnis, obwohl ihnen nichts vorgeworfen wird?«

»Was soll der Burgvogt denn tun?« Newcome zuckte die Achseln. »Irgendjemand muss für die Unkosten aufkommen.«

Martha widersprach ihm und brach einen Streit vom Zaun, gab aber auf, als ihr klar wurde, dass es nicht Newcomes Fehler war, sondern der des Gefängnisaufsehers. Ich fragte mich, wie viele Frauen, deren einziges Verbrechen ihre Armut war, am Typhus sterben würden, ehe ich Newcome den Grund für unser Kommen erklärte und ihn fragte, ob er wisse, in welchem Turm Joseph steckte.

»Im Ostturm.« Er zeigte über den Hof hinweg in die entsprechende Richtung. »Warum will er Euch sprechen?«

»Ich wollte, ich wüsste es«, sagte ich. »Es gibt nur einen Weg, es herauszufinden.«

»Wenn Ihr es mir nachher anvertrauen wollt – ich bin immer auf der Suche nach einer guten Geschichte«, rief Newcome uns nach, als wir über den Hof schritten.

Wir betraten den Turm. Nach dem üblichen Feilschen um die Gebühren führte der Wärter uns die Wendeltreppe hinunter. Nachdem er die Tür aufgeschlossen hatte, reichte er Martha eine Laterne und wandte sich zum Gehen.

»Ihr bleibt nicht bei uns?«, rief ich ihm hinterher. »Es heißt, der Gefangene ist ein gefährlicher Mann.«

»Jetzt nich' mehr«, gab der Wärter zurück. »Hab ihn in Ketten gelegt.« Sogleich verschwand er die Treppen hinauf, ohne sich noch einmal umzudrehen.

Martha und ich wechselten einen kurzen Blick, dann öffneten wir die Tür. Unser Atem stieg wie Nebel vor unseren

Augen empor. Noch bevor wir über die Schwelle getreten waren, konnte ich spüren, wie die Kälte in meine Knochen kroch. Die Wände, die im Sommer nass und schleimig glänzten, waren jetzt mit einer Eisschicht überzogen, die im flackernden Licht der Laterne silbrig glitzerte.

Wie in den meisten unteren Zellen gab es hier nur ein Möbelstück: ein schweres Bett aus Holz mit einer groben Matratze darauf. Joseph saß auf diesem Bett und starrte uns an, die Knie an die Brust gezogen. Ich sah, dass seine Hände und Füße wie bei den Frauen, die der Hexerei angeklagt waren, in Eisenketten lagen. Im Gegensatz zu ihnen schien Joseph sich allerdings bester Gesundheit zu erfreuen, ja, er sah so blühend aus, dass ich mich fragte, ob es natürlichen Urspungs war. Stimmten Rebeccas Anschuldigungen der Hexerei am Ende gar, auch wenn sie in falscher Absicht geäußert worden waren?

Als wir eintraten, lächelte Joseph uns an. Es war ein furchtbarer Anblick, denn seine abgebrochenen Zähne ragten wie die Fänge eines Raubtiers aus seinem Kiefer.

»Du hast noch nie einer Vorladung widerstehen können«, sagte er. Selbst seine Stimme ließ die Stärke erkennen, die in ihm steckte. Falls Joseph hier starb, würde es nicht der Typhus sein, der ihn dahinraffte. »Hat man Will schon freigelassen?«

»Nein«, antwortete ich. »Der Lord Mayor wird bis nach deiner Verhandlung warten.«

»Ja, so würde ein umsichtiger Mann handeln.« Joseph lächelte freudlos.

»Was wollt Ihr von uns?«, fragte Martha.

»Eigentlich weiß ich es selbst nicht.« Er seufzte. »Vielleicht wollte ich, dass ihr seht, was man mir angetan hat. Tagelang hat man auf mich eingeprügelt und mir keinen Schlaf gegönnt. ›Wer sind deine Anhänger?‹, wollten sie wissen und ›Wie hat der Teufel ausgesehen, als er zu dir kam?‹ Ich hätte einfach antworten sollen, um es hinter mich zu bringen. Dann wäre mir zumindest diese Tortur erspart geblieben.«

»Du hast nicht gestanden?«, fragte ich.

Joseph gab ein heiseres Lachen von sich. »Irgendwann gesteht jeder, Tante Bridget. Jeder. Ich weiß nicht mehr, was ich gesagt habe, aber sie hätten mich nie in Ruhe gelassen, wäre ich stumm geblieben.«

»Du willst wohl an mein Mitgefühl appellieren?« Ich konnte seine Dreistigkeit kaum fassen.

»Natürlich nicht.« Joseph schüttelte den Kopf. »So weichherzig bist du nicht. Aber sag, willst du mich wirklich an den Galgen schicken? Oder überlässt du das Rebecca Hooke?«

»Das Gericht hat mich als Zeugin geladen, also werde ich aussagen«, erwiderte ich. »Aber Rebecca wird zweifellos ihren Teil beitragen.«

»Ich hätte dieser Giftzange nie trauen sollen«, schimpfte Joseph.

»Ja.« Ich nickte. »Das war ein Fehler.«

»Aber du willst ihr zur Hand gehen, wenn sie einen Unschuldigen an den Galgen bringt? Du weißt, dass ich kein Hexer bin. Du weißt, dass James Hooke der Mörder von George Breary ist.«

»An diesen Verbrechen magst du keine Schuld tragen, aber unschuldig bist du nicht.« Ich fragte mich, ob er sich erinnern konnte, fast dasselbe zu Will gesagt zu haben.

»Das sind meine eigenen Worte, nicht wahr?«, sagte Joseph mit einem scheußlichen schmalen Lächeln. »Aber wenn du das tust, wird es dich verändern, Tante Bridget. Du wirst um nichts besser sein als ein gemeiner Verbrecher.«

Ich musste an die Wachen denken, die bei Wills Ausbruch aus dem Gefängnis ums Leben gekommen waren. Unwillkürlich blickte ich auf meine Hände. Es überraschte mich immer noch, dass sie nicht blutrot gefärbt waren. »Das wäre nichts Neues«, murmelte ich.

»Wenn du aussagst, macht dich das zu Rebeccas Handlangerin«, sagte Joseph. »Mein erschreckendes Beispiel sollte zur Genüge zeigen, wohin so eine Verbindung führt.« Er hielt seine Hände hoch, und die Ketten klirrten leise.

Er hatte recht. Natürlich hatte er recht. Seit Monaten redete York über nichts anderes als über Frauen, die den Verlockungen des Teufels erlegen waren und ihre Seelen verkauft hatten, um sich Macht über ihre Nächsten zu verschaffen. Jetzt tat ich genau dasselbe, nur dass mein Teufel Rebecca Hooke hieß. Wenn Joseph gehängt wurde, wären Rebecca und ich Verbündete – Mordkomplizen. Mein Problem war, dass Rebecca dank ihrer Erbarmungslosigkeit bei künftigen Auseinandersetzungen stets die Oberhand behalten würde. Ich konnte ihr genauso wenig entkommen wie eine Hexe dem Teufel.

»Verbünde dich mit mir«, sagte Joseph.

Ich blickte ihn erschrocken an. »Was meinst du damit?«

»Ich werde weitere Geständnisse ankündigen. Wenn ich Rebecca beschuldige und du gemeinsam mit mir gegen sie aussagst, können wir sie an meiner Stelle baumeln sehen. Du kannst vor Gericht aussagen, sie habe dich verhext, und darum bitten, bei ihr nach dem Hexenmal suchen zu dürfen. Du findest es bestimmt, wenn du nur lange genug suchst. Wir wissen doch beide, dass es keine gefährlichere Frau in ganz York gibt!«

»In ganz England«, verbesserte ich ihn. Einen Moment lang ließ ich mir sein Angebot durch den Kopf gehen, aber ich wusste, dass ein solches Vorhaben nur schwer durchzuführen wäre. Und selbst wenn wir Erfolg hätten, wäre Joseph kein weniger gefährlicher Gegner als Rebecca. Einer von beiden musste sterben, und ich hatte mich für Joseph entschieden.

Ohne ein weiteres Wort wandte ich mich zum Gehen. Martha folgte mir.

»Ich komme hier raus!«, schrie Joseph uns nach, als Martha die Tür zuzog. »Und dann mache ich Jagd auf dich und bringe dich um!«

Seine Stimme, in der eine furchtbare Mischung aus Wut und Todesangst mitschwang, folgte uns die Treppe hinauf.

»Er meint es ernst«, sagte Martha, als wir schnellen Schrittes über den Hof gingen.

»Ich weiß.« Meine Gedanken überschlugen sich, während wir durch das Burgtor in Richtung Stadt eilten.

»Haltet Ihr das für möglich? Jetzt, da Mark Preston nicht mehr lebt, ist Joseph so gut wie gehängt. Aber wenn es ihm gelingt, dem Strick zu entkommen ...«

»Wenn er nicht hängt, bezahlen wir mit unserem Leben«, unterbrach ich sie.

»Was können wir tun?«

Ich gab keine Antwort. Was *konnten* wir tun?

*

Wie allen Anwesenden auffiel, wollte es der Zufall, dass Josephs Verhandlung in demselben Saal stattfand, in dem Hester Jackson der Hexerei angeklagt worden war. Das Blatt hatte sich tatsächlich gewendet, und wir alle standen wieder dort, wo wir einst begonnen hatten. Die Gemeinsamkeit der beiden Verhandlungen beschränkte sich allerdings auf den Ort, denn der Prozess gegen die arme alte Hester ließ sich kaum mit dem jetzigen vergleichen, bei dem der Angeklagte einer der einflussreichsten Männer der Stadt war. Der Saal war zum Bersten mit Männern und Frauen gefüllt; viele trotzten sogar draußen der Kälte, nur um nah am Geschehen zu sein. Der Lord Mayor hatte den schwachsinnigen Greis, der Mutter Lees Gerichtsverhandlung geleitet hatte, durch einen neuen Richter ersetzen lassen, der mir nicht bekannt war, aber seine Pflichten offenbar ernst nahm.

Joseph stand auf der einen Seite der Anklagebank und ließ den Blick durch den Saal schweifen. Seine Hände waren immer noch in Ketten, von den Füßen jedoch hatte man die Fesseln entfernt. Wie es aussah, hatte er die Wache überredet (oder bestochen), ihm frische Kleidung zu beschaffen, und er hatte sich gewaschen. Er sah viel besser aus, als man unter diesen Umständen hätte erwarten können. Von seinen abgebrochenen Zähnen abgesehen sah er beinahe so aus wie vor seiner Festnahme.

Ich fragte den Gerichtsdiener nach dem Ablauf des Verfahrens, worauf er mir sagte, es gäbe nur zwei Zeugen gegen Joseph: Rebecca Hooke und mich. Unbehagen erfasste mich, denn ich hatte gehofft, die Schuld für Josephs Verurteilung würde nicht nur auf meine und Rebeccas Schultern verteilt, sondern auf weit mehr, aber das ließ sich jetzt nicht mehr ändern.

Der Richter gebot Ruhe im Saal, und die Menge verstummte. Die Anklage wurde verlesen. Dann rief der Gerichtsdiener Rebecca nach vorn und forderte sie auf, ihren Namen zu nennen. In dem Augenblick, als sie zu sprechen anfing, hätte ich wissen müssen, dass etwas nicht stimmte. Das war nicht mehr die volltönende Stimme, von der Rebecca so gern in den Sitzungen der Ratskammer Gebrauch gemacht hatte; heute klang sie leise, sanft, beinahe demütig. Ich schüttelte meine Befürchtungen ab, doch als der Ankläger sie über das Buch mit den Namen sämtlicher Hexen von York befragte, kehrten meine Ängste mit voller Wucht zurück.

»Ich dachte, ich hätte es gesehen, und das habe ich vor dem

Rat auch berichtet«, antwortete Rebecca leise. »Aber ich mag mich getäuscht haben. Es könnte auch die Liste der Stadtwache oder der Garnison gewesen sein.«

Ich hörte Martha nach Luft schnappen, und ich bin mir sicher, dass das Erstaunen auf meinem Gesicht dem des Anklägers in nichts nachstand. »Ihr habt dem Lord Mayor persönlich erzählt, Ihr hättet eine Liste mit den Namen aller Hexen gesehen – eine Liste, die von des Teufels eigener Hand geschrieben war!«, sagte er eindringlich. »Ihr habt vor dem ganzen Rat geschworen, dass Mr. Hogdson Euch verhext hat!«

»Das habe ich ja auch geglaubt«, seufzte Rebecca. »Aber ich kann mir nicht mehr ganz sicher sein. Das Buch mag etwas anderes enthalten haben. Vielleicht war es ja gar nicht Mr. Hogdson, der mich verhext hat. Schließlich ist er dafür bekannt, unseren Herrn mehr zu lieben als alles andere auf der Welt. Jemand anders könnte mich verhext haben. Ich kann nicht einmal mit Sicherheit sagen, dass ich *überhaupt* verhext wurde. Ich bin doch nur eine schutzlose Witwe, die leicht in die Irre zu führen ist.«

Ihre Worte riefen im Saal einen regelrechten Aufstand hervor. Einige rannten nach draußen, um den Leuten dort zu erzählen, was vorgefallen war. Alle schienen das dringende Bedürfnis zu verspüren, die Sache mit den Nebenstehenden zu diskutieren.

Ich klammerte mich an Marthas Hand und hielt mühsam die Panik zurück, die mich zu überwältigen drohte. Was in Gottes Namen war in Rebecca gefahren? Ich schaute zu Joseph; er starrte mich an. Als unsere Blicke sich trafen, zuckte ein teuflisches Lächeln um seinen Mund. Seine Lippen schienen die Worte »Ich hab's dir ja gesagt« zu formen, doch in dem Tumult konnte ich ihn unmöglich verstehen.

Mit einer Handbewegung wies der Ankläger Rebecca aus dem Zeugenstand.

»Was ist passiert?«, raunte Martha mir ins Ohr. »Hat Joseph sich mit Rebecca verbündet? Was sollen wir tun? Wenn er freikommt, ist alles verloren!«

Mehr musste sie nicht sagen. Wenn Joseph dem Galgen entkam und seine Macht in der Stadt wiederherstellte, wurde meine Familie ausgelöscht. Ich würde Elizabeth verlieren, Will und Tree würden gehängt, und die Hexenprozesse würden von Neuem beginnen. Und nach Rebeccas Andeutung, dass jemand anderer als Joseph sie verhext hatte, konnte ich nicht einmal sicher sein, dass Martha und ich verschont blieben. In wenigen Wochen konnten wir alle tot sein.

Der Ankläger kam zu mir; seine Betroffenheit stand ihm ins Gesicht geschrieben. »Was geht hier vor?«, fragte er. »Wollt ihr zwei mich zum Narren halten?«

Rebecca war in der Menge verschwunden, während Joseph aufrecht und mit gestrafften Schultern dastand, jeder Zoll der Kavallerieoffizier, der er noch vor wenigen Jahren gewesen war. Eine Hand voll Ratsherren war zu ihm getreten; ein sicheres Zeichen, dass sie mit seinem Freispruch rechneten.

Ich überdachte die Möglichkeiten, die mir jetzt noch zur Verfügung standen, und den Preis, den ich für jede einzelne würde zahlen müssen. Aber letztendlich fiel mir die Entscheidung nicht schwer.

»Ruft mich als Zeugin auf, und ich werde die Sache zu Ende bringen«, verkündete ich. Nachdem ich dem Ankläger meinen Plan erklärt hatte, warf ich einen Blick zu Martha, die zustimmend nickte.

»Ich hoffe, es gelingt«, meinte der Ankläger. »Sonst werden wir beide unter den Folgen leiden.«

»Das weiß ich besser als Ihr«, murmelte ich.

Während der Richter und die Gerichtsdiener versuchten, im Saal wieder für Ordnung zu sorgen, schloss ich die Augen und sprach ein Gebet. Ich wusste nicht, ob Gott Eidbrüchigen beistand. Wenn nicht, würde ich alles verlieren, was mir am Herzen lag.

»Lady Hodgson«, begann der Ankläger. »Ihr kennt Joseph Hodgson seit vielen Jahren, nicht wahr?«

»Ja, so ist es«, antwortete ich. »Ich kam nach York, als er noch ein Junge war, und war mit seinem Onkel verheiratet.« Natürlich wussten das alle Geschworenen, aber die übliche Vorgehensweise musste eingehalten werden. Seltsam, zum ersten Mal im Leben schmeckte die Wahrheit falsch auf meiner Zunge. Vermutlich, weil ich wusste, welche Lügen ihr folgten.

»Wann habt Ihr ihn das erste Mal der Hexerei verdächtigt?«

»Kurz nachdem er hier in der Stadt seine Jagd auf Hexen begann. Er hatte so etwas noch nie getan – was konnte er schon von Hexerei verstehen? Dennoch erkannte er Hexen, wo immer er auf sie traf. Ich fragte mich, wie das möglich sei.« Während ich sprach, blickte ich zu den Geschworenen und zum Richter; ich hatte nicht das Bedürfnis, Josephs Gesicht zu sehen, wenn er meine Lügen hörte.

»Meine Arbeit als Hebamme führte mich auf die Burg«, fuhr ich fort. »Dort sprach ich mit vielen Frauen, die bald darauf als Hexen gehängt werden sollten. Als sie Joseph Hodgsons Namen hörten, zitterten sie vor Angst. Ich wollte den Grund dafür wissen.«

»Habt Ihr ihn herausgefunden?«

»Ja. Es dauerte seine Zeit, aber ich konnte einige Frauen überreden, mir die Wahrheit zu sagen. Sie leugneten ihre Missetaten nicht, behaupteten aber, mein Neffe, Joseph Hodgson, habe sie mit falschen Versprechungen und geheuchelter Zuneigung zur Hexerei verführt. Da wurde mir klar, dass *er* ihr Meister war, gesandt von Satan selbst, um ihre Seelen in die ewige Verdammnis zu stürzen.« Die Geschworenen blickten unruhig von mir zu Joseph. Ich wusste, dass sie hin und her gerissen waren: Sie wollten nicht hören, dass ein Mann wie Joseph in die Fänge des Teufels geraten war, aber sie würden meinen Worten Glauben schenken, weil ich eine Edelfrau und Hebamme war.

»Und das hat Euch mehr als nur eine Frau versichert?«

»Ein halbes Dutzend«, erwiderte ich. Ich klang so überzeugt, dass ich mir beinahe selbst geglaubt hätte. »Sie kamen aus verschiedenen Zellen in der Burg, doch ihre Geschichten ähnelten sich, deshalb hielt ich es für die Wahrheit.«

»Leben diese Frauen noch?«

»Nein. Joseph hat dafür gesorgt, dass sie gehängt wurden, bevor sie seine Schuld offenbaren konnten.«

»Wenn Ihr Joseph für einen Hexer hieltet, weshalb habt Ihr ihn dann nicht angezeigt?«

Ich lachte auf eine Weise, wie wohl auch Rebecca gelacht hätte. »Weil ich sah, was mit denen geschah, die sich ihm in den Weg stellten.«

»Was meint Ihr?«

Ich wandte leicht den Kopf, um die Geschworenen voll anzuschauen.

»Als George Breary versuchte, die Hexenjagd zu beenden, hat Joseph ihn ermordet.«

Wie ich erhofft und erwartet hatte, starrten die Geschworenen mich bestürzt an. Im Saal brach lautes Getöse aus, übertönt von einem rauen Aufschrei zu meiner Linken. Ich vermutete, dass es Josephs Protest gewesen war, hielt den Blick aber fest auf die Geschworenenbank gerichtet. Der

Ankläger wartete, bis der Richter den Saal wieder unter Kontrolle hatte, dann verhörte er mich weiter.

»Joseph Hodgson hat George Breary ermordet?«, fragte er fassungslos. Seine Überraschung war gespielt, aber niemand, der ihn hörte, hätte dies für möglich gehalten. »Woher wisst Ihr das?«

»Weil George es mir gesagt hat, bevor er starb.«

Wieder erhoben sich Murmeln und Geraune im Saal. Joseph versuchte, Einspruch zu erheben, aber der Richter gebot Ruhe.

»Erzählt uns, was geschah.«

Und so erzählte ich die Geschichte von Georges Tod, natürlich ohne seinen peinlichen Heiratsantrag zu erwähnen. Als ich berichtete, wie Will, Martha und ich seine Leiche gefunden hatten, ging es mit den Lügen erst richtig los.

»Als wir ihn fanden, war er bereits grausam entstellt«, behauptete ich. »Wir trugen ihn ins Haus und versuchten, ihm Linderung zu verschaffen. Dann erzählte er uns, was geschehen war. Er sagte, er sei bei sich zu Hause gewesen, als Joseph Hodgson an seine Tür klopfte und ihn draußen zu sprechen wünschte. Dass Joseph ihn in der Kälte und zu so später Stunde auf der Straße treffen wollte, kam George seltsam vor, aber er hätte nie vermutet, dass Joseph ihm ein Leid antun wollte. Doch als sie draußen waren, griff Joseph ihn an. George flüchtete, konnte aber nicht entkommen. Wir hatten seine Schreie gehört, doch als wir zu ihm stießen, gab es von seinem Angreifer keine Spur mehr. Für George kam jede Rettung zu spät. Er lebte noch eine Stunde, nachdem wir ihn in mein Haus getragen hatten. Als er mir erzählte, wer ihm das angetan hatte, wollte ich es zuerst nicht fassen. Welche Frau kann denn schon glauben, dass ihr geliebter Neffe ein Mörder ist? Aber George Breary schwor bei seiner unsterblichen Seele, die Wahrheit zu sagen.«

»Und Ihr habt ihm geglaubt?«

»Kein Sterbender würde sein Seelenheil riskieren, indem er eine solche Lüge ersinnt. Die Gefahr ist zu groß, der Gewinn zu klein.«

»Gab es noch weitere Umstände, die Euch von der Schuld Eures Neffen überzeugten?« Der Ankläger spielte seine Rolle bewundernswert. Nur schade, dass er damit einen Meineid unterstützte.

»Ja. Als Joseph und die anderen Ratsherren in mein Haus kamen, um den Leichnam zu sehen, ereignete sich etwas Eigenartiges, ja Wundersames. Es konnte nur ein Zeichen des Herrn sein.« Ich schwieg einen Moment. Jetzt hatte ich die Geschworenen in der Hand. »Mr. Breary war schon seit einigen Stunden tot, seine Wunden bluteten längst nicht mehr. Doch als Joseph das Zimmer betrat, öffneten die Wunden sich wieder und begannen von Neuem zu bluten, als hätte Mr. Breary sie eben erst empfangen.«

Die Geschworenen nickten einander zu. Das war ein untrügliches Zeichen für Josephs Schuld.

Nachdem ich fertig war, rief der Ankläger Martha in den Zeugenstand, die meine Geschichte wiederholte und ein paar Details hinzufügte, um Josephs Schuld und Hinrichtung zu sichern. Joseph protestierte, als ihn die Gerichtsdiener aus dem Saal zerrten, aber niemand achtete darauf.

Martha und ich warteten, während die Geschworenen sich berieten.

Sie befanden Joseph der Hexerei und des Mordes an George Breary für schuldig. Er wurde zum Tod durch den Strang verurteilt.

Meine Tränen froren auf meinen Wangen, als ich mit Martha den Heimweg antrat.

25.

Als wir nach Hause kamen, waren meine Tränen versiegt. Unterwegs hatten Martha und ich kein Wort gewechselt. Erst als die Tür hinter uns ins Schloss fiel, sagte sie: »Es war gerecht.«

»Mein Neffe wird für einen Mord gehängt, den er nicht begangen hat«, erwiderte ich. »Wie kann das gerecht sein?«

»Wenn ein Unschuldiger baumeln muss, dann lieber Joseph als Will. Besser dieses eiskalte Ungeheuer als jemand, den wir beide lieben. Und vergesst nicht, dass er gedroht hat, auch uns hängen zu lassen. Eure Lügen haben Tree das Leben gerettet und Elizabeth eine sichere Zukunft in Eurem Heim ermöglicht. Es mögen Lügen gewesen sein, aber es waren einige der stärksten Worte, die je gesprochen wurden, und dank dieser Worte ist die Welt ein wenig besser geworden. Wir sind im Krieg. Ihr könnt nicht den Tod Eurer Gegner beklagen. Erst wenn sie sicher unter der Erde liegen.«

»Und was ist mit den Wachen, die bei Wills und Trees Ausbruch ums Leben kamen? Welche Schuld hatten sie auf sich geladen? Warum mussten sie sterben, damit Will und Tree leben können?«

»Weil ihnen der Tod bestimmt war«, antwortete Martha. »Weil Will und Tree zu Euch gehören und diese Wachen nicht. Trauert um sie, helft ihren Familien, spendet Schulgeld für ihre Kinder, tut, was immer Ihr tun müsst. Aber glaubt nicht, dass Ihr den falschen Pfad gewählt habt.«

»Schulgelder werden den Kindern nicht ihre Väter ersetzen

oder den Witwen zurückgeben, was sie verloren haben«, entgegnete ich. Ohne Vorwarnung überkam mich ein Schwächeanfall, und ich sank in einen Sessel. Ich hatte ein Gefühl, als wäre mir jeder Blutstropfen aus dem Körper geflossen. »Schulgeld wird mein Gewissen nicht besänftigen.«

»Euer Gewissen braucht keine Besänftigung.« Martha kniete sich neben mich und nahm meine Hand. »Ihr habt nichts Falsches getan. Die Prediger behaupten, wir leben in einer schlechten Welt. Und das stimmt, obwohl vieles von dem, was sie predigen, falsch ist. In dieser Woche haben wir gewissermaßen Lose gezogen. Die Wachen zogen den Tod, genauso wie Mark Preston, Joseph und die Frauen, die verurteilt wurden. Ihr aber hattet Glück. Ihr habt das Leben gezogen. Ihr dürft nicht vergessen, dass es auch anders hätte kommen können.«

Ich fühlte, wie sich ein trauriges Lächeln auf meine Lippen legte. »Seit wann hörst du den Pfarrern zu?«

»Es ist das einzig Vernünftige, was sie bis jetzt gesagt haben«, meinte Martha. »Und ich brauche keine Predigt, um zu wissen, dass wir in einer kalten und herzlosen Welt leben, die die Schwachen zu Fall bringt, wo sie nur kann.«

Ich saß eine Zeit lang still da und dachte über Marthas Worte nach. Obwohl ich wusste, dass es zu spät war, den Lauf des Schicksals zu ändern, versuchte ich einen Weg zu finden, Will, Tree und Elizabeth zu retten, ohne Josephs Leben für sie zu opfern.

Ich konnte keinen solchen Weg finden.

*

Am nächsten Tag, dem Tag, an dem Joseph wegen Hexerei und Mord gehängt werden sollte, blieb ich zu Hause. Ich betete, der Herr möge mich von der Schuld erlösen, die noch immer auf mir lastete, aber durch mein Gebet fühlte ich mich an Pontius Pilatus erinnert, und das machte alles noch schlimmer. Am Nachmittag kam ein Junge von der Burg und berichtete uns, Joseph sei tot.

An den folgenden Tagen leerten sich Yorks Gefängnisse nach und nach. Ohne die Hetzreden von Joseph und Rebecca hatten die Gerichte ihren Blutdurst verloren. Die Frauen, die nicht für die Kosten ihrer Gefangenschaft aufkommen konnten, schmachteten in ihren Zellen, bis ihre Familien genug Geld aufgetrieben hatten, um die Wächter zufriedenzustellen. Später erfuhr ich, dass ein halbes Dutzend Frauen am Typhus starben, weil sie zu arm gewesen waren, sich ihre Freiheit zu erkaufen.

In der Hoffnung, dadurch Wills und Trees Freilassung zu beschleunigen, hatte ich fast zwanzig Schilling auf die Burg geschickt, und einen Tag nach Josephs Hinrichtung übermittelte Samuel Short uns die freudige Kunde, dass Tree wieder bei ihm war. Als die Nachricht eintraf, eilten Martha, Elizabeth und ich sofort zur Burg, mit frischer Kleidung für Tree und so viel Essen, wie wir tragen konnten.

»Glaubt Ihr, Will ist auch dort?«, fragte Martha, als wir uns durch die überfüllten Gassen drängten. Dass wir nichts von ihm gehört hatten, machte uns beiden Sorgen. Vielleicht war er krank – oder Schlimmeres.

»Vielleicht ist er ja bei Samuel und Tree und will uns überraschen«, meinte Elizabeth.

Ich betete, dass es so war.

Als wir den Burghof betraten, begrüßte uns der Anblick des Galgens; der Strick baumelte noch von den Balken.

»Hier muss Joseph gehängt worden sein«, überlegte Martha laut. »Immerhin ist es nicht so öffentlich wie auf dem Markt.«

Ich schaute gar nicht erst zum Galgen hinüber, denn ich

hatte nicht das Verlangen, daran erinnert zu werden, welche Rolle ich bei Josephs Hinrichtung gespielt hatte.

Als wir Samuels Turm erreichten, rannte Tree auf uns zu. Ich musterte ihn prüfend, nachdem ich mich aus seiner stürmischen Umarmung befreit hatte. Samuel hatte ihm den Kopf geschoren, um ihn von Läusen zu befreien, doch abgesehen davon sah er so vergnügt aus wie eh und je. Es konnte keinen Zweifel geben, dass der Herr besonders sorgsam über ihn gewacht hatte.

Während Tree und Elizabeth die Kuchen verschlangen, die wir mitgebracht hatten, und sich gegenseitig ihre Abenteuer erzählten – Elizabeths Ausflug auf den Markt schien genauso aufregend gewesen zu sein wie Trees Gefängnisaufenthalt –, wandten Martha und ich uns Samuel zu.

»Habt Ihr Neuigkeiten von Will?«, fragte Martha. »Weshalb wurde er nicht gemeinsam mit Tree entlassen?«

Samuel runzelte verwirrt die Stirn. »Alle drei – Stephen Daniels, Will und Tree – sind vor fast drei Stunden zusammen aus dem Gefängnis marschiert«, erwiderte er. »Will wollte direkt zu euch. Habt ihr ihn denn nicht gesehen?«

Martha und ich blickten einander an. Die Erleichterung, die ich beim Anblick Trees verspürt hatte, wich der Sorge um Will.

»Wie kam er Euch vor?«, fragte ich Samuel. Ich hatte keine Ahnung, wo Will sich herumtreiben mochte.

»Nun ja, er war ein bisschen in sich gekehrt«, meinte Samuel. »Er ging herum wie betäubt, immer dicht hinter Daniels her. Er hat sich nicht mal von Tree verabschiedet.«

»Wir müssen ihn finden«, erklärte Martha, der es nicht gelang, die Sorge aus ihrer Stimme zu vertreiben. »Es gibt nicht viele Plätze, an die er könnte.«

»Warte mal«, sagte ich, denn mir kam noch etwas anderes

seltsam vor. »Man hat Stephen Daniels ebenfalls entlassen? Er hat doch diese Wachen getötet.«

»Ich hab nicht gefragt, wieso.« Samuel zuckte mit den Schultern. »Die Tore standen weit offen. Jeder, der gehen durfte, ist so schnell wie möglich weg von hier. Dieser Daniels hat gemeinsam mit Will die Burg verlassen, ich hab's selbst gesehen.«

Da Tree und Elizabeth sich nicht trennen lassen wollten, nahmen wir sie beide mit nach Hause und gaben sie dort in Hannahs Fürsorge. Dann überlegten wir, wo Will hätte hingehen können. Ein bettelarmer Mann, der gerade aus dem Gefängnis kam, hatte nicht viele Möglichkeiten.

»Vielleicht ist er zu Helen Wright«, schlug Martha vor. »Nachdem er so viele Nächte im Gefängnis verbracht hat, wollte er vielleicht ein Bad und frische Sachen, bevor er zu uns kommt.«

Das war die beste Erklärung, die uns einfiel, und so gaben wir den Kindern einen Abschiedskuss und gingen in Richtung Micklegate Bar.

Helens Dienstmagd öffnete die Tür und geleitete uns in den Salon. Wenige Augenblicke später kam Helen selbst ins Zimmer. Die Tage, in denen sie uns hatte warten lassen, solange es ihr passte, waren vorbei. Sie lächelte uns an, umarmte Martha und reichte mir die Hand. Ich verschmähte ihren Gruß nicht, sondern erwiderte ihn herzlich. Wenn der Herr sich von einer gefallenen Frau die Füße hatte waschen lassen, konnte ich mich wohl auch mit einer Dirne anfreunden.

Helen wies ihre Magd an, einen wärmenden Trunk zu bringen. Als das Mädchen gegangen war, erklärte ich Helen, weshalb wir erschienen waren.

»Will ist nicht nach Hause gekommen?«, fragte sie. Der

Ausdruck des Erstaunens auf ihrem Gesicht ließ meine Besorgnis anwachsen.

»Wir dachten, er ist vielleicht bei Euch«, sagte Martha, und ich konnte die Angst in ihrer Stimmte hören. »Habt Ihr ihn denn nicht gesehen?«

»Stephen schläft gerade, aber ich wecke ihn auf«, beschloss Helen.

Wenige Minuten später kam sie mit Stephen Daniels zurück. Er hatte sich rasiert, aber die Zeit im Gefängnis war nicht spurlos an ihm vorübergegangen. Seine Wangen waren eingefallen, die Augen schwarz umrandet. Er lächelte matt, als er unsere Reaktion sah, und fuhr sich mit einer Hand über den geschorenen Kopf.

»Samuel Short sagt, du hast die Burg gemeinsam mit Will verlassen«, sagte Martha ohne Umschweife. »Weißt du, wohin er gegangen ist?«

»Wir sind zusammen in die Stadt gekommen und haben uns erst getrennt, als wir bei der Ouse-Brücke waren. Ich bin nach Süden weiter und er in die Coney Street. Ich dachte, er geht direkt zu euch«, antwortete er. »Wo sollte er sonst hin?«

»Genau das wollen wir herausfinden«, bemerkte ich.

»Samuel Short sagte, Will sei ihm seltsam erschienen, als er gegangen ist«, erklärte Martha. »War er denn nicht froh, wieder ein freier Mann zu sein?«

»Er freute sich, aus dem Gefängnis zu kommen«, antwortete Daniels. »Aber nach der Hinrichtung war er am Boden zerstört.«

»Hinrichtung?«, echote ich.

»Wir konnten von unserer Zelle aus sehen, wie sein Bruder gehängt wurde«, erklärte Daniels.

»Oh nein!«, stieß Martha hervor. »Und Will hat tatsächlich zugeschaut?«

»Ich hab versucht, es ihm auszureden«, sagte Daniels. »Was sollte das schon bringen? Nachher hat ein Wärter uns erzählt, wie es dazu kam, dass Joseph am Galgen geendet ist.«

»Was hat er denn erzählt?«, fragte ich. Mein Magen schnürte sich vor Angst und Unruhe zusammen.

»Dass Ihr gegen Mr. Hodgson ausgesagt und ihn der Hexerei und des Mordes bezichtigt habt. Auf der Burg hat man über nichts anderes mehr geredet. Es kommt nicht alle Tage vor, dass ein Mann wie Mr. Hodgson den Henkersstrick um den Hals fühlt.«

»Was hat der Wärter noch erzählt?«, fragte ich. »Hat er gesagt, was ich den Geschworenen berichtet habe?«

»Ja, Wort für Wort. Er war im Saal, als Ihr ausgesagt habt. Nachdem Will das gehört hatte, hat er nur noch in einer Ecke gehockt, bis wir rausgelassen wurden.«

»Er hat nichts gesagt?«, wollte ich wissen.

»Er hat gebetet«, erinnerte sich Daniels. »Und er hat mir gesagt, er geht nach Hause. Das war alles.«

Ich dankte ihm und Helen für die Hilfe, dann machten Martha und ich uns auf den Heimweg. Die Kälte war noch schneidender geworden, und die fahle Sonne spendete kaum Wärme.

»Will weiß, dass ich Lügen über Joseph erzählt habe«, sagte ich. »Er gibt mir die Schuld am Tod seines Bruders.«

»Wir haben beide gelogen«, meinte Martha. »Und er weiß, dass wir keine andere Wahl hatten. Er kann Euch nicht die Schuld geben.«

»Wo ist er dann?«, fragte ich. »Er hätte nur ein paar Schritte weitergehen müssen, dann wäre er zu Hause gewesen.«

Martha antwortete nicht. Was hätte sie schon sagen können?

Wir kamen nach Hause und wurden von den lärmenden Kindern begrüßt. Will aber war nicht aufzufinden.

In jener Nacht kniete ich nieder und betete, der Herr möge Will von seinem Schmerz befreien und ihn sicher zurück in mein Haus und in Marthas Arme geleiten.

Als ich am nächsten Morgen ein Klopfen an der Tür hörte, schlug mein Herz augenblicklich schneller. An Will dachte ich nicht – wieso sollte er auf einmal anklopfen? –, vielmehr hatte ich Angst, es könnte ein Überbringer schlechter Nachrichten sein. Ich öffnete und stand einem jungen Mann gegenüber.

»Mylady«, murmelte er mit einer tiefen, sorgfältig einstudierten Verbeugung. »Der Sehr Höchst Ehrenwerte Lord Mayor Matthew Greenbury verlangt Eure sofortige Anwesenheit sowie die Eurer Gesellschafterin.«

»Kannst du mir sagen, worum es geht?«, fragte ich.

»Nein, Mylady. Er hat mich nur gebeten, Euch seine Vorladung zu überbringen.«

»Natürlich. Ich muss mich erst noch fertig machen. Sag dem Lord Mayor, ich bin in einer Stunde bei ihm.«

Der Jüngling verbeugte sich erneut und eilte davon.

Ich rief Martha zu mir und erzählte ihr, was geschehen war. Sie machte sich Sorgen, das sah ich ihr an.

»Ich glaube nicht, dass es mit Will zu tun hat«, versicherte ich ihr. »Wäre etwas vorgefallen, würde der Lord Mayor nicht so förmlich vorgehen.«

Martha ging sich umziehen. Hannah half mir, dasselbe zu tun. Wenig später machten wir uns auf den Weg.

»Ob er wohl herausgefunden hat, dass wir wissen, dass seine Frau ihn betrügt?«, fragte Martha unterwegs. »Vielleicht will er uns nur einschärfen, seine Geheimnisse nicht auszuplaudern.« Wir hatten die Brücke über die Ouse überquert und betraten nun Micklegate Ward.

»Vielleicht«, sagte ich, denn ich konnte mir nicht vorstellen, was er von uns wollte.

Wir klopften an das Haustor von Lord Mayor Greenbury. Ein Lakai bat uns herein. Er schickte Martha in die Küche, wo sie bei der Dienerschaft warten sollte, und führte mich zu seinem Herrn. Als wir am Salon vorbeigingen, musste ich an unser Gespräch mit Agnes denken, der Frau des Lord Mayor. War es wirklich erst ein paar Wochen her? Ihre kleinen Eskapaden erschienen unbedeutend im Vergleich zu dem Gemetzel, das seither stattgefunden hatte.

Der Lord Mayor saß an seinem Schreibtisch, als ich eintrat. Er stand nicht auf, noch bot er mir einen Sitzplatz an. Anscheinend war dies hier ein förmliches Treffen.

»Ihr habt in den letzten Wochen viel Unruhe gestiftet, Mylady«, begann er.

»Wir leben in unruhigen Zeiten, Mylord Mayor.«

Er lächelte, doch der Ausdruck seiner Augen blieb kalt.

»Wie wahr. Dennoch scheint es mir ungewöhnlich, wenn diese Unruhe von einer Edelfrau verbreitet wird.«

»Ja, Mylord Mayor.« In der Hoffnung, meine Ergebenheit würde seinen Unmut lindern, senkte ich den Blick.

»Euer Plan, Euren Neffen zu vernichten, hätte selbst Machiavelli beeindruckt«, fuhr er schließlich fort.

Deshalb also hatte er mich rufen lassen. Da mir keine Antwort einfiel, die ihn zufriedengestellt hätte, schwieg ich.

»Ich glaube, ich bin Euch zu Dank verpflichtet«, fuhr er fort. »Es war unverkennbar, dass Joseph sich zum Herrscher über diese Stadt aufschwingen wollte. Ich hatte keine Ahnung, wie ich ihn daran hindern sollte, bis Ihr und Rebecca Hooke ihn mir vor die Füße gelegt habt, so brav wie ein Jagdhund das Rebhuhn. Ihr und Mrs. Hooke gebt eine feine Meute ab.«

Ich fand den Vergleich unverschämt und die Verbindung unserer Namen entsetzlich, schwieg aber weiter. Ich wusste nicht, wohin dieses Gespräch führen würde, und hatte nicht den Wunsch, Greenbury zu verärgern.

»Falls Ihr eine ähnliche Idee habt, um James Hooke loszuwerden, wäre ich ebenso dankbar«, sagte er. »Ich würde es vorziehen, keinen Mörder in der Stadt zu haben, noch dazu einen, der um meine Frau herumscharwenzelt und ihr schöne Augen macht.«

Ich schnappte nach Luft. »Ihr wisst, dass es James war, der Breary ermordet hat?«

»Natürlich.« Der Lord Mayor lachte auf. »Der Narr hat Agnes erzählt, was er getan hat, und sie kam damit sofort zu mir gerannt. Viele würden es nicht für möglich halten, aber auf ihre Art ist sie ein gutes Mädchen. Solange sie verschwiegen bleibt und mich an kalten Winterabenden warm hält, kann ich bei ihren jugendlichen Torheiten ein Auge zudrücken.« Er lächelte wieder dasselbe freudlose Lächeln; offenbar war er der Meinung, er habe bei ihrem Abkommen die besseren Karten in der Hand.

»Ich habe blaue Flecken an Agnes' Armen und Handgelenken gesehen«, sagte ich. »Sie ließen nicht auf allzu viel Toleranz von Eurer Seite schließen.«

»Oh, das war nicht wegen ihrer Bettgeschichten«, erwiderte der Lord Mayor. »Sondern weil ich diese Sauerei in Ordnung bringen musste. Die Stadt mag Ehebruch vergeben, besonders bei einer so jungen und leichtfertigen Frau, aber wenn sie nun in Brearys Ermordung verwickelt worden wäre ... Das wäre weitaus ernster gewesen. Und ich kann Euch versichern, dass es weder leicht noch billig gewesen ist, ihre Beziehung zu ihm geheim zu halten.«

Dieses Bekenntnis löste ein weiteres Rätsel in Georges Mord.

»Ihr wart es, der Georges Papiere verbrannt hat?«

»Natürlich nicht«, erwiderte er. »Ich habe seinen Diener bezahlt, sie zu verbrennen. Wer kann schon wissen, was der vernarrte Dummkopf alles niedergeschrieben hat. Ich musste ganz sichergehen.«

»Was habt Ihr mit James Hooke vor?«, fragte ich.

»Was kann ich schon tun?« Er zuckte die Achseln. »Ihr habt dafür gesorgt, dass Euer Neffe für sein Verbrechen hängen musste. Ich kann nicht einen anderen desselben Mordes bezichtigen. So vergesslich sind die Leute nun auch wieder nicht.«

Er hielt einen Moment inne und sah mir direkt in die Augen.

»Ich möchte Euch warnen«, fuhr er dann fort. »James Hookes Schuld ist meine Privatangelegenheit. Ihr werdet mit niemandem darüber sprechen. Verstehen wir uns?«

»Ja, Mylord Mayor.« Was hätte ich sonst sagen sollen?

Einen Moment lang stand ich schweigend da und verdaute, was ich soeben gehört hatte. Wieder einmal hatte ein Gericht es nicht geschafft, ein gerechtes Urteil zu fällen, doch diesmal hatte ich das Scheitern der Justiz tatkräftig unterstützt. Ich fragte mich, ob die Prediger recht hatten, wenn sie sagten, die Hitze des Sommers und die Eiseskälte des Winters seien Gottes Strafen für ein frevelhaftes Land. Und war ich nicht Teil dieses Landes?

»Noch etwas«, sagte der Lord Mayor. »Will Hodgson ist hier. Ihr solltet ihn sehen, bevor Ihr die Stadt verlasst.«

26.

In meinem Kopf drehte sich alles, als mir das volle Ausmaß dieser Worte bewusst wurde. Zuerst machte mein Herz einen Freudensprung bei dem Gedanken, Will unversehrt hier vorzufinden, aber was meinte der Lord Mayor mit »bevor Ihr die Stadt verlasst«?

Greenbury läutete nach dem Diener. »Bring Mr. Hodgson her«, befahl er ihm. »Und auch Lady Hodgsons Mädchen.«

Der Diener verbeugte sich und huschte geräuschlos aus dem Zimmer.

»Ich werde Euch allein lassen«, sagte der Lord Mayor. »Aber wir sprechen uns noch, bevor Ihr geht.«

Er ging davon, ehe ich ihm antworten oder ihn um eine Erklärung bitten konnte.

Martha kam zuerst ins Zimmer. Ihre Augen waren vor Aufregung weit aufgerissen. »Will ist hier?«, fragte sie. »War er die ganze Zeit hier? Warum?«

Ich erklärte ihr den Sachverhalt, so gut ich konnte, da öffnete sich auch schon die Tür, und Will trat ein. Ich war sprachlos über sein Aussehen. Die Kleidung, die er trug, musste der Lord Mayor ihm geschenkt haben, denn sie ließ auf einen Mann von Rang und Vermögen schließen: schwere Wollstoffe und feinste Seide, modisch geschnitten und schmeichelnd an die Figur angepasst. Doch die erlesene Kleidung schien einen Toten zu umhüllen, denn Wills rasierter Schädel, seine eingesunkenen Augen und die ausgemergelten Wangen ließen ihn wie eine Leiche aussehen. Sobald er uns sah, begann er unkontrolliert zu schluchzen, taumelte auf uns zu und warf sich in Marthas Arme.

Martha, selbst in Tränen aufgelöst, stolperte zu einer gepolsterten Bank an der Wand und ließ sich mit Will darauf sinken. Dann lehnte sie sich zurück und barg seinen Kopf in ihrem Schoß, während er schluchzte. Die beiden taten mir von Herzen leid, aber ich konnte nur untätig vor ihnen stehen, eine nutzlose Zuschauerin ihres Kummers.

Nach einer Weile, die mir wie eine Ewigkeit vorkam, setzte Will sich auf und blickte mich an.

»Du hast ihn getötet, Tante Bridget«, sagte er. Seine Worte waren anklagend, doch seine gebrochene Stimme flehte mich an, die Beschuldigung abzustreiten.

»Ich hatte keine Wahl«, erwiderte ich, wobei ich hörte, wie meine Stimme sich hob. »Ich habe dein Leben gerettet und auch das von Tree! Er hatte mir Elizabeth weggenommen!« Ich lief zu den beiden und kniete mich neben Will. Ich musste ihm unbedingt verständlich machen, weshalb ich so und nicht anders gehandelt hatte.

»Das hätte er nie getan«, widersprach Will. »Er hätte mich niemals hängen lassen. Er wollte sich nur einen Vorteil über dich verschaffen, aber im schlimmsten Fall hätte er uns aus der Stadt gejagt. Wir hätten gemeinsam gehen können, wir alle.«

»Will, das ist nicht wahr«, sagte Martha. »Er hat Mark Preston beauftragt, uns beide zu ermorden.«

»Nein.« Will schüttelte den Kopf, unfähig oder unwillig, uns zu verstehen. »Das hätte Joseph nie getan. Preston muss aus eigenem Antrieb gekommen sein, ohne dass Joseph davon wusste. *Er* hätte vielleicht Mr. Breary ermordet, aber mein Bruder? Niemals!«

»Will, das war nicht nur ein Spiel für Joseph«, sagte ich eindringlich. »Er hat im Krieg Menschen getötet. Er hat die

Hexen hängen lassen, und er hätte auch dich und Tree zum Galgen geschickt.«

»Deshalb hast du mit Rebecca Hooke gemeinsame Sache gemacht und dafür gesorgt, dass er hängt. Wie konntest du das tun, ohne mich vorher um Rat zu fragen? Er war mein Bruder! Erkennst du denn nicht, dass du dich versündigt hast?«

»Das alles ist jetzt nicht mehr von Bedeutung«, ließ sich eine Stimme hinter uns vernehmen. Der Lord Mayor war zurückgekommen. »Joseph Hodgson ist tot, und obwohl meine Macht in dieser Stadt groß ist, kann ich einen Mann nicht von den Toten auferstehen lassen.« Er lächelte leicht über seine eigenen Worte. »Mich betrifft nicht seine Vergangenheit, sondern Eure Zukunft.« Er blickte mich an. »Lady Hodgson, ich habe den Wert Eures Neffen erkannt und beschlossen, ihn bei mir zu behalten. Er ist ein fähiger junger Bursche, und in Zeiten wie diesen braucht man solche Männer.«

»Er braucht *Euch* aber nicht«, stieß ich hervor. »Jetzt, da Joseph tot ist, wird Will das Vermögen seines Vaters erben.«

Der Lord Mayor schüttelte bedauernd den Kopf, ohne dass sein Schmerz sich in seinen Augen spiegelte. »Eine unschöne Angelegenheit. Der Krieg hat seinen Tribut gefordert, und Joseph hatte für geschäftliche Dinge nicht das Händchen seines Vaters. Nach wenigen Monaten hatte er sich schrecklich verschuldet. Nun ist alles fort, sogar das Haus.«

»Ich nehme an, Ihr seid sein Schuldner, oder nicht?«, fragte ich.

»Ich und ein paar andere Ratsherren«, erwiderte er. »Aber ich bin kein Narr, der Will mittellos auf die Straße setzt. Ich habe ihm eine Stelle in meinem Haus angeboten, und er hat angenommen. Ich bin sicher, er wird mir gute Dienste erweisen.«

»Was ist mit George Brearys Erbe? Ihr habt sein Testament

verbrannt, aber es muss doch möglich sein, etwas von seinem Vermögen auf Will zu überschreiben.«

Greenbury lächelte gequält. »Der einzige Letzte Wille, der überlebt hat, stammt vom vergangenen Jahr. Diesem Testament zufolge werden Will und den anderen Patenkindern Mr. Brearys jeweils fünf Pfund zugesprochen. Der Rest seines Vermögens geht an einen Cousin.«

»Einen Cousin?«, wiederholte ich.

»Der noch dazu aus Durham stammt.« Greenbury wandte sich an Will. »Indem ich Mr. Brearys Papiere verbrennen ließ, habe ich Euch großes Unrecht zugefügt. Das bedaure ich zutiefst, aber ich kann es nicht ungeschehen machen.«

Will antwortete nicht.

»Will kann in York bleiben, aber ihr zwei seid hier weniger willkommen.« Greenbury richtete sich an mich und Martha. »Tatsächlich gibt es kaum etwas, was mir mehr zuwider wäre als eure Anwesenheit.«

»Wir haben nichts getan!«, rief Martha zornig.

»Nichts?« Greenbury zog scharf die Luft ein. »Ihr wart in die Hexenverfolgungen verwickelt, habt Mark Preston getötet und Joseph Hodgson dem Henker ausgeliefert. Wenn das *nichts* war, kann ich nicht tatenlos zusehen, bis Ihr *irgendetwas* tut. Wer weiß, ob die Stadt das überstehen würde.«

Ich wollte ihm klarmachen, dass ich nicht anders hatte handeln können, aber ich wusste, dass meine Worte verschwendet wären. »Ihr könnt mich nicht aus der Stadt vertreiben«, sagte ich leise.

Ein Blick in das Gesicht des Lord Mayor, und ich wusste, dass ich zu weit gegangen war.

»Ich *kann nicht*, Mylady? Ihr habt die Unverschämtheit, mir vorzuschreiben, was ich kann und was nicht?« Seine Stimme besaß plötzlich einen drohenden Beiklang, und ich wusste, dass ich seine Entscheidung nicht umstoßen konnte. »Euer Schwager ist tot«, fuhr er fort. »George Breary ist tot. Euer Neffe ist ein Bettler in meinen Diensten. Wer wird Euch verteidigen? Ihr habt keine Freunde außer schwangeren Weibsbildern und deren Klatschbasen, und außer Eurem Namen und Eurem Vermögen habt Ihr nichts, was Euch schützt. In anderen Zeiten hätte Euer Name allein gereicht, Euch abzuschirmen, aber jetzt nicht mehr. Nur dank meiner Gnade seid Ihr in York, und meine Gnade habt ihr verwirkt.«

»Was sollen wir tun?«, fragte ich leise.

»Ihr und die Euren werdet die Stadt verlassen, bevor der Monat zu Ende geht. Wohin Ihr geht, interessiert mich nicht. Hauptsache, Ihr verschwindet.«

»Wann können wir zurückkehren?«, fragte ich. »Ihr könnt uns doch nicht für immer verbannen. Diese Stadt ist unser Zuhause!«

»Zurückkehren?«, wiederholte er, als wäre der Gedanke ihm noch nie gekommen. »Ja, sobald ich unter der Erde liege. Dann dürft Ihr nach York zurückkehren und einen anderen Mann drangsalieren.«

»Dann vergebt mir, wenn ich versäume, Euch alles Gute zu wünschen«, rutschte es mir heraus.

Zu meiner Erleichterung – und wenn ich mich recht erinnerte, zum ersten Mal – lachte der Lord Mayor laut auf. »Nein, Lady Bridget, in Anbetracht der Umstände kann ich Euch den Mangel an Nächstenliebe nicht verübeln.« Schlagartig wurde er wieder ernst. »Aber Ihr werdet aus der Stadt verschwinden. Dieses Urteil ist unumstößlich. Eine Begnadigung gibt es nicht.«

Seine Stimme, sein Ausdruck, alles an ihm machte mir klar, dass er nicht die Absicht hatte, seine Meinung zu ändern. Ich neigte den Kopf und nahm sein Urteil hin.

»Gut«, sagte er. »Euer Neffe wird Euch nach Hause begleiten. Dort könnt ihr Euch von ihm verabschieden.«

Als wir auf der Straße waren, wandte Martha sich an Will und umfasste seine Hände. »Komm mit uns«, bat sie ihn. »Warum solltest du hierbleiben? Wir können nach Hereford gehen und dort heiraten!«

Ich spürte, wie mir beinahe das Herz brach, als Will seine Hände wegzog, sich von ihr abwandte und sagte: »Ich kann nicht.«

»Will ...«, begann ich.

Er wandte sich mir zu. In seinen Augen standen Tränen. »Nein, Tante Bridget. Nein. Glaubst du, ich könnte vergessen, was geschehen ist? Was du getan hast?«

»Wir hatten keine Wahl!«, protestierte Martha.

»Dir, Martha, kann ich leichter vergeben«, erwiderte Will. Ich hörte die Bitterkeit in seiner Stimme und wusste, was er sagen würde.

»Will, tu es nicht ...«, setzte ich an, aber er wollte weder mir noch einer anderen Frau zuhören.

»Du bist dazu verleitet worden«, fuhr er fort. »Du hast nicht gewusst, was du getan hast. Es war alles meine Tante.«

Marthas Schmerz und ihr Erstaunen verwandelten sich binnen eines Augenblicks in Zorn.

»Ich wusste nicht, was ich tue, William Hodgson?«, rief sie. »Ich *wusste* es nicht? Ich werde dir sagen, was ich weiß. Ich weiß, dass dein Bruder ein grausamer, machthungriger Mann war, der jeden aus dem Weg geräumt hat, der ihm in die Quere kam. Und ich weiß, dass deine Tante die Einzige in York gewesen ist, die den Mut hatte, sich ihm zu widersetzen. Aus Liebe zu dir hat sie ihr Leben und ihre Stellung aufs Spiel gesetzt, um dich aus dem Gefängnis zu holen, und dann hat sie einen Meineid geleistet, um dich vor dem Galgen zu bewahren! Ich bin stolz, an ihren Plänen mitgewirkt zu haben. Aber täusche dich nicht: Ich habe immer gewusst, was ich tue, und ich hätte es selbst versucht, wäre deine Tante nicht gewesen. Und wenn du zu blind bist, um zu sehen, was vor deiner Nase geschieht, kann ich es dir auch nicht zeigen.«

Für einen Moment hoffte ich, dass Will die Wahrheit in ihren Worten erkannte, aber sein Schmerz war noch zu frisch. Ohne zu antworten, wandte er sich ab und starrte zur Kathedrale. Ich versuchte es mit einer anderen Taktik.

»Will, ich bin alles an Familie, was du noch hast«, sagte ich. »Du kannst Martha zur Frau nehmen. Komm mit nach Hereford. Ich werde dich zum Verwalter eines meiner Güter machen. Du wirst ein gutes Leben führen.«

»Reicht es dir nicht, meinen Bruder ermordet zu haben?«, fragte er mit gepresster Stimme. »Willst du mich auch noch aus der Stadt reißen, in der meine Familie seit Generationen herrscht? Mein Vater und vor ihm sein Vater waren Lord Mayor von York! Soll ich mich mit einem Leben als Schweinehirt begnügen?«

»Will, bitte«, beharrte ich. »Komm mit uns.«

Endlich wandte er sich zu uns beiden um. Sein Gesicht war von tiefer Trauer gezeichnet. In nur einer Woche schien er um Jahre gealtert.

»Irgendwann vielleicht«, sagte er leise, und seine Stimme klang unendlich traurig. »Ich habe in diesem Jahr schrecklich viel verloren ... meinen Vater, meinen Paten und nun auch noch meinen Bruder. Eines Tages werde ich dir vergeben können, welche Rolle du bei alldem gespielt hast, aber noch ist es zu früh.« Er wandte sich an Martha und nahm ihre Hände. »Ich liebe dich, Martha Hawkins. Und ich werde dich heiraten. Aber nicht heute.«

Ohne ein weiteres Wort oder einen Blick zurück drehte er sich um und ging davon.

*

Die darauffolgenden Wochen verbrachten wir damit, in panischer Hast unsere Flucht aus der Stadt vorzubereiten. Ich schrieb an Freunde und Verwandte, die zwischen York und meinem Gut in Pontrilas lebten, und bat sie um Unterkunft auf unserem Weg nach Süden. Jeden Tag besuchte ich Freunde in der Stadt und trieb meine Schulden bei ihnen ein, so freundschaftlich wie möglich. Mit dem Geld kaufte ich eine Kutsche und Pferde, denn ich wusste, dass ich in Hereford ein eigenes Gespann brauchen würde. Währenddessen packten Martha und Hannah unsere Sachen und regelten deren Transport. Und die ganze Zeit hofften und beteten wir, dass Will doch noch seine Meinung ändern und sich unserer Familie anschließen würde.

Elizabeth wunderte sich zwar, dass Will nicht mehr bei uns wohnte, war aber zu beschäftigt mit dem Gedanken an die Reise, um sich groß den Kopf darüber zu zerbrechen. Ich erzählte ihr von meiner Jugend auf dem Lande und von allem, was sie erwartete. Für das Mädchen war es ein großes Abenteuer, und dafür war ich dankbar.

Das Monatsende rückte unaufhaltsam näher. Obwohl ich nicht wusste, was der Lord Mayor tun würde, wenn wir seinen Befehl missachteten, wollte ich nicht bleiben und es herausfinden. Am Tag vor unserer Abreise hallte ein Klopfen an der Tür durch die nun leeren Räume des Hauses. Mit jedem Schlag betete ich, dass es Will war, doch wie sonst auch, verweigerte der Herr mir meinen Wunsch. Es waren Stephen Daniels und Helen Wright.

»Ich würde Euch in den Salon bitten, aber die einzigen Möbelstücke, die noch hier sind, sind die Betten und die Stühle im Esszimmer«, sagte ich.

Helen schaute sich um und schüttelte fassungslos den Kopf. »Als ich die Neuigkeit hörte, konnte ich es kaum glauben. Aber Ihr geht wirklich.«

»Nach allem, was vorgefallen ist, erscheint es mir klüger, die Geduld des Lord Mayor nicht länger zu strapazieren«, erwiderte ich.

»Vermutlich«, gab Helen zu. »Ihr zieht also aus York fort und lasst Euch auf dem Lande nieder? Ich kann mir nicht vorstellen, dass das Landleben das Richtige für Euch ist.«

»Ich werde meine Familie und meine Freunde wiedersehen. Es wird so sein, als käme ich nach Hause«, erwiderte ich. Meine Worte klangen hohl, und ich wusste, dass daran nicht nur die Leere des Raumes schuld war. Jede Nacht betete ich, der Lord Mayor möge uns eine Begnadigung zukommen lassen – und in weniger freundlichen Augenblicken, dass der Herr es für richtig hielte, den Lord Mayor zu sich zu rufen. Natürlich glaubte ich nicht, dass wir so viel Glück haben würden.

»Wann werdet Ihr zurückkommen?«, fragte Helen.

»Wenn der Lord Mayor von uns gegangen ist«, antwortete ich. »Wann mag dieser Tag kommen?«

»Er ist ein alter Mann mit einer jungen, lebenslustigen Frau«, gab sie zurück. »Vielleicht treibt ihn ihre Wollust in ein frühes Grab.«

»Kann mir schlimmere Todesarten vorstellen.« Stephen grinste.

»Ich möchte Euch um etwas bitten«, sagte Helen. »Es wäre zu unser beider Nutzen.«

Ich nickte.

»Nehmt Stephen mit Euch. Er wird Euch auf der Reise beschützen.«

Ich blickte Helen verwirrt an. Wenn ich mich nicht täuschte, bedeutete er ihr mehr als nur ein gewöhnlicher Diener, warum also schlug sie das vor? Ehe ich sie fragen konnte, gab sie mir bereits die Antwort.

»Er kann genauso wenig in York bleiben wie Ihr. Seit dem Vorfall im Brückengefängnis hat er Feinde in der Stadt, und viele sind erbittert, weil er freigekommen ist. Das Gesetz ist ein wankelmütiger Freund. Wer kann schon sagen, wann es sich gegen ihn wendet? Es wäre mir lieber, ihn nicht am Galgen baumeln zu sehen.«

»Ihr schickt ihn fort?«, fragte Martha. Ich hatte nicht gehört, wie sie hereingekommen war.

In Helens Augenwinkeln glitzerten Tränen. »Mein Geschäft, mein Heim, alles, was ich habe, ist hier. Und ich besitze keine Landgüter, auf die ich mich zurückziehen kann.« Sie lächelte, um zu zeigen, dass sie mir meinen Reichtum nicht missgönnte.

»Und es ist ja nicht für immer«, fuhr sie fort. »Nur bis die Erinnerungen verblasst sind. Die Männer, die ums Leben gekommen sind, waren jung und ohne Familie. In den Kriegen sind Tausende wie sie gestorben, und wir haben keinen Gedanken an sie verschwendet. Die Stadt wird sie schnell genug vergessen.«

Ich dachte über ihr Angebot nach. Ich hatte einen Soldaten angeheuert, der mit uns nach Süden fahren sollte, aber Stephens Schutz wäre mir lieber. Ich wusste nicht, was er vorhatte, wenn wir Hereford erreicht hatten – er schien mir kaum für das Landleben geeignet –, aber diese Frage konnten wir an einem anderen Tag klären.

»Wir würden uns über seine Begleitung freuen«, sagte ich, und damit war unsere Reisegesellschaft vollzählig.

*

Als es Zeit zum Aufbruch war, kamen Samuel und Tree in die Stadt, um uns Lebewohl zu sagen. Ich hatte vorgeschlagen – und Elizabeth hatte darum gebeten –, dass Tree uns begleiten sollte, aber weder er noch Samuel wollten etwas davon wissen.

»Mir geht's hier gut«, hatte Tree gesagt. »Und ohne mich wäre Samuel ganz allein auf der Welt.«

Dagegen konnte ich nichts vorbringen.

Und so kletterte ich schweren Herzens in die Kutsche. Elizabeth, die darauf bestanden hatte, gemeinsam mit Stephen Daniels nebenherzureiten, gab dem Pferd die Sporen, und so begann unsere lange Reise von York nach Hereford.

Ich versuchte erst gar nicht, meine Tränen zurückzuhalten, als wir die Stadt hinter uns ließen. Ich weinte um die Mütter, die ohne meine Hilfe leiden würden. Ich weinte um Martha und Will. Und ich weinte, weil ich die Stadt liebte und nicht wissen konnte, ob ich je zurückkehren würde.

Anmerkung des Verfassers

Wie bei allen Hebamme-Romanen sind auch in *Die Hebamme und die Hexenjäger* Dichtung und Wahrheit gut vermischt. Die hier skizzierte Hexenjagd basiert auf jener, die von Matthew Hopkins veranstaltet wurde, Englands berüchtigtem Hexenjäger. Zwischen 1644 und 1646 zeichneten Hopkins und sein Assistent John Stearne zumindest teilweise für die Hinrichtung von ungefähr dreihundert Frauen verantwortlich – mehr als die Hälfte aller zwischen 1500 und 1800 in England hingerichteten »Hexen«. Eine lückenlose Chronik dieser Verfolgung findet sich in *Witchfinders: A Seventeenth-Century English Tragedy* von Malcolm Gaskill. Auch James Sharpes *Instruments of Darkness: Witchcraft in Early Modern England* war mir bei meinen Recherchen eine große Hilfe. Ein eher strittiger Aspekt dieses Buches – dass manche der Hexerei angeklagten Frauen selbst an ihre Schuld glaubten – stützt sich auf Lyndal Ropers Untersuchung *Oedipus and the Devil: Witchcraft, Religion and Sexuality in Early Modern Europe* (auf Deutsch unter dem Titel *Ödipus und der Teufel, Körper und Psyche in der Frühen Neuzeit* erschienen). Die schwierige Entbindung Grace Thompsons schließlich basiert auf einem Fall, der von der deutschen Hebamme Justine Siegemund in ihrem Buch *Die Chur-Brandenburgische Hof-Wehemutter* (in der englischen Übersetzung von Lynn Tatlock: *The Court Midwife*) beschrieben wurde.

Danksagung

Wie immer möchte ich mich bei etlichen Helfern bedanken, deren Geduld und Einsatz diesen Roman erst möglich gemacht haben, zuallererst meiner Familie, die meine häufige Abwesenheit hinnahm, ob ich nun zu Buchklubs und Präsentationen gereist oder ins Büro geflitzt bin, um ein paar gestohlene Stunden dem Schreiben zu widmen. Dank auch an meine Stiefschwester Laura Jofre, die nicht nur den Entwurf dieses Buches gelesen hat, sondern auch die Entwürfe der beiden vorherigen. Ohne Laura wäre ich nur einer von vielen Historikern mit einem unvollendeten Roman in der Schreibtischschublade.

Dank gebührt auch meinem Agenten Josh Getzler und seiner unerschütterlichen Assistentin Danielle Burby, ganz zu schweigen von meinem Redakteur bei Minotaur Books, Charlie Spicer, und seiner Mitarbeiterin April Osborn.

Glück zu haben ist noch besser, als gut zu sein, und ich halte es für ein unwahrscheinliches Glück, mit so großartigen Leuten zusammenarbeiten zu dürfen.

Werde Teil der Bastei Lübbe Welt
www.lesejury.de
Lesen, rezensieren, Bücher gewinnen
Lerne Autoren, Verlagsmitarbeiter und andere Leser kennen
You Tube